# SEX FRIENDS

Chloé et Alistair

EVA M. BENNETT

# SEX FRIENDS

## Chloé et Alistair

Éditions A Addictives

# TABLE

À Émilie, mon amie, qui m'a aidée à me lancer
dans l'écriture de ce roman. Ceci, c'est grâce à toi.
Rendez-vous, j'espère, bientôt,
à Paris pour fêter ce livre,
autour d'une coupe de champagne !

*« Je crois que c'est le propre de l'amour,*
*de ne pouvoir demeurer le même ;*
*d'être forcé de croître, sous peine de diminuer ;*
*et que c'est là ce qui le distingue de l'amitié. »*
André Gide

# I

# LA BELLE
# AU BOIS DORMANT

# 1
# LA RENCONTRE

Magazine, écouteurs, téléphone, sandwich, bouteille d'eau. J'ai failli rater le train – comme d'habitude – mais je l'ai finalement eu, et j'ai tout ce qu'il faut pour mes deux heures de trajet en Eurostar.

Je vais voir ma mère qui habite Londres. Les moments avec ma mère ne sont pas simples, mais j'adore cette ville. Je renoue avec la moitié de moi qui est anglaise : celle qui a des taches de rousseur, la peau pâle et un goût immodéré pour les chips au vinaigre.

Tandis que le train démarre, un homme s'assied à côté de moi. Zut. Je pensais être tranquille et pouvoir un peu étaler mes affaires. Heureusement, ce n'est pas un enfant de trois ans qui va hurler, ni une vieille dame qui va vouloir me parler. J'enlève mon petit blouson de cuir, allonge mes jambes et commence à me détendre. Je porte mon « uniforme » : mon jean préféré, ma chemise à carreaux et mes bottines rouges. Je me sens bien et pars dans une douce rêverie. Je repense à mon dîner de filles d'hier soir, aux confidences que nous nous sommes faites, à nos fous rires. Noémie, Camille et Émilie, trois filles un peu folles et merveilleuses. On s'est rencontrées toutes les quatre alors que nous étions étudiantes en art, il y a trois ans, et depuis nous sommes inséparables. Hier, Émilie nous racontait comment elle avait rencontré l'homme de sa vie. C'est un cœur d'artichaut, elle rencontre l'homme de sa vie toutes les deux semaines ! Le contraire de moi en quelque sorte.

Au bout de quelques minutes, je me sens partir dans les bras de Morphée. Je ne sais pas combien de temps. Trois minutes ? Une heure ? En tout cas, quand j'ouvre les yeux, j'ai la tête confortablement posée sur l'épaule de mon voisin. Je sursaute. Et rougis.

*Non, mais la honte ! Je lui faisais un câlin... Ok, ça fait partie du « top five » des moments les plus gênants de ma vie.*

Je me tourne, mortifiée, vers l'inconnu, et là mon regard plein de gêne se transforme en regard incrédule. Cet homme est merveilleusement beau. Des yeux très noirs, des cheveux un peu en bataille, une barbe de trois jours et une bouche, un peu pulpeuse, qui ferait fondre ce qui reste de banquise en quelques secondes. Il porte un costume gris impeccablement coupé, une chemise blanche, une fine cravate noire et une très belle montre. Chic et moderne à la fois. Je ne sais pas depuis combien de temps je le regarde. Trois minutes ? Une heure ? Toute rouge, je murmure un « pardon » et me plonge dans mon magazine, les joues rosies par l'émotion. Je suis troublée et donc relis trois fois la même phrase du même article.

– Vous êtes très jolie quand vous dormez. Même si vous ronflez légèrement.

Une voix grave et douce. La sienne.

*C'est à moi qu'il parle, là ?*

– Pardon ? Vous m'avez parlé ? demandé-je en bredouillant, d'une voix un peu trop fluette.
– Oui, je vous disais que vous étiez très belle dans votre sommeil.
– Et que je ronfle…
– Oui mais c'est charmant. Ce n'est pas vraiment un ronflement, c'est plus un léger souffle, vous voyez ?
– Euh… non je ne vois pas. Vu que je dormais, lâché-je en fronçant les sourcils, histoire de bien marquer mon mécontentement.

*Je suis presque grossière, mais ce n'est pas parce que j'ai dormi contre son épaule qu'on a gardé les cochons ensemble, comme dirait ma grand-mère…*

Je ferme tout d'un coup le magazine, branche des écouteurs sur mon téléphone, et ferme les yeux. Je choisis un titre très rythmé, un Lily Allen, histoire de ne pas me rendormir sur l'épaule de ce curieux et beau voisin.

Son téléphone sonne, il répond et commence une conversation à voix basse. Discrètement, je coupe le son de mon propre téléphone pour écouter ce qu'il dit. Il parle business, rendez-vous, *deadlines*, à son associé apparemment. Rien de passionnant. Et puis, tout d'un coup :

– Figure-toi, John, que je suis installé à côté d'une très belle jeune femme. Elle est particulièrement jolie quand elle dort.

*Je rêve ou il est en train de parler de moi à son associé ?*

– Oui, oui, ok… Mais je crois que j'ai été maladroit… Quoi ? Un café ? Oui tu as raison, c'est une très bonne idée, je vais lui proposer un café. Je te rappelle.

Il raccroche, se retourne alors vers moi. J'ouvre les yeux.

– Alors, mademoiselle, qu'en dites-vous ? me demande-t-il avec un sourire à la Humphrey Bogart dans *Casablanca*.
– Oui, pourquoi pas… murmuré-je.

Il sourit, un large sourire cette fois, mi-moqueur, mi-charmeur. Il vient de me griller : je n'écoutais pas ma musique mais l'écoutais lui. Je rougis de plus belle…

Il se lève et me laisse passer devant lui dans le couloir du train. Gentleman, ce jeune homme. Même si nous ne sommes plus au XIXe siècle, je suis très sensible à la galanterie. Une forme de politesse certes un peu désuète, mais tellement charmante. Ma grand-mère, qui n'est malheureusement plus de ce monde, me disait souvent : « Il ne faut pas jeter le bébé avec l'eau du bain, il ne faut pas jeter la galanterie avec la fin du patriarcat ! »

Elle était abonnée à ce genre de réflexions, modernes et pleines de finesse. Au wagon-bar, le bel inconnu me demande ce que je souhaite boire, je réponds que j'aimerais un thé.

– C'est votre côté anglais qui parle, là, non ?, me lance-t-il avec un sourire.

*Mince, comment a-t-il deviné que j'étais à moitié anglaise ? J'ai parlé dans mon sommeil ou quoi ?*

Je rougis encore une fois. Il s'en aperçoit et me rassure immédiatement.

– Pardon, j'ai été indiscret, mais quand vous dormiez j'ai regardé votre billet de train, sur votre tablette, et j'ai vu que vous vous appeliez Chloé Haughton, un nom typiquement britannique. Je m'appelle Alistair. Enchanté.

Il me serre la main d'une poignée ferme et douce à la fois. Le contact de sa peau sur la mienne m'électrise.

*Bon, Chloé, arrête de sourire bêtement, ok il est très*

*beau, mais reprends-toi ! Ce n'est pas le premier beau gosse que tu rencontres dans ta vie, quand même.*

Nous nous installons dans un recoin du wagon-bar, j'essaie de me ressaisir et de sortir de mon mutisme.

– Et donc vous, vous avez un prénom anglophone, et commandez un café long. Du jus de chaussette, comme on dit en France ! Vous devez donc être à moitié américain, lui dis-je, tout en soufflant sur mon thé brûlant.

– Oui, en effet ! Quelle perspicacité ! J'ai passé mon enfance et mon adolescence entre Boston et Paris. Et aujourd'hui je travaille entre New York, Paris et Londres.

– Vous êtes businessman ? Ou agent secret ?

– Réponse numéro 1, dit-il en souriant.

– Et vous faites quoi exactement ?

– J'ai repris l'entreprise de mon père. Mais assez parlé de moi ! Dites-moi qui vous êtes, mademoiselle Haughton.

*Assez parlé de lui ? Il n'a dit que deux phrases !*

– Vous avez 6 heures devant vous ? Car résumer qui je suis en quelques phrases, ça va être compliqué !

– J'ai beaucoup plus que cela, lance-t-il avec un air un peu mystérieux.

Quel drôle de personnage… Je suis sûre que c'est un grand séducteur, il doit avoir toute une cour de jolies filles autour de lui. En même temps, je ne vais pas critiquer, j'ai moi aussi quelques prétendants. Mais je suis célibataire et très heureuse comme ça.

« Tu fuis l'amour comme la peste », me disent mes amies. C'est vrai. Une nuit, deux nuits avec un homme, et je pars en courant. On en plaisante avec mes amies, mais si je réfléchis avec honnêteté, cela me rend triste, car je sais très bien d'où cela vient. De ma mère, de son histoire, de mon enfance…

– Je plaisantais, dit-il, me sortant tout d'un coup de mes pensées, et que faites-vous dans la vie, mademoiselle Haughton ?

J'aime bien quand il prononce ainsi mon nom. Mais – et je ne sais pas pourquoi – il me rend nerveuse. Il est d'une beauté hors norme. Quand je suis nerveuse, ou je deviens muette ou bien très – trop – bavarde. Là, c'est la Chloé numéro 2 qui apparaît. Je me lance donc dans un grand monologue : je vis à Paris et viens de finir mes études. Un double cursus : histoire de l'art, et formation de webmaster. C'était dur de suivre deux formations en même temps, mais je suis vraiment passionnée par l'art et par le Web, je n'ai pas pu faire de choix. Je suis maintenant en stage dans une agence Web parisienne, mais je m'y ennuie, et ma boss est un vrai tyran ! Je veux créer plus tard ma propre galerie d'art en ligne. Alors que je me lance dans un argumentaire sur l'avenir du marché de l'art sur le Web, j'ai un doute. Est-ce que je parle trop ? Est-ce que je l'ai perdu ? Est-ce qu'il écoute même ce que je dis ? Ses beaux yeux noirs me dévisagent, il regarde sans arrêt ma bouche, pendant de longues secondes. Je dois l'ennuyer, avec ce monologue « ma-vie-mon-œuvre »… Mais alors que je fais une pause dans ma démonstration, il hoche la tête.

– Vous êtes une passionnée, Chloé. C'est vraiment fascinant de vous écouter. Quel âge avez-vous ?

*Ouf, je ne l'ai pas complètement endormi avec mes grands discours.*

– J'ai 23 ans. Et vous ?
– J'en ai 30. Nous ne sommes pas si éloignés que cela, en âge.

« Mesdames et messieurs, nous allons arriver en gare de Londres Saint-Pancras. »

L'annonce de notre arrivée à destination nous interrompt. Oh non, déjà ? Cela fait plus d'une heure que nous sommes dans le wagon-bar, mais c'est passé si vite. Moi et mon côté bavard. Cela m'apprendra à laisser Chloé numéro 2 prendre le dessus. Je sais à peine qui il est, je ne lui ai pratiquement pas posé de questions. Il doit me prendre pour une fille bien égocentrique… Nous revenons vite vers nos places pour récupérer nos bagages. Il m'aide à attraper mon sac de voyage, placé au-dessus de moi. Quand il lève les bras, sa chemise se soulève un peu et laisse découvrir quelques centimètres de peau. Un ventre musclé, un peu ambré, tellement sexy. Troublée par cette vision, je descends du train, silencieuse et le visage fermé.

– Je suis désolée, j'ai été très bavarde dans le train, lui

dis-je, l'air gêné, sur le quai.

– Ne vous excusez pas pour cela, Chloé. Jamais. Ce que vous dites est intelligent et passionnant. Vous avez l'art de captiver votre auditoire. Enfin, en tout cas moi, vous m'avez captivé, répond-il avec un grand sourire.

Je me sens un peu mieux, moins crispée. Mais alors que je suis sur le point de lui répondre, il poursuit :

– Je suis désolé, mais je dois filer, j'ai un rendez-vous. C'était un vrai plaisir de faire votre connaissance. Courage pour la suite, pour votre galerie. Vous êtes intelligente et ambitieuse. Je suis sûr que vous allez réussir.

Il s'approche de moi pour me faire la bise. Sa barbe de trois jours frôle mes joues, mon corps est parcouru d'un long frisson, mais j'ai à peine le temps de murmurer un « ciao », que déjà il s'éloigne de moi sur le quai et disparaît dans les escaliers. Disparu de la même manière qu'il est apparu : comme dans un rêve. D'ailleurs, qui me dit que je n'ai pas rêvé tout cela ? Si ça se trouve je me suis endormie dans le train et j'ai rêvé qu'un bel inconnu me proposait un café. Non, ce n'était pas un rêve, je sens encore sur mes joues la sensation de son baiser d'adieu.

Je descends dans le métro, rêveuse, en mode automatique. Je connais le « tube » londonien par cœur. Heureusement, car sinon je pense que j'aurais tourné des heures dans les couloirs, tellement mon esprit est ailleurs. Alors que je m'installe dans la rame, j'ai envie de me donner des claques. Quelle idiote ! Je ne lui ai même pas demandé son numéro de téléphone ou son mail. Je ne connais pas son nom de famille, donc ne peux même pas le retrouver via les réseaux sociaux. Un mec aussi beau, et en plus sympathique et drôle, j'aurais aimé le revoir, et je l'ai laissé s'échapper comme ça. En même temps, lui non plus ne m'a pas demandé mon numéro… Je ne lui ai sûrement pas plu. Ou il m'a trouvé trop jeune, ou trop timide, ou trop bavarde. Ou les trois à la fois. Un businessman beau garçon comme lui, il doit fréquenter des avocates, des businesswomen, des femmes qui portent des talons très hauts et des tailleurs très chics. Moi et mon blouson de cuir vintage, mes bottines et mon jean, j'ai dû lui apparaître comme une gamine, rigolote mais sans plus. Le genre qui fait des bourdes, le genre qui s'endort sur l'épaule d'un inconnu dans le train. Bref, oublie-le Chloé, après tout tu as passé un bon moment, le trajet est passé vite, c'est déjà ça.

J'arrive à destination : la station Whitechapel. J'adore ce quartier. Jack London y a longtemps vécu, aujourd'hui y cohabitent beaucoup d'immigrés venus du Bangladesh avec les nouveaux artistes londoniens. Ma mère s'y est installée il y a dix ans, alors que ce n'était pas encore branché et que tous ses amis lui disaient qu'elle était folle, que c'était un quartier mal famé. Alors que j'arrive devant son joli loft, installé dans une ancienne usine de lacets, je me dis qu'elle a eu bien raison d'écouter son instinct.

À la porte, je cherche mes clés dans mon sac à main. Mon sac est un cliché des sacs à main de filles : un monde en soi. Maquillage, portefeuille, téléphone, livre, chewing-gums, stylos, petit carnet, tickets de caisse, objets non identifiés… Je transporte ma vie avec moi. Mes clés, je les mets tout le temps dans une petite poche intérieure, histoire de ne pas passer des heures à explorer mon sac chaque fois que je suis devant chez moi ou devant chez ma mère. Car c'est toujours à ce moment-là que l'on a très envie d'aller aux toilettes, et qu'on se maudit d'avoir un tel bazar dans son sac. Mais en sortant les clés, je fais tomber au sol un bout de papier cartonné. Bizarre, c'est normalement la pochette à clés, pas la pochette aux petits bouts de papier… Je le ramasse : une carte de visite. Il y est écrit : « Alistair Monroe, CEO », avec une adresse mail et un numéro de téléphone, et un petit mot aussi : « Appelez-moi ». Je suis abasourdie. Il a glissé sa carte dans mon sac ! Incroyable… Je ne me suis rendu compte de rien. Quand a-t-il fait cela ? Quand je dormais ? Non, bien sûr, nous ne nous étions pas encore parlé. Au wagon-bar ? Je l'aurais remarqué, j'avais mon sac avec moi. Quand nous nous sommes quittés ? Peut-être, mais alors cet Alistair a des talents de magicien… Monroe… Joli nom de famille. Alors que je suis immobile devant l'entrée du loft, la carte à la main, un grand sourire aux lèvres, la porte s'ouvre tout d'un coup.

– Ah c'est toi ma chérie ! Je me disais bien que j'avais entendu quelqu'un. Qu'est-ce que tu fais, plantée là ? Tu as perdu tes clés ?

– Non, non – je réponds, un peu confuse – mais tu sais, mon sac est un vrai bazar. Je ne les retrouvais pas. Bonjour Maman, je suis contente de te voir.

Je remarque qu'elle est en robe de chambre, alors qu'il est 18 heures. Je ne dis rien, l'embrasse et vais poser mon sac dans ma chambre. Enfin, ma chambre, c'est un grand mot. Ma mère utilise cette pièce pour stocker ses toiles, c'est donc autant une galerie qu'une chambre, mais j'adore ses œuvres, donc je m'y sens bien. Je reviens dans la pièce principale, un grand espace lumineux sous une verrière, empli de meubles, d'objets exotiques, de tapis orientaux. Un univers coloré et chaleureux. Ma mère est dans la cuisine américaine, elle prépare du thé. Elle se tourne vers moi, et je reçois comme un petit choc : son visage pâle et cerné contraste avec cet environnement plein de couleurs. Elle a les yeux rouges, je devine qu'elle a pleuré. Ce n'est pas la première fois que je la vois dans cet état, mais à chaque fois cela me perturbe.

Elle apporte un plateau avec du thé et nous nous installons sur de gros coussins moelleux.

– Comment vas-tu maman ? je lui demande, l'air inquiet.
– Ça va ma chérie. Tu as fait bon voyage ?

Elle fait semblant d'aller bien. Elle a un sourire forcé. Elle fait souvent cela. Je sais qu'il ne faut pas insister.

– Oui oui, super. C'est drôle, figure-toi que je me suis endormie sur l'épaule d'un inconnu !
– Ah bon ? C'est drôle en effet.

Elle me répond, mais son regard est ailleurs.

– Oui, enfin c'était surtout la honte ! Mais bon il était cool, on a discuté, et du coup il m'a invitée à boire un café au wagon-bar.

– Il t'a draguée, c'est ça ? dit-elle avec un petit ton inquiet.

– Non maman, il a été très sympa, je t'assure. D'ailleurs j'ai plus parlé que lui !

– Chloé, tu es jolie et intelligente. Beaucoup d'hommes vont vouloir te séduire dans ta vie. Mais sois prudente, hein ? Ne tombe pas amoureuse, et vis ta vie. Crois-moi, je connais les hommes…

– Maman ! Je suis là depuis dix minutes et déjà tu me fais la leçon ! Je te dis juste que j'ai passé un bon voyage, et que j'ai rencontré un mec sympa. Je ne suis pas en train de te dire que j'ai rencontré l'homme de ma vie ! Ne t'inquiète pas, je ne suis pas fleur bleue… Donc arrête avec tes leçons, s'il te plaît…

J'ai prononcé cette dernière phrase avec beaucoup de douceur. Je viens d'arriver, je n'ai pas envie qu'on se dispute. Ses yeux se troublent, je sens qu'elle se retient de pleurer. Mon Dieu, est-ce que je suis allée trop loin dans mes propos ?

– Je te dis ça juste pour te mettre en garde, tu sais. Ne te fais pas avoir comme moi. Je connais un peu les hommes. Ils te font la cour, tu tombes amoureuse, tu leur donnes tout, ta vie, ton temps, et après ils te trahissent. Comme ton père…

– Oh non, ne me parle pas de papa, s'il te plaît. Je viens d'arriver, maman !

Je me lève, vais dans ma chambre, et m'allonge sur mon lit. Je ferme les yeux pour ne pas pleurer. À chaque visite c'est la même chose, le même scénario. Chaque fois j'espère que ce sera différent, mais ce ne le sera jamais, je le crains. Ses mots me bouleversent, car j'ai l'impression d'avoir de nouveau 10 ans. L'âge où tout a changé. Et c'est de ma faute.

Je m'en souviens comme si c'était hier. Moi, avec mes couettes, faisant mes devoirs dans la salle d'enchères où travaille mon père, et rentrant dans son bureau pour lui dire que j'ai fini mon exercice. Mon père se tournant vers moi tout d'un coup. Moi souriant. Puis plus du tout. Dans les bras de mon père, sa jeune et jolie secrétaire. Malaise. Je pars en courant. Mon père me rattrape. Il me dit que cela restera notre petit secret. Un secret beaucoup trop lourd pour une petite fille de 10 ans. Dans mon lit, le soir, ma mère vient m'embrasser, elle me voit pleurer, je lui dis tout. À partir de là, la vie à la maison est une succession de larmes, de cris, de drames. Jusqu'au divorce. Mais les larmes ne s'arrêtent pas là. Ma mère déménage à Londres, elle essaie de reconstruire sa vie, mais elle est dépressive. Parfois elle va bien, elle peint, elle voit ses amis, et puis elle retombe dans une profonde tristesse. Comme ce soir. Et elle me parle des hommes comme de la pire espèce sur terre.

Si j'avais su garder ce secret, petite, elle n'en serait pas là… Si mon père avait été fidèle, aussi… Si… Si… Je commence à cogiter. Puis je me relève tout d'un coup sur mon lit. J'ai l'habitude, je ne vais pas craquer. Je vais respirer, puis retourner la voir. Je vais l'écouter patiemment, si elle va mal elle doit avoir besoin de parler. Et puis si elle me parle de nouveau des « hommes-ces-monstres-qui-font-souffrir-les-femmes », j'essaierai de garder mon sang-froid.

Je range mon manteau, la carte de visite d'Alistair tombe de la poche. Décidément cette carte a des pouvoirs magiques, elle se déplace toute seule ! Qu'est-ce que je vais en faire ? Lui envoyer un mail ? Un texto ? Le faire dès ce soir, ou attendre quelques jours ? Il m'a dit qu'il vivait entre Londres, Paris et New York. Mais, vu que je ne lui ai pratiquement posé aucune question, je ne sais pas du tout combien de temps il va rester à Londres. Moi, je suis là quatre jours, je vais passer du temps avec ma mère, des amis, mais l'idée de boire un verre avec ce très bel inconnu me plaît bien. Même si je ne cherche pas d'homme dans ma vie, j'ai très envie de le revoir. Je repense à ses beaux yeux noirs, à son sourire charmeur, à son torse musclé, révélé quand il a attrapé mon sac… Je sors mon téléphone et écris un texto :

[Bonsoir monsieur Monroe, c'est mademoiselle Haughton. J'étais ravie de vous rencontrer. Un verre ces prochains jours ?]

Hum, non, beaucoup trop froid.

[Bonsoir Alistair, votre carte s'est comme par magie glissée dans mon sac à main, et donc je vous contacte pour savoir si vous seriez intéressé par un verre, demain ou après-demain, à Londres.]

Je suis intimidée par cet homme, cela se lit entre les lignes de mon texto… Je le relis trois fois avant de l'envoyer : un message sympa, mais pas trop. Ok : envoyé ! La balle est dans son camp. S'il ne répond pas, je serais un peu vexée, mais ce ne sera pas non plus la fin du monde. Enfin je crois… Il m'a vraiment troublée, c'est étrange. J'avais beaucoup moins d'assurance que d'habitude. Ça doit être parce que je me suis endormie sur son épaule, ça m'a perturbée dès le départ. Mais il va répondre. Sinon pourquoi aurait-il glissé sa carte de visite dans mon sac ?

Je sors de ma chambre.

– Maman, ça te dit qu'on aille tester ce nouveau restaurant indien de ton quartier ? On m'en a dit beaucoup de bien. Prépare-toi, c'est moi qui t'invite.

Elle me sourit. La soirée n'est pas gâchée, on va se faire une soirée mère-fille. En claquant la porte du loft, je réalise que j'ai oublié mon téléphone dans ma chambre. Zut… C'est peut-être mieux ainsi, ça m'évitera de le regarder toutes les cinq minutes sous le regard inquiet de ma mère.

Deux heures plus tard, de retour du restaurant, où j'ai raconté à ma mère mes mésaventures avec ma « boss-tyran », je rentre dans ma chambre et regarde mon téléphone. Un message ! Chouette ! Je sens mon cœur battre un peu plus vite que d'habitude. Je l'ouvre :

[Hey ! Coucou la Parisienne, tu es libre après-demain, on se fait une soirée en tête-à-tête ?]

Lucy, ma meilleure amie londonienne. C'est la fille d'une amie d'enfance de ma mère, on se connaît depuis… qu'on est nées ! Elle vit à Londres, travaille dans la mode, et est une incroyable fêtarde, toujours à se balader avec ses talons hauts dans les soirées les plus branchées de la ville. Elle est un peu folle, mais je l'aime comme ma sœur. Après-demain… Je ne serai donc pas libre ce soir-là, si jamais Alistair me répond. Oh eh bien tant pis pour lui, il n'avait qu'à me répondre. Girls power ! C'était une journée intense en émotions, il est temps que j'aille me coucher.

# 2
# AVANT-PREMIÈRE

– Chloé ! Chloé je te parle ! Allo Houston, y'a quelqu'un ?

– Oh pardon Lucy, excuse-moi, j'étais ailleurs.

– Ouais ben ça fait plaisir, on ne s'est pas vues depuis des mois, je te raconte ma vie, et tu penses à autre chose ! T'es amoureuse ou quoi ?

Bien sûr que non je ne suis pas amoureuse. Cela fait deux jours que j'ai envoyé le message à Alistair, et je n'ai aucune nouvelle de sa part. Mon message était peut-être trop nul, pas assez charmeur, ou au contraire trop familier. Qu'est-ce que je croyais ? Un mec aussi beau, un businessman comme lui, doit être habitué et avoir toutes les filles qu'il veut. Je ne suis pas amoureuse, je suis vexée ! Nuance… Mais je ne vais pas raconter tout cela à Lucy, elle va me harceler de questions, et je n'ai pas envie de passer la soirée à parler d'Alistair.

*Oublie-le, Chloé !*

Lucy m'a donné rendez-vous au Graphic Bar, un tout nouveau bar à cocktails, vers Piccadilly Circus. Nous savourons de délicieux mojitos, et ce n'est pas un mec rencontré dans un train qui va me gâcher la soirée.

– Non, excuse-moi Lucy, je suis préoccupée par ma mère, lui dis-je.

Je mens un peu mais pas tant que ça. C'est vrai que ma mère m'inquiète. Hier encore elle a traîné en pyjama toute la journée malgré mes propositions de sortir, de prendre l'air.

« Je suis fatiguée ma chérie, désolée, mais toi sors, va voir des amis », m'a-t-elle répondu, un sourire forcé aux lèvres.

– Elle est de nouveau dans une phase de dépression, c'est ça ?

– Oui, elle traîne en pyjama toute la journée, elle pleure beaucoup. Je ne sais pas quoi faire, Lucy. J'essaie de la faire parler, mais elle évite le sujet.

– Je vais en parler à ma mère, je vais lui dire de l'appeler. Mais, ma belle, ça fait des années que Maggie est comme ça, qu'elle a des phases de dépression. Il faudrait vraiment qu'elle aille voir un psy. Tu n'es pas psy, toi, tu ne peux pas tout porter sur tes épaules.

– Je sais bien. Je lui en ai souvent parlé, elle me dit « oui oui, je vais y penser », mais elle ne fait rien. Je ne peux pas la forcer, il faut que ça vienne d'elle. Mais tu sais, c'est une autre génération, à ses yeux les psys, c'est pour les fous !

– Oui, ma mère est pareille, quand je lui ai dit que j'avais fait une psychothérapie elle a flippé ! Elle a pensé que j'avais un gros problème, alors que je voulais juste mieux me connaître.

– C'est de ma faute, tout ça. Si petite je n'avais pas dit à ma mère que mon père la trompait…

– Ah non tu ne peux pas dire ça ! Arrête avec ta culpabilité, Chloé ! Tu avais dix ans, c'est normal de l'avoir dit à ta mère. Et puis le responsable, c'est ton père, pas toi. T'étais une gamine, nom de Dieu.

Lucy ponctue souvent ses phrases de mots comme « bordel », « nom de Dieu », ou « sapristi ». Cela me fait rire à chaque fois. Elle est allée à l'école française à Londres, entourée d'étrangers, et donc n'a pas appris les expressions des petits Français de son âge. Sa mère, anglaise, lui montrait les comédies françaises des années 1970 qu'elle aimait. Résultat : elle parle parfois avec des expressions qu'on n'utilise plus depuis 40 ans ! Avec son look de fashionista, cela donne un drôle de mélange. Je la regarde. Elle est toujours à la pointe de la mode. Elle la devance même. Ce soir, elle porte un nœud papillon autour du cou. À tous les coups, dans quelques semaines, je vais lire un article sur « La tendance du nœud papillon pour les femmes » dans les magazines féminins.

– Comment se passe ton travail ? demandé-je, pour changer de sujet.

– Oh ben nickel chrome.

Encore une expression que plus personne – en tout cas personne de moins de 60 ans – n'utilise. Je ne peux m'empêcher de sourire.

– Qu'est-ce qu'il y a ? J'ai dit une connerie ? s'étonne Lucy.

– Non pas du tout, dis-je avec un demi-sourire. Au fait, je lis ton blog toutes les semaines, c'est super ce que tu écris, même si parfois je suis un peu perdue. Tu sais, moi et la mode…

– T'es une Parisienne ! Les Parisiennes pensent être à la pointe de la mode, mais en fait elles sont super classiques. C'est à Londres que ça se passe, *baby* !

– Espèce de snob !

– Ouais. C'est mon boulot, d'être snob, tu sais, répond-elle du tac au tac. D'ailleurs Chloé, ton uniforme jean-blouson en cuir, il faut qu'on en parle. Tu as 23 ans, pas 16 ans ! Comment veux-tu rencontrer un mec chouette avec ce look ? Tu vas forcément tomber sur des loosers.

– Eh bien figure-toi qu'avec ce « look d'ado », comme tu dis, j'ai rencontré un mec super, un businessman super canon, je réponds, piquée au vif.

– Ah oui, vas-y, raconte !

Zut. Je viens de faire exactement l'inverse de ce que je m'étais promis : ne pas parler d'Alistair. Je sais que maintenant Lucy ne va pas me lâcher, elle va vouloir tout savoir sur lui, comment je l'ai rencontré, ce qu'on s'est dit, etc. Depuis qu'on est adolescentes on se dit tout sur les garçons qu'on rencontre. Elle est célibataire, comme moi, mais elle a toujours eu des histoires assez longues. Et des histoires d'amour. Sur ce point

– et sur le look – on est différentes.

– Non, mais ne t'emballe pas, ce n'est pas un coup de foudre, hein, c'est juste un super beau mec rencontré dans le train. Par contre faut que je te raconte comment je l'ai rencontré. La honte de ma vie !

Je rapporte à Lucy l'anecdote du train. Dans le bar, les gens nous regardent. Deux jeunes femmes qui parlent français et rient très fort, ça ne passe pas inaperçu.

– Non mais tu es incroyable, il n'y a qu'à toi que ça arrive ce genre de choses ! Tu es la « Bridget Jones » française, me lance Lucy en partant dans un grand éclat de rire.

– Mais non voyons, Bridget Jones a 30 ans et cherche le grand amour, pas moi !

– Et tu vas le revoir alors, ce bel inconnu ? Vous vous êtes échangé vos numéros ?

– Ben, oui et non…

Je m'apprête à lui raconter le coup de la carte de visite, quand je suis interrompue par la sonnerie de mon téléphone. Je regarde l'écran : « Alistair » s'affiche.

– C'est lui, dis-je à Lucy. C'est le mec du train…

Je ne rigole plus du tout, tout d'un coup.

– Ben décroche ! Qu'est-ce que t'attends !

– Non mais je rappellerai !

– Tu plaisantes ? File-moi ton téléphone.

Lucy me prend le téléphone des mains et répond. Je deviens toute rouge. Elle est folle !

– Secrétariat de Chloé Haughton bonjour, veuillez ne pas quitter, nous allons vous passer votre correspondant, lance-t-elle, avant de me rendre mon téléphone avec un grand sourire : Chloé, c'est pour toi !

– Bon… bonsoir, balbutié-je, encore rouge.

*Heureusement que je n'ai pas activé l'appel vidéo…*

– Bonsoir Chloé, c'est Alistair. Dites-moi vous avez bien évolué depuis trois jours, vous avez une secrétaire particulière maintenant ?

Sa voix… j'avais oublié à quel point elle était sexy.

– C'est mon amie Lucy… Désolée…

– Je ne veux pas vous déranger si vous êtes avec votre amie. Mais je repars demain de Londres, et je voulais vous inviter à boire un verre à l'hôtel ME.

– L'hôtel ME ? Je ne connais pas.

Lucy me regarde avec ses grands yeux bleus.

– Oh mais c'est l'hôtel super chic, avec la super terrasse ! C'est canon ! dit-elle, l'air enthousiaste.

Je lui fais un signe pour qu'elle arrête de me parler, je ne peux pas avoir deux conversations en même temps !

– Mais ce sera peut-être pour une autre fois, je ne veux pas interrompre votre soirée entre filles.

– Non ça va, vous ne me dérangez pas.

*C'est quoi cette voix de gamine, Chloé ? On dirait que tu as 16 ans !*

Lucy me fait de grands gestes et me dit :

– On y va, on y va ! C'est un super bar, mais très sélect, si on n'est pas invités on ne peut pas rentrer. Allez dis oui !

– Je crois que votre amie a très envie de venir, dit Alistair, un peu moqueur.

– Oui, c'est la reine de la discrétion ! On peut vous rejoindre, alors ?

– Bien sûr. Donnez mon nom à l'entrée. Je vous attends. À tout de suite, je suis ravi de vous revoir.

Et il raccroche. Je reste scotchée à mon téléphone. Je réalise que mes mains tremblent. Lucy aussi s'en rend compte. Je m'attends à ce qu'elle me fasse une remarque, qu'elle se moque un peu de moi, mais elle ne dit rien et m'observe avec sérieux pendant quelques instants, avant de se redresser tout d'un coup sur sa chaise, et de lancer :

– Allez hop ! Allons rejoindre ce beau jeune homme ! Mais

avant je vais te remaquiller un peu, t'as l'air d'un zombi, là.

Ah, ma Lucy, j'adore sa franchise. Et je lui suis reconnaissante de n'avoir rien dit sur mes mains qui tremblent. Nous passons par la case « toilettes-des-filles » avant d'attraper un taxi, direction l'hôtel ME.

Sur le chemin, Lucy est tout excitée.

– Le bar de cet hôtel est super sélect, j'ai essayé plusieurs fois d'y entrer, c'est impossible ! Il doit être très riche ou très important, ton Alistair, dis-moi.

Je ne réponds pas. Je n'en sais rien, vu que je n'ai fait que parler de moi quand je l'ai rencontré ! À l'entrée de l'hôtel, nous nous présentons à la réception et annonçons que nous avons rendez-vous avec Mr Monroe. Le réceptionniste me regarde des pieds à la tête.

*Oui, je porte un jean et un blouson en cuir, et alors ?*

Il regarde Lucy : elle est, elle, dans le *dress code* de ce bar chic. Il nous indique un ascenseur qui mène directement à la terrasse du ME. Quand la porte de l'ascenseur s'ouvre, je tombe des nues. Je ne suis pas la seule : Lucy regarde autour d'elle, bouche bée. Je m'attendais à un bel endroit, mais là c'est plus que beau, c'est magnifique. Une vue à 360 degrés sur tout Londres, des petites lumières qui forment comme un ciel étoilé. Et au bar, seul, Alistair… Il n'a pas la même tenue que dans le train. Il n'est pas en costard cravate, mais porte une chemise bleu nuit très fine et un jean noir bien coupé. Il n'y a pas que moi qui suis en jean ! Ouf ! Nos regards se croisent. Il me fait un grand sourire. Alors que nous nous dirigeons vers lui, Lucy me chuchote :

– Bordel, c'est lui, Alistair ? Tu ne m'avais pas dit que c'était une bombe atomique.

– Chloé, je suis vraiment ravi de vous revoir, me dit-il en me faisant la bise et en pressant délicatement mon bras. Bonsoir, moi c'est Alistair, dit-il en serrant la main de Lucy.
– Bonsoir, Lucy. Chloé m'a beaucoup parlé de vous.

*Mais pourquoi dit-elle cela ? C'est malin, il va se faire des idées.*

– Elle vous a raconté notre rencontre ? C'est une belle au bois dormant, votre amie, dit-il en me dévisageant.

Je me sens rougir.

– Oui elle m'a raconté. C'est du Chloé tout craché ! répond Lucy, naturellement.

*Ils vont continuer longtemps à parler de moi comme si je n'étais pas là ?*

Je décide d'interrompre ce dialogue.

– Vous venez souvent dans ce bar ? Lucy m'a dit que c'était

très sélect.

– Oui, à chaque fois que je suis à Londres je loge dans cet hôtel. Le personnel est très courtois, et leur bar est magnifique. Cette vue sur Londres est à couper le souffle. Qu'est-ce que vous voulez boire ? Ils ont aussi de très bons cocktails.

Lucy et moi commandons des mojitos, lui demande un whisky japonais dont je n'ai jamais entendu parler.

– Mais vous venez souvent à Londres ?

Cette fois, je ne laisserai pas Chloé numéro 2 prendre le dessus, je vais lui poser des questions. Et cela m'intrigue, cette histoire d'hôtel. Cela doit lui coûter très cher de loger ici.

– Deux ou trois jours par mois. Je suis à Londres pour le business. Ma ville de cœur, c'est Paris. Mais j'aime bien prendre l'Eurostar, on y fait de jolies rencontres, dit-il en me faisant un clin d'œil discret.

*C'est moi où il vient de dire que c'était une jolie rencontre ?*

– Vous faites quoi dans la vie ? demande Lucy, curieuse.
– Il est agent secret, je réponds.

Une *private joke* qui fait rire Alistair.

– Non c'est moins dangereux. J'ai repris l'entreprise de

maroquinerie de mon père, je l'ai positionnée encore plus luxe et je l'ai développée à l'international.

Je vois l'œil de Lucy, fashionista devant l'éternel, s'allumer. Alistair ne le remarque pas. Depuis le début de la conversation, ses yeux ne quittent pas mon visage.

*Est-ce que Lucy en aurait trop fait avec le maquillage ? Si ça se trouve j'ai une tête de clown…*

Mais non, son regard est bienveillant, très doux même.

– C'est quoi le nom de votre marque ? demande Lucy.

La question lui brûlait les lèvres depuis plusieurs secondes.

– Monroe.
– Pardon ?

Lucy vient de crier, elle m'a fait sursauter.

– Vous êtes le patron des sacs Monroe, la plus belle marque de maroquinerie au monde ?

Je connais cette marque, mais quand j'avais vu sa carte de visite, je n'avais pas fait le lien. En même temps c'est compréhensible, des sacs à 2000 euros, je n'en achète pas tous les jours. Je n'en ai même jamais eu. Mon plus beau sac doit valoir 30 euros, je l'ai acheté dans une friperie anglaise, et je l'adore.

– Non ce n'est pas une blague, répond-il. C'est gentil à vous de dire que c'est la plus belle. Disons que nous travaillons dur pour faire des choses de qualité.

Sa voix est posée. Il ne fanfaronne pas. Ce genre de mec pourrait être très prétentieux, mais il a l'air d'être resté très simple. Heureusement ! Je ne supporte pas les gens imbus d'eux-mêmes. Lucy s'est lancée dans un discours sur les marques de maroquinerie de luxe. Alistair l'écoute poliment, mais me lance des regards amusés et séducteurs. Je suis debout à côté de lui. Dès que je repose mon verre sur le bar nos jambes se frôlent et je sens comme un courant électrique parcourir tout mon corps. C'est comme si, alors que Lucy et lui discutent de luxe, il y avait une bulle, nous entourant uniquement lui et moi…

– …Et donc pour moi, Monroe est une marque largement supérieure aux autres, parce que vous êtes toujours à la pointe de la mode, vous la devancez même.

Lucy continue son analyse de blogueuse. Je ne sais pas quoi dire, je n'y connais vraiment rien, à cette industrie. Je décide de sortir un peu de ma bulle et de lui poser moi aussi des questions :

– Vous travaillez toujours avec votre père ?
– Non, dit-il, il est encore au conseil d'administration, mais il m'a laissé les clés de l'entreprise. C'est mieux ainsi, car il est super, mais travailler avec lui au quotidien, ce serait compliqué ! dit-il en souriant.

– Oui, je ne pourrais pas bosser avec mes parents non plus ! Et vous avez des frères et sœurs ? demandé-je.

Soudain, son sourire s'efface de son visage. C'est brutal. Comme s'il devenait tout d'un coup un autre homme. Ses traits se figent, il devient pâle, son regard est extrêmement triste, tout son corps se crispe.

*Mince, j'ai dit une bêtise ?*

Lucy aussi se rend compte de ce changement. Un silence gênant s'installe.

– Non, répond-il enfin, brisant ce froid polaire. Vous m'excusez, mesdemoiselles, je dois aller me laver les mains.

Il s'éloigne du bar. Je regarde Lucy, interloquée.

– J'ai dit une connerie ?
– Non, mais apparemment tu as touché une corde sensible. C'est bizarre, il était tout joyeux, et bim, il s'est transformé… En fait c'est Docteur Jekyll et Mister Hyde, ton Alistair, lance-t-elle en riant.

Lucy a le don de dédramatiser toutes les situations. Je ris avec elle, mais je me sens mal. Je suis Miss Boulette, ou quoi ? Cela m'apprendra à être aussi indiscrète. Peut-être qu'il a perdu un frère ou une sœur ? Non, ce n'est pas ça, il n'aurait pas répondu « non » à ma question si c'était le cas.

– Dis donc, tu viens de tirer le gros lot, avec ton Alistair-le-millionnaire, ma Chloé ! s'exclame Lucy.

– Ce n'est pas « mon » Alistair, voyons, c'est juste un mec rencontré dans un train. Et puis on s'en fout qu'il soit millionnaire…

– Ouais, ce qui compte c'est qu'il soit super canon ! Je vous ai vus tous les deux, vous vous dévoriez des yeux. J'ai cru que vous alliez vous sauter dessus, dit-elle en me gratifiant d'un petit rire moqueur.

– T'es bête ! Je ne sais même pas si je lui plais. Ce genre de mec doit sortir avec des mannequins d'1 m 80.

– Tu as encore des choses à apprendre sur les hommes, me glisse Lucy alors qu'Alistair revient vers nous.

Il a retrouvé son sourire et son regard plein de douceur. Il nous propose un deuxième cocktail. Lucy décline.

– J'avais oublié, mais je dois y aller les amis, j'ai un rendez-vous.

Ah bon, elle a un « rendez-vous » ? Elle ne m'en a pas parlé, pourtant. Lucy se tourne vers moi et me lance un clin d'œil. Je comprends ! C'est pour nous laisser tous les deux. Cette fille est super. On n'a jamais été en concurrence, avec les hommes. Quand on était adolescentes, à 14 ans, on a signé un « pacte ». Pas un pacte de sang, mais un pacte amical, que l'on a noté dans nos agendas de collégiennes. Règle numéro 1 : dès que l'une de nous deux aime bien un garçon, on en informe l'autre. Règle numéro 2 : l'autre ne doit jamais séduire le garçon en question. Le pacte nous a rassurées sur notre amitié, mais en même temps il n'a jamais été vraiment utile, vu qu'on n'a jamais flashé sur le même type de garçons. J'ai souvent été attirée par le profil artiste-intello-un-peu-torturé, le genre « qui joue de la guitare et écrit des poèmes », comme le dit Lucy en se moquant un peu. Tandis qu'elle, elle a toujours aimé les mecs populaires du collège ou du lycée, ceux qui étaient bons en sport, ceux qui aujourd'hui font de belles carrières. Alistair est d'ailleurs plus son genre que le mien... Peut-être que notre pacte va être utile, presque dix ans après l'avoir signé !

Lucy me fait la bise, serre la main d'Alistair, et s'en va en trottinant sur ses talons de douze centimètres. Je lui suis reconnaissante de m'avoir laissée en tête-à-tête avec Alistair, mais en même temps je me sens tout d'un coup très intimidée.

– Un autre cocktail, Chloé ? me propose Alistair.

*Est-ce qu'il se rend compte que je suis tout d'un coup gênée ? J'espère que non.*

– Un dernier alors, je réponds, en me disant que je n'ai pas envie d'être ivre morte à ce premier rendez-vous.
– Bien sûr. Je dois me lever tôt demain, il faut que moi aussi je sois raisonnable, dit-il avec un air sérieux, très craquant. Elle est sympa votre copine Lucy, poursuit-il. Mais c'est drôle, vous êtes très différentes l'une de l'autre.
– Oui, elle connaît très bien la mode, et moi pas du tout, mais ça vous l'aurez peut-être remarqué en me voyant !

Je joue la carte de la franchise et de l'autodérision. Je ne vais pas lui faire croire que je suis quelqu'un d'autre, ce serait ridicule.

– Moi je vous trouve très élégante, Chloé. Vous savez l'élégance, ce n'est pas porter des vêtements de créateurs, c'est une attitude, une posture du corps, une façon de bouger ou de sourire, un ton dans la voix, de jolies taches de rousseur… Il y a des femmes qui portent des vêtements de luxe et qui sont vulgaires. Et vous, vous portez un jean mais vous êtes très chic. Une vraie Parisienne !

C'est la première fois qu'un homme me parle ainsi. Soit il est maître en art de séduction et sort cela à toutes les filles, soit il est sincère, et alors c'est un très beau compliment. Je décide de croire à la deuxième hypothèse. Ma mère me dirait « méfie-toi Chloé », mais ma mère n'est pas là…

– Merci Alistair, je suis touchée. Je vous avoue que j'étais un peu gênée à l'idée de venir dans ce bel hôtel habillée comme je suis. Mais bon, finalement ça va, je ne suis pas trop mal à l'aise. Enfin… tout de même, vous ne m'aviez pas dit que vous étiez le boss d'une grande marque de luxe !

– Vous m'imaginez me présenter à vous et dire : « bonjour, je suis businessman et vous ? » Je passerais pour quoi ? Un de ces mecs qui pensent qu'ils peuvent tout acheter, l'attention des femmes incluse ! Et puis vous savez, avec ma position, je tombe aussi parfois sur des filles qui sont plus intéressées par ma carte bleue que par moi…

– Moi c'est votre carte de visite qui m'intéresse, je lui lance, en clin d'œil à son geste de magicien.

*Il rougit. Alistair Monroe rougit ! Comme quoi je ne suis pas la seule à être émotive, dans cette histoire. Je souris.*

– J'ai trouvé cela très charmant, vous savez, dis-je avec douceur. Mais vous avez quand même mis deux jours à répondre à mon message !

– Je suis désolé, j'ai enchaîné rendez-vous sur rendez-vous, je voulais vous appeler quand j'avais du temps libre devant moi, pas entre deux rendez-vous, et pas trop tard le soir non plus. Je ne voulais pas vous déranger, si vous avez un petit ami…

Ah ! La question du petit ami ! Je réalise qu'on n'a pas encore abordé le sujet du célibat. Et je réalise également que je ne me suis pas vraiment posé la question le concernant. Mais le coup de la carte de visite m'a fait penser qu'il était célibataire. Sinon il n'aurait pas eu ce geste. « Tu es naïve, Chloé », me dirait ma mère. Mais il faut que j'arrête de penser à ma mère alors que je suis en face d'un si bel homme !

– Vous ne me répondez pas. Cela veut dire qu'il y a un monsieur Haughton ? demande-t-il, en levant un sourcil.

– Non. Pardon. Et ce n'est pas demain qu'il y en aura un, lancé-je, de façon un peu cavalière.

– Ah bon ? Vous allez devenir bonne sœur ? dit-il avec un petit air moqueur.

– Si jamais ma carrière de galeriste ne décolle pas, pourquoi pas !

Je n'ai pas envie de rentrer dans les explications, lui dire que je ne veux pas être amoureuse. Que je peux passer une nuit avec un homme qui me plaît, mais c'est tout. En réalité, ce dont j'ai très envie, c'est qu'il m'embrasse, là maintenant, tout de suite. Mais ça non plus je ne peux pas le lui dire.

– Je passe une très jolie soirée, je lui réponds, mais je vais devoir rentrer. Il se fait tard.

– Eh bien c'est plus que réciproque, me répond-il dans un grand sourire. Je vous raccompagne en bas de l'hôtel, on va vous trouver un taxi.

Alors que nous attendons l'ascenseur, nous restons tous deux silencieux, un peu gênés. L'ascenseur arrive enfin, il me laisse passer devant, toujours très galant, et alors que la porte se referme, il s'avance vers moi. Je plonge mon regard dans le sien. Ses bras s'approchent de mes épaules, il me tient avec force et douceur à la fois. Je sens mon souffle qui devient de plus en plus rapide, alors que son visage est près du mien. Mon cœur bat à cent à l'heure. Il pose d'abord doucement ses lèvres sur les miennes. Surprise, j'ouvre grand les yeux. Puis je m'abandonne, ferme les yeux, et me sens fondre sous ce baiser de plus en plus sensuel. Il me serre un peu plus fort dans ses bras, il sent tellement bon. Un parfum musqué, ambré. Viril et délicat à la fois, comme son baiser. J'oublie où je suis, c'est étrange, j'ai l'impression d'être sur une autre planète. Puis j'ouvre les yeux : nous sommes arrivés au rez-de-chaussée, la porte de l'ascenseur s'est ouverte, et des clients nous regardent. Depuis combien de temps ? Je n'en ai aucune idée ! Le rouge me monte aux joues et je m'écarte doucement d'Alistair. Il me regarde, surpris, puis se retourne et réalise à son tour que nous avons du public.

Il rit et lance :

– Mesdames et messieurs, le spectacle est terminé. Vous venez d'assister à une avant-première.

Et il se tourne vers moi et me souffle :

– Et j'espère bien qu'il y aura d'autres représentations.

Nous sortons du hall de l'hôtel en souriant comme deux adolescents. À la station de taxi, il me prend par la taille. Ses bras, musclés, m'enserrent parfaitement, comme un corset taillé sur mesure.

– Peut-être, si vous êtes d'accord, pouvons-nous nous tutoyer ? propose-t-il.

– Oui ! J'aime bien le vouvoiement mais ça fait peut-être trop vieille France, vous ne trouvez pas ?

– Tu.

– Pardon ?

– Tu. Tu ne trouves pas. Tu continues à me vouvoyer.

– Ah zut, je lance en riant.

– Je ne veux pas précipiter les choses, mais tu me plais vraiment beaucoup, tu sais. Je te trouve drôle, spirituelle, et ton sourire… me rend dingue. Si tu veux, tu peux passer la nuit ici, tu sais, Chloé…, me dit-il avec une pointe de timidité.

Qu'il m'embrasse encore et encore, qu'il me prenne dans ses bras, qu'il me déshabille, que je découvre son corps, que l'on fasse l'amour… Je ne désire rien de plus au monde, après cette soirée et ce magnifique baiser. Mais je dois me raisonner. Cet homme est d'une rare beauté, il est charmant, séduisant, et j'ai l'impression, dans ses bras, d'être Keira Knightley ! Mais, si je ne crois pas au grand amour, je n'ai pas non plus envie de passer pour une fille facile. Ce n'est pas la première fois que je me « dégonfle » ainsi. J'ai finalement été avec très peu d'hommes dans ma vie… Mais cette fois il y a en plus une autre donnée : je ne veux pas passer pour la fille qui couche avec lui car elle vient de découvrir qu'il est richissime.

– Non, merci Alistair, mais je préfère rentrer, vous comprenez. Enfin… tu comprends.

– Bien sûr, je te proposais cela comme ça. C'est que c'était tellement bon de t'embrasser, Chloé. J'en rêve depuis que l'on s'est rencontrés dans le train… Mais c'est sûrement mieux si tu rentres chez toi. Prenons notre temps. J'ai envie de prendre le temps, avec toi. Tiens, voilà un taxi.

– À bientôt mademoiselle Haughton, dit-il juste avant de m'embrasser de nouveau, furtivement.

L'effluve de son parfum me transporte. J'ai l'impression de revivre le baiser de l'ascenseur, comme si je revivais un rêve.

Le taxi s'arrête, j'ouvre la portière, et lui réponds :

– À bientôt monsieur Monroe.

– Bonsoir monsieur, je vais vers Whitechapel.

Si d'habitude j'adore discuter avec les chauffeurs de taxis, parisiens ou londoniens, cette fois je prie pour qu'il ne me parle pas. Je veux repenser à ces dernières minutes, à ses lèvres sur les miennes. À ses mots aussi. Il rêvait de m'embrasser depuis notre rencontre dans le train ? Ça alors… C'est fou. Moi qui pensais qu'il m'avait prise pour une gamine. Une gamine certes marrante, mais sans plus. D'habitude j'ai de l'assurance, je me considère comme une fille jolie et intelligente, et je sais que je plais. Mais avec cet Alistair, on ne joue pas dans la même catégorie ! C'est une gravure de mode, et il est apparemment millionnaire. Et en plus, il est agaçant, car il est gentil et attentionné. Il est où le problème ? Elle est où la faille ? Il y en a certainement une… Il y en a toujours une.

# 3
# VIE PARISIENNE

Je suis de retour à Paris après ce drôle de séjour londonien. J'ai réussi à cacher à ma mère ma fin de soirée avec Alistair. J'ai dû lui mentir, lui dire que j'avais passé tout ce temps avec Lucy. Je n'aime pas cela, mais je n'avais pas envie qu'elle me fasse encore une fois la leçon sur les hommes, leurs trahisons, leurs infidélités. Je voulais juste garder un joli souvenir de ses baisers. Peu importe si je le revois ou pas, cette scène dans l'ascenseur est, je pense, une des scènes les plus érotiques de ma vie ! Peu importe… Enfin, pas tant que ça. Si je suis honnête avec moi-même, je crois que je serais déçue de ne pas le revoir.

En sortant du train, je vais directement à l'agence où je fais mon stage. J'y vais à reculons. Non pas que je rechigne à la tâche, au contraire je suis une bosseuse, mais ma chef est un tyran. Oui, un vrai tyran. Lorsque j'ai postulé il y a un mois pour ce stage de webmaster, je ne me suis pas rendu compte de là où je mettais les pieds. Pendant l'entretien, elle était cordiale. Elle semblait assez sûre d'elle et autoritaire, en même temps, ce sont des qualités pour un chef d'entreprise. Mais dès le premier jour, c'était parti sur de mauvaises bases. J'étais arrivée assez nerveuse, mais pleine de bonne volonté. Ce n'était pas mon premier stage, j'avais passé trois mois dans une galerie d'art, mais c'était la première fois que j'allais être testée sur mes compétences en Web. À peine une heure après mon arrivée, Catherine, ma boss, me dit :

– Chloé, il y a un gros client qui va arriver, vous allez venir avec moi en réunion pour voir comment cela se passe.

Et là, la cata. En réunion le client n'arrêtait pas de se tourner vers moi et de me demander mon avis sur le nouveau site Internet qu'il voulait développer. Il voulait avoir l'avis d'une « jeune ». Au départ je balbutiais quelques idées, puis, comme il semblait intéressé, je pris de l'assurance et développais toute une stratégie. À la fin de la réunion, il était convaincu et annonça qu'il allait signer avec l'agence. En quittant la salle, je dis à Catherine que c'était une bonne nouvelle. Mais là, elle se tourna vers moi, me lança un regard qui tue, et me dit, d'un ton très dur :

– Vous vous prenez pour qui, mademoiselle Haughton ? C'est votre premier jour et vous prenez la parole devant mon client en réunion ! Cela fait des mois que je travaille dur pour avoir ce contrat, vous auriez pu mettre en péril le projet.

Je tombai des nues.

– Mais ce n'est pas le cas, il me semble que vous l'avez gagné, ce projet, lui répondis-je, les larmes aux yeux.
– Oui, vous avez eu de la chance. Et vous avez aussi de la chance que j'ai signé votre accord de stage et que je me sois engagée pour trois mois auprès de votre école.

La claque. Je pensais avoir bien fait. Je n'allais quand même pas rester muette face aux questions du client !

Depuis ce jour, Catherine me fait vivre l'enfer. Toutes les tâches ingrates : photocopies, café, etc., c'est pour moi. Quand elle présente l'équipe à quelqu'un de l'extérieur, elle fait exprès de m'oublier. Et le pire du pire : elle ne me confie pas de missions et me laisse donc désœuvrée. Je ravale ma fierté et me dis que ça va passer. Mais ça ne passe pas. Malgré mes tentatives de discussion et ma bonne volonté pour bien faire mon travail, j'ai trop blessé Catherine dans son orgueil.

Alors qu'un jour j'en parlai à la machine à café, avec un collègue, Adrien, celui-ci me dit avec compassion :

– Chloé, tu es jeune, talentueuse et jolie. Catherine s'est battue, dans un monde d'hommes, pour arriver là où elle est aujourd'hui. Et elle est devenue aigrie et misogyne. Tu n'es pas la première à qui ça arrive, mais c'est vrai que là elle est particulièrement énervée contre toi… Il n'y a rien à faire, il faut juste patienter.

Depuis mon séjour londonien, j'ai pris la décision de ne plus souffrir de cette situation. Je vais finir mon stage car j'en ai besoin pour valider mon cursus, je vais travailler sur mon projet personnel de galerie le soir chez moi, et patienter, comme dit Adrien…

J'arrive devant la porte de l'agence, mon téléphone vibre. Un message d'Alistair !

[Bonjour jolie Parisienne. Alors ce retour ? T'es-tu endormie sur l'épaule d'un inconnu dans le train ? J'espère que non.]

Je relis le message plusieurs fois, un grand sourire aux lèvres. La porte s'ouvre tout d'un coup. C'est Catherine. En tailleur noir, perchée sur quatorze centimètres de talons aiguilles, les cheveux blancs et raides, elle me toise.

– Ah, c'est vous Chloé. Que faites-vous plantée là, comme ça ? Vous savez qu'il est 10 heures, et que je ne vous paye pas pour envoyer des textos à vos copines.

Je me sens bouillir de colère. Je franchis la porte et lui glisse en passant, avec beaucoup de calme.

– Mais vous ne me payez pas, Catherine, vous savez. Et d'après ma convention de stage je commence tous les jours à 10 heures. Et il est 9 h 58. Sur ce, excusez-moi mais j'ai des photocopies à faire.

C'est la première fois que je lui réponds ainsi. Elle reste scotchée dans l'entrée, bouche bée. Comme nous sommes en *open space*, mes collègues ont entendu l'échange. Un silence de mort règne dans l'agence. Adrien me lance un clin d'œil, et alors que je m'assieds en face de lui, me dit, en murmurant :

– Bravo Chloé. Bien répondu. Mais attends-toi à une vengeance de Cruella.

Cruella, c'est le surnom qu'Adrien et moi avons donné à Catherine. Une référence aux *101 Dalmatiens*. Mais je ne serai plus un gentil toutou, désormais. Je me mets à mon bureau, découvre le tas de photocopies que j'ai à faire, et soupire. Je me jure à moi-même que, quand j'aurai ma propre boîte, jamais je ne traiterai les stagiaires, hommes ou femmes, ainsi. Je m'en fais le serment.

Deux heures plus tard, alors que j'ai fini de relier les dossiers photocopiés, je réalise que je n'ai pas répondu à Alistair. Il faut que j'écrive un message aussi drôle que le sien, mais je ne suis pas d'humeur clown, aujourd'hui. Je décide d'être honnête.

[Retour à la réalité de l'agence, avec ma boss tyrannique. Pas facile, mais je suis une battante.]

Il me répond une minute plus tard.

[Bien sûr que tu l'es. Un dîner chez moi ce soir, 20 heures ? Promis, je ne te martyriserai pas.]

Il vient de sauver ma journée. Un dîner chez lui ! Génial !

Je sens mon cœur battre soudainement très vite. Mais cette première émotion passée, je commence à stresser : c'est compliqué car je dois retrouver mes meilleures amies pour un apéro avant, et puis je ne suis pas très bien habillée, et puis j'ai des sous-vêtements un peu moches. Ah, l'angoisse des sous-vêtements moches avant un rendez-vous, un grand classique ! Rien ne me dit que l'on va se déshabiller, mais je ne suis pas naïve : depuis l'hôtel je sais que j'en ai envie, et que lui aussi. Je réfléchis un peu. Ils ne sont pas si moches, finalement, ces sous-vêtements, ils sont simples, en coton noir. Je réponds :

[Avec plaisir. Tu me donneras adresse et code ? Cosette.]

Quant aux filles, je peux toujours les retrouver pour l'apéro avant de rejoindre Alistair. Cela veut dire que je vais devoir leur en parler et que je vais avoir droit à un interrogatoire.

– Tu l'as rencontré où ? demande Camille, la romantique.
– Il est comment, t'as une photo ? interroge Noémie, la pragmatique.
– Vous avez déjà fait l'amour ? lance Émilie, la *sex-addict*.

Elles me font rire, ces trois filles. Nous sommes à la terrasse de La Perle, notre QG parisien. C'est ici que l'on se retrouve, au moins une fois par semaine. Elles sont mes amies, mes confidentes, mes piliers. Nous sommes toutes les quatre différentes, et pourtant inséparables depuis maintenant trois ans. On s'est rencontrées en école d'art, un coup de foudre amical. La première semaine de cours, un prof avait demandé de réaliser un court-métrage, et formé des équipes. Je m'étais retrouvée avec ces trois filles. Après des semaines de fous rires, de disputes et de partage, nous ne nous sommes plus quittées. Et donc me voilà en terrasse avec elles, et à peine leur ai-je annoncé que je dois plus tard dîner avec un garçon qu'elles ont déjà plein de questions.

– Dans l'Eurostar, il est très beau mais je n'ai pas de photo, et non.

Je leur réponds d'une pierre trois coups. Je sens Émilie un peu déçue. Elle adore quand on se raconte nos parties de jambes en l'air, surtout s'il y a eu des moments ridicules ou gênants. Elle est célibataire, pigiste dans la presse féminine, et je la soupçonne de noter toutes nos anecdotes pour ses articles à venir. Un jour je pense retrouver une de mes histoires dans la rubrique « C'est du vécu » !

– Dans le train ? rebondit Camille. C'est tellement mignon…

Elle me regarde avec ses grands yeux verts, son beau visage pâle entouré de ses longs cheveux blonds. Camille est une fille d'un autre siècle. Elle a le visage des belles femmes des peintures du Moyen Âge, et croit dur comme fer à l'Amour avec un grand A.

– Ok, mais il fait quoi dans la vie ? Et il habite où ?

Noémie, qui est en couple depuis déjà deux ans, planifie tout dans sa vie. De sa journée de travail à sa vie personnelle.

Elle a déjà prévu d'avoir deux enfants, et d'en faire un dans trois ans. Elle est très amoureuse de Julien, son copain. Elle a aussi une peur bleue de laisser faire le hasard. Il n'empêche, dès qu'on a un week-end, un anniversaire, ou quoi que ce soit à organiser, on sait qu'on peut compter sur Noémie. Cette fille a un tableau Excel dans sa tête. Mais elle est aussi très généreuse, et elle sait heureusement se moquer d'elle-même et de ses petits travers de *control freak*.

– Eh bien en fait c'est assez marrant, je l'ai revu à Londres et j'ai compris que c'était le boss d'une grande marque de luxe – J'ai décidé de dire la vérité à mes amies – Vous savez, les sacs « Monroe » ? Eh bien c'est lui. Il s'appelle Monroe.

– C'est un conte de fées, ton histoire, répond Camille, enthousiaste.

– Mais tu sais bien que Chloé ne croit pas en l'amour, rebondit Émilie. Il n'empêche, il doit être richissime. Vous allez faire l'amour dans de super beaux endroits. Dans des lofts, dans des piscines, dans des jets privés, tout ça…

On rit toutes les quatre en cœur. Nos voisins de la table d'à côté se retournent. Le volume sonore de nos rires conjugués est impressionnant quand on n'a pas l'habitude. Mon téléphone vibre.

[8, boulevard Saint-Germain, code 23482, dernier étage. À tout de suite.]

Mince il est bientôt 20 heures ! Je n'ai pas vu l'heure passer, comme à chaque fois que je suis avec mes amies. Je lui renvoie un message, pour savoir ce que je dois apporter. Il me répond « ta jolie bouche ». Je souris bêtement en regardant mon téléphone, Émilie le remarque.

– Mais dis-moi, c'est rare de te voir sourire ainsi à cause d'un mec, Chloé, dit-elle. T'es sûre que tu n'es pas en train de tomber amoureuse de lui ?

– Mais non voyons, c'est juste un beau mec qui m'invite à dîner. Espèce de jalouse, lui dis-je en me levant pour lui faire la bise. Je suis désolée de partir, mais je suis déjà en retard. On se voit vite, les girls.

– On veut tous les détails, répond Émilie avec un petit sourire en coin.

– Tu es très belle ce soir Chloé, je suis sûre qu'il va succomber à ton charme, ajoute Camille.

– Tu ferais mieux de prendre un taxi, la ligne 4 est en travaux en ce moment, conclut Noémie.

Je les quitte un peu à regret. Je suis contente d'aller dîner chez Alistair, mais je n'aime pas laisser tomber mes copines pour un mec. Comme dirait ma mère, l'amitié dure toute une vie, alors que les hommes… Comme je n'ai pas les moyens de prendre le taxi, je prends le métro, la ligne 4, qui est effectivement ralentie jusqu'à mon changement. Lorsque j'arrive devant l'immeuble d'Alistair, je suis tout essoufflée. Je lève les yeux : c'est un immense et très bel immeuble haussmannien. L'entrée est tapissée de miroirs Art déco, c'est magnifique. Cela change de mon hall d'entrée tout moche ! En même temps, je m'attendais à quoi ? Il m'a dit qu'il avait de l'argent, je sais bien qu'il ne vit pas dans un taudis. Arrivée au 7$^{e}$ étage, je regarde de nouveau son message : il ne m'a pas dit quelle porte c'était. Mais en fait… je regarde autour de moi : il n'y a qu'une seule porte, au 7$^{e}$ étage. Je rêve ou son appartement fait un étage entier ? Je sonne, et attends, un peu nerveuse. Je n'ai même pas eu le temps de regarder si je suis décoiffée ou si mon mascara a coulé. Si ça se trouve j'ai vraiment une sale tête ! Mes doutes s'effacent comme par magie quand il ouvre la porte.

– Chloé ! Enfin ! Bienvenue. Je suis ravi de te revoir. Toujours aussi jolie…

Il me laisse passer devant lui. Nous traversons un long couloir, qui dessert de nombreuses pièces, dont certaines aux portes vitrées. Je suis impressionnée par autant d'espace. Il croise mon regard.

– C'est très grand, trop grand même, pour quelqu'un de seul, mais j'ai eu un coup de foudre pour cet appartement, viens, suis-moi, je vais te montrer pourquoi.

Une fois arrivé dans le salon, il ouvre une porte-fenêtre qui donne sur un balcon. Il me prend la main et m'invite à le suivre. Cet appartement immense et splendide, lui tout aussi splendide… J'ai l'impression d'être dans une publicité pour un parfum de luxe ! Arrivée sur le balcon, j'ai le souffle coupé. Il fait tout le tour de l'immeuble et offre une vue incroyable sur Paris.

– J'adore cette vue, me confie-t-il, le regard au loin, ma main toujours dans la sienne.

– Oui, c'est pas mal. Moi j'ai vue sur mon voisin en slip. C'est moins glamour.

Comme souvent, je casse un instant romantique par une blague. Je ne peux pas m'en empêcher. De quoi ai-je peur exactement ? Je ne sais pas, mais quand c'est trop beau, trop émouvant, trop romantique, cela me rend beaucoup trop nerveuse. Il sourit. Nous rentrons dans le salon, il me propose de m'installer dans le canapé, puis part dans la cuisine. Je me sens toute petite dans ce grand canapé en cuir. Dans ces cas-là, j'aimerais bien fumer, cela me donnerait une contenance, mais j'ai déjà essayé de fumer, ce n'est pas du tout mon truc. Alistair revient avec un plateau chargé d'antipasti, et s'assied à côté de moi.

– Je suis passé chez le traiteur italien, je n'ai pas eu le temps de cuisiner. Tu m'excuses ? dit-il en me servant un verre de vin pétillant italien.

– Hum, je ne sais pas. J'hésite, je réponds en souriant.

– Raconte-moi ta boss tyrannique. Tu as l'air de souffrir, dans ton stage, non ?

Tout en savourant les délicieux antipasti, je lui raconte l'histoire de la première réunion avec Cruella, les photocopies, les remarques, etc. Il me regarde et m'écoute.

Je me sens de moins en moins nerveuse. Ok, son appart est IMMENSE (j'ai calculé : le mien fait la taille de sa cuisine), et ok il est magnifique, pieds nus, en jean et en chemise blanche, assis élégamment sur son canapé, juste à côté de moi. Mais tout de même, je me sens mieux qu'en arrivant.

– Alors, tu es moins nerveuse ?, me dit-il en me tendant un autre verre de vin.

*Mais il lit dans mes pensées, ou quoi ?*

– Hahaha !

Mon rire sonne totalement faux.

*Reprends-toi Chloé, ça va, ce n'est pas l'homme de ta vie, c'est un beau gosse, avec qui tu vas juste passer une nuit. Et c'est tout.*

– Tu sais que quand tu es nerveuse, tu fais ce geste, là… Tu tournes une mèche de cheveux avec tes doigts, et c'est très charmant, me dit-il avec un petit sourire en coin.
– Aussi charmant que mon ronflement, c'est ça ? lancé-je, du tac au tac.
– Quand on aura 80 ans et qu'on aura dix petits-enfants, tu me parleras toujours de cette histoire de train, non ?
– Oui, et je la raconterai en boucle à nos petits-enfants, autour d'un feu : Papy était un sacré séducteur, vous savez !

Il rit. Malgré tout, je suis toujours aussi intimidée par cet homme qui m'a invitée à dîner, chez lui. Je l'observe assis à côté de moi dans cet immense canapé. Il est tellement craquant, avec sa chemise blanche entrouverte. Alors qu'il se penche pour attraper son verre, j'aperçois une grande tache sombre sur son torse. Une tache de naissance ? Un tatouage ? On distingue un visage, c'est sans doute un tatouage. Je me recule un petit peu : c'est un tatouage noir et gris. Je suis surprise. Je n'imaginais pas du tout qu'Alistair était le genre d'homme à être tatoué. Un fils de bonne famille, le big boss d'une entreprise de luxe… Peut-être a-t-il eu une période « rebelle » quand il était plus jeune ? Je lève les yeux vers lui.

– Oh, tu es tatoué ! C'est quoi ? Tu l'as fait quand ?

Il sursaute et referme un peu sa chemise, pour occulter de ma vue le dessin.

– Il y a dix ans environ. Il représente le visage de Geronimo, le chef apache, dit-il avec une voix plus grave que d'habitude.

Je suis sur le point de sortir une blague de mon chapeau sur le western, les Indiens et les cow-boys, etc., mais je sens que je viens d'aborder un sujet sensible.

– Et il a une signification particulière ? je demande, toujours aussi curieuse.
– Oui, c'est en lien avec mon frère, répond-il en détournant son regard du mien.
– Ton frère ? Mais je croyais que tu n'avais pas de frères et sœurs ?

Alistair ne répond pas. Il me regarde, il a les yeux qui commencent à s'embuer. Mince, je suis beaucoup trop curieuse. L'aurais-je blessé ? Aurais-je abordé un sujet trop dur ? Mais je ne comprends plus rien. Il a dit l'autre soir qu'il était fils unique, là il me parle de son frère… C'est très étrange. Je sens que je viens tout simplement de rompre la magie de la soirée, avec mes questions.

*Bravo Chloé, tu devais passer une folle soirée de sexe, et tu viens de tout gâcher.*

– C'est une longue histoire, Chloé, me dit-il.

Il sourit. Je suis soulagée, ma maladresse ne l'a pas trop blessé… Nous restons silencieux quelques secondes. Il regarde mes lèvres avec gourmandise. Ce regard me trouble. Il approche son visage du mien. Je sens son souffle à quelques centimètres de ma bouche. Il s'arrête un peu dans son mouvement. Cette tension érotique est insoutenable ! Puis il pose ses lèvres contre les miennes. Un baiser long, langoureux, sensuel, qui me fait frissonner. Il glisse sa main derrière ma nuque et me tient ainsi, avec beaucoup de force et de douceur à la fois.

*S'il fait aussi bien l'amour qu'il embrasse…*

Je me sens fondre sous ses baisers. Une vraie poupée de chiffon ! Une poupée que l'on déshabille : je sens ses mains ouvrir délicatement mon chemisier. Son regard en dit long sur la nuit que nous allons passer…

Je ferme les yeux et ne bouge pas.

*Chloé, ma fille, ne sois pas si timide, réagis, fais quelque chose.*

Mais je me sens comme dans un nuage de coton, et ne bouge toujours pas. Il me fait pencher un peu plus en arrière, ses mains viennent de faire glisser mon chemisier sur mes épaules, et sa bouche s'approche de mon décolleté. Ses lèvres, si douces, se posent sur mes petits seins, juste au-dessus de mon soutien-gorge. Sa langue s'immisce sous le tissu, je soupire. C'est tellement bon. Je prends sa tête entre mes mains, et la presse un peu contre mes seins. Je caresse ses beaux cheveux en bataille. Ses mains se baladent dans mon dos, il dégrafe mon soutien-gorge. Je me retrouve seins nus, à la merci de sa bouche. C'est la première fois que de simples baisers me font autant d'effet. Il lève ses yeux vers moi, je me plonge dans son regard noir, et souris. Ce sourire qui veut dire : continue, tes caresses me bouleversent. Il attrape avec force mes hanches et me fait basculer un peu plus en arrière jusqu'à m'allonger. Ses mains déboutonnent à présent mon jean. Un bouton, deux boutons, trois… Il fait glisser le jean, pose sa bouche sur mon ventre et descend doucement vers ma petite culotte. Je ne contrôle plus rien. Je frissonne de plaisir de sentir ainsi sa bouche à quelques centimètres de mon sexe. Il se rapproche de plus en plus de mon entrejambe, à coups de petits baisers.

– Tu me plais, Chloé, dit-il avec une voix douce et chaude.
– Toi aussi tu me plais, lancé-je dans un murmure.

– J'ai très envie de te goûter…

Je suis troublée et excitée à la fois. Je sens mes joues rosir au fur et à mesure que sa langue s'approche de ma fente. Je sens aussi que ma culotte est de plus en plus humide. Mon corps et mon esprit sont à l'unisson, connectés à cet homme qui m'embrasse. Il s'arrête.

*Aurait-il changé d'avis ?*

Je relève ma tête et le vois en train de regarder avec intensité et désir ma petite culotte, mouillée par ses baisers et mon excitation. Puis il plonge avec gourmandise son visage entre mes cuisses, écarte ma culotte avec sa main et commence à me goûter, me lécher, m'embrasser.

*Mon Dieu comme c'est bon… Jamais un homme ne m'a fait cela avec autant de passion…*

Mes jambes commencent à trembler sous le plaisir, je soupire de plus en plus fort. Je l'entends lui aussi soupirer. Il va me faire jouir, s'il continue. Est-ce que c'est ce qu'il veut, que je jouisse, comme ça ? Ses lèvres, sa langue, sa bouche contre mon sexe, encore et encore. C'est de plus en plus puissant, j'ai l'impression que mon cœur va exploser. Je suis comme dans un état second, comme si plus rien n'existait autour de nous, il n'y a que nos deux corps, et le désir. Ses mains agrippent mes hanches, j'attrape ses poignets et les serre, fort. Je me sens partir.

*Je vais jouir… Il va me faire jouir…*

– Alistair, je vais… Alistair…

Je ne peux pas finir ma phrase, je crie de plaisir. Un cri comme une plainte. La jouissance traverse tout mon corps tremblant. Il pose son visage contre mon ventre, mes mains caressent sa nuque.

– Tu es très jolie quand tu jouis, Chloé, me dit-il de sa belle voix grave.

Des larmes d'émotion me montent aux yeux. Il lève son regard vers moi, je tourne la tête. Je ne veux pas qu'il me voie si émue, c'est ridicule…

Après quelques minutes de silence, pendant lesquelles je me sens flotter hors du temps, hors de l'espace, je me reconnecte à la réalité : je suis à moitié nue, alors que lui est encore tout habillé ! J'ai très envie de voir et de sentir son corps nu contre le mien. Il se rassoit sur le canapé, je m'approche pour lui déboutonner sa chemise déjà entrouverte. Puis son jean, tout doucement… Je dépose des baisers sur son torse, comme il l'a fait avec moi tout à l'heure. Il a un corps ferme et la peau extrêmement douce. En respirant profondément son parfum viril, je me sens de nouveau excitée. Mes mains caressent son torse tandis que je l'embrasse de plus en plus près de son jean ouvert. Son bas-ventre musclé forme un « V » juste au-dessus du sexe, ce « V » que certains hommes musclés ont et qui me rend dingue. C'est comme si une flèche indiquait : « *this way* ». Ma bouche s'approche de son caleçon, je le sens bander – très fort – sous son jean. J'aimerais lui enlever ses vêtements, prendre son sexe dans ma bouche, lui donner autant de plaisir qu'il m'en a donné tout à l'heure. Mais, par timidité, j'hésite à le faire… Alors que mes mains vont pour baisser un peu plus le jean ouvert, Alistair me prend délicatement par les épaules.

– Embrasse-moi, Chloé.

J'abandonne son sexe bandant pour m'approcher de ses lèvres. Je m'assieds contre lui, mon sexe nu contre son corps. Il me tient par les hanches, nous nous embrassons avec ferveur et force. Comme si notre vie en dépendait. Tout mon corps n'est que frisson.

– Chloé, tu es tellement belle, tu sais, me souffle-t-il.

Je plonge mon regard dans le sien. Ses beaux yeux sombres me font chavirer. Ses mains caressent doucement mes fesses nues alors que je me sens onduler contre lui.

*Cet homme me rend folle de désir.*

Il me prend par la taille et me soulève, avec à la fois beaucoup de force et de délicatesse, pour me renverser sur le dos, sur son canapé. Alors que je suis allongée, nue, à sa merci, je le regarde enlever son jean et son caleçon. Il s'approche de moi doucement. Tout d'un coup je me sens de nouveau nerveuse. Comme si c'était la première fois que je faisais l'amour. Je n'ai pas eu beaucoup de partenaires, mais ne suis pas vierge non plus. Et pourtant, à le sentir se rapprocher de moi, nu et magnifique, je me sens comme une adolescente. Il doit avoir un sixième sens et le sentir car il me dit :

– On fait ce que tu veux Chloé, on a tout le temps tu sais.

Et sur ces mots il approche sa bouche de mes seins, et mordille doucement mes tétons. Je soupire, c'est tellement bon. Toute ma nervosité s'évanouit, je ne suis plus qu'un corps désirant. Je veux le sentir en moi, je veux qu'il me fasse l'amour, là, maintenant, tout de suite.

– Viens, viens en moi, Alistair, je susurre.

Il s'éloigne quelques secondes pour chercher un préservatif et l'enfiler sur son sexe avant de revenir poser de nouveau sa bouche sur mes tétons durcis par mon excitation. Il se glisse entre mes jambes, et doucement me pénètre. Nos deux corps fusionnent. Je sens son sexe, long et dur, faire de longs va-et-vient en moi. Mes jambes entourent les siennes.

– Alistair, je soupire, continue je t'en supplie.

Pendant de longues minutes il me prend ainsi, allant doucement, puis plus vite. Il m'embrasse, sur les lèvres, dans le cou. Je me shoote à son odeur. C'est tellement bon… Il m'attrape délicatement par la taille, je m'assieds sur lui, en sentant son sexe en moi. J'ondule, je vacille, je me cambre, je l'embrasse. Mon sexe, humide, glisse sur le sien, nous sommes à l'unisson… Il me tient par la taille et accompagne les mouvements de mon bassin. Je sens que je vais jouir à nouveau.

– Alistair, je vais…
– Moi aussi, soupire-t-il.

Je bouge de plus en plus vite sur lui. Il agrippe mes petits seins. Je sens la jouissance partir de mon sexe pour envahir tout mon corps, je me cambre et crie de plaisir. Il jouit aussi.

– Chloé, Chloé…

Des secondes de bonheur intenses… Je me réfugie au creux de son épaule, nous restons longtemps ainsi, haletants, nos deux corps en sueur l'un contre l'autre. J'aimerais que cet instant dure une éternité.

– Chloé c'était merveilleux, me dit Alistair.
– Oui, je réponds, encore émue.

Je sors finalement de cette jolie torpeur et m'assieds à ses côtés.

– Je vais te chercher un verre d'eau, me dit-il.

Il se lève, je le regarde. C'est un dieu grec, cet homme !

Quand il revient je suis toujours nue, sur son canapé. Je ne sais pas quoi faire. Je ne veux pas passer la nuit chez lui, mais je ne vais pas non plus partir en courant ! Je rassemble doucement mes affaires, dispersées sur le canapé et le sol, et commence à me rhabiller.

– Je te fais un strip-tease à l'envers, lui dis-je en souriant.
– C'est un spectacle magnifique, me répond-il avec un air troublé.
– Bon, eh bien je crois que je vais y aller…

Ma bouche prononce ces mots, mais au fond de moi j'ai envie qu'il me dise : « Non, reste. »

*Mais je sais aussi que dormir chez l'un ou chez l'autre, ce peut être le début d'une relation sérieuse…*

Il ne me retient pas et reste silencieux. Je le sens un peu déçu. Je finis de me rhabiller en silence. Mais alors que je me dirige vers la porte d'entrée, il me prend dans ses bras, et me glisse à l'oreille :

– J'ai passé une merveilleuse soirée, Chloé. Tu es magnifique quand tu jouis… J'espère vraiment te revoir bientôt.

Ces mots ! Ils me font frissonner. Je ne sais que répondre. Avant de franchir le seuil de son appartement, je repense à sa bouche contre mon sexe, à ma jouissance.

J'entre dans l'ascenseur, mais avant je jette un dernier regard sur cet homme, dans l'embrasure de sa porte. Grand, musclé, la chemise ouverte qu'il a enfilée à la va-vite, les cheveux en bataille. Je viens de faire l'amour avec l'homme le plus sexy du monde. Mais aussi le plus mystérieux…

# 4
# LE DOUTE

---

De : Alistair Monroe
À : Chloé Haughton
Objet : Envie de te revoir.

Hello Chloé,

Comment vas-tu ? Merci pour cette belle soirée chez moi. J'espère que tu es bien rentrée. Et j'espère avoir très vite de tes nouvelles. Tu me plais, Chloé, vraiment… Revoyons-nous vite !

Baisers,

Alistair

---

– C'est qui cet Alistair ?

Adrien, mon collègue, me fait sursauter. Il est juste derrière moi, et vient de lire le mail qu'Alistair m'a envoyé il y a deux jours.

*Zut, je ne suis pas censée lire mes mails personnels au bureau !*

Je repense à la soirée torride que l'on a passée ensemble. Je sens un frisson de plaisir parcourir tout mon corps, mais en même temps je me sens mal. Il veut me revoir… Est-ce que cela veut dire qu'il veut que l'on soit vraiment ensemble ? Cela me fait véritablement trop peur. Cela me terrifie, même…

– C'est un pote, dis-je, en fermant la fenêtre de ma boîte mail un peu trop vite.

– Oui bien sûr un pote ! Et moi je suis le pape. Dis-moi, j'ai besoin d'aide sur l'appel d'offres pour la banque. Ça te dit qu'on bosse ensemble ? À moins que Cruella t'ait surchargée de travail ?

– Non, elle est dans sa semaine : « Je ne te donne aucune mission, pour bien te faire comprendre que tu ne sers à rien », je réponds, à voix basse.

– Bon tant mieux alors. Je vais t'expliquer le projet en salle de réunion.

Heureusement qu'Adrien est là, sinon mon stage serait vraiment un enfer. Au moins j'ai quelqu'un avec qui partager ma colère ou ma tristesse. Il a 30 ans, est dans la boîte depuis cinq ans en tant que chef de projet senior. Avec Cruella ils ont des rapports cordiaux. Elle n'aime pas le voir me parler, mais elle sait qu'il est très important pour la boîte, que les clients l'adorent, donc elle ne se permet aucune remarque. Nous allons en salle de réunion, et travaillons sur l'appel d'offres. Je suis ravie de bosser avec lui. Je me sens enfin utile ! Et puis comme cela je ne pense pas trop à Alistair. Je ne sais pas quoi lui répondre. Tous les messages que j'imagine me semblent ou trop froids, ou au contraire trop « amoureux ». Dans une situation normale je ne lui aurais même pas répondu, mais là je ne peux pas le laisser ainsi, sans réponse. Heureusement, Adrien m'a sauvée de mes tourments.

Lunettes noires et carrées, chemise à carreaux boutonnée jusqu'en haut et bonnet (même quand il ne fait pas froid !) : Adrien est le stéréotype du « hipster » qui bosse dans une agence Web. Il est branché nouvelles technologies, musique électro, et gadgets en tout genre. Il est mignon et gentil, mais ce n'est pas du tout mon style. Depuis mon premier jour de stage j'ai remarqué qu'il me regardait souvent. Je crois que je lui plais, donc je fais en sorte d'être sympa avec lui (c'est mon seul « ami » à l'agence), tout en gardant un peu mes distances. C'est pourquoi quand à la fin de notre réunion, il me demande « ça te dit qu'on boive un verre ce soir ? », j'hésite un peu. Cela se fait, entre collègues, de boire un verre, mais en même temps je ne veux pas qu'il pense qu'il me plaît.

– À moins que tu sois occupée avec ton Alistair, poursuit-il, avec un ton plein d'ironie.

Bon, j'accepte l'invitation. J'ai encore deux mois à passer à l'agence, il ne faudrait pas que je me mette à dos mon seul allié !

À 19 heures, nous quittons ensemble l'agence. Nous croisons Cruella dans le couloir. Elle ne me lance pas un regard, mais fait un grand sourire à Adrien.

– Tu as fini le dossier d'appel d'offres pour la banque, Chéri ?

*Chéri ! Non mais n'importe quoi !*

– Oui Catherine, je viens de vous envoyer le dossier. Vous savez, Chloé m'a beaucoup aidé. On a travaillé sur le sujet cet après-midi, et elle m'a donné plein de bonnes idées, on va leur proposer un site Internet vraiment moderne et interactif.
– D'accord, répond-elle, froidement. Je vérifierai le dossier avant que tu l'envoies au client. On ne sait jamais.

*On ne sait jamais quoi ? On ne se sait jamais, si cette idiote de Chloé a truffé le dossier de fautes d'orthographe ? Mais qu'elle dise les choses franchement !*

Je ne dis rien, mais je sens mes mâchoires se crisper.

– Comme vous voulez, mais ce ne sera pas utile, Catherine. Le dossier est parfait, et vous le savez, j'ai depuis trois ans de très bons rapports avec ce client. Bonne soirée.
– Bonne soirée Adrien.

Je dois être la version féminine de l'Homme invisible,

puisque Catherine ne daigne même pas se tourner vers moi pour me saluer.

– Non, mais tu as entendu sa remarque ?

J'explose de colère en sortant dans la rue.

– Elle me prend pour une cruche ou quoi ? Elle ne revoit jamais tes dossiers, et là, parce que j'y ai participé, elle veut te relire. C'est super humiliant !

– Oui, je sais Chloé. Elle est vraiment terrible. Mais ce qui compte, c'est ce qu'on a fait ensemble cet après-midi. Et on a fait du très bon travail. Le reste, oublie-le. Je sais, ce n'est pas facile, mais tu n'as pas le choix. Sinon tu vas devenir folle.

– Je suis déjà folle de rage…

– Oui je vois ça, tu es toute crispée et tes yeux lancent des éclairs ! Allez viens, on va boire un verre et se détendre un peu.

Nous nous installons sur une terrasse à côté de l'agence, rue Montorgueil. Après un premier verre de vin, je commence un peu à me détendre. Adrien est adorable, il fait tout pour me faire rire. Il me raconte son premier stage, à 18 ans.

– Vu que j'ai un peu les oreilles décollées, mon boss, qui avait tout juste 25 ans, avait décidé de me surnommer « Dumbo ». Il trouvait ça très drôle. Non mais tu imagines l'humiliation ? Avant de rentrer en réunion devant tout le monde, les salariés, les clients, peu importe, il lançait « Dumbo, tu viens avec nous ? ». À chaque fois j'étais mortifié. J'ai tenu un mois et je suis parti. Mais j'ai eu ma petite vengeance. L'année dernière ce mec cherchait du boulot et a envoyé une candidature à l'agence. C'est moi qui ai reçu son mail. Je lui ai répondu en commençant mon mail par « Cher Simplet... ». Tu vois, la vie en agence c'est Disneyland, mais version film d'horreur ! En parlant de mail, tu ne veux vraiment pas me dire qui est cet Alistair ? C'est ton mec, c'est ça ?

Je me doutais bien qu'il allait me relancer sur ce sujet. Que lui raconter qui ne soit pas trop personnel ? Je ne vais pas lui mentir, ce serait absurde. Et en même temps je ne veux pas trop dévoiler mon intimité.

– Pas vraiment, je réponds, après quelques secondes d'hésitation.

– Cela veut dire quoi, « pas vraiment » ? me demande-t-il, avec un air plein de curiosité.

– Eh bien c'est un homme que j'ai rencontré dans l'Eurostar, mais ce n'est pas mon mec, non. On a passé un bon moment, c'est tout.

– C'est un sex friend, c'est ça ?

– Oui, tu peux appeler ça comme ça si tu veux. Sauf que je ne pense pas le revoir régulièrement, comme le font les sex friends.

– Je ne comprends pas, tu viens de dire que tu avais passé un bon moment avec lui, quand tu en parles tu as les yeux qui brillent, et tu ne veux pas le revoir ?

Touché ! C'est vrai que l'idée de ne jamais recroiser Alistair me rend triste. Mais l'idée de m'engager dans une relation m'effraie encore plus.

– J'ai l'impression que lui cherche une vraie histoire. Et je ne crois pas que ce soit mon truc, pour l'instant, les histoires d'amour.

– Ne dis pas ça, c'est sûrement que tu n'as jamais rencontré le bon mec. Tu as dû rencontrer des petits jeunes immatures. Il te faudrait un trentenaire, un mec comme moi !

*Il est sérieux, là, ou il plaisante ? Il faut que je « recadre » les choses, sinon il va se lancer dans une drague plus avancée.*

– Mais non, ça n'irait pas avec la règle numéro 1 du manifeste, je réponds, en lui souriant gentiment.

– Le quoi ? Y'a un manifeste ?

– Oui, rédigé par moi. Avec quatre règles. Je l'ai écrit un soir chez moi, pour rire. Mais finalement c'est assez sérieux !

– Tu es incroyable, Chloé. Alors c'est quoi ces règles ? me demande-t-il avec une légère ironie dans sa voix.

– C'est assez simple. Attends, je vais te les lire, elles sont écrites dans mon téléphone. Alors… Règle numéro 1 : ne jamais sortir avec un ex, un collègue, un homme casé ou marié. Règle numéro 2 : passer une nuit avec un homme : ok ; deux nuits : alerte rouge, trois nuits : danger ! Règle numéro 3 : ne rien sacrifier de sa vie personnelle (boulot, amis, activités) pour un homme. Règle numéro 4 : ne pas tomber amoureuse. Voilà !

Adrien me regarde, interloqué.

– Et tu réussis à respecter toutes ces règles ?

– La plupart du temps, oui, je réponds, assez fière de mon autodiscipline. Enfin… même si finalement je n'ai couché qu'avec trois hommes dans ma vie !

– Ah la la, les filles d'aujourd'hui, je ne les comprends pas ! Mon ex m'a plaqué parce qu'elle me trouvait trop « gentil ». Sérieusement, vous voulez quoi, des mecs machos, qui veulent juste coucher avec vous ?

– Je ne vais pas répondre à la place de toutes les femmes, mais je crois que l'idée, ce n'est pas d'être ou super gentil, ou super macho, mais peut-être juste un homme avec de l'assurance, mais respectueux des femmes, non ?

– Bon, alors moi, même pour un soir uniquement, je suis hors catégorie en tant que collègue, si j'ai bien compris. Dommage. Tu le sais, je pense, mais tu es très jolie, Chloé… Et donc ton Alistair, tu ne vas pas le revoir ?

– A priori non, dis-je, d'une voix un peu tremblante.

– Mouais, je n'en suis pas si sûr.

Je suis contente d'avoir levé toute ambiguïté avec Adrien. Ma vie à l'agence est déjà assez compliquée comme ça. Si je dois en plus gérer un collègue amoureux, ça serait l'enfer sur terre. Nous continuons à discuter, de son ex, des rapports amoureux aujourd'hui, quand la conversation revient sur Cruella.

– Elle t'a appelé « Chéri », tout à l'heure, lui dis-je. Tu crois qu'elle te drague ?

– Non, je ne pense pas. Elle a 45 ans, elle est en couple, mais m'appeler comme ça, c'est une façon de te montrer qu'elle est toujours « dans la course » de la séduction, tu vois ?

– Oui, je vois bien. D'ailleurs si elle n'était pas aussi méchante je la trouverais séduisante.

– Quand je te disais qu'on vit chez Disney. C'est la marâtre dans les contes de fées, tu es la jolie belle-fille qui lui fait peur à cause de ta beauté et ta jeunesse. T'es une princesse de conte de fées en fait ! Tiens je vais t'appeler comme ça maintenant !

Je ris et me lève pour aller commander un autre verre au bar.

– Qu'est-ce que tu veux boire, Chéri ?

Je lui lance un petit clin d'œil.

– Un autre verre de vin, s'il te plaît, Princesse.

Je me retourne et tombe nez à nez avec… Alistair. Mais qu'est-ce qu'il fait là ? Et depuis combien de temps est-il là ? Qu'est-ce qu'il a entendu de notre conversation ? Il est en costard et accompagné d'un autre homme, en costard également.

– Bonjour Chloé, me dit-il, avec un regard froid que je n'ai encore jamais vu.

*Zut, il a dû entendre « Chéri » et « Princesse »…*

– Salut Alistair. Mais qu'est-ce que tu fais là ?
– On était en rendez-vous avec John, mon associé, dans le quartier, je t'ai vue en terrasse et donc je suis venu te saluer. Mais tu as l'air occupée.
– Non. Enfin si, enfin… c'est mon collègue, Adrien.

Je bafouille à moitié. Je suis tellement surprise de le voir là. Je me présente à John, et lui serre la main.

– Enchanté Chloé, bonsoir Adrien, répond-il, avec un petit sourire en coin.

Il est bizarre, son sourire. John… Cela me dit quelque chose… Mais oui, c'est le John avec qui Alistair était au téléphone dans le train, juste avant qu'il m'offre un café ! Je rougis.

*Oui c'est moi.*

Mon hésitation, mes joues roses, tout indique que je suis très gênée, comme si j'avais quelque chose à me reprocher… Alors que pas du tout ! Je suis simplement gênée d'avoir dit « Chéri » à Adrien devant lui. Alistair me regarde toujours avec froideur.

– Bon, on ne va pas vous déranger plus longtemps. Nous allons dîner, avec John. Bonne soirée à tous les deux, à un de ces jours, Chloé.

*« À un de ces jours ? » Et pourquoi pas « à plus », tant qu'il y est ?*

Il y a trois jours cet homme me déshabillait, m'embrassait, et là il agit comme un parfait inconnu. Je sais bien que notre histoire n'est pas sérieuse, mais là, son attitude est glaciale. Le pôle Nord, rue Montorgueil !

Toujours debout à côté d'Adrien, je les regarde s'éloigner, soucieuse.

– Eh bien, ce n'est pas le roi de la déconne, ton Alistair, Chloé, dis-moi, me dit Adrien.

– Je pense qu'il a cru qu'on était ensemble, Adrien.

– Oui je crois aussi. Désolé, hein. J'ai bien vu ces deux mecs s'approcher de notre table et te regarder, mais je me suis juste dit qu'ils te trouvaient mignonne. Hum, je crois que ton sex friend est jaloux, Princesse ! Bon, en même temps, vu que tu ne voulais pas le revoir, je crois que là c'est bon, il ne va pas te rappeler, dit-il en riant.

Cela ne me fait pas rire. Je me rassieds, je sens les larmes me monter aux yeux. Je ne veux pas qu'Adrien me voie comme cela. Après toute ma théorie, très assurée, sur les règles à suivre, je vais passer pour une idiote. D'ailleurs pourquoi suis-je aussi émotive ? Il a cru que j'étais avec Adrien, et alors ? À ce que je sache on n'est pas un couple ! Ma soirée est un peu gâchée. Je dis à Adrien que je veux rentrer chez moi, que je suis fatiguée. C'est le cas d'ailleurs. Je ressens soudain une grande fatigue.

– Comme tu veux Princesse. Fais gaffe à toi, hein ? J'ai l'impression qu'il te fait de l'effet, ton Prince Charmant.

– À demain Adrien, merci pour ce verre, j'ai passé un chouette moment, je réponds, trop lasse pour répondre à sa remarque.

Je rentre à pied, j'ai besoin de marcher un peu dans la nuit parisienne. Je repense au regard froid d'Alistair, au petit sourire de John, à ce drôle de hasard. Paris est un tout petit monde, mais je n'avais jamais imaginé que je croiserais Alistair dans la rue. L'hôtel chic à Londres, son appartement immense à Paris : je l'ai vu dans des contextes tellement différents de ma vie quotidienne que c'est comme si j'avais séparé deux mondes : ma vie, et mes instants avec lui. Je repense à ma journée, au mail que je lui ai écrit… Le mail ! Mais… je ne lui ai jamais envoyé de mail ! Pas étonnant qu'il ait fait cette tête. On passe un instant intime ensemble, il m'envoie un gentil message, et moi je ne réponds pas pendant deux jours, et quand il me voit, je suis en train de rire et de dire des mots doux à un mec avec qui je bosse. Je n'aurais pas mieux réagi que lui. Il est occupé ce soir avec John, mais dès demain je l'appelle. Je dois lui dire que j'ai voulu lui écrire mais n'ai pas eu le temps, qu'Adrien n'est qu'un collègue avec qui je m'entends bien. Je le connais à peine, mais je serais triste que notre rencontre se finisse ainsi, sur un malentendu.

Je rentre chez moi, à Ménilmontant, après cette balade nocturne qui m'a fait beaucoup de bien. En me couchant je vais mieux. Je vais l'appeler demain et tout arranger. Et je vais rajouter une règle à mon manifeste : ne pas blesser l'autre en ne répondant pas à un mail pendant deux jours.

8 h 30, mon réveil sonne. C'est trop tôt pour l'appeler, non ? Bon, je vais attendre 9 heures. 9 h 02 :

*« Bonjour vous êtes sur le répondeur d'Alistair Monroe, merci de laisser votre message, hello you've reached Alistair Monroe, please leave a message. »*

– Heu, salut Alistair, c'est Chloé. J'espère que tu vas bien depuis hier soir. Rappelle-moi !

C'est le message le plus tarte que j'ai jamais prononcé de ma vie… Trop tard, c'est fait. Je me prépare pour aller travailler à l'agence, mais je suis comme une poupée mécanique. Café-douche-maquillage-coiffure, j'exécute tous ces gestes quotidiens, mais mon esprit est ailleurs. Est-ce qu'il dort à 9 heures ? Non, ce n'est pas possible, c'est le boss d'une multinationale ! Il est peut-être déjà en réunion ? Bon je rappellerai ce midi. Je me regarde dans le miroir en bas de mon immeuble. J'ai une drôle de tête… Ah, mais c'est normal, je n'ai mis du mascara que sur un œil.

*Chloé, tu es bien distraite ce matin.*

Dans le métro, je mets mes écouteurs et ma playlist en mode aléatoire. Tiens, une chanson de Lily Allen… Comme dans le train. En sortant au métro Sentier, je tombe face à une grande affiche : une grande fille rousse, splendide, portant un sac en cuir bleu et un slogan dessous : « Monroe, la beauté n'est pas un luxe. » Décidément ! Les dieux ont décidé ce matin que je ne penserai qu'à Alistair toute la journée, ou quoi ? J'arrive au bureau, m'installe face à mon ordinateur. Adrien s'approche de moi et me tend un café :

– Tu as une drôle de tête, ce matin, Chloé, me dit-il.

Le coup du maquillage unilatéral, ça se voit, en fait.

– Merci pour le café. Tu as besoin de mon aide ce matin ?

Je suis bien décidée à me concentrer sur le travail, et uniquement le travail, ce matin.

– J'envoie le dossier à la banque bientôt, je te tiens au courant. Mais je suis désolé, je crois que Cruella t'a laissé un mot…

Ah oui, tiens, une enveloppe avec un post-it. « À livrer à la tour 85, à la Défense, ce matin, merci ». C'est une blague ? Elle veut que je devienne coursier ? L'agence a un service de coursiers qu'elle paye, pourquoi me faire traverser Paris pour livrer une enveloppe ? C'en est trop, je ne vais pas accepter cela. Je traverse en furie l'*open space* et frappe à la porte du bureau de Cruella.

– Entrez, dit-elle avec une voix autoritaire.

Je rentre d'un pas que je veux assuré.

– Bonjour Cru… Catherine. Je viens de voir votre mot, je ne comprends pas. Pourquoi ne pas envoyer un coursier ?
– Parce que c'est en banlieue, donc cela coûte cher. Et on doit faire des économies, à l'agence, en ce moment. En métro vous en avez pour une heure. De toute façon vous n'avez pas d'autres choses à faire, si ?

Je comprends : elle se venge d'hier, lorsque j'ai travaillé main dans la main avec Adrien.

– Je voulais continuer les recherches pour le dossier d'Adrien.
– Eh bien vous les ferez à votre retour !
– Mais ce n'est pas la question ! Je fais un stage chez vous pour apprendre à vendre et créer des sites Internet, je ne fais pas un stage de coursier !
– Il faut savoir être polyvalente, dans la vie professionnelle, mademoiselle Haughton, me dit-elle avec un petit sourire cruel.
– Eh bien je refuse de le faire. Virez-moi si vous voulez. Vous expliquerez à mon école les raisons pour lesquelles vous n'étiez pas contente de mon travail. Bon courage, Catherine.

Je ne lui laisse pas le temps de répondre et sors de son bureau en faisant claquer la porte. Il y a des limites à la soumission, dans le monde du travail ! Je retourne à mon bureau, encore rouge de colère.

– Alors ? me demande Adrien.
– Alors c'est potentiellement mon dernier jour à l'agence.

– Que s'est-il passé ?

– Je lui ai dit que je n'allais pas faire son coursier, qu'elle pouvait me virer si elle voulait, mais qu'il y avait des limites à sa méchanceté. Cette dernière phrase, je ne l'ai pas dite, mais pensée très fort.

– Tu as eu raison Chloé. Elle exagère vraiment avec toi. J'en ai discuté avec d'autres personnes à l'agence, et ils sont tous assez choqués par son attitude. *Well done*, t'es une *warrior*, meuf !

Adrien utilise très souvent des mots anglais, dans ses phrases, mais avec un accent « super frenchy ». Comme je suis à moitié anglaise, cela me fait sourire. Comme ces Anglais qui trouvent très sophistiqué de proposer, en dîner, des « mises en bouche », en prononçant « bouche », « buche ». Le snobisme se trouve des deux côtés de la Manche.

Quelques heures plus tard, je me sens plus calme. J'ai travaillé sur le dossier d'Adrien, concentrée et déterminée. Je suis assez fière de ma réaction. Je sors chercher à déjeuner, je veux en profiter pour appeler Alistair. *« Bonjour vous êtes sur le répondeur… »*, zut, il est encore sur messagerie. Je ne vais pas lui laisser un deuxième message, ce serait ridicule. Et s'il s'était fait voler son téléphone hier soir ? Je regarde sa carte de visite, il y a le numéro de son bureau parisien. Je tente.

– Bureau d'Alistair Monroe, bonjour.

Mince, c'est sa secrétaire, je pensais tomber sur lui directement. Mais évidemment qu'il a une secrétaire ! J'essaie de l'imaginer. Elle travaille dans le luxe, elle doit être belle, grande, élégante. Un peu comme la grande rousse de l'affiche…

– Bonjour, j'aimerais joindre monsieur Monroe s'il vous plaît. De la part de Chloé Haughton.

– Je suis désolée mademoiselle Haughton, monsieur Monroe est reparti à New York ce matin. Puis-je prendre un message ?

– Non, je vous remercie, au revoir, dis-je, d'une voix étranglée, avant de raccrocher.

J'ai imaginé toutes les options : il dort, il est en réunion, il s'est fait voler son téléphone, je n'ai même pas pensé qu'il était en route pour New York… C'est affreux ! Enfin, affreux, j'exagère peut-être légèrement. Mais je voulais que l'on se voie à Paris, que je puisse dissiper le malentendu. Je n'ai aucune idée de combien de temps il va rester à New York.

Après m'être acheté à déjeuner, je rentre au bureau en mode zombi. Je croise Adrien, qui me demande si je vais bien. Je murmure un « oui » et me mets à mon bureau. Le clash avec Cruella, maintenant Alistair qui est parti au bout du monde… quelle journée atroce. Je repense à Cruella : pas de mot sur mon bureau, pas de mail, rien. Je ne suis a priori toujours pas virée. Et si ma réaction lui avait fait prendre conscience qu'elle était allée trop loin ? Finalement, cette journée, malgré ces épreuves, est peut-être une journée constructive.

Et pour Alistair, il me reste la solution du mail. Ce sera moins bien que de le voir, que de respirer son parfum et de sentir sa bouche sur la mienne, mais c'est déjà ça.

---

De : Chloé Haughton
À : Alistair Monroe
Objet : New York-New York

Bonjour Alistair,

J'ai tenté de te joindre, via ton portable et à ton bureau, mais ta secrétaire ma informée que tu étais parti à New York. Je tiens à t'expliquer les choses. Adrien est un collègue de travail avec qui je m'entends bien. Je l'ai appelé « Chéri » car c'est ainsi que l'appelle parfois Cruella, je me moquais un peu de lui. Bref, je voulais t'expliquer tout cela. Et m'excuser aussi de ne pas avoir répondu à ton mail. J'ai passé un moment formidable, chez toi. Mais, comme je te le disais un peu à Londres, je ne veux pas être dans une relation. Tu vas peut-être me trouver dure, mais c'est une sorte de principe, dans ma vie, le « juste un soir »... On peut se revoir bien sûr, mais peut-être en « amis » ? Sais-tu quand tu reviens à Paris ? Tu peux m'envoyer un mail, un fax, un pigeon voyageur, tu sais où me trouver.

Je t'embrasse,

Chloé

---

Je relis quatre fois le mail avant de l'envoyer. J'ai été honnête. C'est important, l'honnêteté. J'appuie sur « envoyer ». Pendant tout l'après-midi, je checke ma boîte mail toutes les trente secondes.

*Non, je ne suis pas du tout impatiente de lire sa réponse !*

*Chloé, tu es bien trop contradictoire, ma fille…*

# 5
# PEUT-ÊTRE

24 heures. Cela fait 24 heures que j'ai envoyé le mail. On ne met pas 24 heures pour faire Paris-New York, pourtant ! Je suis un peu énervée. Il me punit, ou quoi ? J'envoie un gentil mail d'explications, et il ne prend même pas la peine de me répondre. Finalement c'est peut-être un homme beau, brillant et riche, mais arrogant. Une fois qu'il a réussi à séduire une fille, à coucher avec elle, il la jette… Si ça se trouve, il n'est pas du tout fâché parce qu'il m'a vue avec Adrien. Il a eu ce qu'il voulait, et basta ! Je repense aux mots de ma mère sur les hommes. Et si elle avait raison ? En même temps c'est moi qui lui ai dit que je ne voulais que d'une histoire « d'une fois », ce n'est pas étonnant qu'il ne réponde pas. Mais alors pourquoi suis-je aussi triste ?

Je suis au bureau, j'essaie de me concentrer sur le peu de travail que j'ai à faire, mais ce n'est pas évident. En plein milieu de l'après-midi, je fais l'erreur fatale : taper « Alistair

Monroe » sur Google. Des pages et des pages d'interviews, de portraits et d'articles. Je suis sortie avec une rock star du Web ! Je les lis toutes. Son sens aigu du business est souvent loué, son management humain aussi. Je devrais écrire un mail aux journalistes : « il est peut-être sympa avec ses salariés, mais avec les filles ce n'est pas ça ». Et puis, tout d'un coup, je tombe sur un portrait plus personnel, du *Washington Post*, intitulé « De la jeunesse mouvementée à la création d'une multinationale : portrait d'une success story ». « Jeunesse mouvementée » ? Il a été punk ? D'où le tatouage ? Je lis, curieuse, le portrait, et tombe sur ce paragraphe, qui me bouleverse :

*L'adolescence d'Alistair Monroe n'a pas été simple. Peu de gens le savent, mais à 16 ans, à Boston, avec son frère jumeau Arthur, ils ont pris le volant de la voiture familiale et ont eu un accident : ils ont heurté un piéton. C'était Brian Ferreri, jeune étudiant et champion d'athlétisme. Arthur, qui était au volant, a fait une année de prison, mais a disparu de la circulation à sa sortie. Plus personne, amis ou famille, n'a eu de ses nouvelles depuis. Quand on l'interroge sur ce sujet, Alistair Monroe refuse tout commentaire.* « C'est ma vie privée, cela ne regarde personne », *répond-il.*

Mon Dieu ! Quelle histoire affreuse. Je comprends enfin la réaction d'Alistair quand je lui ai demandé s'il avait des frères et sœurs. Et quand il a répondu à la fois oui et non, c'était assez logique. Il a un frère (un jumeau !), mais celui-ci a disparu depuis plus de dix ans. C'est terrible. Et Brian Ferreri, qu'est-il devenu ? Je continue mes recherches sur Google : il est champion d'handisport. Comment Alistair vit-il avec cette culpabilité ? Et comment vit-il le fait de ne plus voir son frère ? Malgré toutes ces épreuves, il a fait de l'entreprise de son père une multinationale et gère des milliers de salariés. Et moi je me plains de ne pas avoir de mail depuis 24 heures. Tout d'un coup je me sens bien égoïste. Il doit avoir des tonnes de choses à gérer, ou en tout cas des choses plus importantes que les états d'âme d'une petite stagiaire de 20 ans croisée dans un train !

J'ai passé une bonne partie de la journée à lire tous les articles. J'aurais bien aimé bosser pour l'agence, mais Cruella a décidé, pour me punir, de faire comme si je n'étais pas là. Quant à Adrien, il est en congés. Je décide de partir tôt pour aller à mon cours de yoga. Respirer, bouger, méditer, cela va me faire du bien. Je n'ai pas beaucoup d'addictions dans la vie, mais le yoga en est une. J'y vais trois fois par semaine et quand je loupe un cours, je suis malheureuse. Cette discipline me fait travailler ma force, mon équilibre et ma souplesse. Le physique et le mental. Je n'ai jamais été une grande sportive pourtant. Au collège, j'étais meilleure en histoire-géo qu'en sport. J'étais même la fille que l'on prend en dernier quand il s'agit de choisir les membres de son équipe de volley. Je les comprends un peu, j'avais des lunettes et quand je voyais la balle arriver devant moi je fermais les yeux. Le boulet de l'équipe ! Quand il y a deux ans j'ai découvert le yoga, j'ai compris que ce n'était pas le sport que je n'aimais pas, mais ce qu'il y a, parfois, autour : la compétition et le jugement des autres. Sur mon tapis de yoga, je suis concentrée sur ma respiration, mes mouvements, et petit à petit, centimètre par centimètre, j'avance dans les postures. Je sculpte (un peu !) mon corps et m'aère l'esprit, en harmonie avec moi-même.

En sortant du cours, je me sens mieux. J'ai un message d'Émilie :

[Alors ce rencard ? On veut tout savoir ! Rendez-vous à 20 heures à La Perle ?]

Je suis heureuse d'avoir des amies comme elles. Après cette drôle de journée, je ne me voyais pas rentrer chez moi et me faire un plateau-télé.

J'arrive à La Perle, Émilie, en robe rétro et coiffure à la Brigitte Bardot, est en terrasse, à « notre » table. Elle ne passe pas inaperçue. Ronde et toujours habillée en pin-up, elle a un sex-appeal incroyable.

– Eh bien ce n'est pas la fête du slip, dis-moi ! T'en fais une tête ! me lance Émilie.
– C'est parce que je sors du yoga, je suis toute zen ! je réponds.
– Ah oui, tes cours de sport de mamie, me dit-elle en souriant.

Elle me taquine souvent sur le sujet.

– Mais non pas du tout, c'est du yoga sportif, tu le sais bien. Tu devrais venir avec moi !

– Mouais. Moi je préfère le sport en chambre. En parlant de ça, comment ça s'est passé avec le Prince Charmant ?

– Très bien. On a passé une super soirée, mais après c'est parti en vrille.

Je lui raconte mon silence de deux jours, l'histoire avec Adrien, le départ pour New York, le mail.

– Mais je ne comprends pas Chloé, tu veux quoi ? Je croyais que tu avais comme principe « juste une fois » ?

– Je sais, je sais ! Mais il pourrait me répondre, quand même, non ?

– Hum. Ma poulette, à sa place, je ne saurais pas quoi répondre. Il t'envoie un mail adorable, il te dit qu'il a envie de te revoir, et toi, bim, tu le remballes !

– Je le sais bien…

Noémie et Camille nous rejoignent. Émilie les *débriefe* sur l'histoire d'Alistair, et conclut, à sa manière :

– Bref, ça sent le sapin.

– Oh non ! s'exclame Camille. C'est super triste…

– Non mais attendez, si ça se trouve il n'a juste pas eu le temps de répondre, ajoute Noémie. Ce mec est un business-man. Il doit recevoir 253 mails par jour. Donc le temps qu'il les regarde tous, qu'il y réponde, tout ça, ça doit bien faire 24 heures.

Je les regarde toutes les trois. J'ai des amies formidables, j'ai un stage – certes horrible, mais qui ne dure que trois mois – un projet personnel, je suis jeune, pas moche et pas bête, j'ai mes deux parents, je suis en bonne santé… je ne vais pas me prendre la tête pour un beau garçon croisé il y a quelques jours. Mais depuis que j'ai lu cet article sur lui et son frère, je suis bouleversée. Je le vois d'un autre œil. Certes, tout lui réussit aujourd'hui, mais sa vie n'a pas été un conte de fées. J'aurais tellement aimé lui en parler, et pourquoi pas l'aider. Comme on aide un ami…

Mais comme je ne veux pas passer ma soirée entre filles à parler d'Alistair, je demande à Noémie comment elle va.

– Ça va, mais c'est un peu tendu avec Julien en ce moment.

Julien, c'est son amoureux, avec qui elle est depuis deux ans.

– Ah zut, pourquoi est-ce que c'est tendu, lui demandé-je.
– On a parlé mariage et il n'est pas vraiment pour…
– Mais ma belle vous êtes super jeunes, vous avez tout le temps pour vous marier !
– Oui je sais, mais je parlais du « principe » du mariage. J'ai 23 ans, je veux avoir un enfant avant mes 27 ans, et me marier avant. Donc du coup, le mariage, dans l'idéal, serait dans trois ans. Il faut compter un an de préparation, donc il faudrait qu'il me demande en mariage d'ici deux ans.

Noémie et ses calculs savants ! Elle est incroyable ! Ce n'est pas pour rien qu'elle fait une formation de commissaire-priseur, c'est un métier où il faut être très organisé. Noémie m'a toujours impressionnée. Je ne suis pas du tout organisée comme elle. Sa planification amoureuse me fait un peu peur, mais en même temps elle me fascine. Elle a les cheveux châtains coupés au carré, nets, n'a jamais une mèche qui dépasse, elle a toujours des chemises repassées et un frigo plein. Moi à côté je suis une punk ! Et régulièrement mes cheveux décident de prendre leur indépendance et de faire n'importe quoi.

– Eh bien tu as encore deux ans pour lui faire comprendre, sans trop insister, que tu aimerais qu'il te demande en mariage, dis-je en essayant de la rassurer.

– Oui je sais, mais ça passe vite, deux ans. Tu n'as pas peur, toi, du temps qui passe ?

– Tu veux dire est-ce que j'ai peur de finir vieille fille, avec mes chats autour de moi ? réponds-je en souriant. Non ça va je te remercie. Tu sais, moi et l'engagement ça fait deux.

Mon téléphone vibre, j'ai reçu un mail. Je le regarde et arrête de parler.

– Les filles, je viens de recevoir un mail d'Alistair…

– Oh génial, lis-le nous, s'il te plaît, demande Camille, tout excitée.

– Je ne sais pas…

– Allez, s'il te plaît ! disent-elles en chœur.

– Ok, ok…

De : Alistair Monroe
À : Chloé Haughton
Objet : Paris-New York

Chère Chloé,

J'ai lu ton message et ai pris le temps de réfléchir à tes mots. J'ai été soulagé à la lecture de ton mail, de savoir qu'Adrien n'était pas ton petit ami. Tu m'avais dit que tu étais célibataire. J'ai donc cru, quand je t'ai vue si complice avec cet Adrien, que tu m'avais menti. Et il n'y a rien au monde que je déteste plus que le mensonge.
Le reste de ton mail m'a un peu blessé, mais je te comprends. J'ai eu un véritable coup de foudre pour toi Chloé, sache-le, mais je respecte ton choix. Cependant j'ai quelque chose à te proposer : on se voit juste pour une nuit, mais plusieurs fois ! Des amis-amants.
Je vais rester à New York ces trois prochaines semaines au moins. Puis je risque de devoir aller à Londres. Mais je trouve ça un peu triste de ne pas te revoir d'ici là. Donc voilà ce que je te propose, tu viens me rejoindre quelques jours à New York. Cest juste une proposition, je ne veux te forcer en rien.
Si tu ne veux pas ou ne peux pas, je comprendrais tout à fait. Mais si jamais cela te dit, sache que mon jet privé est à ta disposition, demain après-midi, à l'aéroport d'Orly. Je sais, cette phrase sonne un peu flambeuse, mais bon, vu que j'ai un avion, autant que tu en profites. Tu pourras revenir à Paris quand tu veux (le lendemain même, si tu ne me

supportes pas !) Mais si tu peux venir quatre jours…
Si tu es partante, envoie-moi ce soir un mail et je te donnerai les coordonnées de mon pilote. J'ai fait en sorte de décaler mes rendez-vous ces prochains jours, pour pouvoir passer du temps à te faire découvrir The Big Apple.

Chère Chloé, je t'embrasse et j'espère avoir très vite de tes nouvelles.

À très vite,

Alistair Monroe

---

Je finis la lecture. Et regarde mes amies. Elles sont toutes silencieuses. C'est tellement rare, entre nous. Noémie a les yeux grands ouverts, Camille le sourire aux lèvres et Émilie est bouche bée. Il faudrait prendre une photo de cet instant. Si elles voyaient leur tête !

– Ça alors, dis-je dans un soupir, résolue à briser ce silence.

– Eh bien ! Noémie sort de sa torpeur. Tu es tombée sur un sacré numéro ! Il veut apprivoiser notre Chloé, cet Alistair !

– Tu vas faire quoi ? me demande Émilie.

– Aucune idée, je réponds, toujours un peu sous le choc de ce mail et de cette invitation.

– Mais vas-y, fonce, lance Camille.

– Je ne sais pas. C'est demain ! Je ne peux pas quitter l'agence comme ça pour plusieurs jours. Et puis je le connais à peine. Et puis ça va contre les règles de mon manifeste…

– Ah non ! s'énerve Noémie. On dirait moi ! À tout prévoir, tout calculer ! Il y a un mec que tu trouves beau et sympa, qui te propose de le rejoindre à New York, il te met à disposition son jet privé, et toi tu nous parles de ton manifeste ? Ce n'est pas sérieux ! Elle a raison Camille, fonce. Qu'est-ce que tu as à perdre ?

– Mais vous ne trouvez pas ça un peu fou, qu'il m'invite comme ça ? On se connaît très peu.

– Chloé, je crois que tu ne te rends pas compte de quel genre de fille tu es, répond Noémie. T'es super jolie, t'es drôle, t'es intelligente. Évidemment qu'il y a des hommes qui rêvent de passer quatre jours avec toi à New York !

Noémie est adorable, mais elle n'est pas objective, c'est une de mes meilleures amies. Je sens mon cœur battre fort. Ce mail m'a touchée. Quatre jours à New York… Je n'y suis jamais allée et j'en rêve ! Et quatre jours avec lui… Je repense à son beau regard noir, son torse tatoué, ses cheveux en bataille et ses bras musclés, et je sens des papillons au creux de mon ventre.

– Alors ? me relance Camille.

– Je crois que je vais dire oui, lancé-je dans un souffle.

– Champaaaagne, crie Noémie. Les filles, c'est ma tournée ! On va trinquer à Chloé et à sa folle vie !

Je souris. Quelle soirée ! En rentrant ce soir, je vais lui répondre. Je n'ai pas posé de jours de congés à l'agence depuis un moment, c'est l'occasion. Dans 24 heures, je suis à New York, dans les bras d'Alistair Monroe. Juste une fois, mais plusieurs fois… La chanson de Frank Sinatra me revient en mémoire :

« *Start spreading the news, I'm leaving today. I want to be a part of it, New York, New York…* »

# II

# PARENTHÈSE ENCHANTÉE

# 6
# LE VOYAGE

7 heures du matin. Je suis réveillée par un texto : c'est Alistair qui m'indique en détail où et comment rejoindre le pilote de son jet privé. J'ai rendez-vous à Orly à 15 heures. C'est complètement dingue… Il y a quelques semaines je rencontrai un bel inconnu dans le train, et voici que je vais prendre son jet privé et le rejoindre à New York. Je relis plusieurs fois le message. Non je ne rêve pas. Hier il m'a invitée à New York, en mode « amis-amants ». Je pense avoir hésité environ… une demi-seconde. Si je suis de nature plutôt rationnelle, là j'ai suivi mon instinct. L'émotion a été plus forte que la raison. Une émotion qui a fait trembler ma voix, quand hier soir, en rentrant chez moi, je l'ai appelé sur son portable.

– Bonsoir Alistair, c'est Chloé. Enfin… bonjour. C'est l'après-midi, pour toi, n'est-ce pas ?
– Oui. Comment vas-tu Chloé ? Tu as reçu mon mail ?

– Bien sûr, et je t'appelle à ce sujet.
– Pour me dire non ? Tu ne peux pas ou ne veux pas venir ?

Je ne suis visiblement pas la seule à être émue. Sa voix tremble un peu. Cet homme si beau et si riche qui manque soudainement d'assurance, c'est tellement étonnant.

– Non, non. Enfin je veux dire : si, je viens, c'est ok.
– Oh mais c'est génial ! Chloé tu me fais un très beau cadeau. Je suis vraiment touché que tu viennes me voir, tu sais. Ça va être super, tu vas voir. Je m'organise, et t'envoie toutes les indications pour prendre l'avion demain matin.
– Ok, super, je réponds, d'une voix fluette.

*Chloé, ce n'est pas comme si cet homme t'invitait à boire un café, il t'invite à New York ! Il a l'air super content que tu acceptes, et toi tu réponds « Ok super ! » Il va prendre cela pour un manque d'enthousiasme total. Tu dois lui dire autre chose !*

– Je suis aussi très contente, Alistair. C'est un peu fou comme décision, mais je suis ravie.
– C'est un peu fou, oui. Mais tu me rends un peu dingue, tu sais.

Je ne sais pas quoi répondre à cette phrase. Il me connaît à peine, comment puis-je le rendre dingue ? Il doit sentir ma gêne, car il rajoute aussitôt :

– Mais on va juste être « amis-amants », tu sais. J'ai bien

compris que tu fuyais l'amour comme la peste.

Ça alors, il utilise une de mes expressions ! C'est drôle ! Enfin drôle… ce n'est pas non plus hilarant.

– Oui, je sais Alistair. Et je ne fuis pas l'amour mais… Bref, je voulais te dire que j'étais très contente que tu m'invites.
– On se voit dans un peu moins de 24 heures, alors. Dors bien, jolie Chloé.

J'entends, au son de sa voix, qu'il sourit. Ce sourire tellement craquant qu'il me fait traverser l'océan !

– Je t'embrasse Alistair. Enfin… bisous.

*« Bisous »… N'importe quoi. Mais on dit quoi à un « ami-amant » ?*

Je raccroche et regarde l'heure. J'ai tellement de choses à faire avant de partir ! Je dois prévenir mon entourage que je pars quelques jours et l'agence Web dans laquelle je fais un stage… Qu'est-ce que je vais dire à ma boss Catherine, alias Cruella ? Elle a beau me faire vivre l'enfer depuis près de deux mois, je ne peux pas disparaître dans la nature ainsi, je dois la prévenir que je vais m'absenter. Surtout que je pensais pouvoir poser des congés, ce qui n'est pas le cas, finalement…

Je décide d'appeler mon père, il est toujours de bon conseil. Pendant mon adolescence nous avons eu des rapports compliqués. Le fait qu'il ait trompé ma mère lorsque j'avais 10 ans, le divorce, puis ma mère avec ses phases de dépression, tout cela n'a pas aidé nos relations. Je le voyais pendant les vacances, et je me souviens que j'avais envie d'être gentille avec lui, de partager des bons moments, mais je me forçais à être froide et désagréable, par « solidarité » avec ma mère. Cela a changé depuis. J'ai grandi, j'ai fait la part des choses. Pendant mes études il m'a beaucoup aidée : il a été là pour mon déménagement, pour financer mes frais de scolarité. Il a aussi été là quand je doutais de mes choix d'études. Comme il est commissaire-priseur, il a été ravi le jour où je lui ai annoncé que j'allais faire Histoire de l'art, en plus de mon cursus de webmaster. Aujourd'hui, il m'encourage dans mon projet de galerie d'art en ligne. Pudique, il ne s'immisce pas dans ma vie, mais je sais qu'il sera toujours là pour moi. C'est un pilier dans ma vie. Et ce matin j'ai vraiment besoin de lui parler. Je ne peux pas appeler ma mère, elle va flipper si je lui raconte que je rejoins un quasi-inconnu à New York. Elle a une vision tellement négative des hommes ! Lui, je sais qu'il ne va pas me juger.

– Allo Papa ?
– Oui, coucou Crapaud, comment vas-tu ?

Mon père m'a toujours appelée « Crapaud », un surnom absolument ridicule, mais je m'y suis habituée. Sauf en public.

– Je vais bien. Je t'appelle car je vais faire un truc un peu dingue et je voulais te prévenir.
– Dis-moi.

– Alors voilà, j'ai rencontré un homme, Alistair, dans le train Paris-Londres il y a quelque temps, et il m'a invitée à New York ces prochains jours… et j'ai dit oui !

– Mais c'est ton amoureux ?

– Non non. C'est un ami. Enfin je ne sais pas trop.

– Écoute, je te fais confiance, si tu penses que cet homme est honnête, que tu vas passer un bon moment, vas-y. Quand j'ai fait mon tour du monde, quand j'étais jeune, je suis allé à New York. Je t'ai déjà raconté ce concert au CBGB ?

– Oui Papa ! Plein de fois ! Mais je t'appelle car je ne sais pas quoi faire avec mon stage. Je ne peux pas les planter comme ça, ce n'est pas correct.

– La dernière fois que tu m'as appelé, tu me racontais que c'était horrible, avec ta boss. Comment tu l'appelles, déjà ? Vampira ?

– Non, Cruella. Oui, ça ne s'arrange pas. Je commence à devenir douée en photocopies…

– Chloé, tu es une jeune femme brillante et ambitieuse. Tu perds ton temps dans cette agence. Tu fais ce que tu veux, mais moi à ta place je démissionnerais, je chercherais un autre stage et j'irais à New York rejoindre ce Christopher.

– C'est Alistair, Papa… Mais oui tu as sûrement raison, c'est ce que je devrais faire. Merci pour tes conseils.

– De rien, Crapaud. Amuse-toi bien à New York. Tu es jeune, il faut que tu voies le monde ! Je t'embrasse.

– Je t'embrasse aussi Papa. Merci.

Ok, la famille : check. Je repense aux propos de mon père. Il a raison, je ne peux plus rester dans cette agence, j'y perds mon temps. Et en même temps, je me suis engagée. Et je vais devoir retrouver un stage, pour valider ma dernière année, sinon je ne serais jamais diplômée. Je commence à angoisser, à culpabiliser. Puis je pense à Alistair, à sa proposition de voyage en « amis-amants ». Elle me séduit, j'ai très envie de le revoir, mais n'est-ce pas juste pour lui une façon de me convaincre de venir ? Et s'il voulait plus ? Ou si au contraire je n'étais qu'un « plan cul », une proie facile ? Mon Dieu je me sens perdue… Je dois appeler Lucy, mon amie d'enfance londonienne.

– Hello Lucy.

– Chloé, que se passe-t-il, pourquoi tu appelles aussi tôt ?

– Oh pardon je t'ai réveillée ?

– Non, tu sais bien qu'à Londres, on n'est pas comme les Parisiens, on ne commence pas le travail à 10 heures du matin ! Mais toi, tout va bien ?

– Oui, enfin non, enfin je ne sais pas. Alistair, l'homme que je t'ai présenté, tu sais, le créateur des sacs Monroe…

– Vous fricotez ensemble ?

Ah, Lucy et ses expressions d'un autre âge ! Elle parle toujours comme dans un film français des années soixante-dix. C'est tellement drôle d'entendre ces expressions dans la bouche de cette jeune et jolie fashionista.

– Oui, plus ou moins. On n'est pas ensemble, mais il m'a invitée à New York, et a mis à disposition son jet privé que je dois prendre… cet après-midi !

– Ah mais ma poulette, c'est canon ! C'est fou, mais alors pourquoi ça ne va pas ? Il te plaît cet homme, non ?

– Oui bien sûr, mais cela précipite les choses, je vais démissionner de l'agence où je fais mon stage, et puis cela veut dire que je vais passer plus d'une nuit avec lui…

– Ah oui ton fameux manifeste, avec la règle de « jamais plus d'un soir » ! Tu peux y faire une petite entorse, non ? Et pour ton stage, c'est sûrement une bonne nouvelle. Tu peux même le remercier, ton Alistair, il te fait prendre une bonne décision. Bon, n'angoisse pas Chloé. Suis tes envies, profite de New York. Tu me contactes de là-bas, hein ?

– Oui, promis. Et pas un mot à ta mère. Elle va le dire à la mienne, et tu la connais ma mère : elle va paniquer si elle sait que je suis partie rejoindre un homme là-bas.

– Promis, je ne dis rien. Motus et bouche cousue. Bises, *american girl* !

Je me sens mieux après avoir parlé à Lucy. C'est vrai que je peux faire une petite entorse à mon manifeste. Je ne renie pas mes principes, je les adapte, tout simplement…

Je me sens tout d'un coup pleine d'énergie. Je dois faire ma valise, mais avant cela il faut que je passe à l'agence pour voir Cruella. Je ne peux pas démissionner par mail ou par téléphone, ce n'est pas correct. Je me prépare rapidement et pars à l'agence, en répétant dans ma tête ce que je vais lui dire. Ce n'est pas évident du tout, c'est la première fois de ma vie que je démissionne ! Elle va être horrible, j'en suis sûre, mais je n'ai pas le choix, je dois assumer mes responsabilités. Arrivée devant l'agence, je m'arrête. Je ferme les yeux, et fais quelques exercices de respiration de yoga : c'est ma méthode quand je suis trop stressée. Une méthode discrète et efficace. Enfin… d'habitude, c'est efficace, mais là je me sens paniquer. Alors que j'ouvre les yeux je découvre qu'Adrien est planté juste devant moi, à quelques centimètres de mon visage.

– Tu pensais à moi, Chloé ?, demande-t-il avec un sourire qu'il voudrait charmeur.

Je fais un mouvement de recul.

*Il allait faire quoi, là, m'embrasser ?*

– Non, je respirais. Je vais démissionner, Adrien.
– Ah merde, mais pourquoi ?
– À ton avis ?
– Oui, bon, d'accord, mais tu aurais pu m'en parler avant. On bosse bien ensemble, Chloé, c'est dommage.
– Je sais, mais pour un jour de travail sympa avec toi, j'ai dix jours de photocopies. Désolée de ne pas t'en avoir parlé avant, j'ai décidé ça très vite.
– Je comprends, et tu vas le dire comment à Catherine ?
– Je ne sais pas, simplement je crois.
– Courage… Et tu me tiens au courant de ce que tu fais après comme stage, et on reste en contact, n'est-ce pas ?
– Bien sûr. Merci de ton soutien et de ton aide pendant ce stage de l'enfer, Adrien. Sans toi ça aurait été encore pire. Bon allez, je vais affronter Cruella.

J'embrasse Adrien, rentre dans les locaux de l'agence et frappe à la porte de ma boss. Elle me dit d'entrer, me jette un rapide coup d'œil, mais alors que je m'assieds face à son bureau, elle garde les yeux sur son ordinateur. Du Cruella tout craché.

– Catherine, je viens vous annoncer une nouvelle importante. Je démissionne.

Eh bien voilà, je viens de le dire ! Elle ne répond rien et reste totalement stoïque.

*Chloé, sois forte, dis-lui la vérité.*

– Votre agence est super, je vous remercie de m'avoir prise en stage. J'ai appris des choses, bien sûr, mais je considère que je n'y développe pas assez mes compétences, et que cela ne va pas évoluer dans les prochaines semaines. Et je pense également qu'il y a une incompatibilité d'humeur entre nous.

Jolie formule pour dire qu'elle est complètement folle et qu'elle m'a fait souffrir le martyre pendant des semaines ! Elle se tourne enfin vers moi.

– Très bien. Mais vous allez le regretter. Nous sommes une des meilleures agences Web de Paris, vous n'allez pas trouver de meilleur stage ailleurs. Mais c'est votre choix. Au revoir Chloé.

Sa voix est glaciale. Je sens qu'elle est surprise par ma décision et qu'elle est dans son rôle de *control freak*. Je suis tout de même surprise : je savais qu'elle n'allait pas me crier dessus, ce n'est pas son genre, mais je m'attendais à plus de remarques acerbes. Peut-être qu'après tout elle est tout aussi soulagée que moi que je m'en aille. Ou qu'à présent que je m'en vais, elle n'a plus aucun intérêt à me faire souffrir. Quel drôle de personnage. Je n'oublierai jamais la promesse que je me suis faite de ne jamais devenir aussi méchante, quoi qu'il se passe dans ma vie professionnelle. Je lui serre la main, lui dit au revoir et quitte son bureau. Je me sens si soulagée ! Fini les photocopies à la chaîne, les humiliations, la boule au ventre en arrivant au boulot le matin. Et en même temps, une de ses phrases résonne dans ma tête : « Vous n'allez pas trouver de meilleur stage ailleurs. » Est-ce qu'au moins je vais en trouver un avant juin ? On ne trouve pas un stage en cinq minutes. Et qu'est-ce que je vais expliquer à mon école ? Tout ceci est très angoissant. Je n'ai aucun plan B professionnel. Il faudra qu'à New York je commence à chercher des stages. Je récupère quelques affaires à mon bureau, salue tous mes collègues et repars chez moi. J'essaie d'effacer la vision de Cruella, elle appartient au passé. L'avenir immédiat, c'est le bel Alistair…

Une heure après, je suis face à ma valise vide. Qu'est-ce que j'emmène ? Des tenues confortables, car on va se balader, mais en même temps il vit dans le luxe, je ne peux pas sortir en jean et baskets dans des endroits chics. J'ai bien quelques robes un peu « soirées » dans mon placard, mais je ne les porte jamais. Quand je veux être chic, je mets une veste d'homme noire, un jean slim et des bottines à talon. Mon amie Émilie, qui est toujours habillée en pin-up, m'appelle « la jolie garçonne » ! Je mets un peu de tout dans la valise. Au pire, si je me rends compte que je suis trop mal habillée, j'irai discrètement m'acheter une petite robe à New York. Dans ma valise, je mets aussi ma tenue et mon tapis de yoga. C'est un peu absurde, mais même si je ne pars que quelques jours, je ne peux pas ne pas pratiquer quelques postures. Cela fait trop partie de mon équilibre pour que je l'abandonne, ne serait-ce que quelques jours. Il faudra juste que je trouve des moments pour le faire quand Alistair ne sera pas dans les parages, car faire la posture du « guerrier » ou du « chameau » devant lui, je ne l'assumerai pas !

Je prends le métro avec ma grosse valise. Lorsque je vais débarquer avec à l'aéroport de New York, il va croire que je m'installe un mois chez lui. Il faudra que je pense à lui expliquer que le tapis de yoga encombre la moitié de la valise ! Arrivée à Orly, je suis les indications du message d'Alistair. Je dois me rendre au terminal où se trouvent les avions privés. C'est évidemment la première fois que je m'y rends. Je ne savais même pas que cela existait. Enfin, plus exactement, je ne m'étais jamais posé la question de où atterrissaient et partaient les jets privés. C'est un autre monde, pour moi, tout cela. « Avenue Ouest », j'y suis. Je passe les contrôles de sécurité, beaucoup plus rapides que pour un vol normal. Sur le tarmac je repère un avion avec écrit en gros dessus « Monroe ». Mince alors, ce mec a un avion avec son nom dessus ! C'est fou ! Petite, j'avais écrit « Chloé » sur mon vélo, mais lui, il a un avion… Il faut que je dise cela aux filles, mes meilleures amies, Camille, Noémie, et Émilie. J'attrape mon téléphone et me prends en photo devant l'avion. Je la leur envoie avec un message :

[C'est parti pour New York ! Je vous embrasse les filles !]

Elles ne vont pas en croire leurs yeux. Je ris toute seule en imaginant leur tête, quand un homme s'approche de moi :

– Vous devez être Chloé Haughton ? Bonjour, je suis Oliver, votre pilote.

*Chloé, il a dû te voir en train de te prendre en photo devant l'avion !*

Je monte dans le jet privé et suis très impressionnée. C'est beaucoup plus grand que ce que je pensais. Une belle et jeune hôtesse de l'air m'accueille :

– Bienvenue Chloé, je suis là pour faire en sorte que votre voyage se passe au mieux, n'hésitez pas si vous avez besoin de quoi que ce soit.

Elle m'indique un siège où m'asseoir : c'est un grand fauteuil, comme ceux des premières classes. Je m'assieds, et, une fois que l'hôtesse de l'air a tourné le dos, j'essaie toutes les fonctionnalités : je fais basculer le fauteuil en lit, allume la télévision intégrée, appuie sur divers boutons… J'ai l'impression d'être une gamine de 10 ans qui découvre un nouveau jouet ! Je me sens tout excitée, il faut que je me calme. Cette hôtesse doit très bien connaître Alistair, je ne veux pas qu'elle lui raconte que j'ai agi comme une enfant. Alistair… est-ce qu'il va être à l'aéroport ? Est-ce que l'on va s'embrasser ? Et après ? Je vais dormir chez lui, mais est-ce qu'on va dormir ensemble ? Son contrat « amis-amants », cela veut dire quoi exactement ? Je sens de nouveau le doute m'envahir. J'ai tellement hâte de le voir, d'être dans ses bras, et en même temps je réalise que je n'ai passé que quelques heures en sa compagnie. Là on va se voir plusieurs jours. Et si ça se passait mal ? Et si je ne lui plaisais plus ? Et si… Oh mon Dieu il faut que j'arrête de me poser toutes ces questions. Je prends mon téléphone pour l'éteindre. J'ai trois messages.

Camille, l'amoureuse éternelle :

[Bon voyage Chloé ! Va te balader sur le High Line avec Alistair, c'est super romantique !]

Noémie, la prévoyante :

[Génial ! Et ils servent à manger dans l'avion ?]

Émilie, la délurée :

[J'espère que tu vas monter au septième ciel avec Monroe Airlines !]

Je sais que je ne pars que quelques jours, mais ces trois filles vont me manquer. Il faudra que je les contacte par Skype. J'éteins mon téléphone et allonge mes jambes. Je regarde à travers la vitre. Je viens de plaquer mon stage, je suis dans un jet privé, je pars à New York, une ville qui me fait rêver depuis des années, et je rejoins Alistair Monroe, l'homme le plus séduisant que j'ai rencontré dans ma vie. Tout ceci est complètement fou, mais bizarrement cette folie me fait sourire. La Chloé bonne élève, si raisonnable, si sage, limite peureuse, serait-elle en train de changer ? L'hôtesse s'approche de moi avec un plateau :

– Du champagne de la part de monsieur Monroe, mademoiselle Haughton.

Alistair, tu es incroyable…

# 7
# LES RETROUVAILLES

– Mademoiselle Haughton, nous allons arriver dans quelques instants à New York, JFK. Veuillez attacher votre ceinture.

C'est très étrange d'entendre une hôtesse prononcer son nom lors d'une annonce dans un avion ! Après huit heures de vol merveilleuses, pendant lesquelles j'ai bu une coupe de champagne, mangé un délicieux repas et dormi, me voici donc arrivée à New York. C'est la première fois de ma vie que je traverse l'Atlantique, et aussi la première fois de ma vie que je suis aussi impatiente de retrouver un homme. Je passe dans la salle de bains : je n'ai pas une super tête. Comment font les stars, qui voyagent sans arrêt, pour apparaître fraîches et sexy quand elles arrivent à l'aéroport ? Elles doivent bien avoir un secret, il faut que je me renseigne… Je me rassure en me disant que quand Alistair m'a rencontrée dans le train, je n'étais pas au top du glamour, et pourtant je lui ai plu. Aujourd'hui j'ai mis ma « tenue séduction » : un jean noir slim, un t-shirt en coton fin, ma veste noire et mes bottines à talon.

Je sors de l'avion, seule évidemment. Quelle drôle d'impression. J'ai envie de crier « Bonjour New York ! » alors que je descends les escaliers, mais je me retiens. Après le coup du « selfie » devant l'avion, je ne vais pas me donner une deuxième fois en spectacle devant l'équipe du jet privé. Je fais quelques pas sur le tarmac et aperçois Alistair, devant moi. Mon cœur bat à dix mille à l'heure. Les mains dans les poches, portant un magnifique trench-coat, les cheveux légèrement ébouriffés et le visage souriant, il est là, devant moi. Mon Dieu que cet homme est beau et élégant… Je m'approche de lui, j'ai envie qu'il m'enlace et m'embrasse fougueusement. Je vis dans un film depuis 24 heures, et c'est ainsi que se font les retrouvailles dans les films, n'est-ce pas ?

Mais il s'approche de moi et dépose un baiser sur ma joue.

– Bienvenue à New York, Chloé.

Je ne peux m'empêcher de me sentir un peu déçue. Donc « amis-amants », cela veut dire qu'on ne s'embrasse plus langoureusement ? Ou alors a-t-il ces dernières heures changé d'avis ? Nous ne serons finalement que des amis ? Alors que nous nous dirigeons vers la file des taxis, il me demande comment le voyage s'est passé.

– C'était fabuleux ! Et l'équipage est adorable. Ça va me faire bizarre quand je vais reprendre un vol normal ! On s'habitue vite au luxe, non ?

– Je suis content que cela t'ait plu. Et personnellement, je ne m'habitue pas à ce luxe. À chaque fois je me dis que j'ai de la chance. Et aussi que la chance peut tourner. Aujourd'hui l'entreprise Monroe fonctionne très bien, mais qui sait, demain ? À propos de boulot, qu'as-tu dit à ton agence pour pouvoir partir quelques jours ?

– J'ai démissionné.

– Ah bon ? Mais… pourquoi ?

– Je ne pouvais pas partir en vacances, on n'a pas de vacances quand on est stagiaire. Mais c'est bien, c'est plutôt une bonne nouvelle, j'étais malheureuse dans ce stage.

– Je suis touché que tu aies fait cela pour me rejoindre, Chloé…

Il s'arrête, se met face à moi, et plonge son regard dans le mien. Ses beaux yeux noirs brillent d'émotion. Il m'enlace délicatement et approche ses lèvres des miennes. Je sens son souffle sur mon visage, je respire son parfum ambré.

*Embrasse-moi, Alistair, je t'en supplie !*

Mes jambes commencent à chanceler. J'ai l'impression que s'il ne m'enlaçait pas je vacillerais totalement. Il dépose un léger baiser sur le coin de mes lèvres, puis recule un peu.

*Pourquoi est-ce qu'il ne m'embrasse plus comme il m'embrassait à Londres et à Paris ?*

Je sens qu'il en a envie, pourtant. Tout ceci me perturbe. Pourtant c'est bien ce que je voulais, une histoire sans engagements, donc pourquoi est-ce que je me sens si frustrée ?

– Allons chez moi déposer tes affaires. Que veux-tu faire ? Tu es peut-être fatiguée, tu veux te reposer ? Dis-moi.

– C'est la première fois que je viens à New York, Alistair, non je ne veux pas dormir ! Je vais me doucher et ensuite on sort ?

– Ok, super. J'ai réservé ce soir dans un restaurant, je vais te faire goûter le meilleur burger de New York, Chloé.

– Chic !

Dans le taxi, je regarde, les yeux grands ouverts, le paysage urbain autour de moi. Les sirènes de voitures de police, les grands immeubles, les New-Yorkais au pas pressé, tout ceci me semble si familier. J'ai vu tellement de films et de séries se passant dans cette ville. Nous restons silencieux. Je repense à son timide baiser. Peut-être est-il juste prévenant et ne veut pas faire le mec qui me « saute dessus » ? Le taxi s'arrête devant un immeuble en verre, au bord de l'eau.

– Ici c'est Williamsburg, un quartier de Brooklyn. Un ancien quartier industriel devenu branché. Quand j'ai acheté ici il y a quelques années tout le monde me disait : mais tu es fou, qu'est-ce que tu vas faire à Brooklyn ? Je ne regrette pas du tout. C'est à deux pas de Manhattan et en même temps c'est plus calme, plus doux. Enfin pour l'instant ! Il y a de plus en plus de gens de Manhattan qui s'installent ici.

Je l'écoute et souris. Je me souviens d'un épisode de

*Sex and The City*, qui parle du snobisme des gens de Manhattan envers ceux de Brooklyn. Dans l'ascenseur de l'immeuble en verre, Alistair regarde ma valise.

– Oui, je sais, elle est immense. Mais ne t'inquiète pas, je ne vais pas rester un mois ! J'ai apporté mon tapis de yoga, et il prend de la place.

– Tu peux rester tant que tu veux, Chloé. Et je ne m'inquiète de rien. Pas avec toi...

Il me dévisage, et sa main replace doucement une mèche de mes cheveux... Ce simple geste, anodin, m'électrise. Et ce n'est pas le geste d'un « ami », mais bien celui d'un amant. Se rend-il compte de cela, ou est-ce moi qui me fais des films ?

Nous rentrons dans son appartement. C'est en fait un loft, spacieux et magnifique, au dernier étage. Il a un truc avec les appartements au dernier étage ! Des meubles blancs et design, de grandes peintures de street art au mur, du béton ciré gris au sol, et une immense porte vitrée donnant sur une terrasse en bambou. Je me dirige vers elle et découvre une vue incroyablement belle sur Manhattan. Je reste sans voix. Je suis à New York ! C'est dingue ! Je souris et me retourne vers lui. Il était en train de me regarder.

– Je suis tellement heureux que tu sois là, Chloé. En tant qu'ami, bien sûr...

Il a enlevé son trench, il porte un jean et un polo ajusté qui fait ressortir son torse musclé et ferme. Ce torse tatoué que j'ai caressé avec tellement de désir il y a si peu de temps. « En tant qu'ami »… Oui, c'est un ami généreux et charmant. Mais c'est aussi un ami que j'ai follement envie de voir nu et d'embrasser.

– Moi aussi Alistair, je suis heureuse.

Ma voix trahit mon émotion, il faut que je me ressaisisse !

– Je vais me doucher et après on bouge ?
– Oui bien sûr, la salle de bains est la deuxième porte à droite, je t'ai mis des serviettes propres. Fais comme chez toi.
– Ok, alors si je fais comme chez moi, je vais chanter sous la douche et danser en petite culotte sur du Beyoncé !
– Seulement si je peux assister à ce spectacle, me répond-il avec un clin d'œil.

La douche me redonne de l'énergie. Il est 18 heures ici, mais minuit à Paris, je commence à être un peu fatiguée. Mais en même temps tellement excitée par ce que je vis. Quand nous sortons de l'immeuble, un homme avec un costume sombre et une casquette noire s'approche de nous.

– Do you need my services, Mister Monroe ?
– No, thank you William, we'll take a cab.

Comme je suis franco-anglaise, je suis bilingue, mais pourtant je ne comprends pas la conversation. Alistair le remarque et m'explique.

– C’est William, mon chauffeur.

– Tu as un chauffeur ?

– Oui. Mais je me dis que c’est mieux si on prend le taxi, non ? Cela fait partie de l’expérience new-yorkaise !

– Oui je suis d’accord.

Un jet privé, un chauffeur, un appartement à Paris, un loft à New York… À quel point cet homme est-il riche ? J’essaie de ne pas être impressionnée, mais c’est compliqué !

– Cela ne te dérange pas si John, mon associé, vient dîner avec nous ? me demande Alistair alors que nous nous asseyons dans un taxi.

– Non, bien sûr que non. C’est l’homme que j’avais rencontré à la terrasse quand j’étais avec Adrien ?

– Oui oui c’est lui, répond Alistair, un peu froidement.

Je n’aurais peut-être pas dû lui rappeler ce mauvais souvenir. Cette soirée pendant laquelle il a cru que je flirtais avec mon collègue Adrien. Mais pourquoi est-ce que l’on va dîner avec son associé ? J’ai répondu que ça ne me dérangeait pas, et pourtant je ne peux m’empêcher d’être déçue.

*Tu t’attendais à quoi Chloé, un dîner en tête-à-tête, aux chandelles ? Alors que tu lui as expressément dit que tu ne voulais pas d’une relation amoureuse ?*

Nous nous arrêtons devant un grand hôtel, le Parker Méridien, à côté de Central Park.

– Tu m'emmènes à l'hôtel directement ? Tu ne veux pas que l'on dîne avant ?, dis-je en souriant.

Si on est partis sur le mode « ami », autant s'amuser, être naturels, passer de bons moments. Je ne vais pas laisser mes doutes m'envahirent.

– Mademoiselle Haughton, vous êtes une jeune fille bien délurée !, dit-il en riant.

J'adore quand il m'appelle ainsi et qu'il me vouvoie. Cela me rappelle notre rencontre dans le train et notre verre à l'hôtel. Avant ce premier baiser, incroyablement sensuel…

Une fois dans l'hôtel, il me dit « suis-moi » et me prend par la main. Nous traversons le hall, luxueux, et prenons un étroit couloir. Mais où m'emmène-t-il ainsi ? Je plaisantais, quand je disais que nous allions dans une chambre d'hôtel ! Il ouvre une porte, et là, je découvre un restaurant à la décoration underground et punk complètement inattendue dans un hôtel aussi chic. Beaucoup de gens attendent pour être installés, mais le serveur fait un signe à Alistair et nous place à une table réservée. Je passe devant tout le monde, un peu gênée.

Une fois attablée, je découvre la carte. La déco est peut-être rock, mais les prix sont bien ceux d'un hôtel de luxe. Alistair m'a fait comprendre qu'il m'invitait, mais je tiens, pendant mon séjour, à aussi l'inviter de temps en temps. Je ne souhaite pas abuser de sa générosité et – encore pire –

passer pour une fille intéressée. Mais il faudra que je me renseigne sur les restos pas trop chers, sinon toutes mes économies risquent d'y passer.

– Je te conseille le cheeseburger « all the works », me dit Alistair, avec un grand sourire. Pour moi c'est le meilleur de tout New York. Mais attention il est très copieux.

– Cela tombe bien j'ai très faim. C'est drôle, cet endroit, je ne m'attendais pas du tout à cela.

– Oui, ce n'est pas un petit restaurant romantique pour un dîner aux chandelles, mais c'est délicieux. Et je suis ravi de te le faire découvrir.

Il prend tout d'un coup un air sérieux et concentré.

– Dis-moi, comment vas-tu faire pour trouver un stage, Chloé ?

Oh j'avais oublié quelques instants ce problème. Mais je suis touchée qu'il m'en parle. Il se rend compte à quel point ma carrière professionnelle est importante.

– Je ne sais pas trop. Je ne pense pas postuler dans une autre agence Web, mais plutôt aller dans une galerie d'art, à Paris. Je vais faire le tour des galeries avec mon CV, et je verrai bien ce qui se passe. J'ai déjà travaillé dans une galerie, sur les quais, tu sais.

– Et quel type de galerie cherches-tu aujourd'hui ?

– Art contemporain ou photo contemporaine. La galerie en ligne que je veux ouvrir devra mettre en avant les jeunes artistes d'aujourd'hui. J'ai déjà sélectionné plusieurs artistes qui seraient d'accord pour que je les représente, mais un stage dans une autre galerie me permettra de mieux comprendre le marché de l'art, et ainsi de ne pas faire trop d'erreurs quand j'ouvrirai mon site.

– Et tu as déjà des contacts ?

– J'en connais quelques-unes, mais je ne connais pas personnellement les galeristes.

– Je me sens un peu coupable que tu aies laissé tomber ton stage pour venir me voir, tu sais. Et en même temps, je vais te l'avouer, je me sens très flatté.

– Tu sais, si tu ne m'avais pas proposé de venir à New York, je serais restée dans l'agence. Ça aurait été bien sûr plus facile que de chercher un nouveau stage, mais en même temps, j'aurais perdu mon temps.

– J'admire ton courage. Et ta détermination. Quand on s'est rencontrés dans le train, tu sais, tu me parlais de ton projet de galerie, et tu avais les yeux qui brillaient. C'est rare de rencontrer des gens aussi passionnés. Et passionnants !

Ses compliments me font rougir. Et savoir que je lui plais pour ces raisons me touche profondément. Alors que je suis sur le point de lui répondre que je l'admire tout autant, John s'approche de notre table.

– Hello guys !

Je m'approche pour lui faire la bise, mais il me tend sa main. Ah mais oui, on est aux États-Unis, on ne se fait pas la bise.

John s'assied à côté d'Alistair. Très grand, blond, assez baraqué, il a la stature d'un joueur de football américain. Il parle couramment français. Il me raconte qu'il a rencontré Alistair à l'université, à Harvard, et qu'ils sont tout de suite devenus très amis. Alistair a fait Harvard, la plus prestigieuse université américaine ? Décidément cet homme est impressionnant. Ils ont fait un tour du monde ensemble et, lorsqu'Alistair a repris l'entreprise de son père, il a demandé à John de travailler avec lui. Et depuis, c'est une « success story ». Je le trouve plutôt sympathique, ce John. Alors que nous discutons et dégustons ces incroyables burgers, Alistair se lève.

– Je suis désolé, je dois passer quelques coups de fil, veuillez m'excuser.

Il me laisse seule avec John, mais je suis contente de faire plus ample connaissance avec lui. C'est le meilleur ami d'Alistair, et j'ai donc envie qu'il m'apprécie. Les amis de mes amis sont mes amis, n'est-ce pas ?

– Tu vis à New York ? lui demandé-je.

– Oui, à Manhattan, avec ma femme et mon fils. Ils sont en ce moment en vacances chez mes beaux-parents.

– Oh, tu es père de famille ?

– Et oui ! J'ai aussi rencontré ma femme à Harvard. Et on s'est très vite mariés. On a un petit garçon de cinq ans, Sammy.

Il sort son téléphone et me montre une photo de lui avec sa femme et son fils.

– Il est très mignon, je commente. Et ta femme, que fait-elle dans la vie ?

– Elle a été avocate, mais elle s'est arrêtée de travailler. Elle préfère passer du temps à s'occuper de Sammy en ce moment.

– Oh je comprends. Et ce n'est pas trop dur la vie de famille à New York ?

– Non, on a la chance d'habiter dans un grand appartement pas loin d'ici. Je suis très heureux ainsi. J'ai une vie bien différente de celle d'Alistair, mais cela me va.

– Comment cela ?

– Eh bien Alistair va dans toutes les soirées mondaines, et sort avec les plus belles mannequins de la planète. Alors que moi le soir je rentre chez moi et je lis des histoires à mon fils !

*Pourquoi me dit-il cela ? Si c'est le meilleur ami d'Alistair, il doit bien savoir que nous avons couché ensemble, donc ce n'est pas très gentil de sa part de me parler de ça.*

Mais ma curiosité me pousse à en savoir plus.

– Tu parles d'Alistair quand il était plus jeune, c'est cela ?

– Ah non, c'est toujours un vrai don juan. Mais Alistair m'a dit que vous étiez amis. Donc tu dois le savoir qu'il collectionne les jolies filles, non ? Pendant les fashion weeks, toutes les plus belles filles de la mode sont à ses pieds. En même temps c'est un beau mec, il est riche, ce n'est pas très étonnant. Et après tout, il a trente ans, il a bien le droit de s'amuser, et puis vu ce qui s'est passé dans sa jeunesse, je pense qu'il a besoin aujourd'hui de légèreté. Moi j'ai fait un autre choix. Mais je ne regrette rien, j'ai une femme extraordinaire.

Je reste sans voix. Donc Alistair lui a raconté que nous étions potes. En revanche, il a oublié de me raconter qu'il sortait avec des top models. Qu'est-ce que je suis naïve ! Évidemment qu'un homme aussi jeune, riche, et beau multiplie les conquêtes avec les plus belles femmes du monde. Et moi, Chloé Haughton, je dois être la numéro 234... Pourtant même si je sais qu'on me trouve jolie, je ne fais pas 1 m 80. Qu'est-ce qu'il m'a trouvé ? C'est peut-être pour cela qu'il se comporte en « pote » avec moi depuis que j'ai atterri. Il m'a vue et a enfin réalisé que je ne jouais pas dans la même catégorie que ses précédentes conquêtes. Moi qui étais si fière de ma « tenue séduction ». Quelle idiote... Et quand John parle de « ce qui s'est passé dans la jeunesse » d'Alistair, il s'agit de l'histoire avec son frère jumeau disparu ou a-t-il d'autres secrets ? Je reste silencieuse et soucieuse après ces révélations. John ne s'en rend pas compte et continue la conversation sur un ton badin.

– Et toi tu as un petit ami ? me demande-t-il.
– Non, je réponds, d'une voix fluette.

Je me sens, tout d'un coup, si fatiguée. J'ai envie de rentrer, de dormir. Alistair est toujours au téléphone, mais je n'ai plus très envie de le voir. J'aimerais tant rentrer chez moi, retrouver mon petit appartement, là, maintenant, tout de suite. Mais je suis au bout du monde, et dépendante d'un homme certes charmant et adorable, mais un serial lover de compétition.

Alistair revient avec un grand sourire aux lèvres. Est-ce qu'il était au téléphone avec une de ses « targets » féminines ? Il se rassoit.

– Tu as encore de l'appétit pour un dessert ? me lance-t-il, toujours très souriant.
– Non merci. Et je suis désolée, mais je me sens très fatiguée. C'est le décalage horaire, je réponds, le visage fermé.

Il me regarde et fronce les sourcils. C'est peut-être la première fois qu'il me voit avec un air aussi dur. J'aimerais faire semblant d'être bien, mais je suis malheureusement un livre ouvert, toutes mes émotions se lisent sur mon visage.

– Je comprends tout à fait. On est en plein milieu de la nuit, là, pour toi. Il faut que tu te reposes. John, on s'appelle demain ? Je dois faire visiter notre chère ville de New York à mademoiselle Haughton, mais on peut quand même se faire un point business.

John a un sourire que je trouve soudainement très fourbe. Je repense à ses mots. Était-il obligé de me sortir tout cela sur Alistair, alors qu'il me connaît à peine ? Nous nous levons et sortons du restaurant, en silence.

Quelle étrange soirée…

# 8
# LE CONTRAT

Dans le taxi du retour, j'ai toujours « ma tête d'enterrement » comme dit ma mère, alors qu'Alistair a toujours ce sourire aux lèvres. Qu'est-ce qui le rend aussi heureux ?

– Chloé, j'ai une très bonne nouvelle pour toi, me dit-il, enfin.

– Ah oui ?

Je regarde, pensive et triste, à travers la vitre du taxi. Mes pensées sont ailleurs, elles sont à Paris. J'ai tellement envie d'appeler mes amies.

– Alors voilà, tout à l'heure, j'ai passé plusieurs coups de fil à des amis new-yorkais. Et notamment à un ami, Daniel, qui a une très belle galerie spécialisée dans le street art à Brooklyn. Tu as vu mes tableaux chez moi ? Ils viennent de chez lui. Et il se trouve qu'il a aussi une galerie à Paris.

Art-work, ça te dit quelque chose ?
– Oui bien sûr, c'est une galerie très en vogue.

*Mais où veut-il en venir ?*

– Eh bien, Daniel m'a dit qu'il était partant pour que tu fasses ton stage dans sa galerie parisienne. Je lui ai parlé de ton parcours et de ton projet, il est très intéressé. Il faudra bien sûr que tu le rencontres. Mais on se connaît depuis des années, donc il fait confiance à mes recommandations.
– Oh, c'était donc ça tes appels tout à l'heure ?
– Oui, qu'en dis-tu ?
– Eh bien… je suis très touchée que tu aies fait cela pour moi Alistair. Et Art-work est une galerie géniale, très innovante et avec des artistes émergents de grand talent.

Je n'en reviens pas qu'il ait fait cela. Je lui dis que je cherche un stage, et une heure après, il m'en trouve un. Et pas n'importe lequel. Si j'accepte, cela veut dire que je n'aurai pas à batailler pour en trouver un à mon retour à Paris. Ce serait idéal.

– Mais… je rajoute, sans finir ma phrase.
– Mais ?
– Mais je ne peux pas accepter, lancé-je, dans un souffle.
– Pourquoi donc ?

Il a perdu son joli sourire.

– Je te devrais ce stage, Alistair. Ce n'est pas moi qui l'ai trouvé, mais toi. Et donc je me sentirais redevable vis-à-vis de toi. Et tu sais combien je tiens à ma liberté…

– Je ne te demande pas en mariage, Chloé, je te file juste un coup de main. Tu as quitté ton stage pour, entre autres, me rejoindre ici. C'est la moindre des choses que je t'aide à te sortir d'une situation délicate.

– Je sais bien, et encore une fois j'en suis très touchée. Mais je trouve cela trop engageant vis-à-vis de toi, tu comprends ?

– Non, honnêtement, je ne te comprends pas. Tu es très difficile à suivre, Chloé.

Je le sens vexé. Il a une sorte de moue boudeuse qui le rend extrêmement craquant. Mais ce n'est pas le moment de craquer, je suis en train d'avoir une conversation sérieuse.

– Je suis difficile à suivre ? Parce que toi tu es simple, peut-être ?

Je sens la colère monter en moi.

– Je ne comprends rien, Alistair. Il y a quelques jours tu me disais que tu avais eu un coup de foudre pour moi. Et tu m'as demandé de venir à New York. Mais depuis tout à l'heure, tu te comportes comme si on était de simples potes. Tu ne m'as pas embrassée une seule fois ! On est censés être des « amis-amants », mais là on est quoi ? Tu n'es pas clair ! Et puis en plus j'apprends que tu passes tes nuits à sortir avec des top models ?

– Mais de quoi tu parles ? C'est quoi cette histoire de top models ?

– C'est John qui m'a dit la vérité. Comme quoi tu étais un don juan qui sortait limite avec un mannequin par soir. Je ne joue pas dans cette catégorie. Je ne suis qu'une Parisienne qui veut monter sa boîte. Et je mesure 1 m 68 !

J'ai prononcé cette dernière phrase avec un petit sanglot dans la voix. J'espère qu'il ne l'a pas remarqué…

– Ok… je ne suis peut-être pas clair en effet. Laisse-moi t'expliquer les choses, s'il te plaît.

– Je t'écoute.

– Alors déjà, je ne sais pas exactement ce que t'a raconté John, mais c'est faux. Je suis en colère contre lui ! John est mon associé et meilleur ami, mais je sais, depuis le début de notre relation amicale, qu'il a un gros problème de jalousie. Cela a commencé à la fac. Il était très timide, moi un peu moins, et donc forcément j'avais un petit peu plus de succès avec les filles que lui. Et il s'est marié jeune, moi je suis resté célibataire, et donc il est persuadé que je suis un tombeur, alors que c'est faux. Je suis sorti une fois avec une mannequin, il y a quelques années, et depuis il pense que j'enchaîne les aventures torrides. Je crois qu'il fantasme beaucoup, surtout, et qu'il est jaloux. J'évite de lui parler de ma vie amoureuse, et je lui ai dit que tu n'étais qu'une amie. Mais tu n'es pas qu'une amie, Chloé. Je te l'ai dit et je te le répète : je suis tombé amoureux de toi le jour où je t'ai croisée dans ce train Paris-Londres. Je te trouve brillante, drôle, sexy et belle, Chloé ! Comment dois-je te le dire pour que tu me croies ? Tu ne peux pas savoir à quel point j'étais malheureux quand j'ai cru que tu étais avec Adrien, ton collègue. Je n'en ai pas dormi de la nuit. Et tu ne peux pas savoir à quel point j'étais heureux quand tu as accepté mon invitation à me rejoindre.

J'ai les larmes aux yeux. Jamais un homme ne m'a fait une telle déclaration. Nous arrivons en bas de chez lui. Dans l'ascenseur, je le regarde : il a l'air sincèrement ému. Peut-être ai-je été trop cruelle dans mes propos ? Nous rentrons en silence dans son loft. Il pose sa veste et se dirige vers la terrasse. Je le suis. Nous nous accoudons sur la rambarde, l'un à côté de l'autre, nos regards tournés vers les buildings illuminés. La nuit est très douce ce soir, une brise chaude souffle sur la baie.

– Mais alors pourquoi est-ce que tu agis comme un simple pote depuis que je suis arrivée ? demandé-je avec douceur.

– Pour ne pas te brusquer, Chloé. Et aussi, un peu, pour me protéger. Tu m'as écrit que tu ne voulais pas de relation amoureuse… Et donc je fais attention à ne pas être trop pressant. Ce que je veux, c'est passer du temps avec toi. Mais je ne suis pas non plus masochiste, et je ne veux pas risquer à chaque fois que je t'embrasse que tu te refuses à moi.

– Mais ce ne serait pas le cas. J'adore quand tu m'embrasses Alistair !

– Et je te plais ?

– Bien sûr que tu me plais ! Ça se voit, non ?

– Alors je ne comprends pas. Qu'est-ce qui te fait peur ? Pourquoi fais-tu un blocage sur l'engagement ? Quand je me montre amoureux tu prends peur. Dernier exemple en date : le stage. Et quand je suis sur un mode amical tu n'es pas non plus heureuse.

– Oui, bon tu peux le dire, je suis un peu relou, comme fille.

J'essaie de faire une blague, je sens que l'on va sur un terrain glissant, et cela me fait un peu peur.

– Tu bottes en touche…
– Je suis une grande spécialiste du bottage en touche, tu ne le savais pas ?
– Très bien. Alors j'ai une proposition à te faire, me dit-il en se tournant vers moi, avec un léger sourire.
– Si c'est une demande en mariage, sache que ça ne va pas trop avec ma vision de l'engagement, je lui réponds, en lui rendant son sourire.
– Non je te propose un tout autre type de contrat. Plus exactement un système de gages : à chaque fois que tu feras quelque chose d'absurde ou d'irrationnel par peur de l'engagement – comme par exemple refuser un super stage – alors je te ferai une proposition que tu ne pourras pas refuser. Mais si moi je fais quelque chose qui va trop loin dans l'engagement, alors tu pourras me demander ce que tu veux. C'est notre pacte d'« amis-amants ».
– Mais… c'est comme un contrat sadomasochiste, ce que tu me proposes ?

J'éclate de rire.

– Non non, c'est différent, c'est un contrat « sex friends ».
– Oh ok, alors tout va bien. Tu me fais rire, Alistair. Donc si je comprends bien, la prochaine fois que je te refuse quelque chose, et que tu considères que ce refus est absurde, alors tu me fais une proposition que je ne peux pas refuser, c'est ça ?
– Tu as tout compris.

– Mais tu sais, il m'arrive régulièrement de prendre des décisions irrationnelles !

– C'est bien pour ça que j'ai imaginé ce contrat !

– Très bien. Mais dis-moi, pour sceller ce pacte, nous devrions nous embrasser, non, monsieur Monroe ?

J'approche doucement mon visage du sien. Je tremble un peu. Ses paroles amoureuses m'ont touchée, sa proposition de pacte m'a fait sourire. Toutes ces émotions se transforment à présent en un désir puissant. J'ai envie de lui comme jamais je n'ai eu envie d'un homme. Il ferme les yeux, j'observe son visage, à la fois si viril et si doux. Je pose mes lèvres contre les siennes et l'embrasse avec passion. Il répond à mes baisers avec autant de force, puis tout à coup me soulève, m'emmène et me renverse sur le grand sofa de la terrasse. Alors que je regarde le ciel de New York, je suis sur un petit nuage. Un nuage de sensualité et d'érotisme…

Il m'embrasse au creux du cou. Je sens son souffle chaud contre ma peau et la pression de son torse musclé contre mes petits seins. C'est comme si tout mon corps avait la mémoire de notre nuit parisienne : je me sens de nouveau connectée à lui, comme si nous ne nous étions jamais quittés. Alors qu'une de ses mains tient fermement ma nuque, l'autre se glisse délicatement sous mon t-shirt. Je frissonne. De plaisir. Sa main caresse mes seins, se glisse sous mon soutien-gorge alors que nos bouches et nos langues entament une danse érotique. Il ne quitte mes lèvres que pour me regarder, droit dans les yeux. Je sens l'émotion dans son regard et cela me bouleverse.

– Chloé… soupire-t-il. Tu es tellement belle et ta peau est tellement douce.

Ses doigts caressent mes seins et mes tétons, que je sens pointer de plaisir. Mon souffle est de plus en plus haletant. Je ne pensais pas cet endroit de mon corps aussi sensible… Alistair, tu me fais découvrir de nouvelles zones de plaisir. Il soulève totalement mon t-shirt et approche sa bouche de ma peau. Il passe ses mains dans mon dos pour dégrafer mon soutien-gorge, puis replonge son visage vers ma poitrine. Il lèche et mordille mes seins avec gourmandise et sensualité. Je soupire… J'ai envie qu'il m'embrasse ainsi pendant des heures, mais j'ai aussi envie de sentir sa peau contre ma bouche, et de lui offrir autant de plaisir qu'il m'en donne. D'un mouvement du bassin je le fais basculer sur le dos. Je descends doucement mon visage vers son entrejambe en ne quittant pas son regard.

– Où vas-tu ainsi, Chloé ?, me demande-t-il en souriant.

Je ne réponds pas, soulève son polo et embrasse son torse musclé. Sa peau est incroyablement douce. Je dépose de légers baisers en m'approchant de son entrejambe. Je sens qu'il bande sous son jean et cela m'excite. Une excitation très nouvelle pour moi… Comme si je ressentais tout ce qu'il ressentait. Je ne le quitte pas du regard. Je veux qu'il me voie alors que je le caresse, et je veux voir son plaisir dans ses yeux. Je déboutonne tout doucement son jean. La dernière fois, à Paris, je n'avais pas osé descendre plus bas, mais ce soir, je me sens tellement emplie de désir… Je repense à ses mots d'amour, et à ce moment précis ils ne me font pas fuir. Au contraire, ils me donnent envie de goûter chaque centimètre carré de son corps d'Apollon. Je déboutonne délicatement son jean et embrasse son boxer, noir et soyeux. Je le sens frémir.

– Chloé, tu…

– Chut, laisse-toi faire, je soupire.

D'habitude de nature timide, j'ai l'impression d'être, sur cette terrasse new-yorkaise, dans ses bras, une déesse de l'érotisme. Tout me paraît extrêmement naturel. Même lorsque je pose ma bouche contre son boxer. Mes lèvres contre son sexe bandant, ses soupirs qui m'encouragent à aller plus loin, son torse doux et chaud contre mes mains… Je désire Alistair comme jamais j'ai désiré aucun homme dans ma vie. Je passe ma langue sur le contour de son boxer, la glissant incidemment sous le tissu. J'ai envie d'aller plus loin, mais tout à coup j'hésite, je n'ose pas. J'ai soudainement peur de passer pour une fille « soumise ».

*Mais Chloé, tu en as envie, alors suis ton instinct ! Et puis c'est bien toi, là, qui lui donnes du plaisir, qui maîtrise son désir…*

Je fais glisser doucement son boxer vers ses pieds. Son sexe apparaît, long et dur. Je pose mes lèvres sur son gland et l'entends soupirer encore plus fort. Je lèche son sexe, le caresse avec ma langue et mes lèvres, je le tète, le suce, l'embrasse. Je ne suis pas du tout experte dans cette pratique, est-ce que je fais ce qu'il aime ? Je lève les yeux vers son beau visage : il est magnifique, ainsi, livré au plaisir. Je continue de plus belle mes baisers, tout en caressant son sexe avec ma main.

– Chloé, arrête, s'il te plaît.

*Hum, tu ne dois pas faire les choses comme il le faut, Chloé !*

– C'est tellement bon ce que tu me fais, là… Je ne vais pas résister longtemps. Et je veux te faire l'amour.

Je me redresse, il m'attrape délicatement par les hanches et me renverse sur le sofa à sa place. Il se met à mes pieds, enlève mes bottines, déboutonne mon jean et le fait glisser à mes pieds. Toute cette danse sensuelle me trouble : aucune gêne, aucune maladresse, nous faisons l'amour comme si nous dansions un ballet. Il finit de se déshabiller face à moi. Il est nu, debout, magnifique. J'observe son tatouage d'Indien sur le torse. Cela lui donne un petit côté « bad boy » qui ne me déplaît pas.

– Chloé, tu ne bouges pas ? Je reviens, je vais chercher un préservatif.
– Je suis nue sur ta terrasse, Alistair, où voudrais-tu que j'aille ainsi ?
– C'est vrai ! Mais on ne sait jamais, avec toi ! dit-il en me faisant un clin d'œil.

Je le regarde s'éloigner pour rentrer dans son salon et admire ses fesses d'homme musclé. C'est une véritable gravure de mode !

*Chloé calme-toi, calme-toi ! Ce n'est pas le premier garçon nu que tu vois de ta vie !*

Lorsqu'il revient, je suis toujours allongée, les jambes serrées et les mains sur mes seins, pudique. Il s'allonge à mes côtés.

– Ne te cache pas, jolie Chloé. Tu es tellement belle.
– C'est vrai ? dis-je, avec une petite voix.
– Mais mon Dieu oui. Tu as un corps parfait, un corps de femme, tout en courbes. Mais ce que je préfère, c'est ce visage. Ce visage sans fard.

Il m'embrasse langoureusement. Je sens de nouveau mon bas-ventre brûler de désir, et déjà humide de plaisir. Je me tourne légèrement sur le côté, et sens son sexe bander contre mes fesses. Il dépose des baisers sur ma nuque, son souffle chaud caressant ma peau. Il presse mes seins avec une de ses mains posée sous mon épaule, tandis que l'autre m'agrippe la hanche. L'étreinte devient de plus en plus forte, de plus en plus torride. Je rêve de le sentir en moi, je me cambre un peu plus, jusqu'à sentir son sexe contre le mien.
– Viens Alistair…, dis-je dans un soupir.

Il glisse son sexe dans le mien. Mon Dieu, c'est délicieux… Je ressens comme un courant électrique parcourir tout mon corps. Je pousse un cri. Il s'arrête.

– Ça va Chloé ?
– Oui, oui, continue, je t'en supplie.

Son corps collé au mien, sa bouche sur ma nuque, il me pénètre doucement, puis plus vite, puis de nouveau tout doucement. Pendant de longues minutes, nous ne formons plus qu'un seul et même corps, un corps désirant, chaud, humide, le vent tiède de New York caressant nos peaux.

– Je veux te voir. Je veux voir ton visage, me susurre-t-il à l'oreille.

Il se sépare de mon corps quelques secondes, quelques secondes qui m'apparaissent être une éternité, puis il m'allonge sur le dos, et se glisse entre mes cuisses. Je me laisse faire avec délice. Depuis le début de notre étreinte, je ressens un plaisir mêlé d'une douce fatigue. Le décalage horaire m'a rattrapée, mais j'adore cette sensation d'être un peu à sa merci, d'être lascive sous ses caresses et son étreinte. J'entoure ses hanches de mes jambes pour le sentir au fond de moi. Il plonge son visage dans mon cou, je l'entends respirer de plus en plus fort.

– Chloé, tu me rends dingue.

Oh, Alistair, si tu savais le plaisir que tu me donnes en ce moment… À chaque mouvement de son sexe dans mon corps, je sens ma jouissance approcher. Il ondule sur mon corps, nos peaux moites glissant l'une sur l'autre.

– Alistair, tu vas me faire jouir…
– Je veux voir ton beau sourire quand tu jouis.

Je m'agrippe à lui, mes ongles lacérant son dos. Il me pénètre de plus en plus vite, de plus en plus fort. C'est à la fois bestial et romantique, je n'ai jamais vécu cela de ma vie. Je l'entends souffler au creux de mon oreille :

– Viens Chloé, viens mon amour…

Ces mots me font l'effet d'un électrochoc. La jouissance traverse et inonde tout mon corps, faisant trembler mes jambes et me faisant pousser un cri qui transperce la nuit. Je l'entends jouir alors que mon corps s'effondre, terrassé par cet orgasme puissant.

Puis le silence. Son corps allongé sur le mien, nos cœurs à l'unisson, nos souffles redevenant plus calmes. Je caresse ses cheveux. J'ai les larmes aux yeux. J'ai rêvé ou il m'a dit « mon amour » ? Non je n'ai pas rêvé. C'est même ces mots-là qui ont tout déclenché. Est-ce que l'on dit « mon amour » à un sex friend ? Je ne crois pas. Mais alors que nous sommes étendus l'un contre l'autre, je ne veux pas penser à tout cela. Je voudrais que le temps s'arrête, là, maintenant, tout de suite. Je ferme les yeux et me sens plonger dans un doux sommeil.

– Chloé… Chloé…

C'est Alistair qui me réveille.

– Il ne faut pas que tu t'endormes ici, tu vas attraper froid. Viens on va dans ma chambre. Tu dois être épuisée…

Je n'ai pas la force de lui répondre, mais entrouvre les yeux et lui souris. Le simple fait de me lever et d'aller dans l'appartement me paraît impensable. Il doit le sentir, car tout à coup il glisse ses bras sous moi et me soulève. Blottie contre son torse, je me laisse transportée jusqu'à sa chambre. Il me dépose délicatement sur son lit, me couvre d'un drap de soie, puis se glisse à mes côtés.

– Bonne nuit ma belle.
– Bonne nuit, murmuré-je, déjà dans un demi-sommeil.
– Je vais te regarder t'endormir, ma chère « sex friend »…

# 9
# LA SURPRISE

J'ouvre les yeux. Où suis-je ? Dans un très grand lit, avec des draps de soie blanche, et une vue sur des buildings… Suis-je toujours en train de rêver ? Non, ça y est, mon esprit embué s'éclaircit. Alistair-New York. Et la terrasse… Je me souviens de chaque seconde, quand il m'a fait l'amour sur cette terrasse. Je suis nue, mais heureusement à côté du lit se trouve ma valise. Je mets rapidement une culotte, un t-shirt et un jean, et sors de la chambre. Alistair est occupé dans la cuisine américaine ouverte sur l'immense living-room du loft. Il est de dos, il porte une grande chemise blanche ouverte et un jean brut. Mon Dieu, même au réveil c'est l'homme le plus sexy de la planète.

– Bonjour, dis-je timidement.

Il se retourne, il a les cheveux en bataille, comme j'aime, et un sourire de prince charmant.

– Bonjour chère Belle au bois dormant.
– J'ai beaucoup dormi ? Quelle heure est-il ?
– Il est midi, mais tout va bien ! Je t'ai préparé un petit-déjeuner made in USA. Si je m'en souviens bien, tu es plus thé que café, n'est-ce pas ?
– Oui, et toi tu bois du jus de chaussettes !

C'est étrange d'être ici, au réveil, à discuter en mode « pote » avec un homme qui m'a merveilleusement fait l'amour la veille. Je m'installe sur un tabouret haut, contre un comptoir en béton gris ciré. Sur le plateau devant moi, un jus de fruits frais, des muffins, des pancakes… Le petit-déjeuner de rêve ! Il faut que je fasse attention, quelques jours à New York et je vais prendre 4 kilos ! Heureusement que j'ai pensé à mon tapis de yoga…

– Je t'ai regardée dormir cette nuit, me dit Alistair.
– Ça devient une fâcheuse habitude, chez toi, dis-je en savourant mon muffin aux myrtilles.
– Tu avais l'air bien. Heureuse. Et en te regardant, je me demandais d'où te venait cette peur de l'amour.

Hum, il veut reparler de ce sujet. Je croyais qu'on avait signé un pacte « sex friends »… Hier soir quand il me faisait l'amour il m'a dit « mon amour », et ça m'a fait jouir. Mais c'était sur le moment… S'il m'appelle comme cela aujourd'hui, ça ne va pas le faire !

– Je n'ai pas peur de l'amour. C'est juste que pour l'instant, ce n'est pas fait pour moi. Je veux me concentrer sur ma vie, ma carrière, mes amis, ma famille. Je ne ferai pas l'erreur de tout sacrifier pour un homme pour me retrouver à 40 ans toute seule. Je ne veux pas sacrifier ma vie.

– Mais qui te parle de sacrifice ? À moins de tomber sur un vrai macho, tu peux mener ta vie comme tu le souhaites, même en étant en couple.

– Un macho, ou un infidèle.

– On t'a déjà trompée, c'est ça ?

– Non mais ça arrive à beaucoup de femmes, des femmes que je connais…

*Chloé, tu pars sur un terrain glissant, là ! Il faut que tu changes de sujet.*

Sa chemise entrouverte laisse apercevoir son tatouage.

– Dis-moi, ce tatouage, tu m'as dit que c'était lié à ton frère, n'est-ce pas ?

Son visage se ferme tout à coup. Ce n'est pas la première fois que je le vois se renfrogner ainsi, mais cela me trouble à chaque fois. Lui qui a un visage tellement avenant, souriant et charmant. Soudainement ses traits se durcissent, il devient comme un autre homme.

– J'ai fait quelques recherches sur Internet. Ton frère jumeau, Arthur… poursuis-je.

– Comment ça, des recherches ? Il fronce les sourcils.

– Oh rien de très poussé. Un truc qui s'appelle « Google », tu connais ?

J'essaie de détendre l'atmosphère, mais cela me semble compliqué.

– Oui, mon frère jumeau s'appelle Arthur, en effet.

Sa voix est grave et triste. Je ne veux pas le blesser, mais je veux en savoir un peu plus.

– Tu vas me trouver indiscrète, mais… ce tatouage, en quoi est-il lié à ton frère ?
– Geronimo, c'est ainsi que j'appelais mon frère, quand on était petits. On jouait à être des frères apaches.
– Oh, je comprends… Et tu n'as vraiment plus aucune nouvelle de lui ?

Il se tait. Son regard se porte sur la baie vitrée, vers l'horizon. Il semble complètement ailleurs. Serais-je allée trop loin ? Ai-je touché une corde trop sensible ? Après tout, quand il me pose des questions très personnelles, j'évite de répondre. Je suis la championne du « bottage en touche », et je voudrais que lui se confie ? Ce n'est pas très logique, Chloé. Peut-être que si je faisais un pas vers lui, il oserait plus me raconter son histoire avec son frère, il se confierait plus à moi. Dans « sex friends », il y a « friends », et les amis sont censés pouvoir un peu se livrer, non ? Je fais le tour du comptoir et m'approche de lui. Je lui prends la main. Je me sens en confiance.

– Tu sais, tu me demandais tout à l'heure si on m'avait déjà trompée. Ce n'est pas le cas. Je n'ai jamais été en couple dans ma vie, donc ce serait compliqué que l'on me trompe !

– Mais alors pourquoi cette peur de l'engagement ? me demande-t-il avec douceur.

– Quand j'étais petite, j'ai découvert que mon père trompait ma mère. J'avais dix ans. J'ai surpris mon père avec une autre femme, et je n'ai pas pu garder le secret. Je l'ai raconté à ma mère le soir-même. Ça l'a dévastée. C'est une grande artiste, tu sais. Elle exposait dans des galeries connues, elle était promise à une longue et belle carrière. Mais elle était folle amoureuse de mon père, et donc quand elle a su qu'il la trompait, ça l'a rendue totalement dépressive. Il y a des périodes où elle va mieux. Mais cela a gâché sa carrière artistique, c'est sûr…

*Chloé, c'est la première fois que tu te confies ainsi à un homme… Que se passe-t-il ?*

– C'est dur ce que tu as vécu, Chloé. Et comment ça se passe avec tes parents aujourd'hui ?

– Je m'entends bien avec mon père. Quand j'étais ado c'était compliqué, mais depuis j'ai pris du recul, et c'est quelqu'un d'important dans ma vie. Une espèce de « roc », tu vois ? Quant à ma mère, eh bien j'essaie de faire en sorte qu'elle aille bien, mais ce n'est pas évident.

– L'histoire de ta mère lui appartient. Toi tu as ta propre vie… Rien ne dit que tu vas vivre la même chose. Tomber amoureuse, puis être trompée…

– Je sais bien. Je ne confonds pas tout, tu sais. C'est simplement qu'aujourd'hui je ne veux pas prendre de risque. Je dois créer ma propre galerie d'art en ligne, je n'ai pas le temps pour un chagrin d'amour !

– Je ne suis vraiment pas d'accord avec ta théorie sur l'amour, Chloé. Il faut vraiment qu'on en rediscute plus tard. Là, je suis vraiment navré mais je dois m'absenter deux petites heures pour un rendez-vous professionnel. Je ne peux pas y échapper, c'est un rendez-vous avec le responsable de la filière japonaise, et il est à New York pour la journée. Cela te va si on se retrouve à 17 heures à Manhattan ? Je demanderai à William de t'y emmener. Et on rediscutera de tout cela, ok ? J'y tiens…

– Oui bien sûr. Ne t'inquiète pas. Je vais me préparer. Mais je peux me connecter un peu à Internet ?

– Bien sûr, tu peux utiliser mon portable. En tout cas ça me touche que tu m'aies raconté tout cela, tu sais…

Il entoure ma taille de ses mains. Ses mains… celles qui m'ont donné tant de plaisir cette nuit. Il me tient fermement et approche son visage du mien. Nos souffles, nos langues, nos lèvres s'entremêlent pendant de longues secondes. Je frissonne de plaisir. J'aimerais que nous nous embrassions ainsi pendant des heures… Mais il doit partir !

– Va-t'en Alistair, sinon j'ai l'impression que nous allons faire des bêtises…

Il rit. Il a retrouvé son beau visage serein et heureux.

– Oui, j'y vais. Appelle-moi du téléphone fixe si tu as le moindre problème. Et voici un double de mes clés.

Quand il claque sa porte, je me retrouve tout à coup dans

le silence de cet immense loft. Une drôle de sensation. L'appartement est luxueux et moderne, je n'ai tellement pas l'habitude de ces décors-là. Je branche mon téléphone à sa station i-Phone. Un petit Beyoncé à plein volume, ça va me réveiller et me faire sentir comme chez moi ! Une fois douchée et habillée, je m'installe dans un grand fauteuil et me connecte à Skype. Il est plus de 14 heures, ce qui veut dire qu'en France il est 21 heures. J'envoie un message à Camille, Noémie et Émilie.

[Les filles, je suis bien arrivée à New York ! Dispo pour un petit Skype ce soir ?]

J'ai très envie de leur parler et de les entendre. C'est fou ça, à peine 24 heures sans leur parler et elles me manquent déjà. C'est ma tribu, ces filles, comme une seconde famille. Quelques minutes plus tard, elles sont toutes les trois connectées. J'active la vidéo.

– Hello girls !
– Hello la New-yorkaise ! Comment ça va ? Alors tu as croqué dans la pomme ?

Le visage souriant d'Émilie apparaît.

– Chloé, ça va, bien arrivée ? Tu es où là, exactement ?, demande Noémie.

Le pragmatisme de Noémie ! Je serais sur une île déserte qu'elle me demanderait comment je fais pour capter le wi-fi !

– Comment va Alistair ? interroge Camille.

– Hé, ho ! Pas toutes en même temps ! Je suis tellement contente de vous entendre, les filles. Le voyage était super. Je vous recommande le jet privé, c'est pas mal du tout ! dis-je en riant. Là je suis dans son appart. Il a un loft incroyable. Regardez.

Je tourne l'ordinateur à 360° autour de moi.

– C'est à Brooklyn, je précise.

– Et tu as visité des choses déjà ?

Noémie, à ma place, aurait déjà visité Manhattan en long en large et en travers.

– Pas vraiment. Hier soir on est allés dîner dans un super resto d'hôtel. Et ce matin, j'ai dormi.

– Toi, tu as fait des folies de ton corps, commente Émilie.

Je rougis. J'espère que ça ne se voit pas trop à l'écran !

– Hum, oui un peu ! En fait hier soir c'était un peu tendu. Son associé, John, m'a sorti des choses pas cool, comme quoi Alistair était un mec qui sortait avec les plus belles mannequins du monde. Mais Alistair m'a expliqué que c'était de la jalousie.

– Et tu l'as cru ? demande Émilie.

*Tiens, c'est vrai ça, je n'ai pas mis deux secondes sa parole en doute… Incroyable comme je lui fais confiance depuis le début de notre rencontre.*

– Oui, bien sûr.

– Alors ça y est, tu es amoureuse ! s'exclame Camille.

– Mais non. Il a trouvé un deal. Enfin un système de gages : dès que je refuse quelque chose de gentil parce que j'ai peur de m'engager, il me fait une proposition que je ne peux pas refuser. Mais si lui fait quelque chose qui va trop loin dans l'engagement, alors je peux lui demander ce que je veux. Une sorte de contrat de « sex friends », vous voyez ?

– J'ai comme l'impression qu'il a tout compris à ta façon de fonctionner, commente Noémie. Mince, j'aurais dû passer ce genre de contrat avec Julien. Et en gage je lui aurais demandé de m'épouser !

Ah oui, j'avais oublié cette histoire de mariage. Visiblement, même si Julien est très amoureux de Noémie, il n'a pas l'air de vouloir l'épouser tout de suite. Et depuis quelques semaines, c'est tendu entre eux.

– Dans sex friends, il y a sexe. Alors c'était bien cette nuit ? insiste Émilie.

– Oui c'était merveilleux, je réponds, avec un grand sourire.

– Oh la la, ce sourire… Il doit être un dieu du sexe, ce monsieur Monroe !

– Eh bien, c'est étrange. Oui sexuellement c'est super, mais ce n'est pas qu'une histoire de sexe. Je veux en savoir plus sur lui… Et puis il est tellement attentionné et charmant. Mince, les filles, qu'est-ce qu'il m'arrive ?

– Dis donc c'est le décalage horaire qui te perturbe autant ? se moque Émilie.

– Mais non ! Vous savez, tout cela est physiologique. Les hormones du plaisir créent celles de l'attachement. C'est scientifiquement prouvé. J'ai lu un article là-dessus, et…

Noémie est interrompue par Camille.

– Je crois, Chloé, que tu vis quelque chose de très fort. Ne réfléchis pas trop, prends le temps de simplement vivre les choses. Amis, sex friends, amants, amoureux, peu importent les mots, c'est ce que tu vis qui compte. Et ça a l'air plutôt joli…

Silence dans la conversation. Je me sens touchée par les paroles sensées de Camille. Noémie et Émilie aussi, apparemment.

– En tout cas, je risque d'avoir bientôt un gage, dis-je, pour rompre ce silence.
– Ah bon pourquoi ? demande Camille.
– Eh bien, il m'a trouvé un stage. Dans une super galerie franco-américaine à Paris. Et je ne veux pas accepter cela.
– Mais voyons Chloé ! C'est super s'il t'a trouvé un stage qui te plaît ! Pourquoi voudrais-tu refuser ? demande Noémie.
– Je lui serais redevable, je réponds, plus trop sûre, tout à coup, de mon argument.
– Tu lui devras le fait de ne pas perdre ton année universitaire, de valider ton diplôme et d'enfin pouvoir monter ta galerie, oui c'est vrai. Je sens que Noémie s'énerve un peu. Mais si tu refuses, tu prends de gros risques. Tu n'es pas sûre du tout de trouver quelque chose à Paris par tes propres

moyens. Je sais, t'es une *wonder woman*, mais bon, c'est compliqué les stages. Surtout juste pour deux mois ! Chloé, réfléchis bien.

– Oui oui je vais y réfléchir. Je dois vous laisser les filles, j'ai rendez-vous dans trente minutes avec Alistair à Manhattan.

– Bisous Chloé. Ne sois pas sage, lance Émilie.

– Tiens-nous au courant pour la suite, dit Noémie. On se refait vite un Skype. Il faudra que je vous parle de Julien, il y a du nouveau !

– Baisers ma Chloé. Et ça te va bien, tu sais, le bonheur, tu es resplendissante.

– Bye les filles. Je vous adore.

Alors que je coupe Skype, au même moment, mon téléphone sonne : c'est Lucy. Zut, j'aimerais aussi lui parler, mais je vais être en retard. Je la rappellerai plus tard. Alors que je ferme le loft, j'entends la sonnerie de la messagerie de mon téléphone. Je l'ai oublié à l'intérieur ! Tant pis, j'écouterai son message à mon retour.

Je me dépêche de descendre en bas de l'immeuble. William est là, il m'attend. Quel luxe ! Je repense aux paroles de mes amies. Elles ont sûrement raison, pour le stage, je serais bien orgueilleuse de refuser cette offre. Mais je vais me donner encore une journée de réflexion. Dans la voiture noire aux sièges en cuir et aux vitres teintées, je me sens comme une célébrité. J'aurais dû prendre mes lunettes de soleil, ça aurait été encore plus chic ! Je discute en anglais avec William. J'apprends que plus jeune il était délinquant, et qu'Alistair l'a sorti de la rue pour lui proposer ce travail. Riche mais philanthrope, encore une qualité d'Alistair que je ne connaissais pas. Il s'arrête devant un grand et beau building ancien : c'est le Rockefeller Center. Je suis contente. Même si je ne veux pas faire ma touriste de base, je veux quand même découvrir un peu New York.

– Monsieur Alistair vous attend au dernier étage, au bar du Rainbow Room, me dit William alors que je sors de la voiture.

Je franchis le hall, puis dans l'ascenseur appuie sur le bouton du… 70e étage !

La porte s'ouvre sur un magnifique restaurant de style Art déco. Au bar, Alistair, de dos, contemple la vue. Je m'avance vers lui tout en discrétion, puis m'approche de sa nuque.

– Vous avez un truc avec les vues panoramiques, non, monsieur Monroe ?, lui susurré-je à l'oreille.

Il se retourne vers moi et sourit.

– Oui, tu n'as pas tort. Et celle-ci est pour moi une des plus belles au monde.

Manhattan resplendit sous nos yeux. Une douce lumière de printemps caresse les buildings et les tours.

– Mais on va descendre, conclut Alistair.

Comment cela, on va redescendre ? Je viens à peine d'arriver, n'ai même pas pris un verre, et nous partons déjà ? Ce n'est pas très poli, et cela ne ressemble pas aux manières d'Alistair… Mais je ne vais pas râler, ce serait encore plus impoli. Je ne dis rien, alors que l'ascenseur entame sa descente, mais je reste un peu interloquée par son attitude. Je réalise alors que nous ne nous arrêtons pas au rez-de-chaussée, mais au sous-sol… Il veut me faire faire une visite privée des parkings de New York ? Je ne comprends rien.

– J'ai quelque chose à te montrer. C'est un endroit qui pour l'instant est fermé au public, mais en tant que mécène j'y ai accès.

– À un parking ? dis-je, en souriant.

– C'est plus que cela, viens voir…

Nous franchissons une lourde porte de métal et, alors que nous entrons dans une immense salle, je reste bouche bée. Les murs sont couverts de splendides fresques Art déco, et entre chaque fresque, des graffitis contemporains, tous plus beaux les uns que les autres. Je reconnais quelques signatures connues.

– C'est quoi cet endroit incroyable ? demandé-je, alors que je parcours du regard les œuvres, comme une enfant dans un magasin de bonbons.

– C'est un espace qui appartenait à la RCA, la Radio Corporation of America. C'était un studio d'enregistrement célèbre pour les Big Bands de jazz. Puis l'endroit a été fermé faute de moyens, après la guerre. Il a rouvert l'année dernière, et il a été demandé aux plus grands artistes de street art de venir recouvrir de leurs œuvres les murs abîmés.

– Je n'en reviens pas. Oh, regarde, il y a une œuvre de Banksy !

– Oui, c'est un de mes artistes préférés.

Je fais le tour de la salle alors qu'Alistair m'observe, souriant.

– Tu es vraiment un passionné de street art, alors ? dis-je en criant un peu.

– Je m'y intéresse depuis quelques années, oui.

Je me sens tellement privilégiée de découvrir cet endroit caché, ces œuvres encore inconnues du grand public. Il faut que je raconte cela à mon père, il ne va jamais me croire. Je reviens vers Alistair. Toujours aussi tendre, il pose sa main sur mon bras.

– Je suis content que ça te fasse plaisir, Chloé.

– Évidemment ! C'est génial comme surprise ! Et comment t'es-tu intéressé à ce style ?

– Je te raconterai cela un autre jour, Chloé, dit-il d'un air un peu mystérieux. Tu as faim, ça te dit qu'on aille dîner ?

– Oui, mais cette fois c'est moi qui t'invite. Mais euh… tu connais un restaurant pas trop cher et bon ?

– Bien sûr. Allons à Chinatown. Il y a des cantines vietnamiennes géniales.

– C'est parfait. Tu es parfait !

Cette dernière parole m'a échappé. Je rougis, dépose un léger baiser sur ses lèvres et me dirige vers l'ascenseur. Avec un peu de chance, il n'a pas fait attention à ce que je viens de dire…

# 10
# CRISE D'ANGOISSE

Une dizaine de salutations au Soleil, quelques salutations à la Lune, cinq postures d'équilibre, cinq torsions… Face à la baie vitrée avec cette vue incroyable sur Manhattan, je fais mes exercices de yoga. Il est encore tôt. En t-shirt et petit short en coton, je respire profondément, je me sens bien. Vivante ! Alors que j'exécute une des dernières positions, sur les épaules, en chandelle, mais avec les jambes en position du lotus, Alistair s'approche de moi.

– Quelle souplesse, Chloé !

Mince, je pensais qu'il dormait encore ! Cela fait combien de temps qu'il m'observe ? C'est fabuleux le yoga, mais il y a plein de postures qui sont plus ridicules que sexy vues avec un œil extérieur. Je sors doucement de ma position, m'allonge sur le dos et ferme les yeux.

– Chut, je médite, dis-je en souriant.

– Tu es très jolie quand tu médites en short. Je peux méditer avec toi ?

– Tu es bête ! réponds-je en riant. La méditation est une action solitaire et introspective, je te rappelle.

– Ça c'est le yoga que tu pratiques. Mais il y a plein de variantes…

Il s'allonge à mes côtés et dépose un baiser sur mes lèvres. Je ne bouge pas. On n'est pas censés bouger quand on est en relaxation ! Ses mains caressent mon cou, mon buste, mon ventre. Je frissonne de plaisir. Je sens que je vais faire une petite entorse à ma pratique… Alors que nous faisons l'amour ainsi, à même le sol, je me dis que cet homme a la capacité de tout érotiser dans ma vie, même mon tapis de yoga !

Quelques heures plus tard, nous sommes au cœur de Manhattan, à Chelsea, le quartier des artistes et des galeries. Je suis aux anges, j'ai l'impression d'être au cœur de la création contemporaine. Avec Alistair, nous marchons côte à côte dans la rue, joyeux et légers. Cette relation est particulière. Amis, amants, amoureux ? Je n'en sais absolument rien. Ce que je sais, c'est que je me sens à cet instant extrêmement bien. Je n'ai pas peur, je ne pense pas à l'avenir, je veux juste profiter de chacun de ces moments. Nous passons devant une galerie de photos. La vitrine m'interpelle. Des œuvres de Jacob Khrist ! Un photographe que j'adore.

– Oh, viens, on rentre, dis-je à Alistair.

Il sourit en me voyant si enthousiaste.

– C'est un jeune photographe installé à Paris. Un portraitiste, mais aussi un reporter. Regarde comment il arrive à capter le mouvement avec son objectif. Que ce soit une jeune fille qui danse dans une soirée ou un manifestant, il a une façon de capturer en une demi-seconde les corps mouvants. C'est comme une vidéo sur papier glacé, c'est splendide…

Alistair m'écoute avec attention. J'aime l'idée que je puisse partager ma passion avec lui.

– La photographie est un art ancien, poursuis-je, mais lui a intégré les nouveaux codes visuels, ceux du Web, de la vidéo, du « zapping ». Il fait partie de cette nouvelle génération de photographes polyvalents, qui savent capter l'air du temps, tout en apportant une réflexion sur ce monde actuel, rapide, mouvementé et connecté…

J'espère que je n'ennuie pas trop Alistair avec mes théories. Je me tourne vers lui. Il regarde les œuvres accrochées au mur avec beaucoup d'intérêt.

Il doit lire encore une fois dans mes pensées, car il se tourne vers moi et me prend la main.

– J'adore quand tu me parles de ta passion, Chloé. C'est pour cela que je t'…

Il s'interrompt d'un coup. Il allait dire le mot fatidique, non ?

– Que je t'admire, poursuit-il en regardant ailleurs, l'air un peu timide. Et tu pourrais l'exposer dans ta future galerie, ce photographe ?

– Oui bien sûr, c'est typiquement le genre d'artistes que j'aimerais exposer sur mon site. Mais il commence à être connu et reconnu. Tu vois, il expose même dans une galerie de Chelsea. Donc je ne suis pas sûre qu'une jeune galeriste de 23 ans l'intéresse !

– Il ne faut pas que tu doutes, Chloé. L'âge n'est pas important quand on est passionné, compétent et énergique. C'est même un atout.

– Aux États-Unis sûrement. Le « Yes we can ». En France, c'est plus compliqué. Il faut beaucoup faire ses preuves pour prétendre à quoi que ce soit…

– Je sais bien. Si j'avais repris l'entreprise de mon père en France, je n'en serais peut-être pas là aujourd'hui. J'avais 20 ans, j'étais un bébé ! Mais les investisseurs et les salariés ont cru en moi. Peut-être que du coup tu devrais t'installer aux États-Unis ?

– Peut-être, je ne sais pas. Ma vie est à Paris, tu sais…, réponds-je, songeuse.

– En parlant de Paris, viens, je dois te présenter Daniel, de la galerie Art-work, à New York et à Paris. N'y vois aucune pression, hein ! Ce n'est pas pour te forcer la main pour ton stage. Mais c'est bien que tu le rencontres, de toute façon.

La galerie Art-work est à quelques blocs d'où nous sommes. Je me demande comment Alistair va me présenter à ce Daniel ? Une amie ? Pas une sex friend, ce serait un peu gênant !

Quand nous entrons dans la galerie, Alistair salue Daniel, un homme d'une quarantaine d'années au look de dandy. Ils ont l'air très proches.

– Daniel, je te présente Chloé Haughton, la jeune femme brillante et passionnée d'art dont je t'ai parlé au téléphone. Chloé, voici Daniel Taylor, galeriste et ami.

Il ne m'a présentée ni en amie, ni en amante, je suis soulagée. Surtout au cas où je devrais travailler avec ce Daniel. Je ne veux pas d'un job simplement parce que je couche avec Alistair Monroe ! Celui-ci nous laisse en tête-à-tête quelques instants pour passer un appel. Je commence à discuter street art avec Daniel. C'est passionnant. Il m'apprend des choses, mais en même temps je ne me sens pas complètement paumée dans la conversation. Je suis vraiment dans mon univers, celui qui me fait vibrer. Je lui raconte la fabuleuse visite dans les sous-sols du Rockefeller Center.

– Ah oui, Alistair s'est pris de passion pour le street art il y a quelques années. C'est comme ça qu'on s'est rencontrés. Il est venu me voir par rapport à son frère.
– Comment cela son frère ?

Je suis curieuse, je ne comprends pas le rapport.

– Il a un frère vous savez, répond Daniel, hésitant.
– Oui oui, Arthur.

*Tu dis ça comme si tu savais tout de sa vie, Chloé !*

– Il est devenu artiste de street art…

Je sens que Daniel a un peu gaffé, mais c'est une occasion unique pour moi d'en savoir plus.

– …et il signerait Geronimo.

Tout d'un coup, je comprends mieux. Et je réalise que quand il m'a emmenée au sous-sol de l'immeuble pour découvrir toutes ces œuvres, ce n'était pas une simple visite touristique ou culturelle. Il était en train de me faire pénétrer dans son univers, de me montrer des choses liées à son frère, et donc de se livrer. Un peu. Je me sens soudain bouleversée.

Alistair revient.

– Tout va bien Chloé ?

J'ai les yeux embués, mais j'essaie de les camoufler avec un grand sourire.

– Oui super. Nous avons plein de choses en commun avec Daniel, dis-je, toujours en essayant de cacher mon émotion.
– Ça, je n'en doute pas ! Deux passionnés ensemble, ça crée des étincelles.

Nous saluons Daniel et prenons un taxi pour revenir au loft. Après cette journée entière à déambuler dans Manhattan, l'un comme l'autre nous avons envie de nous reposer un peu.
Je me sens un peu fatiguée, mais tellement heureuse !

Arrivée à l'appartement, je me souviens que j'ai complètement oublié de rappeler Lucy la veille. Je prends mon téléphone : il est éteint, je ne m'en étais pas rendu compte. J'espère qu'elle ne s'est pas inquiétée pour moi. Je vais dans la chambre d'Alistair et branche mon téléphone à son chargeur. Il s'allume, et je vois que j'ai plusieurs appels en absence : Lucy et ma mère, et plusieurs messages sur mon répondeur, aussi. Cela n'augure rien de bon.

Premier message :

*« Chloé, c'est Lucy. Rappelle-moi, c'est super urgent. Il y a un problème avec ta mère. Il faut absolument que tu me rappelles. Je suis désolée, j'ai fait une grosse gaffe, faut que je t'explique. »*

Ma mère ? Une urgence ? Une gaffe ? Que se passe-t-il ? Avant de la rappeler j'écoute le message suivant. Il date de ce matin.

*« Chloé, qu'est-ce que tu fous ? Rappelle-moi, s'il te plaît, ta mère ne va vraiment pas bien. »*

Je commence à paniquer. Ma mère aurait-elle craqué ? Mais en même temps Lucy me parle de « gaffe »… Je ne comprends rien. Alistair est rentré dans la chambre. Je me tourne vers lui.

– Tout va bien, Chloé ? Tu as l'air stressé tout d'un coup.
– Non tout ne va pas bien. J'ai un message alarmant de

Lucy. Excuse-moi, mais je dois la rappeler tout de suite.
– Bien sûr. Je suis dans le salon, si tu as besoin de moi.

Mes mains tremblent alors que je compose le numéro de Lucy. Je tombe malheureusement directement sur sa messagerie. Pourtant il n'est que 23 heures à Londres. Pourquoi est-ce qu'elle a éteint son téléphone ? En même temps, je suis mal placée pour lui reprocher cela, alors que cela fait 24 heures qu'elle essaie de m'avoir au téléphone. Qu'est-ce que je fais ? Je veux absolument la joindre, mais il faudrait que j'appelle aussi ma mère. Et si elle avait pris trop de médicaments ? J'élabore les pires scénarios dans ma tête. C'est affreux, je ne peux pas rester dans le doute : je l'appelle. Elle décroche. Ouf, elle est vivante et capable de répondre à son téléphone. Je ressens déjà un grand soulagement.

– Maman c'est Chloé ! Tu vas bien ? J'ai eu un message de Lucy.
– Chloé ! Enfin !
– Oui, désolée maman, je ne pouvais pas te répondre avant.

Je ne vais pas lui dire que je suis à New York. Et en même temps je ne veux pas lui mentir. Donc j'opte pour le mensonge par omission, et n'en dis pas plus sur les raisons de mon absence téléphonique.

– Oui tu es à New York, avec cet homme, là, Alistair, dit-elle d'une voix pleine de ressentiment. Tu n'as donc rien compris à ce que je t'ai appris ? Tu pars avec le premier bellâtre qui te propose un voyage, tu abandonnes ton stage, ton futur, pour un homme qui veut juste profiter de ta jeunesse ?

Mais comment est-elle au courant ? Lucy aurait-elle vendu la mèche ? C'est ma meilleure amie, elle ne peut pas m'avoir trahie.

– Oui je suis à New York, maman, mais comment le sais-tu ?
– Pourquoi tu me caches ainsi des choses, Chloé ?

Je sens à sa voix qu'elle est en colère. C'est normal, je ne lui ai pas dit que je partais. Mais je savais qu'elle allait mal réagir. Et ses quelques mots sur Alistair me confirment mes craintes.

– Je n'arrivais pas à te joindre ! poursuit-elle. Et donc je me suis un peu inquiétée. C'est normal, je suis ta mère tout de même ! J'ai appelé Lucy, pour savoir où tu étais, pour voir si elle avait des nouvelles de toi. Elle m'a dit de ne pas m'inquiéter, que tu avais juste un problème avec ton téléphone. Elle m'a dit qu'elle allait t'envoyer un mail, pour te dire de me contacter. Quand je l'ai rappelée pour lui demander si elle t'avait bien envoyé un mail, elle m'a dit : « oui, mais avec le décalage horaire elle ne pourra pas le lire tout de suite. » J'ai alors compris que cette histoire de téléphone, c'était n'importe quoi !
– Maman, je ne voulais juste pas que tu t'inquiètes, c'est tout, dis-je, avec une petite voix.

J'ai l'impression d'avoir de nouveau 10 ans.

– Eh bien c'est trop tard, ma chérie ! Que tu partes sur un coup de tête à New York passe encore. Mais cet homme, là, Alistair ! Car oui, j'ai posé des questions à Lucy, et elle a été bien obligée de me dire la vérité. Tu es folle, ma fille, de faire cela ! Tu ne te rends pas compte à quel point tu es en train de gâcher ta vie ! Je n'ai pas dormi de la nuit, et j'ai dû prendre une double dose d'anxiolytiques.
– Mais maman, ne fais pas ça. Je vais bien. Tu m'entends, je vais bien !

Je l'entends pleurer au bout du fil. Elle est en train de commencer une crise d'angoisse. Je connais ses crises, elles durent des jours. Je me sens tellement coupable de mon mensonge. Mais pourquoi parle-t-elle d'Alistair comme d'un monstre ? Je ne suis pas allée à New York rejoindre Barbe Bleue !

– Alistair est quelqu'un d'adorable. Je suis très bien ici. Ce n'est pas mon amoureux, juste un ami avec qui je passe des bons moments. Et c'est une bonne nouvelle que j'ai quitté mon stage, tu sais. Ça a été un révélateur, cette invitation à New York. Je ne gâche rien, maman, j'ai 23 ans et je fais des choix.

Je l'entends sangloter. J'ai l'impression qu'aucun de mes mots ne va la calmer.

– Maman, je reviens vite te voir, d'accord ? S'il te plaît, ne prends pas trop de médicaments. Je reviens à Londres, ok ?
– Oui, rentre tout de suite, répond-elle dans un sanglot.

Cette fois, c'est elle qui a la voix d'une petite fille apeurée.

– Je t'aime maman.

Je raccroche. Je suis sous le choc. Je ne m'attendais pas à ce drame. J'ai été bien imprudente : j'aurais dû la prévenir, quitte à m'attirer ses foudres avant mon départ, mais au moins j'aurais pu gérer sa crise. Alors qu'ici, à l'autre bout du monde, que puis-je faire ? Il faut que je retourne à Paris et parte directement à Londres. Je ne peux pas la laisser dans cet état.

Je m'assieds sur le lit d'Alistair, sonnée. Qu'est-ce que je fais ici, chez cet homme que je connais à peine ? Et si ma mère avait raison, et si je faisais n'importe quoi dans ma vie ? Tout ça me stresse. Cette relation me stresse. Je ressens le besoin urgent de partir, de revenir en Europe. Je commence à faire ma valise, quand Alistair entre dans la chambre.

– Que se passe-t-il, Chloé ? Que fais-tu ?
– Je fais ma valise. Ma mère va très mal. Elle a découvert que j'étais ici avec toi, elle fait une crise d'angoisse, je dois aller à Londres et la calmer.

J'ai parlé très vite, sans regarder Alistair. Si je croise son regard j'ai peur de douter de ma décision.

– Mais tu veux partir, là, maintenant ? Tu ne penses pas que c'est un peu précipité ?

Il me parle avec douceur et tristesse.

– Non, il s'agit de ma mère, Alistair. Tu ne comprends pas.

Ma voix est dure. Je pense que c'est la première fois que je lui parle ainsi.

– Ce que je comprends, Chloé, c'est que tu es en train de fuir. On pourrait au moins se poser, en discuter, trouver la meilleure solution.
– Si tu veux m'aider, tu peux voir pour ton jet ? Je suis désolée, mais je n'ai pas les moyens de prendre une ligne régulière.

Je fuis toujours son regard alors qu'il quitte la pièce.

– Ok, si c'est ta décision, je m'en occupe, dit-il, la voix étranglée par l'émotion.

Un quart d'heure plus tard, je le rejoins dans le salon. Il est affairé devant son ordinateur. Il lève les yeux vers moi. Ses beaux yeux noirs emplis de tristesse.

– L'avion est à JFK. Il t'attend. William va t'accompagner.
– Ok. Je vais y aller, alors. Merci Alistair pour ton invitation et tous ces bons moments. Je suis désolée de partir ainsi, mais je n'ai pas le choix.
– On a toujours le choix, Chloé, répond-il.

Et cette voix posée, calme, mais triste.

Je traîne ma lourde valise jusqu'à sa porte d'entrée. Je ne l'ai même pas embrassé… Mais je sais que si je l'embrasse, je vais douter. Je repense aux sanglots de ma mère.

*Tu fais le bon choix Chloé: ta vie, tes amis, ta famille avant tout.*

Je claque la porte, sans me retourner. Dans la voiture conduite par William, je repense aux derniers mots d'Alistair : « On a toujours le choix. » Sa philosophie du « Yes we can » a pourtant des limites !

À l'aéroport, sur le tarmac, je retrouve la jolie et gentille hôtesse qui m'avait accompagnée lors de mon voyage aller.

– Eh bien, mademoiselle, vous nous en faites faire, des allers-retours, dit-elle en souriant.

Je ne comprends pas. De toute façon il était bien prévu que je prenne l'avion pour revenir à Paris, non ?

Face à mon air dubitatif, elle poursuit :

– Il y a trois jours, on était à New York. Et monsieur Monroe nous a demandé de venir vous chercher à Paris.

Il a fait affréter son avion exprès pour moi ? Il ne me l'a pas dit, ça. J'étais persuadée que son jet était déjà à Paris ! Encore une preuve d'amour qu'il m'a donnée. Et moi qui le fuis aujourd'hui comme la peste. Serais-je la pire des ingrates ?

Je m'assieds dans l'avion. Je suis tout à coup envahie par une immense tristesse. Certes, il faut que j'aille rassurer ma mère, mais est-ce une raison pour le quitter ainsi ? Quelques mots angoissés de ma mère, et je fuis un homme fou amoureux de moi et qui me fait vivre des moments de bonheur intenses ? Je me sens perdue. Il y a une heure encore j'étais sûre de ma décision, et là, je suis en plein doute.

Je ferme les yeux pour ne pas pleurer. Il faudrait que je m'endorme, pour ne plus penser à tout ça. L'avion est toujours au sol, j'ai hâte qu'il décolle.

Je reste ainsi, les yeux fermés, à essayer de respirer avec calme, comme j'ai appris à le faire au yoga. Quand je les rouvre, Alistair est assis à côté de moi. Suis-je en train de rêver ?

– J'ai vu une place libre, alors je me suis assis là, ça ne vous dérange pas mademoiselle ?

Il a un sourire timide. Je suis tellement surprise : mais que fait-il là ?

– Je ne pouvais pas te laisser partir ainsi Chloé. Tu sais que tu viens de faire quelque chose lié à notre contrat ?

Son regard pétille.

– Comment cela ?, demandé-je.

De quoi me parle-t-il ? Je suis confuse.

– Eh bien, tu viens de faire quelque chose d'irrationnel, par peur. Je comprends que tu sois stressée vis-à-vis de ta mère. Mais tu m'as fui, là, Chloé. Tu me dois un gage ! Quelque chose que tu ne peux pas refuser.

Il a un large sourire.

– Et c'est quoi ce gage ? Tu vas m'enfermer dans un donjon SM et me fouetter ? dis-je en riant.

– Non, c'est beaucoup plus soft. Je rentre avec toi en Europe. Et tu dois accepter le stage, dit-il, toujours avec ce magnifique sourire.

Il prend ma main dans la sienne et la serre tendrement.

– Mais ça fait deux gages, ça !, je réponds.

Je ne perds pas le nord, malgré l'absurdité de la situation.

– Oui tu as raison. Alors j'ai un gage d'avance. Mais cela ne m'inquiète pas, je suis sûr que tu vas faire d'autres choses irrationnelles dans le futur.

– En attendant, embrasse-moi…

# III

# SE RETROUVER

# 11
# RETOUR À LONDRES

Orly, un jeudi matin du mois d'avril. Je descends les marches d'un jet privé, accompagnée du magnifique Alistair Monroe, le patron de la multinationale de luxe « Monroe ». Une brise légère souffle sur le tarmac. Qui m'aurait dit, il y a quelques jours, que je vivrais ce moment, dans ma vie ? Tout est allé si vite : la rencontre dans le train, le baiser à Londres, l'invitation à New York… Un conte de fées ? Peut-être, mais alors des années 2010 ! Je ne cherche absolument pas le Prince Charmant, l'idée même de Prince charmant me fait partir en courant. Alistair l'a très vite compris. Et donc il m'a proposé un accord. Un contrat de « sex friends », plus exactement dès qu'il va trop loin dans le côté « love-love », j'ai le droit de lui demander ce que je veux. À l'inverse, si je le fuis par simple peur de l'engagement, il me propose un gage que je ne peux pas refuser.

Dans l'avion, alors qu'Alistair travaillait sur son ordinateur, j'ai regardé le début d'une comédie sentimentale américaine, mais je me suis vite endormie. Sur son épaule. Cela devient une habitude ! Alors que nous attendons un taxi, je le regarde. Même l'air fatigué, avec sa barbe de trois jours et ses cheveux en bataille, il est super sexy. C'est injuste comme les hommes, même après huit heures de vol, peuvent rester glamour ! À l'inverse, avec mon jean, mes baskets et mes cheveux qui ont décidé de prendre ce jour-là leur indépendance, j'ai l'impression d'être une lycéenne avec un sex-appeal proche du niveau de la mer… Alistair s'approche de moi, me prend dans ses bras et m'embrasse langoureusement.

– Tu es ravissante, même de ce côté-ci de l'Atlantique, me souffle-t-il au creux de l'oreille.

Apparemment il n'a pas remarqué mon chignon qui ne ressemble à rien ! Son baiser, son souffle contre mon cou, me font frissonner. J'ai envie que le temps s'arrête et que le monde extérieur disparaisse comme par magie. Mais il existe bien, ce monde extérieur, et si je suis revenue précipitamment en Europe, c'est pour aller voir ma mère qui va très mal. Elle a fait une véritable crise d'angoisse quand elle a su que j'étais partie à New York rejoindre un homme. Elle a tellement peur que je sois malheureuse en amour. Il faudra que je lui dise qu'on est amis, que notre relation n'est pas basée sur l'amour, ça pourra la rassurer…

Nous allons directement prendre l'Eurostar à la gare du Nord. Je rêve de retrouver mon quartier, mon appartement, de me doucher et de voir mes amies. Mais je n'ai pas le choix, j'ai promis à ma mère que je la rejoignais au plus vite. Je pensais qu'Alistair resterait à Paris pour travailler mais il m'a surprise en proposant de m'accompagner jusqu'à Londres en Eurostar.

Nous montons dans le train. Alistair a insisté pour que nous prenions des billets en première classe. J'ai protesté, puis me suis dit qu'après avoir traversé l'océan en jet privé, c'était un peu absurde de lutter pour voyager en seconde classe. J'ai tout de même souhaité lui payer le montant d'un billet de seconde classe. Alistair est généreux, et d'après ce que j'ai pu observer, ce n'est pas un flambeur. Il ne fait pas partie de ces hommes riches qui prouvent leur virilité par la taille de leur portefeuille. Mais je veux faire attention à ne pas abuser de sa générosité. Et à rester indépendante.

Alors qu'Alistair s'assied à côté de moi, je souris. Cela me rappelle notre première rencontre. Il devine mes pensées.

– Tu as le droit de t'endormir sur mon épaule, tu sais.

– Ok, seulement si ensuite tu m'invites à boire un thé, dis-je en lui lançant un clin d'œil.

– Ma petite Anglaise, me dit-il en déposant un baiser sur mes lèvres.

Quand il me parle ainsi, j'oublie quelques secondes le contrat « sex friends », mes peurs et mes doutes sur l'amour. Quelques secondes pendant lesquelles tout devient possible. Mes yeux se troublent légèrement, mais je ne veux pas qu'il le voie. Je détourne un peu le visage et regarde par la vitre. Alors que le paysage défile, je réalise quelque chose…

– J'avais très envie de revivre notre rencontre, me souffle-t-il à l'oreille.

– Mais attends, je ne comprends pas, Alistair. Quand nous nous sommes rencontrés, que tu étais assis à côté de moi, on était en deuxième classe ! Donc parfois tu ne voyages pas en première, dis-je, assez fière de ma démonstration.

– Hum… non, dit-il, l'air un peu gêné.

– Mais si, on était en deuxième !

– Oui je sais, mais normalement je devais voyager en première.

– Mais alors pourquoi tu n'y étais pas ?

– J'étais assis à ma place, en première, puis j'ai aperçu à travers la vitre une jolie jeune femme aux taches de rousseur qui courait pour ne pas rater son train, lance-t-il avec un grand sourire.

– Donc en fait ce n'était pas simplement le hasard, que tu sois assis à côté de moi ?

– Bien vu, Sherlock Holmes ! dit-il en riant.

– Et c'est seulement maintenant que tu me le dis ?

Je n'en reviens pas ! Je suis à la fois très surprise et très flattée.

– Tu imagines si ce jour-là j'étais arrivé en te disant : « j'ai vu que la place était libre, je me suis assis là, car je vous ai vue monter dans le train et vous ai trouvé très belle » ? Je serais passé pour un dragueur un peu lourd, non ?

– Oui c'est sûr, j'aurais peut-être pris peur.

– Par chance il n'y avait personne assis à côté de toi. Sinon de toute façon je pense que je lui aurais demandé de changer de place.

– Et ça t'arrive souvent de faire ça ?

– Non, c'est la première fois. Et je ne le regrette absolument pas.

– Tu as donc sacrifié ton confort pour moi, je suis flattée Alistair ! Et moi qui croyais que c'était le pur fruit du hasard. Mais bizarrement je trouve ça encore plus romantique, que ça se soit passé ainsi.

– Tu viens de dire « romantique », là, Chloé, ou je rêve ?

*Mince, c'est vrai, tu viens de dire ce mot-là, Chloé. Vite, trouve autre chose !*

– Oui, enfin, cool, chouette, fun. Tu vois ?

– Je vois… Je te taquine, ne t'inquiète pas.

Il me prend la main. Il faut que l'on change de sujet de conversation, nous sommes sur un terrain glissant ! Encore une fois, il doit lire dans mes pensées : il me parle de son travail.

– On a quitté New York précipitamment. Je dois appeler John pour le prévenir que je suis en Europe.

– Oh, oui bien sûr. Tu vas faire comment pour ton travail ?

– Je vais travailler du bureau londonien. Tu sais, j'ai l'habitude de jongler entre les trois bureaux, ce n'est pas un problème. Le seul souci, c'est que John ne sait pas que je suis parti à Londres. C'est mon associé, je dois le prévenir quand je me déplace. J'aurais dû l'appeler depuis New York. Mais tu sais, je ne l'ai pas eu depuis l'autre soir, depuis qu'il t'a raconté, par jalousie, que j'étais un don Juan enchaînant les conquêtes… Je lui en veux un peu.

– Je comprends, mais ça m'embête de semer la discorde entre vous…

– Non Chloé, ce n'est pas du tout de ta faute. Ne culpabilise pas pour ça, je t'en prie ! C'est lui qui a un problème à régler avec sa jalousie. Bon, je l'appelle avant que l'on arrive dans le tunnel, dit-il d'un air soucieux.

Il se lève pour téléphoner au calme, entre deux rames. Je repense à ses paroles. Il a décidé au dernier moment de venir à Londres avec moi. Sur un coup de tête, quitte à ce que cela crée des tensions avec son associé. Depuis qu'on a quitté New York je pense à ma mère, à mon stage, à mon avenir. Je ne peux pas m'ôter de la tête que je fais prendre de gros risques à un patron d'une multinationale responsable de milliers de salariés.

*Chloé, il faut que tu sois un peu moins égoïste, non ?*

Au bout de dix minutes, il revient s'asseoir à mes côtés. Son visage est serein, je me sens un peu soulagée. C'est étrange comme désormais ce qui le touche me touche également. Je ressens cela pour des amis, pour ma famille, mais pour un amant… c'est très nouveau pour moi.

– Comment ça s'est passé ? demandé-je.

– C'était très mal parti. Il était très énervé quand je lui ai dit que j'étais entre Paris et Londres. Ça ne pose aucun problème pour le business, mais ce qu'il m'a reproché, et c'est normal, c'est le fait que je sois parti sans le lui dire.

– Et tu lui as répondu quoi ?

– Je me suis excusé, bien sûr, mais je lui ai aussi expliqué les raisons de mon silence : son attitude envers toi au restaurant. Je lui ai dit que c'était inacceptable. Il est censé être mon ami, et donc colporter de tels propos, ce n'est pas vraiment une preuve d'amitié.

– Il t'a expliqué pourquoi il avait fait cela ?

– Au départ, il m'a dit que c'était juste « comme ça », que c'était sur un mode léger, humoristique.

– Je ne vois pas trop ce qu'il y a de drôle à me raconter que tu sors avec plein de top models !

– On est d'accord. Quand j'ai insisté, il s'est finalement excusé et a admis qu'il avait déconné. Ce n'était pas forcément le moment pour en parler longuement, mais il faudra que j'aie une véritable conversation avec lui. C'est mon associé et meilleur ami, et je ne veux pas qu'il y ait des malentendus entre nous.

– C'est moi qui ai mis le bazar ou il y a déjà eu des tensions entre vous ?

– Non, c'est déjà arrivé. Lorsqu'on a fait notre tour du monde, quand on était étudiants, on s'est engueulés. Il avait peu d'assurance avec les filles, moi un peu plus. Sans être un tombeur non plus, hein ! Mais je parlais plus facilement avec les filles qu'on rencontrait dans les auberges de jeunesse. Et il m'avait fait une crise, prétextant que j'essayais de lui « piquer » toutes ses conquêtes potentielles.

– Ah, les hommes et leur attitude de coq dans une basse-cour, commenté-je en souriant.
– C'est un peu ça, sauf que ce n'est pas ainsi que je fonctionne. Quand il s'est marié je me suis dit que ça allait s'arranger. Mais je ne suis pas sûr qu'il soit très heureux dans son mariage. Et donc quand il a vu que je tombais amoureux de toi, ça a réveillé ses vieux démons, me confie-t-il prudemment.

*Hein ? Comment ça, il tombe amoureux de moi ?*

– Tu lui as dit que tu étais amoureux de moi ? je demande, surprise de son aveu qui me remplit de…

*Joie ? Panique ?*

– Mais oui. Toi tu n'as pas parlé de moi à tes amies ?
– Si, réponds-je, un peu gênée.

Bien sûr que Camille, Noémie et Émilie savent qu'Alistair existe. Je n'ai évidemment pas prononcé le mot « amour » en parlant de lui ! Mais je ne peux pas le lui dire.

– Zut, les filles ! Je ne leur ai pas dit que j'étais de retour, m'exclamé-je, pour clôturer le sujet.

*Chloé, future auteure d'un livre sur l'art du détournement de sujet !*

J'envoie un message aux trois Parisiennes et à Lucy, mon amie londonienne :

[Back to London, les filles. Ne vous inquiétez pas, ma mère va mal et donc je suis revenue plus tôt que prévu. On s'appelle vite, je vous embrasse, vous me manquez. +++]

C'est vrai, elles me manquent, toutes les quatre. J'espère que je vais réussir à voir Lucy à Londres. Elle connaît très bien la situation, la dépression de ma mère, etc., et elle pourra me soutenir.

– Tu as les yeux dans le vague, Chloé, à quoi penses-tu ?
– À ma mère, dis-je, les yeux embués par l'émotion.

Alistair entoure mon épaule de son bras et me serre, fort. Je me sens tellement protégée, ainsi lovée dans ses bras musclés.

– Tout va bien se passer, Chloé. Elle va te voir, elle va aller mieux. Vous allez discuter.
– Oui, réponds-je d'une petite voix.

*Si seulement cela pouvait être aussi simple !*

– J'ai quelque chose à te demander, Chloé, reprend-il d'un air grave.
– Encore un autre contrat à me faire signer ? Ça devient super procédurier, dis-moi, cette histoire, dis-je avec un léger sourire.
– Non, je suis sérieux.
– Je t'écoute.
– Quand tu seras chez ta mère, ne me fuis pas…

Je ne réponds rien. Il n'est pas bête, bien au contraire, et il a compris que les conversations avec ma mère me faisaient flipper sur les relations avec les hommes. Même à 23 ans, avec tout le recul du monde. Mais je ne peux pas lui promettre quoi que ce soit.

– Je ne te promets rien, mais je vais faire attention, oui, dis-je en plongeant mon regard dans ses beaux yeux sombres.
– Merci Chloé, répond-il en m'embrassant avec douceur.

Nous arrivons à Londres. Sur le quai, je me dirige vers le métro.

– Tu vas où ? me demande Alistair.
– Eh bien, prendre le métro !
– Je t'accompagne, une voiture nous attend.
– Mais non voyons, j'ai l'habitude du métro !
– Chloé, tu viens de faire New York-Paris, Paris-Londres, et tu as une grosse valise. Laisse-moi te déposer, s'il te plaît.

Je jette un œil à ma grosse valise contenant toutes mes affaires et mon tapis de yoga… En effet l'idée de ne pas la porter dans les escaliers du métro me séduit. J'accepte la proposition.

Quinze minutes plus tard, nous voici devant l'immeuble où habite ma mère.

– C'est un atelier d'artiste ? me demande Alistair.
– Oui, c'est là qu'elle vit et qu'elle peint. Même si elle ne

peint pas toujours. Cela dépend de son moral.

– Ce doit être vraiment dur pour toi. Courage, Chloé. Je pense à toi. Sois forte. Et n'hésite pas à m'appeler, quand tu veux.

Sa voix est douce et chaleureuse. Soudain, je n'ai plus du tout envie de quitter cette voiture, de le quitter. J'ai envie qu'Alistair continue de rouler, qu'il nous emmène dans l'hôtel où il réside, que nous fassions l'amour pendant des heures, hors du temps, hors de la réalité.

Je m'approche pour l'embrasser. Dans un éclair de désir, je plaque mes seins contre son torse et, emportée par les sensations que son contact fait naître en moi, je sens mon souffle devenir de plus en plus saccadé. Nos lèvres, nos bouches, nos langues se touchent, se frôlent et se mêlent. Alistair, tu me rends dingue ! ai-je envie de lui crier. À contrecœur, je romps notre étreinte avant de perdre tout contrôle.

Encore étourdie de ce baiser, je referme la portière et le regarde s'éloigner avec tristesse. Je respire profondément. Je vais me confronter à ma mère, sa crise d'angoisse, ses reproches aussi.

*Sois forte, Chloé !*

Lorsque je rentre dans l'appartement, je sens tout de suite que cela ne va pas être facile. Quand elle va bien, ma mère remplit la maison de fleurs et fait brûler des bougies à l'ylang-ylang. Cela lui rappelle ma grand-mère, sa mère, qui a porté du Guerlain toute sa vie. À une époque où monsieur Guerlain utilisait la fleur d'ylang-ylang dans beaucoup de ses parfums. Quand elle est dans une période d'angoisse, elle fume beaucoup de cigarettes et reste enfermée. Ainsi une simple bouffée d'air dans ce loft m'indique l'état psychologique de ma mère…

Elle est dans le salon, assise sur de gros coussins multicolores, une cigarette à la bouche. Je la rejoins.

– Enfin tu es là, me dit-elle sur le ton du reproche.
– Oui, maman. Je suis là. Comment vas-tu ?
– J'étais tellement inquiète, Chloé !
– Je sais, c'est pour ça que je suis venue tout de suite à Londres. Mais il ne faut pas t'inquiéter ainsi, Maman ! Tout va bien…
– « Tout va bien » ? Tu te moques de moi ? Tu as abandonné ton stage pour rejoindre je ne sais qui à New York !

Je sens de la colère dans sa voix. Je sais que ce n'est pas malintentionné de sa part. C'est d'ailleurs plus de l'angoisse que de la colère. Mais si d'habitude je l'écoute en hochant la tête, sans rien dire, cette fois j'ai envie de réagir.

– Ce n'est pas je ne sais qui, il s'appelle Alistair Monroe. Je t'en ai parlé, je l'ai rencontré dans le train Paris-Londres. C'est un homme gentil et prévenant. Et oui, j'ai quitté mon stage, mais c'est une excellente nouvelle. Je perdais mon temps là-bas, tu le sais. Et puis j'en ai trouvé un autre. Dans une super galerie à Paris. Grâce à Alistair, d'ailleurs.
– Donc c'est bien ça. Tu tombes amoureuse et tu deviens

dépendante d'un homme.

– Non, il m'a juste aidée ! D'ailleurs au départ j'ai refusé. Mais il y a ce contrat…

– De quel contrat parles-tu ? demande-t-elle, sa colère vite remplacée par un air inquiet.

*Hum, Chloé, ce n'est peut-être pas une bonne idée de parler du contrat « sex friends » à ta mère.*

– Le contrat pour le stage. Mais ce n'est pas le sujet, éludé-je, je ne suis pas une gamine, maman, je ne vais pas abandonner ma vie pour un homme.

– Je n'étais pas une gamine non plus quand j'ai rencontré ton père, dit-elle en s'affaissant sur elle-même dans un sanglot.

Je me sens mal de la voir ainsi. Je ne suis pas directement responsable de sa tristesse, je n'ai rien fait de mal. Mais indirectement je réveille en elle ses vieux démons. Je la prends dans mes bras.

– Maman, ne pleure pas. Je suis là maintenant. Tout va bien. Je vais faire à dîner. Ça fait combien de temps que tu n'as pas mangé ? dis-je dans une tentative pour la distraire.

– Je ne sais pas, je n'ai pas faim.

– Eh bien on va quand même manger ! Je vais te faire des œufs brouillés comme tu m'as appris à les faire et comme tu les aimes ! lancé-je, faussement enthousiaste.

J'essaie de masquer mon trouble. Et si ma mère avait

raison ? Et si pour un coup de cœur je risquais de gâcher ma vie ? Et si je donnais trop à Alistair ? Alors que je prépare le dîner, je ne peux m'empêcher de douter.

J'aurais dû, de toute façon, la prévenir que je partais à New York. À vouloir la protéger, je l'ai fragilisée. C'est étrange comme j'éprouve le besoin de la protéger. Comme si le rapport mère-fille s'était en quelque sorte inversé. Je sais que ce n'est pas sain, mais je ne vois pas trop, aujourd'hui, comment changer cette situation.

Pendant le repas, j'essaie d'orienter la conversation sur mon futur stage, sur le street art. Ma mère m'a transmis son goût pour l'art, et je sens dans son regard la fierté de voir sa fille se passionner pour ce domaine.

Il est encore tôt à Londres, mais je me sens soudainement épuisée. J'embrasse ma mère, rassurée de la voir un peu apaisée par ma présence. Je vais dans ma chambre pour me coucher. Avant de dormir, il faut absolument que je contacte Daniel, le galeriste qu'Alistair m'a présenté à New York et qui possède également la galerie parisienne. Comme il m'a plus ou moins proposé un stage, je veux lui transmettre mon CV le plus rapidement possible. Je sors sa carte de visite. Une carte de visite, ma chambre à Londres… cela me rappelle étrangement ce moment où j'avais découvert avec surprise et joie la carte de visite d'Alistair dans mon sac.

J'envoie un message à Daniel, avec mon CV et un texte résumant mon parcours et mes compétences. Je contacte également mon école, pour les prévenir que j'ai quitté mon ancien stage, mais potentiellement trouvé une nouvelle structure pour un nouveau stage de deux mois. Allongée sur mon lit, en culotte et en T-shirt, je sens mes yeux se fermer. Mon téléphone vibre. C'est Alistair.

[Comment ça se passe avec ta mère ? Je pense fort à toi. Et tu me manques déjà, jolie Chloé.]

Je répondrai demain…

# 12
# LA VISITE IMPROMPTUE

– Chloé, tu dors ?
– Je dormais en fait, mais là tu viens de me réveiller…

Je râle en m'emmitouflant sous ma couette.

Quelle heure est-il ? Avec le décalage horaire, le stress, l'avion, j'ai tellement sommeil ! Mais ma mère est là, postée devant moi. À 8 heures du matin.

– Que se passe-t-il maman ? lui demandé-je, avec une voix un peu plus douce.
– Je n'ai pas dormi de la nuit, dit-elle d'une voix angoissée.

Je pense être patiente et attentionnée, mais être ainsi cueillie au réveil par ma mère en pleine crise d'angoisse, c'est un peu *too much*.

– Maman, fais-nous un thé pendant que je me prépare, et on va discuter, ok ?

Rien de tel qu'une courte séance de yoga et une douche pour se réveiller ! Je me sens maintenant un peu mieux, prête à affronter une nouvelle discussion mère-fille.

– Maman, lui dis-je en lui remplissant une tasse de thé, je sais qu'on en a déjà parlé, mais je pense vraiment que tu devrais essayer de ne pas réagir excessivement. Pourquoi tu ne te mettrais pas au yoga, comme je le fais ? C'est vraiment très relaxant, tu sais.

– Je ne vois pas pourquoi tu me dis ça ! répond-elle, un peu vexée.

– Maman, il faut que tu admettes que ce n'est pas normal, ces crises d'angoisse, tenté-je de me justifier.

– C'est juste que je ne veux pas que tu fasses les mêmes erreurs que moi, Chloé.

– Tomber amoureuse ? dis-je pour la provoquer un peu.

– Non, sacrifier ta vie et ta carrière pour un homme. Je veux que tu restes une femme libre et indépendante.

– Et tu crois que ce n'est pas conciliable avec une histoire d'amour ? Je dois donc rester célibataire toute ma vie ?

– Non, bien sûr. Mais il faut que tu fasses attention à tes priorités.

Je reste silencieuse. Cette dernière phrase résonne dans ma tête et réveille mes peurs. Et si elle avait raison ? Bien sûr elle est de nature angoissée et exagère tout, mais si dans le fond elle m'alertait sur un vrai danger ? Depuis plusieurs jours, je pense beaucoup à Alistair, et j'ai même traversé l'Atlantique pour le voir ! Est-ce que mon projet de galerie en ligne a avancé ? Est-ce que j'ai passé du temps avec mes amies ? Non. Même si ma mère est dans l'excès, peut-être que je devrais un peu plus l'écouter... Et si Alistair, avec cette histoire de contrat de « sex friends », essayait en fait de me piéger ? Je sens que ma paranoïa, héritée de ma mère, ressurgit. Il faut que je voie Lucy. Elle seule saura me raisonner.

***

Lucy travaille dans une agence de prospective. Un drôle de métier : une agence dans laquelle les gens travaillent sur les prochaines tendances en termes de mode. Elle est capable de me sortir des phrases du style « Le pois. Le pois va être partout ce printemps. » Cela me fait beaucoup rire. J'ai le même style depuis des années : un peu classique et un peu rock, donc cette mode qui change tous les trois mois, je n'y comprends pas grand-chose. Lucy, elle, tient un blog de mode depuis des années, donc elle a trouvé son job idéal. Mais elle travaille beaucoup, elle ne va pas être disponible en pleine journée. Je lui envoie un message :

[Dispo pour un verre ce soir, poulette ? Besoin de te voir !]

Je passe la journée à m'occuper de l'appartement de ma mère : ménage, courses, une parfaite « housewife ». Puis je l'emmène dans un petit salon de coiffure du quartier, Mary's Boudoir, un adorable salon tenu par une jeune femme excentrique et drôle. J'ai envie de partager des moments légers avec elle, comme on en partage depuis que je suis adolescente. Ma mère retrouve petit à petit le sourire au fur et à mesure de la journée. Mission à moitié réussie. Je ne suis pas parvenue à la convaincre d'essayer le yoga, mais elle va mieux.

Lucy m'a donné rendez-vous. Avant de la rejoindre, je pense au dernier message d'Alistair. Je ne lui ai pas répondu… Je le ferai après avoir vu mon amie.

*Le sens des priorités, Chloé !*

Je retrouve Lucy à Soho, au Market Place, un pub contemporain fréquenté par des gens de la mode. Comme pratiquement toutes les jeunes femmes ici, Lucy est perchée sur des talons de 14 centimètres. Elle me dépasse d'une tête ! Mais contrairement aux autres filles, elle n'est pas distante et froide, et quand je la rejoins au comptoir, elle me serre fort dans ses bras. Que je suis heureuse de la retrouver. Elle est comme ma sœur !

– Comment tu vas ma Chloé ?
– Oh ça va. Fatiguée mais ça va.
– Je suis tellement désolée, pour la gaffe avec ta mère !
– Qu'est-ce qui s'est passé exactement ?
– Elle n'arrivait pas à te joindre, quand tu étais à New York. Je lui ai dit que j'allais t'envoyer un mail. Et quand je l'ai eu au téléphone ensuite, je lui ai parlé du décalage horaire… ça m'a échappé. Et donc elle a compris que tu n'étais pas à Paris.

Je suis tellement désolée, Chloé. Je suis vraiment Miss Boulette, parfois. À cause de moi tu as dû quitter New York…

– Ce n'est pas grave, Lucy ! Je ne t'en veux pas, voyons. Ça arrive à tout le monde de gaffer, moi la première.

– Oui, mais quand même. Et donc comment ça se passe avec Maggie ?

– Pas trop mal. Elle est contente que je sois là. Mais bon, elle est persuadée que je suis en train de gâcher ma vie pour un homme.

– Mais ce n'est pas le cas, pourtant ! Tu le sais, n'est-ce pas ?

Je ne dis rien. Oui je le sais, mais je doute tout de même un peu.

– Chloé ! Dis-moi que tu ne vas pas fuir Alistair parce que Maggie est angoissée !

– Non, t'inquiète… Cela dit, peut-être qu'au fond elle a raison. Je dois d'abord penser à ma carrière.

– Bien sûr, mais tu dois aussi penser à ce qui te rend heureuse. Comment ça s'est passé à New York, avec Alistair ?

– Super bien. Enfin il y a eu quelques tensions, mais sinon c'était merveilleux. On a visité plein de galeries d'art. Et il m'a même présenté le propriétaire d'Art-work, une galerie d'art moderne très connue à Paris. On a discuté, et il va peut-être me proposer un stage !

– Ah, tu vois que ton histoire avec lui n'est pas incompatible avec ta passion et ta carrière !

– Non, d'ailleurs il m'a dit que ce qu'il aimait chez moi, c'était mon côté passionné.

– Il a l'air pas mal, cet Alistair… Et… sur les autres plans, ça se passe comment ? Vous avez fait la chose, non ?

– Non mais toi et tes expressions d'un autre siècle ! Oui Lucy on a fait « la chose ». Plusieurs fois, même ! Et c'est fabuleux. J'ai comme l'impression qu'il connaît mon corps par cœur…

Rien que d'évoquer ces moments, je sens un frisson me parcourir le bas du ventre.

– Donc en fait ce mec te fait merveilleusement bien l'amour, et en plus il s'intéresse à ta passion pour l'art contemporain. Y'a un truc qui cloche chez lui ?

– Il est super secret sur son passé.

– C'est-à-dire ?

– Une histoire assez terrible. Un accident de voiture qu'il a eu avec son frère jumeau quand ils avaient 16 ans, aux États-Unis. À cause de cet accident, un jeune homme est aujourd'hui handicapé. Et son frère a ensuite disparu de la circulation. Zéro nouvelle.

– Ah, mais c'est super dur, comme histoire.

– Oui, et quand je lui pose des questions à ce sujet, il se ferme complètement.

– C'est normal, ça a dû être traumatisant pour lui. Donne-lui le temps. Il est amoureux, tu crois ?

– Oui, il me l'a dit.

– Et toi ?

– Moi… moi je suis paumée.

– Chloé Haughton ! Bon, je ne vais pas te faire la leçon, mais tu sais ce que j'en pense. Tu as le droit d'être heureuse et tu as le droit d'être amoureuse.

– D'un sex friend ?

– Appelle-le comme tu le veux pour te rassurer, mais oui !

Lucy me connaît depuis la maternelle, donc son avis compte beaucoup pour moi. Je sais que ses conseils seront toujours bien intentionnés.

– Bon, et toi alors ? On ne parle que de ma vie, mais toi tu en es où ?

– Toujours célibataire… J'ai eu un *date* avant-hier, mais le mec était trop « m'as-tu-vu », tu vois ? Le genre qui se vante et qui ne parle que de lui. Je t'assure, il a prononcé plus de dix-huit fois la fameuse formule du « moi je, moi j'ai », dit-elle en imitant l'accent bourgeois.

– Oui je vois bien, je réponds, avant d'éclater de rire devant la mine scandalisée de mon amie.

Je repense à Alistair. Même s'il est milliardaire, il n'a jamais été prétentieux et n'a jamais voulu m'en mettre plein la vue avec sa richesse. Je suis sûre que sinon je serais partie en courant ! Drôle de coïncidence, mon téléphone vibre à ce moment-là : c'est Alistair. Je ne veux pas interrompre ce verre avec Lucy et ne réponds pas. Ce soir. Plus tard…

Il me manque atrocement mais par solidarité avec mon amie, je ne veux pas être impolie. Puis je repense aux paroles de ma mère qui me font culpabiliser de penser à un homme alors que je passe un bon moment avec ma copine de toujours ! Lucy recommande des verres. Elle vit en Angleterre depuis toujours et a donc une capacité à tenir l'alcool que je n'ai pas vraiment. Au bout du troisième cocktail, j'articule un peu moins bien, parle très fort et ai envie de trinquer à plein de choses :

– À ton futur mec, dis-je un peu fort.
– À Alistair, lance Lucy.
– À mon futur stage, je rectifie.
– Et à Alistair ! insiste Lucy.

J'éclate de rire. La fatigue, la joie de retrouver mon amie d'enfance, les cocktails, tout ceci me grise. J'ai envie d'être dans la légèreté ce soir. Le bar diffuse une chanson de Beyoncé, on se met à danser, comme lors de nos premières soirées quand on avait 16 ans. L'époque où on se maquillait un peu trop pour passer pour des filles majeures et ainsi rentrer dans les clubs de Londres. Sept ans après, nous ne sommes plus maquillées comme des camions volés, mais nous avons toujours la même envie de nous amuser.

Quatre heures plus tard, je m'allonge sur mon lit tout habillée et avec la tête qui tourne. Lucy m'a déposée en taxi, et j'ai bien mis cinq minutes à trouver mes clés, mais je suis enfin sur mon lit. Je me déshabillerai demain… Je me démaquillerai demain… J'appellerai Alistair demain…

***

– Chloé, tu dors ?

*Comme une sensation de déjà-vu !*

Ma mère me réveille alors que j'ai l'impression de m'être endormie il y a à peine une heure. Je regarde le réveil : il est 10 heures. C'est trop tôt ! Je me suis couchée à 5 heures.

– Maman, laisse-moi dormir un peu s'il te plaît. On a fait la fête avec Lucy, hier, dis-je en grommelant.
– J'aimerais bien, mais il y a ton ami Alistair qui vient de sonner à la porte.

*Hein ?*

Je me redresse tout d'un coup, complètement réveillée.

– Mais qu'est-ce que tu racontes ?
– Eh bien, je suis aussi surprise que toi, mais il est à la porte, avec des fleurs et des croissants. Je fais quoi, moi ? demande-t-elle d'un air agacé.
– Merde, merde, merde !
– Chloé, ne sois pas vulgaire ! me reprend-elle par habitude.
– Mais qu'est-ce qu'il fait là ?

J'hésite entre sauter de joie et affolement. J'ai tellement envie de le retrouver, de l'embrasser, de me blottir dans ses bras pour oublier ces deux jours sans lui. Et en même temps, je ne me reconnais plus, ça ne me ressemble pas de m'emballer ainsi…

– Aucune idée, d'ailleurs comment sait-il où on habite ? me demande-t-elle d'un ton franchement hostile, interrompant le fil de mes pensées.

J'essaie de reconnecter mes neurones. J'ai l'impression qu'il y a un bonhomme qui fait du trampoline dans ma tête…

– Il m'a accompagnée en voiture jusqu'ici l'autre jour, dis-je, l'air un peu paniqué.

*Oh mon Dieu, il est ici ! Chloé, respire, calme-toi !*

J'essaie de me concentrer, Alistair est à la porte de l'appart de ma mère, j'ai dormi sans me démaquiller, je dois avoir une tête de panda, et j'ai mal à la tête.

*Bonjour !*

– Tu peux le faire entrer, maman, et je file deux minutes sous la douche ? demandé-je, suppliante.
– Ai-je le choix ? soupire ma mère, un peu calmée.

Je cours dans la salle de bains. Chaque seconde compte. Ma mère + Alistair. Dans la même pièce. Qu'est-ce qu'il lui a pris de débarquer chez moi comme ça, sans prévenir ? Je regarde mon téléphone. Il a essayé d'appeler cinq fois hier soir, trois fois ce matin. Peut-être qu'en fait si, il a essayé de me prévenir… Mais j'étais avec Lucy, puis j'étais un peu saoule, puis je me suis endormie en deux secondes.

Après une douche express, je sors de la salle de bains les cheveux encore humides, j'enfile un jean et un T-shirt et me presse pour les rejoindre dans le salon. J'assiste à une scène totalement improbable. Ma mère, assise en tailleur sur un de ses grands coussins indiens, et en face, Alistair, assis aussi en tailleur… Ils boivent un thé. C'est tellement absurde. Je reste immobile, à les observer. Ma mère lève les yeux vers moi :

– Chloé ma chérie, rejoins-nous. Tu veux un thé ?

Ma mère, en Anglaise typique, a cette capacité à rester polie, quel que soit le ressenti qu'elle a pour la personne en face d'elle. Je suis sûre qu'elle n'est vraiment pas ravie de voir Alistair, mais elle fait bonne figure.

Alistair se lève et s'approche de moi. Malgré la situation, je ne peux pas m'empêcher de le trouver attirant. Sa présence remplit la pièce et je sens un millier de papillons fourmiller dans mon ventre alors qu'il me lance un regard plein de désir contenu.

*Pourvu qu'il m'embrasse ! Non ! Pourvu qu'il ne m'embrasse pas ! Si, pourvu qu'il m'embrasse, Rhaaa !*

Il dépose un baiser sur ma joue.

– Bonjour Chloé. Tu as l'air en pleine forme, dis-moi, dit-il avec un sourire un peu moqueur. Mais sa voix aux inflexions rauques me dit tout autre chose.

– Bonjour Alistair. Mais qu'est-ce que tu fais là ? lui soufflé-je à voix basse tandis que mon cœur s'affole de le sentir aussi près de moi…

– Je n'arrivais pas à te joindre. Tu ne répondais pas aux messages, ni aux appels. Je m'inquiétais un peu. Et donc je me suis permis de venir ce matin avec des croissants. Français les croissants, bien sûr, ajoute-t-il en me faisant un clin d'œil complice.

Son regard est si intense et pénétrant que je sens mes jambes flageoler. Il prononce cette dernière phrase avec une voix plus forte, de sorte que ma mère l'entende bien. J'ai l'impression que cette situation l'amuse. Ce n'est pas mon cas. Quel culot ! S'il savait vraiment ce que ma mère pense des hommes autour de moi, il n'aurait pas débarqué ainsi. Mais c'est aussi de ma faute. Je lui avais promis de lui donner des nouvelles, et je me suis trouvé plein d'excuses pour ne pas le faire.

– Tu prendras un thé avec nous, Chloé ? J'ai l'impression que la nuit a été courte.

*Mais ça l'amuse en plus !*

Toujours ce petit sourire, à la fois tendre et moqueur. Je repense à mon reflet dans le miroir il y a quelques instants dans la salle de bains. Cheveux mouillés, cernes, teint grisâtre… Ok, s'il ne veut plus me revoir après ce matin, je ne lui en voudrais pas… Qui a envie de sortir avec un zombie ?

– Avec grand plaisir, je réponds, avec un sourire un peu forcé.

Nous nous asseyons tous les deux à côté de ma mère qui scrute Alistair comme si un dangereux psychopathe s'était introduit chez nous ce matin avec des croissants.

– Chloé m'a dit que vous étiez une peintre de grand talent, dit Alistair à ma mère.

Quel flatteur ! Mais ça ne marchera pas, pas avec Maggie.

– Cela fait un moment que je n'ai pas exposé, répond ma mère, en toute modestie.
– Je serais curieux de découvrir vos œuvres, répond Alistair, avec un air très sincère. Votre fille a une grande culture artistique, j'imagine que ça vient de vous.
– En partie, oui. De son père aussi. Elle a beaucoup d'ambition, et je l'encourage à faire son chemin, à être indépendante, dit ma mère avec beaucoup de froideur. Et vous, que faites-vous, monsieur… ?
– Monroe, mais vous pouvez m'appeler Alistair.
– Que faites-vous monsieur Monroe ?

*Que les hostilités commencent ! Et un point pour Maggie !*

– Je travaille dans la maroquinerie, répond humblement Alistair. C'est moins intéressant que l'art, mais c'est mon métier. Et je suis d'accord avec vous, il faut encourager Chloé à aller jusqu'au bout de ses rêves. Elle est jeune, elle est intelligente et elle a du talent. C'est maintenant qu'elle doit mettre toute son énergie dans sa passion.
– Pour ça il faudrait qu'elle valide son diplôme et

n'abandonne pas ses stages pour aller je ne sais où.

*Maggie White : 2 ! Alistair : 0.*

Mais il reste souriant.

– Je crois qu'elle n'est pas prête à abandonner ses rêves. En tout cas, tant que je fréquenterai votre fille, je l'encouragerai toujours à mener une carrière à la hauteur de son ambition.

Ils se rendent compte que je suis là, ou bien ? C'est super gênant ! Je regarde ma mère et observe son visage qui se décrispe petit à petit. Alistair aurait-il touché une corde sensible ? Celle qui ferait que ma mère sortirait de son discours « Les hommes t'empêcheront de vivre ta vie. »

– Je vais vous laisser, mesdames. Je voulais simplement saluer Chloé. D'ailleurs, désolé de t'avoir réveillée, Chloé. Madame White, j'étais ravi de faire votre connaissance. Merci beaucoup pour le thé.

– Au revoir, monsieur Monroe, dit ma mère avec toujours autant de distance, mais un peu moins de froideur.

– Je te raccompagne, dis-je à Alistair.

À la porte, à l'abri du regard de ma mère, il pose son bras sur le mien et m'attire à lui.

– Chloé, tu as de nouveau fui par peur, tu sais. Souviens-toi du contrat !

Il a toujours ce sourire. J'ai bien l'impression que cette situation l'amuse follement. Pas moi !

– Oh non là ce n'est pas juste. J'étais très occupée avec ma mère, puis je suis sortie avec Lucy…
– Ok. Il n'empêche que là je suis rassuré, mais j'étais inquiet de ne pas avoir de tes nouvelles, tu sais.

Il prend tout d'un coup un air plus sérieux.

*C'est vrai que tu aurais pu lui envoyer au moins un message, Chloé !*

– Je suis désolée Alistair. Mais promets-moi de ne plus débarquer ainsi à l'improviste chez ma mère !
– Cela ne s'est pas si mal passé, pour une première rencontre. Je crois que j'ai plu à Belle-Maman.
– Pas si vite, dis-je en riant. Tu ne connais pas Maggie White. Elle est anglaise et reste donc toujours très polie. Si ça se trouve elle t'a détesté !
– Je n'en crois pas un mot, dit-il, en approchant son visage du mien.

Ses lèvres, à quelques centimètres des miennes, son souffle… Tous nos baisers et nos étreintes me reviennent en mémoire. Cet homme a une capacité à me rendre folle de désir avec pas grand-chose. Mais il dépose un baiser… sur ma joue ! Comme un adolescent un peu timide.

– Tu sais, je n'ai plus 14 ans, ma mère sait que j'ai déjà

embrassé des garçons, lui dis-je à voix basse.

– Oui, mais si je commence à t'embrasser, là, je ne vais plus m'arrêter et vais t'emmener directement dans ta chambre ! Et ce serait gênant, me dit-il, au creux de l'oreille. Tu m'appelles, Chloé, et on se voit vite ? Je suis à l'hôtel ME. C'est plus intime que ta chambre, pour se retrouver.

– Oui, promis, je t'appelle, lui dis-je, en l'embrassant dans le cou.

Il sort du loft. Je rejoins ma mère, un sourire scotché aux lèvres.

*Arrête de sourire, Chloé !*

Je l'interroge du regard.

– Eh bien, il est surprenant, cet homme, commente ma mère.

– Oui, réponds-je, en m'attendant à une diatribe anti-hommes.

– J'étais contente de le rencontrer, dit-elle, avant de quitter le salon pour sa chambre.

*Hein ? Qui êtes-vous et qu'avez-vous fait de ma mère ?*

Ça alors… Ma mère contente de rencontrer quelqu'un que je fréquente. Une grande première ! Et si cet événement lui faisait changer d'avis sur les hommes, ou en tout cas sur mon rapport à eux ?

# 13
# LE MEILLEUR POUR TOI

Le lendemain matin, je décide de reprendre les choses – ma vie en fait – en main. Je me sens tellement épuisée, physiquement et psychologiquement ! Les courtes nuits, ma mère, ma folle soirée avec Lucy, Alistair qui débarque à l'improviste… C'est un peu trop de bouleversements dans ma vie sage !

Je commence la journée par une séance intense de yoga, puis me connecte à mes mails. Daniel, le galeriste, m'a répondu ! J'ai le cœur qui bat plus vite. Et si Alistair s'était trop avancé en me disant que Daniel souhaitait me prendre en stage ? Et si finalement j'allais devoir en chercher un autre au dernier moment et dans l'urgence ?

*Chloé, arrête de te poser mille questions et ouvre ce fichu mail !*

De : Daniel Taylor
À : Chloé Haughton
Objet : votre proposition de stage

Chère Chloé,
Merci pour votre CV et votre mail. Comme je vous l'ai dit ainsi qu'à Alistair Monroe quand il m'a parlé de vous, je suis à la recherche d'un stagiaire bilingue, avec une bonne connaissance de l'art actuel et également des nouvelles technologies. D'après vos références, c'est bien votre cas. Si cela vous intéresse toujours, je serais donc ravi que vous commenciez un stage au sein de notre galerie parisienne, et ce pour une durée de deux mois. Vous gérerez la communication Web de la galerie. Je suis actuellement à New York, mais je transmets toutes vos coordonnées à la personne qui gère la galerie parisienne, Romain Delcroix. Il vous accueillera comme il se doit. Pourriez-vous être disponible pour commencer ce stage lundi prochain ? Le temps de régler les questions administratives. Je vous remercie, et à très vite, à New York ou à Paris.
Daniel

Je pousse des petits cris de joie. Ma mère débarque dans ma chambre, un peu affolée.

– Qu'est-ce qui se passe, Chloé ?

– C'est bon, je vais faire mon stage chez Art-work, la super galerie parisienne ! Le boss m'a répondu, je commence lundi ! Je suis rassurée et hyper contente.

– Bravo ma chérie !

Ma mère affiche un grand sourire. Elle est tellement fière de moi quand je lui annonce de bonnes nouvelles professionnelles. Si seulement elle pouvait être aussi enthousiaste quand je lui parle de ma vie sentimentale ! En parlant de sentiments… il faut que j'appelle Alistair. C'est en grande partie grâce à lui que j'ai eu ce stage. J'attends que ma mère quitte ma chambre, et m'apprête à l'appeler, quand tout d'un coup je repense à hier matin… Il a débarqué sans me prévenir chez ma mère. Oui, bon, d'accord il a essayé de me prévenir, et je ne répondais pas, il n'empêche qu'il a quand même fait quelque chose de très engageant. Est-ce que cela ne correspondrait pas à la clause de notre contrat stipulant que s'il faisait quelque chose de *too much* je pourrais lui demander ce que je veux. Je crois bien que oui. Et pour une fois que c'est dans ce sens-là, je ne vais pas me gêner pour le lui rappeler. Je ris rien qu'à l'idée de notre conversation.

– Alistair, c'est Chloé !

– Bonjour ! Je suis ravi que tu m'appelles. J'avais peur de devoir revenir avec les croissants demain, dit-il avec un ton moqueur.

– Oui, d'ailleurs je vais t'en reparler, mais je voulais te dire que Daniel m'a confirmé qu'il me prenait en stage dans la galerie de Paris. Je commence lundi !

– Génial ! Je suis vraiment content pour toi. Et fier de toi.

Je sens la sincérité dans sa voix.

– C'est en grande partie grâce à toi, tu sais.

– Je n'ai été que le médiateur, mais sans ton talent et tes compétences, Daniel ne t'aurait pas embauchée, tu sais.

– Merci Alistair… Et dis-moi, je pensais à un truc…

Ma voix se fait plus caressante.

– Je t'écoute, répond-il, intrigué.

– En débarquant chez moi hier matin, tu as fait quelque chose d'engageant. Donc, tu me dois un gage, conclus-je en riant de mon audace.

– Ah, mais oui, tu as raison ! Alors dis-moi, que veux-tu, Chloé Haughton ?

Les inflexions de sa voix me font frissonner d'impatience.

*Mince, je n'y ai même pas réfléchi. Si je lui dis qu'on dîne ensemble, il va m'emmener, j'en suis certaine, dans un grand restaurant. Je vais devoir me préparer, être pleine d'énergie… Or, là je suis vraiment fatiguée.*

– Je ne sais pas. En fait je suis très fatiguée, tu sais. Ce dont je rêve, c'est de me reposer !

– Ok, très bien, c'est noté. Je passe te chercher à 17 heures.

– Pardon ? Mais pour faire quoi ?

– Tu verras. Mais préviens ta mère que tu ne rentres pas ce soir. Je ne voudrais pas qu'elle panique. 17 heures en bas de chez toi, ok ?

– D'accord. À tout à l'heure…

Zut. Ce n'était peut-être pas une bonne idée de lui rappeler cette histoire de contrat et de gages. J'ai très envie de le revoir, mais en même temps je ne suis pas en état pour faire *London by night* ce soir… Tant pis, je vais travailler, déjeuner avec ma mère, et je lui dirai simplement, quand je le retrouve, que je suis encore en mode zombie.

***

17 heures. Je descends en bas de chez moi et aperçois Alistair, adossé à une superbe Aston Martin de collection. Il porte un délicat pull noir en cachemire, col roulé, et un pantalon de costume noir. Une tenue chic et *casual* qui fait ressortir ses beaux yeux sombres.

– Salut James Bond, dis-je en le rejoignant.

– C'est un rêve d'enfant, cette voiture, dit-il timidement.

– Ça tombe bien, j'ai toujours rêvé d'être une James Bond girl, lui réponds-je.

– Tu sais que James Bond finit toujours par obtenir ce qu'il veut, non ? me taquine-t-il, complice.

*En même temps, Chloé, une James Bond girl ne porte pas une petite chemise rouge à carreaux, des boots et un jean noir !*

Il fait le tour pour m'ouvrir la portière. Quelle galanterie !

Je m'assieds dans cette splendide voiture aux sièges habillés de cuir beige.

– Allons-y, dit-il, se penchant vers moi pour m'embrasser.

Je l'interromps dans son mouvement.

– Mais allons-y où ?
– Tu vas voir. Tu m'as dit que tu voulais te reposer ? Eh bien pour cela il faut quitter l'agitation de la ville.

Une heure de route plus tard, nous nous retrouvons à Hertfordshire, devant un immense et magnifique manoir du XVIIIe siècle. Je me suis endormie pendant le trajet.

– Où sommes-nous ? demandé-je, encore un peu ensommeillée.
– The Grove. C'est un hôtel et un spa. La reine Victoria y passait ses week-ends, à la fin du XIXe siècle. Parfait pour se reposer.

Ça alors ! Je n'imaginais pas que formuler le simple souhait de me reposer allait m'emmener à découvrir le grand luxe de la campagne anglaise ! C'est ça d'être avec un milliardaire, on n'imagine pas que ses moindres paroles puissent être interprétées de la sorte.

– Ça a l'air vraiment luxueux, Alistair ! dis-je, l'air amusé.
– Je veux juste le meilleur pour toi, Chloé.

Il ne cherche pas à m'épater, juste à me faire plaisir. Des boiseries, une immense cheminée dans laquelle je pourrais tenir debout, des tapisseries du XIXe siècle, des lustres étincelants. J'ai l'impression d'être dans un film d'époque. Nous montons dans la suite présidentielle qu'a réservée Alistair. À côté d'un immense lit à baldaquin trônant au milieu d'une pièce aux poutres apparentes, une bouteille de champagne et des bougies.

– Tu m'as amenée jusqu'ici, un spa de luxe, juste pour que je dorme ?
– Oui. Mais avant, si tu es d'accord, je vais te faire un massage. Je ne suis pas aussi doué que les masseuses professionnelles qui officient dans le spa de l'hôtel, mais je peux essayer ?

Il a de nouveau ce petit air timide qui me fait craquer. Je n'ai jamais été massée par un amant, mais l'idée me séduit.

– Ok… Je me mets comment, en sous-vêtements ?
– C'est mieux, oui, pour un massage. Mais c'est encore mieux si c'est moi qui te déshabille…

Lentement, il s'approche de moi et pose mille baisers délicats sur ma bouche, mon nez, mon front, et sans un mot, commence à déboutonner ma chemise, tandis que ses lèvres douces et impatientes suivent le chemin de mon corps ainsi dénudé. En découvrant mon soutien-gorge en dentelle noir légèrement transparent, ses yeux brillent de désir… Ses mains, dans une exquise caresse, effleurent ma peau pour me débarrasser de ma chemise. Tout mon corps frissonne sous la pression de ses doigts. Avec une lenteur diabolique, il déboutonne ensuite mon jean, provoquant des décharges de plaisir. Et il baisse la fermeture Éclair en me fixant d'un regard évocateur. Puis il me fait asseoir sur le lit, ôte mes bottines et fait glisser mon pantalon. Ses mains s'attardent sur mes fesses, traçant des arabesques sur mes courbes. Les sensations sont si délicieuses que je sens une douce chaleur m'envahir… J'ai le sentiment que ce massage va dériver vers tout autre chose…

Simplement vêtue de mon soutien-gorge et de ma petite culotte assortie, je m'allonge sur le ventre sur le grand lit à baldaquin.

– Bonsoir monsieur le masseur, je viens pour un massage, dis-je avec une voix de jeune femme naïve.

J'ai souvent besoin de faire des blagues ou de jouer la comédie quand une situation me trouble. Or, là je me sens extrêmement troublée. Ce n'est pas la première fois que je suis quasiment nue dans ses bras, mais à chaque fois on était « dans l'action ». Là, il va observer mon corps presque nu dans ses moindres détails. Je suis à la fois excitée et gênée…

– Cela tombe bien, je suis votre masseur personnel, répond Alistair, espiègle.

Je suis contente qu'il rentre dans mon jeu ! La tension est palpable et mon cœur cogne dans ma poitrine, mais son air mutin me permet d'être un peu moins nerveuse.

– Vous permettez que j'enlève mon pull ? demande-t-il de

sa voix grave et sensuelle.

– Bien sûr, mettez-vous à l'aise. Cela vous dérange si j'enlève mon soutien-gorge ? Pour que vous me massiez le dos, ce sera plus pratique.

Mon cœur bat à mille à l'heure sous le regard de braise qu'il me lance lorsque je me tourne vers lui.

– Bien sûr. Et il y a sur cette table de nuit de l'huile de massage, je peux en utiliser ? propose-t-il, imperturbable.

– Je n'ai rien contre, faites comme bon vous semble, dis-je dans un souffle.

Ce petit jeu de rôle m'amuse, mais l'anticipation de ses mains sur ma peau me rend fébrile. Torse nu, il se met à califourchon sur mes cuisses pour me masser le dos. Emprisonnant mes jambes, il me domine de toute sa puissance. Sa présence dans mon dos me grise et la pression de son poids éveille en moi des sensations jusque-là inconnues. J'ai envie de savourer chaque moment, La lumière de la pièce est très douce, les draps en soie de ce lit de princesse me caressent le corps. Je me sens déjà tellement bien. Taquin, Alistair balade ses mains juste au-dessus de ma peau sans toutefois me toucher vraiment. Rien que ce simple frôlement électrise tout mon corps et je réponds presque malgré moi par de petits gémissements. Mais ce n'est rien à côté de ce qui m'attend, quand il pose ses mains, huilées et chaudes, sur moi. Je soupire de plaisir. Ses paumes, viriles, parcourent mon dos, longent ma nuque et descendent jusqu'au bas de mon dos. Aventureux, il s'arrête un instant au creux de mes reins, puis repart à la découverte de mon corps et frôle mes fesses. Mon corps s'enflamme sous ses doigts et chaque mouvement m'arrache des sensations incroyables. J'ondule quand il effleure la naissance de mes seins, je gémis quand il s'attarde sur une zone particulièrement sensible et me cambre sous ses mains insatiables. Tout entier, mon esprit est envahi par ses caresses, je ne m'appartiens plus.

Il se penche vers le creux de mon oreille.

– J'adore ta cambrure, Chloé, me chuchote-t-il.
– C'est tellement bon, Alistair.
– C'est ton corps qui m'inspire !

Il alterne pressions fortes et douces caresses. Je me sens plongée dans une félicité jusqu'ici inconnue. J'ai déjà été massée bien sûr, mais pas par un homme qui me désire ainsi. Et cela change tout.

Je le sens se glisser plus bas, vers mes pieds. Ses mains massent mes chevilles, le creux de mes genoux, mes cuisses. Quand elles s'approchent de mes fesses, je ne peux réprimer un long soupir. Tout mon corps frissonne de plaisir. J'ai envie qu'il enlève cette satanée culotte et qu'il s'aventure plus loin dans ses caresses, mais je ne peux pas le lui demander. Va-t-il le faire ou se contenter de simples massages ? Ce doute m'excite autant que ses caresses.

– Ça te plaît ? me demande-t-il.
– Oh oui, vraiment !

– J'adore ça. Tu as la peau tellement douce. Particulièrement ici…

Il touche avec délicatesse l'intérieur de mes cuisses. Je me cambre légèrement, comme pour l'inciter à glisser sa main vers mon entrejambe.

– Je peux te déshabiller complètement ? me demande Alistair d'une voix sensuelle et profonde.

Sans attendre ma réponse, jouant avec les rebords de la dentelle noire, Alistair fait lentement descendre ma culotte dans une caresse aussi sensuelle que grisante. Le contact du tissu sur mes cuisses m'arrache un long gémissement. À présent nue, je suis offerte à son regard brûlant. Mes sens sont en alerte, mon corps alangui, et mon esprit excité. Il continue le massage, en s'attardant cette fois sur mes fesses.

– J'adore tes fesses, Chloé. Elles sont tellement sexy.

Emportée par ses paroles, je n'ai qu'à me laisser happer par le plaisir…

Alors qu'il se penche sur mon corps pour me chuchoter ces mots à l'oreille, l'évidence de son désir me frôle. Le contact de son sexe bandant et prisonnier de ce vêtement contre mes fesses m'électrise. J'ai envie de me retourner, de venir l'embrasser sur la bouche, et sur tout son corps. Il glisse une main sous mon ventre et la remonte vers mon sein droit. Son souffle chaud contre ma nuque et la pression de son bassin contre mes reins me font onduler de plaisir.

– Je sais, ce n'est pas très conventionnel comme massage, mais tu ne m'en voudras pas, n'est-ce pas ?

– Oh non… je réponds, dans un souffle.

– Laisse-moi te caresser, susurre Alistair en me mordillant l'épaule.

– Oh oui… je halète, en me soulevant légèrement sur les coudes.

Sa main se fraye un passage vers mes seins, traçant des sillons de feu sur mon ventre. Puis, saisissant un téton qui durcit sous la pression de ses doigts, il le titille jusqu'à m'arracher un cri de plaisir. Sa bouche s'est posée au creux de mes reins, sa langue se glissant délicatement entre mes fesses. J'ondule du bassin sous ses baisers et sens mon sexe se gonfler de plaisir.

– J'ai envie de toi, Chloé, murmure Alistair.

– Moi aussi, Alistair…

Il s'éloigne quelques instants de mon corps pour, je le devine, aller chercher un préservatif dans son sac. Son massage mêlé à ma fatigue accumulée m'ont rendue lascive. Il revient quelques secondes plus tard et s'allonge près de mon corps. Il est nu. Je tourne légèrement le visage pour l'embrasser. Nos langues s'entremêlent dans une danse sensuelle. Enhardie par sa nudité et son baiser, je me tourne face à lui, je laisse mes mains parcourir son corps et découvrir sa peau si douce et son ventre ferme et musclé. Je sens qu'Alistair se raidit sous mes caresses et sa respiration se fait plus rapide. Son regard se trouble quand du bout des doigts j'effleure son sexe comme par inadvertance. Saisissant mes lèvres, il m'embrasse d'un profond baiser qui me fait haleter.

– Alistair, lui dis-je en plongeant mon regard dans le sien.
– Chloé, tu es si belle, alanguie et offerte ainsi ! J'ai envie de te faire l'amour, tout doucement. Laisse-moi te guider…

Je lui souris et me tourne légèrement sur le côté, offrant à son sexe bandant mes fesses rebondies. Il attrape avec délicatesse ma hanche et me pénètre doucement. Je réprime un cri de plaisir. Il bouge son bassin doucement contre moi, dans un mouvement fluide et dansant, enfouit son visage dans le creux de ma nuque, je sens son souffle chaud et court contre ma peau, et me cambre d'autant plus. Nous ne formons plus qu'un seul et même corps, un corps fait pour le plaisir et l'érotisme.

Alors qu'il continue à bouger ainsi son sexe dans le mien, il m'enlace et approche sa main de mon sexe humide. Il caresse doucement mon clitoris gonflé de plaisir. Je gémis de plus en plus fort. Jamais un homme ne m'a caressée ainsi, tout en me pénétrant. C'est merveilleux. Je sens le plaisir m'envahir. Son massage sensuel, maintenant son sexe en moi et sa main qui me caresse font vibrer tout mon corps. Il me fait l'amour ainsi, tendrement et passionnément tout à la fois, et mon corps répond à chacun de ses mouvements. Je bouge toujours très peu, ondulant légèrement des hanches. Il bouge ensuite doucement pour venir tout près de moi. Je sens son corps musclé et viril contre ma peau, j'ai envie de le sentir au plus profond de mon sexe. Je me cambre de plus en plus.

– Chloé, c'est tellement bon… J'aime quand tu t'offres comme ça…

*Oh oui Alistair, c'est délicieux…*

Encouragée par ses paroles, je serre mon sexe contre le sien et fais de petits mouvements paresseux avec mes fesses pour l'agacer. À ce contact, je l'entends gémir de plaisir. Tout d'un coup, il m'attrape par les hanches et me met à quatre pattes. Cette position, où je lui suis soumise tandis qu'il me domine de toute sa virilité provoque en moi des sensations encore plus fortes. Je me penche en avant, il continue à me prendre de plus en plus profondément, en me tenant par les hanches. Alors que sa main s'aventure de nouveau vers mon clitoris et me caresse, je sens la jouissance venir. Mais je veux l'attendre ! Je ne veux pas jouir seule.

Il s'agrippe à mes fesses tout en continuant ses mouvements lents et profonds. Je lui appartiens totalement, nos corps ne font plus qu'un. J'ai le sentiment de n'être plus qu'un corps désirant.

– Chloé… Chloé, tu me rends dingue, dit-il dans un soupir.

*Moi aussi, Alistair, si tu savais…*

– Mon amour…

Mes mains se crispent sur les draps, je sens l'orgasme partir de mon sexe pour inonder tout mon corps. Je crie. Je crois que je crie fort. Alistair laisse également échapper un cri de jouissance. Nos corps repus se reposent tout d'un coup sur les draps. C'était tellement incroyable, et mon orgasme tellement fort, que l'émotion envahit tout mon être. Alistair se glisse sur le côté et me prend dans ses bras.

– Je suis là, Chloé, je suis là…

Que se passe-t-il ? Pourquoi suis-je aussi émue ? Serait-ce justement parce que je n'ai rien contrôlé, que je me suis laissée faire depuis une heure, que je me sens soudainement si troublée ? Serait-ce la première fois de ma vie que je suis autant dans le lâcher-prise ?

Nous nous lovons l'un contre l'autre, nus. Je voudrais que cet instant dure pour toujours. J'ai envie de lui dire plein de choses, de lui raconter que je vis quelque chose d'exceptionnel. Mais, réfugiée ainsi dans ses bras, après cet orgasme incroyable, je sens que je m'endors doucement.

– Alistair, merci d'être là, d'être toi, susurré-je, déjà dans un demi-sommeil.
– Dors, Chloé. Dors aussi longtemps que tu le souhaites. Fais de beaux rêves, ma belle…

# 14
# GIRLS POWER

J'ouvre les yeux. Je suis dans un lit de princesse. À mes côtés, cet homme magnifique, nu, qui dort. Je repense à cette nuit, à ce massage sensuel qui s'est transformé en étreinte passionnée… Je me sens reposée et heureuse. Je réveille Alistair avec un baiser.

– Bonjour cher Prince Charmant.

– Bonjour Princesse, me dit-il avec un grand sourire. Bien dormi ?

– Oh oui, comme une bûche !

Il rit.

– J'ai bien vu ! dit-il en riant. J'ai travaillé, hier soir, pendant que tu dormais. Tu semblais tellement bien… Je vais commander un petit-déjeuner. Thé et croissant pour ma jolie bûche ?

– Oui, dis-je en me levant et en couvrant mon corps du drap blanc.

*Pourquoi es-tu si pudique, Chloé ? Il t'a déjà vue nue !*

Après un petit-déjeuner de rois servi dans la suite, je vais dans la salle de bains me préparer. En sortant de la douche, face à la glace, alors que je m'entoure d'une grande serviette de bain douce et moelleuse, une serviette d'hôtel de luxe, je croise le regard d'Alistair dans le miroir.

– Que se passe-t-il ? lui demandé-je, un peu gênée.
– Rien, Chloé, je te regardais simplement. Tu es tellement jolie, au naturel. Je peux te confier quelque chose ? rajoute Alistair dans un souffle.

Je repense à son aveu, au plus fort de notre plaisir, il a dit qu'il m'aimait.

– C'est la première fois que je me sens aussi… libre et proche de quelqu'un. Et que je prends autant de plaisir, reprend-il.

Je souris. Je ressens la même chose. Mais Alistair ? Il a dû avoir beaucoup d'aventures, et avec des femmes superbes. Je suis touchée par ses mots. Je rougis. Il se rapproche de moi pour m'embrasser dans le cou. Je l'observe dans le reflet. Torse nu, ainsi, derrière moi, je le trouve tellement séduisant. J'ai de nouveau envie de lui. Mais nous devons rentrer à Londres, puis repartir à Paris. Ce ne serait pas sérieux…

***

De retour en ville, je retrouve ma mère. L'appartement semble ordonné, et elle a les traits apaisés. Irait-elle mieux ?

– Ma chérie, je voulais te dire que ce matin, je me suis inscrite à un cours de yoga, je préfère commencer à m'entraîner en groupe plutôt qu'à la maison, dit-elle, l'air un peu gêné.
– Oh mais maman, c'est super, ça !
– Oui, enfin, je vais voir comment ça se passe… Je ne sais pas si c'est pour moi.
– Tu verras bien. Mais c'est déjà une belle étape.
– Comment ça s'est passé ta soirée avec Alistair ?

*Je rêve ou elle vient de l'appeler par son prénom ?*

« Comme s'ils avaient gardé les cochons ensemble », comme dirait mon amie Lucy.

– Très bien, maman.

Même si elle semble plus ouverte à l'idée que je fréquente quelqu'un, c'est ma mère, je ne vais pas lui raconter le massage et compagnie !

– Je repars tout à l'heure à Paris. Je veux être prête pour mon stage, c'est dans quelques jours.
– Très bien ma chérie. N'oublie pas tes priorités. Et ne t'oublie pas, d'accord ?
– Promis maman…

Je la serre fort dans mes bras. Je suis émue. Et si les choses pouvaient changer ? Et si ma mère changeait d'avis, sur les hommes, sur ma vie ? Et si tout cela changeait aussi ma vie ?

*Chloé, ne t'emballe pas trop… Elle a juste dit qu'elle allait se mettre au yoga !*

Paris ! Mon appartement ! Je suis tellement heureuse de retrouver mon chez-moi, mon cocon !

***

Alistair aussi est à Paris, nous avons pris le train ensemble. Quand nous nous sommes quittés, dans le taxi, nous nous sommes embrassés, sans nous dire quand nous allions nous revoir. Un baiser sensuel, mais un peu triste. Ces dernières 24 heures ayant été merveilleuses, j'ai eu du mal à le quitter. C'est bien la première fois que cela m'arrive, cette mélancolie… amoureuse ?

Chez moi, je me concentre sur le travail, pour ne pas trop penser à Alistair. Je continue l'écriture de mon dossier, pour mon projet de galerie d'art en ligne et me renseigne sur tous les artistes de la galerie Art-work. Je ne peux pas rater un deuxième stage, il faut que je sois au top ! J'envoie aussi un mail pour caler un dîner avec mes amies. Elles m'ont tellement manqué…

Le lendemain matin, je me réveille à l'aube, légèrement stressée par ce premier jour de stage. Et si je tombais sur une Cruella bis, une ou un boss tyrannique ? Et si je n'étais pas à la hauteur ? J'ai envie d'appeler Alistair, mais je me retiens. Est-ce qu'on appelle un sex friend pour être rassurée ? Non. Je sens bien qu'il est plus que cela, mais je n'ose pas franchir le cap du coup de fil « de couple »…

J'arrive à la galerie… beaucoup trop tôt ! Elle est encore fermée. J'en profite pour boire un thé au café du coin, et checker mes mails. Noémie, Camille et Émilie m'ont répondu : on dîne ensemble ce soir. Au moins, si cette première journée se passe mal, elles seront là pour me réconforter.

Lorsque je reviens à la galerie, elle est enfin ouverte. Je rencontre Romain Delcroix, mon nouveau maître de stage. La trentaine, avec un look branché et des lunettes à monture noire, il fait vraiment boss de galerie d'art. Il me présente à l'équipe, assez réduite. Ils ne sont que trois : lui, un directeur artistique, et Cécile, une autre stagiaire. Je m'installe à un bureau à côté d'elle.

– Je suis super contente que tu intègres l'équipe, me dit Cécile. Daniel nous a envoyé un mail élogieux à ton propos. Tu as fait une école d'art et une école de webmaster, c'est bien ça ?

– Oui. Et toi ?

– Je suis en école de communication. Et là je gère les relations presse pour Art-work. C'est super, tu vas voir. Et entre toi, ta mission sur le site de la galerie, et moi en RP, on va pouvoir bosser ensemble !

L'ambiance est tellement différente de celle de l'agence de Cruella ! Et je me sens plus dans mon univers. Finies les photocopies et les missions ingrates. Je commence à travailler le sourire aux lèvres. À midi, je déjeune avec Cécile dans un restaurant vietnamien, sur le bord du canal Saint-Martin. Non seulement on se ressemble un peu physiquement, mais on a aussi le même look. En discutant, on réalise qu'on partage les mêmes goûts artistiques.

– Oh, toi aussi tu aimes Banksy ? Non, mais cet artiste est ouf. Tu sais qu'il va peut-être bientôt venir à Paris ? me dit Cécile, enthousiaste.

– Génial ! Mais il va rester anonyme, comme d'habitude, n'est-ce pas ?

– Oui, Daniel le connaît personnellement, mais pas Romain. Ça te dit qu'on aille voir l'expo sur les peintres muralistes mexicains, ce week-end ?

– Mais oui ! À fond ! Enfin… je ne sais pas encore ce que je fais ce week-end, mais a priori je dis oui.

– Tu as un copain ?

*Bonne question. Tu as un copain, Chloé ?*

Je n'en sais rien, en fait. Mais Alistair est plus qu'un sex friend, si je suis honnête avec moi-même.

– Oui, je réponds. Mais c'est tout récent. Je ne sais pas si cela va durer, tu sais…

– Et il fait quoi dans la vie ?

Zut, dois-je lui dire la vérité ? Cette fille a l'air très gentille, et je vais passer les deux prochains mois dans le même bureau qu'elle. Autant être sincère avec elle.

– Il s'appelle Alistair, en fait il dirige une enseigne de maroquinerie.

– Attends, tu veux dire que tu sors avec Alistair Monroe ? LE Alistair Monroe ?

– Tu le connais ?

– Il est passé un jour à la galerie avec Daniel. Mais quel beau gosse ce mec ! C'est grâce à lui que tu as eu le stage ?

Je regrette tout d'un coup ma confidence. Qu'est-ce qui m'arrive ? Ça ne me ressemble pas de dire au grand jour que j'ai une relation avec Alistair… Mes sentiments pour lui sont bien plus profonds que ce que je veux bien m'avouer. En plus, Cécile va penser que j'ai été pistonnée, que je ne suis là que parce que je couche avec l'ami du patron…

– Oui, enfin, Alistair a parlé de moi à Daniel et nous a présentés. J'étais en galère de stage, tu vois ? je tente de me rattraper maladroitement.

– Comme quoi ça sert d'être une jolie meuf, dit-elle avec un ton que je sens légèrement acerbe.

Mince, je n'aurais vraiment pas dû lui dire la vérité. Et je ne suis pas là parce que je suis jolie, mais grâce à mon CV ! Et si cela gâchait notre bonne entente ?

*Chloé, apprends à garder les choses pour toi !*

– Enfin, c'est cool que tu sois là, en tout cas, se reprend-elle en me souriant. On va s'amuser et bien bosser ensemble.

Sujet clos. Mais cela m'apprendra à révéler trop vite des détails de ma vie privée quand je m'entends bien avec quelqu'un. Pourvu qu'elle ne raconte pas cela à Romain, mon nouveau patron…

Comme si les choses n'étaient pas assez compliquées, à la sortie du restaurant, Alistair m'envoie un message, pour me demander si je veux dîner avec lui ce soir. Je lui réponds que je dîne avec mes amies.

[Et cela te dérangerait si je me joignais à vous ?]

Alistair et mes trois amies ? Jusqu'ici j'ai séparé les choses. Ma drôle d'histoire avec Alistair d'une part et ma vie amicale de l'autre… Mais qu'est-ce que je risque ? Je serais contente d'avoir l'avis de mes amies sur cet homme, et si Alistair veut mieux me connaître, il doit rencontrer ces trois filles.

[Avec plaisir. 20 h 30 aux Mauvais Garçons, dans le Marais ?]

[J'y serai. Ton bad boy]

Son texto me fait rougir.

*Concentre-toi, Chloé, c'est ton premier jour de stage, il ne faut surtout pas agir comme une midinette !*

J'envoie un message aux filles pour leur dire que je viendrai accompagnée, et hop, au travail !

***

Au restaurant je retrouve mes trois meilleures amies, et Julien, le petit ami de Noémie. Compte tenu que je viens avec Alistair, on a accepté la présence d'un autre homme lors de notre dîner normalement exclusivement féminin. Cela me rassure, Alistair ne risque pas de se sentir trop seul entouré de quatre filles aussi proches.

Alistair n'est pas encore là, mais je sens une sorte de tension dans l'air. Entre Noémie et Julien. La dernière fois que Noémie m'a parlé de sa relation avec son copain, c'était déjà compliqué. Noémie veut tout contrôler dans sa vie, de son corps à son avenir sentimental. Et elle veut absolument se marier avec Julien. Ces deux-là sont amoureux depuis des années, mais Julien n'a pas envie de se marier. Est-ce pour cela qu'ils s'évitent du regard, ce soir ?

Émilie m'accueille avec un grand sourire.

– Alors la globe-trotteuse ? Comment vas-tu ? me demande-t-elle.
– Contente d'être de retour à Paris, je vous l'avoue.
– Et pas seule, si j'ai bien compris, dit Camille.
– Oui, Alistair est aussi à Paris. Il ne va pas tarder.

Je regarde autour de moi dans le restaurant. Il ne faudrait

pas que je fasse la gaffe de parler de lui et qu'il soit à ce moment-là juste derrière moi. C'est typiquement le genre de bourde que je peux faire ! Je décide donc de changer de sujet.

– Eh ! les filles ! Je viens de passer mon premier jour dans mon nouveau stage, à la galerie Art-work, aujourd'hui ! Mon boss a l'air bien, j'ai une collègue qui a l'air sympa, et je dois développer pour eux toute leur stratégie Web. C'est juste parfait.

– Félicitations ma belle, crie Émilie.

Les gens autour de nous se retournent. La discrétion n'est pas la qualité première d'Émilie, mais c'est aussi pour ça que je l'adore. Avec son look, sa coiffure et son maquillage inspirés des années 1950, tout le monde la remarque quand elle entre dans une pièce.

– Oui, félicitations, Chloé.

Je me retourne. C'est Alistair. Je deviens toute rouge. Camille le remarque et sourit. Alistair salue tout le monde et s'assied à mes côtés. Je réalise qu'il est le plus âgé d'entre nous. Il n'y a que six ou sept années de différence, mais avec son costume sur mesure, il fait très « adulte ». Émilie le dévisage. Elle est limite bouche bée ! C'est une croqueuse d'hommes, et je sais qu'elle n'est pas insensible au charme des hommes bien habillés. Cela me fait sourire, et je me sens même assez fière. J'ai une envie folle de l'embrasser !

***

Je sens soudain une main sur ma cuisse. C'est Alistair qui, tout en ayant une conversation cordiale avec Julien, est en train de me caresser. Sa main s'approche doucement de mon entrejambe. Il faut qu'il arrête tout de suite, cela va se voir que ses caresses me rendent dingue !

– Chloé ? Chloé, tu es avec nous ?

C'est Noémie qui m'interpelle. Je suis tellement troublée par la situation que je n'ai pas remarqué qu'elle me parlait.

– Pardon, je pensais… au travail.
– Bien sûr… Je te demandais si ton stage allait te faire voyager à New York.
– Je ne sais pas encore. C'est possible. Je l'espère.
– Avec Julien on pensait y aller, à Noël prochain, annonce Noémie.
– Car comme vous le savez, Noémie prévoit les vacances huit mois à l'avance, commente Julien, avec une voix teintée de cynisme.

Silence à table. C'était quoi cette pique ? Qu'est-ce qu'il lui prend, à Julien, de sortir ce genre de choses ? Noémie a les yeux qui brillent, on a l'impression qu'elle va pleurer. Que se passe-t-il ? Je croise le regard d'Alistair, qui a l'air tout aussi surpris que moi par la phrase de Julien. Il ne les connaît pas, mais ressent comme moi le malaise qu'il y a entre eux. Je ne veux pas me mêler de leurs histoires, mais décide de réagir pour détendre l'atmosphère.

– Oui, d'ailleurs, c'est grâce à ses talents d'organisatrice qu'on a passé les meilleures vacances de notre vie, merci Noémie. En tout cas, ma belle, si tu as besoin de conseils sur New York, demande plutôt à Alistair. Moi j'y suis allée en coup de vent.

Alistair et Noémie parlent de New York, j'observe Julien. Il regarde sans arrêt son téléphone. J'interroge du regard Émilie. Elle hausse les épaules, comme pour dire « moi non plus je ne comprends pas ».

L'atmosphère se détend un peu. Alistair s'entend bien avec mes amies. Ouf. Cette histoire est tellement hors norme depuis le début ! Nous ne sommes pas dans un jet privé ou sur les toits de New York, mais au resto avec mes amis. Et… chose incroyable, je le vis bien !

Tout d'un coup, Julien se lève de table.

– Je suis désolé de vous laisser, mais je dois partir bosser en urgence.
– C'est quoi son métier ? me demande Alistair en aparté.
– Il est journaliste pour la radio, je réponds, un peu soucieuse.

Il file sans même avoir fini son dîner. Je regarde Noémie. Les larmes lui montent aux yeux. Je la connais, elle contrôle toujours ses émotions. Mais là, elle en semble incapable. Elle éclate soudain en sanglots. Camille la prend dans ses bras. Camille, dans les moments de drame, est l'amie la plus précieuse du monde. Douce et calme, elle est douée pour rassurer et apaiser les cœurs blessés.

– Qu'est-ce qu'il se passe, Noémie ? lui demande-t-elle d'une voix tendre.

– Je suis désolée, je ne devrais pas pleurer, surtout pas devant toi, Alistair, dit Noémie dans un sanglot.

– Non voyons, ne t'excuse pas. Mais je vais vous laisser toutes les quatre, vous avez sûrement envie de discuter entre vous.

Alistair prend ma main dans la sienne, sous la table. Il se lève. Il est vraiment magnifique, habillé ainsi en homme d'affaires… Il se penche vers moi et dépose un baiser sur mes lèvres. Un simple baiser, doux et rapide, mais qui me donne envie de plus. D'étreintes, de caresses.

*Chloé, ce n'est pas le moment d'avoir envie d'Alistair, ton amie est en détresse.*

Il salue mes amies, je lui dis que je l'appelle et peut-être que je le rejoins plus tard. Il me lance un grand sourire de tombeur…

Une fois Alistair parti, Camille redemande à Noémie ce qu'il se passe.

– Je suis désolée de gâcher la soirée, les filles, répond-elle en sanglotant.

– Ah non ne dis pas ça ! réagit Émilie. On est tes meilleures amies, Noémie, on est là pour ça.

– Ok... Bon, en fait, c'est vraiment compliqué, avec Julien...

– À cause de cette histoire de mariage ? demandé-je.

– Non, si seulement ce n'était que ça. Mais avant-hier soir je rangeais mes vêtements, et un jean à lui, par la même occasion. Et là il y a une capote qui est tombée de sa poche. Les filles, ça fait des années qu'on n'utilise plus de capotes !

– Oh putain ! lâche Émilie d'une voix forte.

Les autres clients du restaurant nous regardent, mais on s'en moque.

– Et comment as-tu réagi, interroge Camille.

– Mal, évidemment. Il était dans le salon, je lui ai montré le préservatif, et lui ai demandé ce que ça faisait dans son jean. Au départ il m'a dit que je n'avais pas à fouiller dans ses affaires. Mais quand je lui ai dit que c'était juste tombé de sa poche, il a commencé à me raconter que c'était pendant un reportage sur la détection du VIH, un collègue qui lui avait mis dans la poche pour se marrer, et qu'il avait oublié de l'enlever.

– Tu l'as cru ? demande Émilie, toujours très directe.

Noémie refond en sanglots. Camille la serre dans ses bras. Je lui donne un mouchoir. C'est la première fois que je la vois aussi bouleversée.

– Je n'en sais rien, répond-elle. Dans ma tête ça change toutes les heures. Parfois je me dis que je suis parano et jalouse, parfois qu'il me trompe. Je suis perdue. Mais là, ce soir, cette histoire d'urgence de boulot, c'est trop. Il a sans arrêt des urgences en ce moment. C'est moi qui suis folle ou j'ai raison d'avoir des doutes ?

Camille, Émilie et moi nous regardons. Qui va répondre ? Je me lance :

– Tes doutes sont logiques. Tu n'es pas folle, voyons. Après il ne faut pas que tu en deviennes paranoïaque. Et il faut que vous en discutiez, tous les deux.

– J'ai essayé, mais il tourne le sujet à la dérision. Je n'en dors pratiquement plus. Et ce soir, je vais l'attendre chez nous, je sais que je ne vais pas réussir à dormir.

– Tu as besoin de respirer, de prendre un peu de recul et de dormir, Noémie, dit Émilie.

– Et de mouchoirs, aussi, je rajoute, pour tenter de la faire sourire. Tu veux venir dormir chez moi ce soir ?

Émilie est en collocation et Camille habite en banlieue. Même si j'ai un petit deux-pièces, je suis la mieux placée pour l'accueillir.

Noémie esquisse un sourire.

– Oui, ce serait chouette. Merci les filles d'être là. J'ai tout gardé pour moi jusqu'ici, je pensais que ce n'était qu'un petit incident de couple, mais c'est peut-être plus grave…

En sortant du restaurant, j'envoie un message à Alistair.

[Noémie vient dormir chez moi. Donc on ne se voit pas ce soir… Peut-être demain ? J'étais contente que tu viennes dîner avec nous, même si ça ne s'est pas passé comme prévu.]

Il me répond quelques secondes plus tard.

[Pas de problème, mon amour. C'est normal que tu t'occupes de ton amie. À demain j'espère. J'étais ravi de rencontrer tes amies. Tu es bien entourée, Chloé.]

Je relis plusieurs fois le message. Il m'a appelée mon « amour » mais ça m'est égal, tout au fond de moi, je sais bien qu'on est plus que de simple sex friends. J'ai tellement envie d'être dans ses bras, là, maintenant, tout de suite ! Je suis triste de ne pas pouvoir le rejoindre. Mais je sais que j'ai pris la bonne décision en invitant Noémie chez moi. On va regarder une comédie sentimentale un peu bête, manger une glace et discuter. Girls power !

# 15
# EN DANGER

– Tu as l'air fatigué, Chloé ! Une folle nuit d'amour avec Alistair Monroe ?

– Cécile, ne crie pas ça ici !

À peine le temps de m'installer à mon bureau que déjà Cécile me saute dessus, et en plus en exposant à tout le monde ma vie privée ! On s'est tout de suite bien entendues, mais je n'aurais peut-être pas dû lui raconter que je fréquentais Alistair. Heureusement, le reste de l'équipe ne semble pas l'avoir entendue.

– Et non, j'étais avec une amie qui a de vrais soucis sentimentaux, si tu veux tout savoir.

– Vas-y, raconte !

– Non, c'est trop personnel, Cécile.

*Plus de confidence, maintenant, je tiens ma langue !*

Je sens que je l'ai vexée. Mais je ne vais pas lui raconter l'histoire de Noémie, c'est trop intime. On a passé la soirée entre filles, elle m'a parlé de son histoire avec Julien. Le lendemain, elle allait mieux. Mais cela ne regarde que nous deux. Et Camille et Émilie, bien entendu.

Le reste de la journée se passe bien. J'avance sur le site de la galerie et Romain, mon nouveau boss, semble satisfait de mon travail. Cécile reste un peu distante. Je décide de briser la glace en lui reparlant de l'exposition que l'on doit voir ensemble ce week-end. Elle paraît ravie et se détend. Mais je m'interroge… Je suis contente de bien m'entendre avec une collègue, mais son attitude me laisse parfois perplexe. Alistair m'envoie un message dans la journée.

[Comment va ton amie ? Es-tu libre pour dîner avec moi ce soir, jolie Chloé ?]

Je n'hésite pas et réponds tout de suite.

[Elle va mieux, merci. Et oui pour ce soir, avec plaisir.]

Moi qui suis de nature prudente, je me trouve bien impulsive, sur ce coup-là ! Je réalise qu'entre New York et Londres, nous n'avons pas passé 48 heures sans nous voir. Et je ressens comme un manque. Tout ceci est tellement inédit pour moi. Est-ce simplement du pur désir, ou autre chose ?

Je sors de la galerie, le soir, avec le sourire. Je dois le retrouver près de chez lui. Mais alors que je mets un peu de rouge à lèvres en me regardant dans la vitre de la galerie, je pousse un cri et sursaute : il y a un homme à dix centimètres derrière moi ! Je me retourne : c'est Adrien, mon ancien collègue ! Je respire un peu.

– Adrien ? Mais que fais-tu ici ? Tu m'as fait une de ces peurs !

– Tu mets du rouge à lèvres, maintenant, Chloé ? C'est nouveau…

Il chancelle un peu et a une prononciation bizarre. Est-ce qu'il serait saoul ?

– Qu'est-ce que tu fais ici, Adrien ? dis-je d'un ton un peu ferme. Je n'aime pas être surprise de cette façon.

– Je voulais te voir Chloé…

– Mais comment as-tu su que je travaillais dans cette galerie. Je suis là depuis deux jours, et je ne te l'ai pas dit… Je ne comprends pas.

Il ne me répond pas et me regarde avec un sourire un peu idiot et un peu effrayant. Mon Dieu ! Est-ce qu'il m'aurait suivie ? Ce serait super flippant !

– Tu m'as suivie, Adrien ?

– Je veux te parler… dit-il en posant son bras sur mon épaule.

– Ça veut dire oui ? dis-je en enlevant son bras.

– J'ai essayé de t'appeler l'autre jour, mais ton téléphone était coupé…

Il m'a suivie ! Et là, il est saoul. Ok, c'est super flippant mais je dois gérer ce problème.

– Adrien, on va aller boire un café, ok ? Tu n'as pas l'air dans ton état normal.
– Chloé, je t'aime, putain, dit-il en criant.
– Tu dis n'importe quoi Adrien, dis-je en essayant de garder mon calme malgré le malaise qui m'envahit.
– Quand tu étais à l'agence, tu ne voulais pas être avec moi parce qu'on était collègues. Mais là, on n'est plus collègues, Chloé, on peut être ensemble, hein ?
– Adrien, je te trouve super, mais je ne suis pas amoureuse de toi… Et j'ai été claire, depuis le début.

Il ne dit rien et me regarde, avec haine. Il commence vraiment à me faire peur.

– C'est à cause de ce millionnaire, là, c'est ça ? Mais je suis sûr que c'est un flambeur. Il te faut un mec normal, un mec comme moi, Chloé.

Il s'approche pour m'embrasser, je l'évite.

– On va aller boire un café et discuter, ok ?
– D'accord, et après tu m'embrasses…

Je me dirige vers le café le plus proche. Il titube. Il a dû consommer beaucoup d'alcool pour être dans cet état.

À la terrasse du café, il m'attrape par le poignet.

– Chloé, c'est parce que je ne suis pas riche comme ton pseudo-mec que tu ne veux pas de moi ?
– Non, mais arrête là, tu me fais mal. Attends-moi ici, je vais aux toilettes.

J'ai l'impression que je ne vais pas m'en sortir toute seule et qu'il peut devenir agressif. Et Alistair qui m'attend dans un restaurant en bas de chez lui. Je profite du fait de m'être absentée pour l'appeler.

– Alistair ? je demande d'une voix tremblotante.
– Chloé, ça va ? tu as une drôle de voix, dit-il tandis que l'inquiétude perce dans la sienne.
– C'est Adrien, mon ancien collègue, il a débarqué à la sortie de la galerie, il a bu et il est agressif.

En disant cela, je réalise que j'ai eu bien plus peur que ce que je voulais me faire croire.

– Ok, ne bouge pas, dis-moi où tu es, et j'arrive.
– Non ça va je gère. Il va se calmer…

Je refuse du bout des lèvres, car au fond de moi je veux qu'il vienne, Adrien m'a vraiment bouleversée.

– Chloé, j'arrive. Dis-moi où tu es, dit-il froidement et je perçois sa colère derrière son ton sans appel.
– Chez Prune.

Il raccroche. Ai-je bien fait de le prévenir ? J'espère que

d'ici là Adrien se sera calmé.

Après être restée quelques instants dans le bar, je reviens en terrasse. Adrien a bu un café, mais a aussi commandé un rhum… Ok, cela ne s'arrange pas du tout. Je tente de faire diversion.

– Comment ça se passe avec Cruella en ce moment ?
– On s'en fout de Cruella, répond Adrien. C'est toi qui m'intéresses, Chloé.
– Ok, Adrien. Je ne sais pas pourquoi tu as bu, et je ne sais pas ce qui se passe dans ta tête, mais il faut que tu saches deux choses : premièrement tu es un ami et je ne suis pas intéressée par toi, et deuxièmement j'ai quelqu'un dans ma vie.
– Le milliardaire ? dit-il avec un air de mépris.
– Oui, le milliardaire comme tu dis…
– Je croyais que c'était, comment tu appelles ça, déjà ? Un sex friend ?
– Non, c'est mon petit ami.

*Chloé, Chloé, c'est la deuxième fois en deux jours que tu admets publiquement qu'Alistair est ton petit ami !*

Tant pis, je l'ai dit et je ne vais pas aller dans la subtilité, face à ce garçon ivre mort. Malgré la situation, je me sens plus légère et aussi plus angoissée. D'un côté, reconnaître qu'Alistair et moi sommes bien plus que des « amis-amants » est libérateur, mais de l'autre, cette honnêteté apporte plein de questions auxquelles je ne veux pas penser.

– Donc en fait c'est n'importe quoi ta théorie des sex friends. C'est juste pour faire croire aux hommes que tu es libre, alors que tu ne l'es pas, c'est ça ? reprend Adrien d'un ton accusateur me ramenant brusquement à la réalité.

Il ne parle pas, il crie. Cela devient insupportable.

– Non. Et puis je n'ai pas à me justifier auprès de toi, Adrien, dis-je, de plus en plus énervée. Tu débarques saoul à la sortie de mon bureau, comme ça, après m'avoir suivie. Tu es super agressif et collant…
– Merde, je suis désolé, Chloé, s'excuse-t-il, sonné.

Je le sens sincère dans ses excuses. Je me calme un peu. Après tout, les moments de faiblesse arrivent à tout le monde. Personnellement je n'ai jamais été saoule à 20 heures un mardi soir, mais je peux comprendre les « pétages de plombs » comme on dit. Pour changer de sujet, je raconte à Adrien mon nouveau stage, ce que j'y fais. Il a l'air sincèrement content pour moi.

Alistair s'approche de notre table. Il semble calme, mais inquiet.

– Tout va bien Chloé ? Bonsoir Adrien.

Si Adrien s'était un peu apaisé depuis plusieurs minutes, il redevient tout d'un coup très agressif.

– Ah mais voilà que débarque le Prince Charmant, le preux

chevalier ! Tu es venu en quoi, en Porsche ?

– Adrien, je ne te connais pas mais tu ne m'as pas l'air dans ton état normal. Je viens chercher Chloé, on va dîner ensemble. Toi tu vas rentrer chez toi et te coucher.

– Non je suis bien, là, avec Chloé… On discute. On a plein de choses en commun, tu sais, elle et moi. On vit dans le même monde, si tu vois ce que je veux dire. N'est-ce pas Chloé qu'on est bien, là ?

Il s'approche de moi, attrape ma nuque avec violence et tente de m'embrasser. Je le repousse.

– Ça suffit maintenant Adrien, tu t'en vas ou ça va mal se passer. Tu ne vois pas que tu l'importunes ?

Le ton d'Alistair devient menaçant et ses yeux lancent des éclairs. Je ne l'ai jamais vu avec ce visage aussi dur et fermé.

Adrien se lève en titubant. Et s'approche d'Alistair.

– Sinon quoi ? Sinon tu vas appeler tes gardes du corps ? Tu as bien des gardes du corps, non ? Si je te fais ça, ils débarquent ?

Adrien pousse Alistair, mais celui-ci reste stoïque. Pourvu qu'il garde son sang-froid…

– Ça suffit Adrien, tu te ridiculises, là, je tente pour le calmer.

Il fait un pas pour revenir s'asseoir, mais se retourne brusquement pour asséner un coup de poing à Alistair. Je pousse un cri. Alistair chancelle légèrement et porte sa main au visage… il saigne du nez.

– Arrêtez ! Adrien, t'es complètement taré ! dis-je en criant.

Les personnes attablées autour de nous commencent à s'inquiéter. Mais alors en quelques secondes, Alistair fait une prise à Adrien. Il le met à genoux, bras derrière le dos, et l'immobilise.

– Je ne me bats pas avec des hommes saouls. Ce n'est pas fair-play. Donc maintenant, tu vas rester sagement ainsi, Chloé et moi on va s'en aller. Et si jamais tu t'avises à l'embêter de nouveau, je serais beaucoup, beaucoup plus méchant, conclut Alistair d'une voix tranchante.

Je reste bouche bée. On dirait une scène de film. Alistair libère le bras d'Adrien et vient vers moi, en entourant mon épaule de son bras.

– Viens, on s'en va.

Adrien, penaud, toujours à genoux, nous regarde partir. J'espère ne plus jamais le recroiser. Une telle agressivité est intolérable, alcool ou pas, peine de cœur ou pas…

Alistair me fait monter dans un taxi. Il ne saigne plus, mais sa chemise blanche est maculée de sang.

– Je suis désolée, Alistair… Comment va ton nez ?
– Ne t'excuse pas, Chloé, tu n'y es pour rien. Et ça va, rien de cassé.
– Viens, allons chez moi, c'est à quelques minutes d'ici.
– Ok, si tu veux.

J'ai l'impression qu'il reste fier devant moi mais qu'il est un peu sonné par l'échange et par le coup.

– Mais dis-moi tu as fait des arts martiaux, non ? lui demandé-je, alors que nous arrivons chez moi.
– Oui, longtemps, quand j'étais adolescent et ensuite durant mes études.

Cet homme me surprend tout le temps. Combien de vies a-t-il eu ? Je le fais entrer dans mon mini-deux-pièces. C'est la première fois qu'il vient chez moi. Mon appartement fait la taille de sa cuisine. Je me sens un peu gênée.

– Comme tu peux le constater c'est tout petit…
– Mais c'est charmant. Comme tes seins, en fait, dit-il en me prenant dans ses bras.
– Tu ne perds pas le nord, réponds-je en riant. Tu viens de te prendre un coup de poing dans la figure et tu penses quand même à des seins !
– Ce ne sont pas n'importe quels seins, voyons, ce sont les tiens. Les deux plus adorables choses que j'ai vues dans ma vie.

Je souris, j'ai envie de lui sauter dans les bras, mais

reprends mes esprits.

*Il vient de se battre pour toi, Chloé, ce serait bien de le soigner un peu !*

– Oui, bon, assieds-toi, on va mettre un peu de glace sur ton nez. Pour éviter que tu ressembles à un boxeur demain matin. Et je vais cuisiner quelque chose. Je crois que je n'ai que des pâtes, mais bon…

– Infirmière à domicile, cuisinière, je ne te connaissais pas ces talents, Chloé Haughton ! dit-il avec un petit air moqueur.

– Et moi je ne savais pas que tu étais le fils caché de Bruce Lee. Je suis vraiment désolée pour cette soirée, Alistair…

– Tu n'y peux rien ! Enfin peut-être que si tu n'étais pas si jolie et intelligente, il y aurait moins d'hommes au cœur brisé… Dis-moi, il y en a combien, des comme ça, histoire que je me prépare un peu physiquement !

Même dans un moment comme cela, il arrive à me faire rire ! Après un dîner « d'étudiants », nous allons dans ma chambre. Je le déshabille doucement. Ce soir, c'est moi qui prends l'initiative, doucement et sensuellement.

Nous nous endormons dans les bras l'un de l'autre, emplis de tendresse.

***

À 3 heures du matin, nous sommes réveillés par un coup de téléphone. C'est le portable d'Alistair. Il se réveille en sursaut et, encore plongée dans un demi-sommeil, je comprends que c'est John, son associé, qui l'appelle. Il va discuter dans mon salon, puis je l'entends qui allume mon PC. Plus tard, il revient s'allonger à mes côtés, mais garde les yeux ouverts.

– Tout va bien ? lui demandé-je.

– Pas vraiment… John vient de m'appeler, en panique. Un article vient de paraître sur un site Web américain. Un site de *gossip*, mais très lu. L'article est effarant, je n'ai même pas eu le courage de le finir…

– À propos de quoi ?

– De nous, entre autres.

Je me redresse brusquement dans le lit et allume la petite lumière de ma table de chevet.

– Pardon ?

– Un paparazzi nous a pris en photo, main dans la main, à New York.

– Mais comment ça un paparazzi ? Je ne comprends rien. Tu n'es pas un chanteur ou un acteur…

– Non, mais ça arrive de temps en temps. En tant que patron d'une marque de luxe, cela arrive qu'ils publient des choses sur moi. J'ai appris à ne pas y porter attention. Mais là ça m'embête vraiment qu'ils t'aient prise toi, en photo. Et ce n'est pas tout.

– Comment cela ? je lui demande, inquiète.

– Ils ont interviewé Brian. Brian, c'est le jeune homme qu'on a renversé en voiture, avec mon frère Arthur, quand on avait 16 ans, tu sais.

– Oui je sais, lui dis-je en lui prenant la main.

– Et l'article est dans le style « Alistair Monroe se la coule douce avec une jolie fille, tandis que Brian a vu sa vie gâchée. »

– Mais pourquoi cet article, maintenant ?

– Je n'en sais rien. Je pense que le journal voulait publier la photo, mais avoir encore plus d'infos croustillantes.

– Quelle bande de rapaces…

Je me sens inquiète et en colère. Je trouve cela terrible qu'un journal people s'en prenne ainsi à Alistair et mélange tout. Ce qui s'est passé quand il avait 16 ans est certes affreux, mais pourquoi le ressortir aujourd'hui ? Il est trois heures du matin mais ni l'un ni l'autre n'avons sommeil. Je sens Alistair très préoccupé. Je le suis, pour lui, mais aussi un peu pour moi. Je ne suis pas prête à ce que ma vie privée soit déballée ainsi sur Internet. Et encore moins en tant que « copine de » ! Cela fait un peu potiche. Et moi qui rêvais que le premier article me concernant soit sur ma future galerie virtuelle.

– Et je suis bien au moins, sur la photo ? demandé-je, pour détendre un peu l'atmosphère.

– Tu es toujours belle, dit Alistair en souriant.

Je suis contente de le voir un peu sourire.

– Quand je pense qu'ils sont allés interviewer Brian, ajoute Alistair, de nouveau sombre.

– Quels sont tes rapports avec lui ?

– Ça a toujours été compliqué, comme tu peux t'en douter. C'était un grand sportif, à la fac, donc quand il y a eu l'accident, et qu'il a été blessé, il nous a haïs, Arthur et moi. C'est légitime. Quand j'essayais de prendre contact avec lui, il me faisait comprendre qu'il ne voulait pas entendre parler de moi. Mais ensuite il est devenu champion handisport, et sa rancœur semblait avoir un peu disparu. Mais apparemment il ne m'a toujours pas pardonné… Tu veux lire l'article ? Brian me fait vraiment passer pour un moins que rien.

– Pas tout de suite. Peut-être est-ce aussi le journaliste qui l'a poussé à te critiquer, dis-je, en posant ma tête contre son épaule.

Je sens qu'il va mal et j'ai envie qu'il sache que je suis là, à l'écoute.

– Quoi qu'il en soit je vais devoir retourner à New York tout à l'heure, Chloé. C'est mieux si je suis là-bas pour régler tout cela. Je dois rassurer John, mais aussi peut-être faire un droit de réponse dans le journal… Enfin je ne sais pas encore, mais c'est sûr que je dois partir.

– Bien sûr, c'est normal.

Je comprends parfaitement la situation, mais ne peux m'empêcher d'avoir un pincement au cœur. Est-ce qu'une fois nous pourrons passer trois jours dans la même ville sans qu'il y ait un bouleversement ? Je n'en suis pas si sûre.

– Je vais dormir quelques heures et partir à l'aube. Je ne te réveillerai pas, promis…

– Ok…
– Viens dans mes bras.

Je me love contre son torse, musclé et doux. Je me sens bien. Et dire que dans quelques heures il repart à New York, et que je ne vais pas le revoir avant longtemps…

***

Le lendemain, j'ouvre les yeux, il est parti. Je vais travailler, le cœur un peu lourd et de mauvaise humeur. Je repense à cette histoire de presse people. Et je prie fort pour qu'aucun journal français ne reprenne l'affaire. Quelle horreur si je me retrouve en une de *Voici* !

Sur le chemin je reçois un texto, mon cœur s'emballe en pensant que c'est Alistair mais c'est le nom d'Adrien qui s'affiche sur l'écran.

[Chloé, j'ai dessoûlé et tout me paraît clair à présent. Si tu penses trouver le bonheur avec ton milliardaire, tant pis pour toi. Finalement tu ne mérites pas que je m'intéresse à toi !]

*Bon débarras.*

J'arrive à la galerie toujours aussi bougonne. Il n'y a heureusement que Cécile et moi au bureau. J'ouvre mes mails, et là… une incroyable bonne nouvelle m'attend. Daniel me demande si je peux venir à New York, la semaine prochaine, pour l'aider à monter une exposition avec un artiste nouvellement basé à New York. Daniel parle peu français, l'artiste en question parle peu anglais, et donc je les aiderai à communiquer. Daniel a déjà prévenu Romain, le responsable de la galerie parisienne. Je suis tellement heureuse de lire ce mail que je pousse un petit cri de joie.

– Eh bien, dis-moi, tu as l'air contente, me dit Cécile.
– Oui, je vais à New York la semaine prochaine ! Daniel me demande de venir pour travailler avec un artiste français !

J'affiche un grand sourire, mais Cécile, elle, a le visage fermé.

– Comme quoi ça sert de sortir avec le pote du boss, lance-t-elle en persiflant.

*Quelle pimbêche !*

Je reste bouche bée. Elle est jalouse ? Mais je ne peux pas la laisser me dire cela.

– Non, Cécile, ce qui sert, c'est d'être totalement bilingue, vois-tu.

Je quitte mon bureau et sors prendre l'air. Finalement, cette fille n'est pas aussi cool qu'elle le prétend. Je vais devoir m'en méfier un peu. Je regarde l'heure. 9 heures. Peut-être qu'Alistair n'a pas encore décollé ?

Je tente. Miracle, il décroche !

– Je te manque déjà ? dit-il avec un ton légèrement moqueur.

– Non, pas du tout, mais j'ai une très bonne nouvelle.

– Je t'écoute.

– Je serai à New York dans une semaine ! Pour un projet avec Daniel.

– Mais c'est génial ça, Chloé !

– Oui je suis contente. Professionnellement c'est une opportunité en or.

– Oui bien sûr professionnellement… Et tu as expliqué à Daniel que tu étais capable de quitter New York sur un coup de tête au bout de trois jours ?

Il est toujours aussi moqueur. Mais je ne vais pas me laisser faire…

– Non, par contre, j'espère qu'il va me trouver un hôtel sympa.

– Chloé Haughton… Tu es incroyable. Si tu fais cela, si tu ne viens pas chez moi, tu sais bien que d'après notre contrat, tu auras un gage.

– Mais je crois bien que je m'y habitue, à tes gages, Alistair.

# IV

# LÀ-BAS

## 16
## RETOUR À NEW YORK

– *Ladies and gentlemen, in a few minutes we will be landing at JFK, New York*, annonce le steward.

Je suis dans un vol régulier Paris-New York. La dernière fois que j'ai fait ce trajet en avion, c'était dans le jet privé d'Alistair Monroe. Avec une chambre à moi, un vrai lit, un repas délicieux, une coupe de champagne et une hôtesse aux petits soins. C'était tout de même plus chic et plus confortable.

*Mon Dieu, ça y est Chloé, tu commences à avoir des goûts de luxe !*

Aujourd'hui, c'est la galerie Art-work, où je vais finir mon stage, qui m'invite à New York, pour que je les aide à monter l'exposition d'un artiste français. C'est dingue, quand j'y repense. Ma vie a tellement changé ces dernières semaines ! Et dans le bon sens. Il y a quelque temps, j'étais cette jeune Parisienne célibataire, en stage dans une agence de communication Web, à m'ennuyer fermement. Mes plaisirs étaient le temps passé avec mes amies, le yoga, mais aussi mon projet personnel de Web-galerie. Un jour, dans un train Paris-Londres, un homme m'a remarquée et s'est assis à côté de moi. Et tout a basculé. Mais pas sans difficultés. Entre ma mère qui a paniqué quand elle a su que j'étais allée à New York rejoindre Alistair, son secret sur son frère, mes propres angoisses de célibataire qui n'a eu que des sex friends dans sa vie, mon ancien collègue qui s'est révélé agressif, tout ceci a été bien mouvementé. Bizarrement, je me sens aujourd'hui sereine et moins méfiante. Alistair, en me proposant son contrat de « sex friends » et ce système de gages, aurait-il réussi à m'apprivoiser ? Cette histoire de gages est devenue comme un jeu entre nous. À chaque fois que je fais quelque chose d'absurde ou d'irrationnel par peur de l'engagement – et c'est arrivé souvent ! – alors il me fait une proposition que je ne peux refuser. Mais si lui fait quelque chose qui va trop loin dans l'engagement, je peux demander ce que je veux. Finalement, personne n'est perdant à ce jeu. Bien au contraire ! Cela me permet de me sentir moins vulnérable face aux preuves d'amour d'Alistair. J'ai eu du mal à croire, au départ, que cet homme magnifique, élégant, sexy et richissime puisse avoir eu un coup de foudre pour moi. Nos vies sont tellement différentes… Et pourtant, quand nous nous voyons, quand nous faisons l'amour, tout semble si simple. J'ai hâte de le retrouver ! J'ai prévenu Daniel, le boss de la galerie, que je n'avais pas besoin de logement :

je vais dormir chez Alistair, dans son superbe loft à Brooklyn. Si on m'avait dit, il y a quelques semaines…

Après avoir récupéré ma grosse valise, je franchis la douane, puis cherche du regard Alistair, au milieu de ces gens qui attendent leurs proches. Je ne le vois pas. Je commence à flipper un peu. Je lui ai bien dit, pourtant, à quelle heure j'arrivais… Tout d'un coup, j'aperçois son chauffeur personnel, une petite pancarte à la main, avec écrit « Chloé Haughton » dessus. Je souris. Je crois avoir toujours rêvé secrètement que quelqu'un m'attende avec ce genre de petit panneau dans un aéroport. Mais en même temps, je ne peux pas m'empêcher d'être déçue. Je croyais, comme la dernière fois, que c'était Alistair qui allait m'accueillir…

– Bonjour mademoiselle Haughton, me dit William avec un grand sourire. Bienvenue à New York. Monsieur Monroe s'excuse de ne pas être là, mais il a un conseil d'administration.

– Bonjour William, je suis ravie de vous revoir, lui réponds-je, essayant de masquer ma déception.

Dans la voiture, je mets à jour l'heure de mon téléphone. Il est 16 heures ici. Évidemment qu'Alistair n'a pas pu venir me chercher ! C'est le patron d'une multinationale de luxe, et il travaille énormément.

*Il va falloir penser à être un peu moins enfant gâtée, Chloé !*

Lorsque j'arrive dans le loft, j'ai le souffle coupé par la vue sur New York. Ce n'est pas la première fois que j'entre ici, et la terrasse de ce loft a été le décor d'un ébat merveilleux, mais je ne peux m'empêcher d'être impressionnée par cette vue incroyable, et par cet appartement, avec sa décoration contemporaine, ses œuvres de street art aux murs, ses meubles blancs et design et ce… cadeau sur le canapé !?

*Qu'est-ce que c'est ?*

Je m'approche, il y a un petit mot.

*Bienvenue chez moi Chloé. Je veux que tu t'y sentes comme chez toi. Et que tu fasses ce que tu aimes. Voici donc un petit cadeau pour que tu puisses continuer ta passion. Love, Alistair.*

Ma passion… Je réfléchis. Ce n'est pas une peinture, ça n'a pas du tout la forme d'un cadre. Ni une boule à neige, c'est trop gros. Car oui, j'ai une passion ridicule et kitsch depuis des années : je collectionne les boules à neige touristiques. Alistair, le soir où il est venu chez moi, s'est d'ailleurs gentiment moqué de ma collection. C'est très moche, je le sais, mais j'adore, quand je suis dans ma chambre, faire bouger cette neige artificielle sur des décors beaucoup trop colorés. Je me replonge à chaque fois dans mes souvenirs de week-ends et de voyages entre copines. J'ouvre le gros paquet : c'est un beau et grand tapis de yoga. Il y a pensé ! Je n'ai pas pu prendre le mien avec moi, comme la dernière fois que je suis venue ici, ma valise étant déjà bien trop pleine. Comment a-t-il pu deviner que j'en aurais à ce point besoin ? Je suis touchée par cette attention : il sait exactement ce qu'il me faut pour être bien – le yoga en fait partie – et pour me sentir « chez moi ». Alistair, l'homme le plus prévenant du monde. Beaucoup mieux qu'une boule à neige, ce cadeau. Mon téléphone vibre : c'est un message de lui.

[Comment va ma jolie Parisienne ? J'espère que tu as fait bon voyage. Je serai là dans trois heures. Hâte de te retrouver !]

Trois heures… le temps de prendre un bain – car il a une baignoire de dingue, dans laquelle on pourrait rentrer à six –, de me reposer et de me préparer un minimum.

***

– Chloé ? Tu vas bien ?

C'est Alistair, assis à mes côtés sur le lit, qui me réveille avec un baiser sur la joue. Je me redresse. Mince, mais quelle heure est-il ? Je suis sortie du bain, me suis allongée quelques instants sur son lit, et apparemment je me suis endormie. Avec les cheveux encore humides, et pas du tout préparée. C'est une manie chez moi de m'endormir quand il ne le faut pas. Je suis donc à moitié nue, avec une simple serviette nouée au-dessus de la poitrine, une coupe de cheveux d'Iroquois et, j'imagine, la trace de l'oreiller sur la joue.

*Tout va bien, tout va bien, tout va bien.*

Après l'épisode de Londres, quand Alistair a débarqué chez ma mère un matin avec les croissants, c'est la deuxième fois que je le retrouve en mode : « Coucou ! je ne suis pas du tout glamour ! »

– Bonjour Alistair, enfin bonsoir, lui dis-je en essayant de faire bonne figure.

– Ça va, ma Belle au bois dormant ? me dit-il avec un petit sourire moqueur.

– Oui, je suis désolée, je voulais être plus présentable, mais je me suis endormie comme une souche.

– Si je pouvais trouver une souche aussi belle tous les soirs dans mon lit, je serais un homme comblé !

Je le regarde avec tendresse. Il a le don de me faire sourire et de me faire oublier toutes mes angoisses en quelques mots. Mais lui est tellement élégant, dans son costume gris trois-pièces taillé sur mesure !

Il se penche vers moi. Je sens son souffle sur mes lèvres et je frissonne. Depuis notre rencontre, chacun de ses baisers m'a électrisée. Comme si nous étions connectés, et que nos bouches, nos corps tout entiers, même, étaient faits l'un pour l'autre. Nous nous embrassons langoureusement, et je sens sa main qui caresse mon dos, mes hanches, et s'approche de mes fesses. Il remonte ensuite sa main et défait délicatement le nœud de la serviette. Encore un peu cotonneuse après cette sieste, je me laisse faire et je m'embarque dans un ouragan de sensualité. Nous restons enlacés, nus, l'un contre l'autre.

– Je vais aller m'habiller, dis-je à Alistair, avec douceur.

– Tu sais quoi ? répond-il, ne t'embête pas à te préparer. Je vais me changer et on va manger ici. Tu aimes le thaï ? Il y a un thaï fabuleux dans le quartier, je vais demander à William d'aller nous chercher de quoi nous sustenter.

– Mais j'adore ça ! Avec mon amie Noémie, un jour, on est allées sur une île en Thaïlande, on s'est fait des orgies de crevettes !

– Parfait. Un dîner orgiaque, alors, mais avec juste nous deux, dit-il, en déposant un baiser sur mes lèvres.

***

Le lendemain matin, lorsque nous nous réveillons, il m'apporte un thé dans le lit. À moitié nu, portant simplement un caleçon noir, il est magnifique. Son torse musclé, sa peau douce, ses cheveux en bataille, sa bouche sensuelle. On ne regarde pas assez le corps des hommes que l'on désire, me dis-je, en l'observant.

– Tu commences bien à travailler à la galerie lundi ? me demande-t-il, me sortant de ma rêverie.

– Oui, j'ai hâte !

– Cela te dit qu'on parte ce week-end dans les Hamptons, au bord de la mer ? Il y en a pour deux heures de route, ce n'est vraiment pas loin.

– Oui, génial, dis-je avec un grand sourire, avant de me reprendre. Mais… attends, ce n'est pas un gage ? Je n'ai rien fait ou dit qui mérite un gage, à ce que je sache !

– Non, ce n'est pas un gage, pas cette fois-ci, répond-il

avec ce sourire si charmant. Une simple invitation au bord de la mer. J'ai travaillé comme un dingue ces derniers jours, j'ai envie de voir l'océan. Et de marcher avec toi sur la plage.

– Alors j'accepte avec grand plaisir cette invitation, monsieur Monroe, dis-je d'un air faussement solennel.

– Eh bien, mademoiselle Haughton, hier soir, dans ce même lit, vous étiez beaucoup moins formelle, me semble-t-il.

Il me fait rougir.

– Tais-toi, idiot, lui dis-je en prenant l'oreiller et en le posant sur son visage.

Il rétorque en m'attrapant par les mains et en me faisant basculer sur le dos. On commence à se battre et à rire, un peu comme deux adolescents. À ce moment-là, je n'ai plus peur de rien, plus peur de l'avenir. Il n'y a que l'instant présent, avec cet homme, qui compte.

*Chloé, tu as bien changé ! Où est donc passée celle qui ne voulait jamais passer deux nuits de suite avec le même homme ?*

***

Dans la voiture, j'ai toujours ce sourire aux lèvres. On part dans les Hamptons, youpi ! J'ai beaucoup entendu parler de ce bord de mer avec ses maisons luxueuses et ses belles plages, mais jamais je n'avais imaginé que j'irai un jour là-bas, encore moins dans une voiture de luxe. La *dolce vita* !

Je réalise qu'Alistair m'a déjà parlé des Hamptons, d'ailleurs. À quelle occasion ? Je ne m'en souviens plus. Mais si ! Ses parents. Le sourire disparaît de mon visage en une demi-seconde.

– Alistair, dis, j'ai une question idiote, on ne va pas chez tes parents tout de même ?
– Mais si. Je pensais que tu l'avais compris, quand je t'ai proposé ça ce matin.

Je me sens tout d'un coup angoissée. Je ne me suis pas du tout préparée psychologiquement à rencontrer ses parents. Je ne dis plus rien et commence à me sentir très nerveuse.

– Ne stresse pas, Chloé, dit Alistair avec tendresse. La maison est très grande, on aura notre propre espace. Et mes parents sont des gens simples et gentils, tu sais. Et ils sont ravis de te rencontrer.

*Parce qu'il a parlé de moi à ses parents ?*

Je suis à la fois surprise, stressée et flattée. Un drôle de mélange. Il n'aurait pas parlé de moi à sa famille s'il n'était pas attaché à moi.

– Mais c'est tes parents, c'est très… engageant comme truc, réponds-je, la gorge nouée.
– J'ai rencontré ta mère, j'ai rencontré tes meilleures amies, Chloé. Je trouve ça bien que tu connaisses un peu mieux ma vie. Et mes parents sont toute ma famille. Enfin plus ou moins.

Je sens à sa voix qu'il est ému. Il doit sûrement penser à Arthur, son frère jumeau, dont il n'a plus de nouvelles depuis des années. Cette histoire est tellement étrange et tellement dure. Alistair s'est un peu confié à moi, mais j'aurais plein d'autres questions à lui poser. Quand il a eu cet accident avec son frère, et qu'ils ont blessé un jeune homme, comment Alistair l'a-t-il vécu ? Et quand son frère a été emprisonné, quels ont été leurs rapports ? Apparemment Arthur serait devenu artiste de rue, quelles recherches a-t-il fait pour le retrouver ? J'aimerais tellement l'aider.

– Oui, je comprends, et je suis touchée que tu me les présentes, lui dis-je en lui prenant la main. Pardon, parfois je me mets la pression toute seule.

– Ça, je l'avais remarqué, Chloé, dit-il dans un grand éclat de rire.

– Mais dis-moi, cela mérite un gage, ça ! dis-je avec un sourire malicieux.

– Oui, peut-être, en effet, répond Alistair, tout aussi amusé que moi. Tu penses à quoi, comme gage ?

– Laisse-moi y réfléchir ce week-end !

– J'ai hâte de le découvrir…

Je ne dois pas stresser à propos de ses parents. Comme vient de me le dire Alistair, c'est une simple rencontre, pas une « présentation officielle ». Il n'empêche que si j'avais compris plus tôt que c'était un week-end avec belle-maman et beau-papa, je ne me serais pas habillée avec un simple jean et une chemisette à carreaux ! Après être restés silencieux quelque temps, nous nous garons devant une magnifique villa années 1960, donnant directement sur la plage. Je me doutais bien qu'ils n'habitaient pas un bungalow, mais je reste scotchée par la taille et la beauté de cette maison.

– Ils habitent ici depuis longtemps ? demandé-je à Alistair, curieuse.

– Non, seulement cinq ans. Avant ils avaient un appartement à Paris et un petit pied-à-terre à New York. Mais quand mon père a pris sa retraite et que l'entreprise Monroe a vraiment décollé, je leur ai offert cette maison. Une façon de les remercier de m'avoir fait confiance, en me donnant les clés de la maison Monroe. Et ils ont travaillé tellement dur, toute leur vie, qu'ils méritaient ce qu'il y avait de mieux.

La générosité d'Alistair Monroe… J'ai longtemps pensé, je ne sais pas pourquoi, que les millionnaires étaient des personnes radines et égoïstes. Alistair est la preuve vivante que j'avais bien des préjugés.

Sur le perron, nous sommes accueillis par ses parents. Son père, un grand et bel homme aux cheveux blancs, me serre chaleureusement la main.

– Je m'appelle William. Ravi de vous rencontrer, Chloé, j'ai beaucoup entendu parler de vous.

Il y a une vraie ressemblance avec Alistair, surtout dans la posture, fière et élégante. Alors que je salue sa mère,

Nathalie, je remarque qu'Alistair a hérité de ses beaux yeux noirs. Je me surprends à être très contente de les voir. Mais si son père aborde un grand sourire, sa mère, elle, est un peu froide et distante. Peut-être est-elle juste un peu réservée, me dis-je, alors que nous allons sur la terrasse de la villa boire une limonade. Installée dans un fauteuil en teck, sur cette terrasse avec vue sur une plage déserte balayée par les embruns de l'Atlantique, j'ai l'impression de vivre à une autre époque.

– L'architecture de votre villa me fait penser à celle de l'architecte américain Frank Lloyd Wright, monsieur et madame Monroe, dis-je, pour lancer la conversation.

– Quelle fine observatrice ! Ce n'est pas de lui, mais d'un de ses disciples. Mais je t'en prie, tutoie-nous et appelle-nous par nos prénoms. Ce sont les mœurs américaines.

– Très bien… William, dis-je, ne me sentant pas encore tout à fait à l'aise avec cette idée.

– Chloé a fait des études d'histoire de l'art, papa, dit Alistair, avec un air de fierté dans son regard.

– C'est fabuleux, ça ! J'aurais adoré faire cela ! répond William avec enthousiasme. J'ai choisi l'artisanat et non l'art. Mais je me rattrape maintenant que je suis à la retraite. Nous nous passionnons, ma femme et moi, pour l'art contemporain, et notamment pour l'expressionnisme figuratif américain. De Kooning, Pollock, surtout. Tu aimes ?

– Oui, j'ai vu une exposition à Paris, c'était merveilleux, réponds-je, ravie de pouvoir partager cette passion avec les parents d'Alistair.

Mais sa mère ne dit rien et m'observe. Je suis un peu gênée. *Pourquoi me regarde-t-elle ainsi ?*

– Je veux ouvrir une galerie d'art en ligne, réponds-je toujours un peu timidement.

– Quand vous dites que vous voulez, c'est que vous ne l'avez pas encore fait, Chloé ?

Nathalie me parle enfin ! Mais je sens un peu le piège dans sa question.

– Non, je finis mes études, je suis encore en stage.

– Donc vous n'êtes pas indépendante, financièrement, dit-elle avec toujours ce ton glacial.

– Eh bien… non.

Je ne sais que répondre d'autre à cette question, et surtout j'essaie de comprendre ce qu'elle veut dire par là.

– Voyons, chérie, dit William, gêné, c'est normal, elle est encore toute jeune, elle a tout l'avenir devant elle ! Bon, on ne va pas te faire un interrogatoire. Alistair, tu peux peut-être emmener Chloé découvrir la vue depuis la plage ? Il fait encore beau, c'est le moment.

***

Alors que nous marchons sur la plage, Alistair prend ma main. La mer est calme, le soleil de fin d'après-midi nous caresse le visage. C'est un instant beau, romantique à souhait, parfait. Pourtant, je ne peux m'empêcher de repenser à la conversation avec ses parents.

– Dis-moi, Alistair, c'est moi ou ta mère ne m'aime pas trop ? dis-je, en essayant de ne pas le brusquer.

– Non, pas du tout, Chloé. C'est bien que tu me poses la question, j'allais t'en parler. En fait, depuis que la marque Monroe a décollé, elle a très peur que je tombe sur des « croqueuses de diamants », comme elle dit. Des femmes qui me séduiraient uniquement pour ma fortune. Elle m'en parle régulièrement.

– Mais… cela t'est déjà arrivé de tomber sur ce genre de femmes ?

– Oui, je crois, surtout ici à New York. Mais après, tu sais, c'est difficile de connaître les intentions des gens.

Je m'arrête de marcher et plonge mon regard dans le sien.

– Tu sais que je ne suis pas comme ça, n'est-ce pas ? dis-je d'un air inquiet.

– Évidemment, Chloé ! Quand on s'est rencontrés, tu ne savais même pas qui j'étais. Et tu es tout sauf superficielle. Ma mère va vite s'en rendre compte, ne t'inquiète pas. Tu sais, tu es la première femme que je présente à mes parents, donc tout ça est nouveau aussi pour eux, dit-il en me prenant dans ses bras.

Cette étreinte, puissante et tendre à la fois, me rassure. Soudainement, j'éclate de rire.

– Qu'y a-t-il Chloé ? me demande-t-il, curieux.
– J'étais en train de me dire qu'on avait tous les deux des mères super-protectrices, on devrait les faire se rencontrer, elles s'entendraient très bien !
– Le duo d'enfer ! commente-t-il en riant.

De retour à la villa, Nathalie nous montre la dépendance où nous allons loger. Mais – surprise ! – elle nous a installés, Alistair et moi, dans deux chambres différentes. Une fois qu'elle s'est éclipsée, je retrouve Alistair dans le couloir et l'interroge du regard.

– Et oui, elle est assez traditionnelle ! Pour elle, ce sont les couples fiancés ou mariés qui dorment ensemble. Je suis vraiment désolé, Chloé, explique-t-il, confus.

Je décide de ne pas m'offenser d'une telle décision et de respecter le choix de sa mère. À moins que…

– Au fait, tu te souviens ? Tu me dois un gage, lui dis-je avec un air mutin.
– Oui, et… à quoi penses-tu ?
– Eh bien, je te propose que cette nuit, on se retrouve en cachette !
– Et braver les principes de ma mère !?
– Tout à fait ! lui rétorqué-je, un grand sourire aux lèvres.
– Comme deux amants illégitimes ? Cette idée est très excitante !
– Il est possible que je sois nue quand tu rentres dans ma chambre, je te préviens…

Nous rions et nous embrassons. Qui a dit qu'un week-end chez les beaux-parents ne pouvait pas se révéler drôle et excitant ?

# 17
# RÉCONCILIATION AVEC LE PASSÉ

La plage, les embruns, les fruits de mer, les retrouvailles secrètes nocturnes avec Alistair… Sur la route pour New York, je repense avec le sourire à cette excursion sur la côte Est. Au fur et à mesure du week-end, la mère d'Alistair s'est un peu détendue, tandis que son père me montrait avec enthousiasme les catalogues d'expositions auxquelles ils s'étaient rendus récemment.

Alors que j'aidais le dimanche midi sa mère à dresser la table du déjeuner, j'ai entendu Alistair raconter à son père l'épisode du tabloïd en ligne qui avait interviewé Brian, le jeune homme devenu handicapé suite à l'accident des frères jumeaux. Je ne suis bien sûr pas intervenue dans la conversation, mais je décide d'en parler à présent à Alistair. Cet homme est tellement attentionné, tellement généreux, mais aussi tellement secret. Comme s'il voulait me protéger de ses blessures…

– Alistair, y a-t-il du nouveau à propos de Brian et de l'article ? demandé-je, avec douceur.

Il était parti précipitamment à New York pour pouvoir répondre à cet article dans lequel il était dit qu'Alistair menait la belle vie alors qu'il avait gâché celle de Brian. Mais depuis que je suis arrivée ici, nous n'en avons pas reparlé. Il reste silencieux, le regard concentré sur la route, le visage soudain figé.

– Oui, répond-il enfin, d'une voix étranglée.
– Tu peux m'en parler, tu sais. Je suis là pour toi, comme tu es là pour moi. Même pour les choses difficiles. Je ne veux pas juste partager des moments drôles et du sexe avec toi !

*Chloé, est-ce bien toi qui viens de sortir ces phrases ? Cela ressemble à des mots d'amour… Oh et puis zut, tu le penses, tu ne vas pas te censurer sans arrêt.*

Alistair prend ma main et la serre, fort.

– Merci Chloé. Cela me touche. Je sais que je devrais plus me livrer à toi, mais parfois ce n'est pas facile. J'ai l'habitude de gérer mes problèmes seul, de porter pas mal de choses sur mes épaules, tu vois ?
– Eh bien, je suis moins baraquée que toi, et heureusement d'ailleurs, mais j'ai aussi des épaules !

Ma remarque le fait sourire, et je sens qu'il se décrispe légèrement.

– Pour Brian, on a publié avec John un communiqué de presse au nom de la marque Monroe, indiquant que les propos du journal concernaient une affaire privée que je ne souhaitais pas commenter. Et mon avocat se renseigne pour attaquer le photographe qui a pris la photo volée de nous deux.

– Un procès ? Mais ça va loin ! fais-je remarquer, un peu inquiète.

– Bienvenue aux États-Unis, ma belle ! C'est la règle du jeu, les procès !

– Tu ne crois pas que tu devrais rencontrer Brian ?

– Si, bien sûr, j'y ai pensé. Mais ce n'est vraiment pas facile comme démarche. Et jusque-là, il a toujours refusé de me voir.

– Je pourrai t'accompagner, si tu veux.

– Tu ferais ça ?

– Bien sûr…

– Quelle drôle de sex friend tu fais, me lance-t-il avec un clin d'œil.

*Je crois que nous sommes bien plus que des sex friends, Alistair, tu le sais aussi bien que moi !*

***

De retour à Brooklyn, dans l'appartement d'Alistair, j'appelle ma mère à Londres avec le téléphone international. Je ne ferai pas deux fois l'erreur de ne pas la tenir au courant, je ne vais pas prendre le risque qu'elle fasse de nouveau une crise d'angoisse me poussant à retourner d'urgence à Londres. Cette fois, j'ai un boulot, et peut-être même des projets, avec Alistair, à New York.

– Allo Maman, c'est Chloé ! Je ne te dérange pas ?
– Coucou ma chérie, comment vas-tu ? répond-elle d'une voix plus enjouée que d'habitude.
– Très bien. Je reviens d'un week-end avec Alistair dans les Hamptons. C'était super, c'est magnifique comme région.
– Ah oui j'en ai entendu parler. Vous êtes allés dans un hôtel au bord de la mer ?
– Eh bien… pas vraiment.

Je lui dis la vérité ou pas ? Va-t-elle me faire la morale encore une fois sur « ne-t'engage-pas-avec-un-homme-ma-fille-il-va-te-faire-du-mal » ? Je n'ai pas envie de mentir, je prends le risque.

– On était chez les parents d'Alistair, poursuis-je. Ça s'est très bien passé, ils sont sympas.

Silence au bout du fil. Et voilà, je viens d'amorcer la machine à angoisses !

*Chloé, tu aurais dû te taire !*

– Maman, tu es là ?
– Oui, pardon ma chérie, je viens de recevoir un texto, répond-elle avec sa voix toujours aussi joyeuse. Je suis très contente si cela s'est bien passé avec les parents d'Alistair.

*« Contente » ? Elle est « contente ». Mais qui est au bout du fil ? Rendez-moi ma mère !*

– Ce n'était pas des présentations officielles, tu sais. C'est simplement qu'Alistair voulait aller à la mer et me présenter son entourage, dis-je pour la rassurer.

– Oui, et il a raison. Vous avez envie de mieux vous connaître. C'est important quand on est avec quelqu'un de rencontrer les personnes qui lui sont chères.

Ok, je n'y comprends plus rien. Ma mère, si opposée à la notion de couple, dit maintenant « vous » en parlant d'Alistair et moi ! Elle me raconte qu'elle adore son cours de yoga, je lui dis que j'ai hâte d'aller à la galerie demain, puis nous raccrochons. Alistair me rejoint dans la chambre et me voit le regard toujours scotché au téléphone.

– Tout va bien pour ta mère ? demande-t-il inquiet.

– Oui, mais c'est super bizarre, elle ne m'a rien répondu de négatif quand je lui ai dit que j'avais passé le week-end chez tes parents.

– Ça, c'est parce que je lui ai fait super bonne impression à Londres, dit-il en bombant le torse de façon comique. Je t'avais bien dit que les belles-mères m'adoraient.

– Dis donc, ça va les chevilles, Alistair Monroe ? réponds-je sur le même ton.

Il plaisante, mais il n'a peut-être pas tort, au fond. Ma mère a dû être rassurée, quand elle a rencontré Alistair, sur le fait que ce n'était pas un homme qui allait « m'étouffer » ou me faire renoncer à ma carrière. Quoi qu'il en soit, c'est une excellente nouvelle. Pourvu que cela dure !

***

Cinq jours se sont écoulés depuis le début de mon stage. Les premiers jours à la galerie ont été si intenses ! Daniel m'a présenté l'artiste français exposé, et nous avons travaillé ensemble sur la stratégie pour communiquer auprès des médias Web new-yorkais. C'est passionnant, et je me sens tellement heureuse et privilégiée de travailler sur ce projet. Et chaque matin, j'ai l'impression d'être dans un film. Me lever aux côtés d'un homme magnifique, prendre un thé sur la terrasse d'un loft, partir en métro travailler à Manhattan, puis retrouver Alistair le soir. Tout ceci est tellement parfait… mais même si j'essaie de vivre l'instant présent, l'ancienne Chloé-flippée ressurgit parfois :

*Ça ne va pas durer, tout ceci est un rêve, un jour Alistair va se lasser de toi, et tu vas te retrouver toute seule, et triste, etc., etc.*

Heureusement, j'ai trouvé un cours de yoga à côté de la galerie, et après chaque session, intensive, je réussis à faire fuir cette Chloé rabat-joie. Alistair travaille beaucoup, mais moi aussi, et donc notre indépendance me rassure ; cela me serait insupportable si je restais dans son appartement comme une « desperate housewife ». La vie quotidienne à deux m'amuse. C'est la première fois que je vis cela, et bizarrement je trouve que c'est très agréable et doux. Certes, on ne partage pas un deux-pièces parisien, mais un splendide loft à Brooklyn, cela aide certainement à bien vivre les choses. Et certes, cela fait juste une semaine, et pas dix ans. Mais je sens au fond de moi que ce n'est pas qu'une question de mètres carrés ou de jours. J'ai toujours pensé qu'un couple idéal, ce n'était pas 1+1=2, mais 1+1=3. Toi, moi, et nous. Est-ce que cela serait possible avec Alistair ?

Ce dimanche matin, je l'observe sur son canapé, les cheveux encore ébouriffés. Il lit, très concentré, la presse économique, et tout d'un coup il lève les yeux vers moi pour me faire un sourire craquant. Qu'est-ce qu'il est sexy, mon Dieu !

– Ça va beauté ? me demande-t-il.
– Oui, je repensais à cette semaine.
– À la galerie ?
– Oui, c'est ça, à la galerie.

*Chloé, quelle hypocrite tu fais ! Tu pensais à lui, à votre relation ! Pourquoi tu ne lui dis pas la vérité ? Que tu as envie de l'embrasser, qu'il te prenne dans ses bras, qu'il te déshabille, et que vous fassiez l'amour pendant des heures !*

– J'ai contacté Brian, hier, me dit Alistair, plus sérieux, en reposant son journal à ses côtés. On a convenu d'un dîner mardi soir. Tu serais toujours d'accord pour m'accompagner ?
– Bien entendu.
– Merci. Merci Chloé d'être rentrée dans ma vie.

Il se lève, me rejoint sur le canapé où je suis assise, et vient déposer un baiser tendre, sensuel et ému, sur mes lèvres. Nos corps se rapprochent, se frôlent, se reconnectent, se reconnaissent. J'ai la sensation que nous allons rater le marché, ce dimanche matin, à Brooklyn…

***

Mardi, en sortant de la galerie, j'ai rendez-vous avec Alistair dans les locaux de l'entreprise Monroe. C'est la première fois que je vais voir son bureau. Il possède un immeuble entier dans Soho, un beau bâtiment en brique, typique de ce quartier branché. À l'accueil, une secrétaire qui pourrait tout aussi bien être mannequin m'accueille avec un grand sourire commercial.

– J'ai rendez-vous avec monsieur Monroe. Je suis Chloé Haughton, lui dis-je, avec une petite voix qui me fait passer pour une adolescente.

– Oui, bien sûr, Alistair vous attend, il est au 6e étage.

Dans l'ascenseur, je croise des employés, hommes et femmes, qui sont tous très bien habillés.

*Chloé, Alistair bosse dans le luxe, évidemment que ses employés sont lookés !*

Je me regarde dans la glace. J'ai mon uniforme : slim noir, boots, T-shirt avec un tigre dessus et veste noire. J'aime bien mon look, mais il serait peut-être temps que je fasse un peu de shopping, un de ces quatre ! La porte de l'ascenseur s'ouvre sur un *open space* moderne : murs de briques rouges, verre et métal. Je reconnais là le bon goût d'Alistair. Derrière une vitre, je l'aperçois au téléphone, les pieds posés sur son bureau. La posture du patron cool ! Cela me fait sourire. Je ne l'imaginais pas autrement. Il raccroche, se lève, et me fait un signe pour que je le rejoigne. Je passe devant des bureaux et souris aux gens, l'air un peu coincée, et rentre dans son bureau.

– Bonjour monsieur Monroe, je suis la nouvelle stagiaire, lui dis-je en plaisantant.

– Bonjour mademoiselle Haughton. Ravi de vous rencontrer, répond-il en me serrant la main.

Il m'attire ensuite vers lui.

– Il est très beau, ton bureau, mais il est vitré ! On ne peut pas s'embrasser ici, lui fais-je remarquer.

– On fait ce que l'on veut, dit-il en déposant un chaste baiser sur mes lèvres.

Je sens les regards des employés se tourner vers nous.

– Ne t'inquiète pas. Ils sont curieux. C'est bien la première fois qu'ils me voient embrasser une femme dans mon bureau, me dit-il, amusé.

– Je suis flattée… Mais quand même gênée. On va y aller, non ?

***

Nous avons rendez-vous avec Brian au restaurant, et je sais qu'Alistair est assez stressé par cette situation. Je suis heureuse de l'accompagner dans ce moment difficile. Chez Daniel, un restaurant français, Brian nous attend à une table. C'est un bel homme, blond, les épaules carrées, habillé en sportswear chic. Je ne remarque son fauteuil roulant qu'en m'approchant pour lui serrer la main. Lui et Alistair se sont déjà rencontrés, mais il y a quatorze ans, pendant le procès d'Arthur. Quand ils se saluent, je sens que tout un tas d'émotions passées ressurgissent, entre les deux hommes. Alistair m'a dit qu'au téléphone, Brian avait l'air plutôt avenant, j'espère que son pressentiment va se révéler vrai.

– Merci d'avoir accepté cette invitation, Brian, dit Alistair. Je sais que cela ne doit pas être facile pour vous de me voir ce soir. Je suis venu avec mon amie, car c'est elle qui m'a encouragé à vous contacter.

– Il y a quelques années, quand vous aviez voulu me voir, je n'étais absolument pas prêt. Mais aujourd'hui je le suis, répond Brian.

Il se passe quelque chose de fort dans le regard des deux hommes. Le serveur vient prendre notre commande. Pendant quelques secondes, nous restons tous trois encore silencieux. Que dire dans un tel moment. Brian prend la parole.

– Je veux être honnête avec vous, poursuit Brian. J'en ai voulu énormément à votre frère et à vous, après l'accident.

J'étais un jeune sportif promis à un grand avenir, et ce rêve a été brisé en un instant. Pendant des années j'ai nourri ma haine envers vous. J'avais reçu un dédommagement important après le procès, mais évidemment cela ne changeait pas grand-chose à ma colère. Et puis cela a évolué petit à petit. J'ai repris le sport, le basket version handisport, de façon intensive. Avec le temps, j'ai appris peu à peu à vous pardonner. Ce n'est pas simple tous les jours, je vous l'avoue, mais je vous assure que c'est le cas.

J'observe Alistair, et je vois qu'il est trop ému pour répondre dans l'immédiat à Brian, je décide donc de prendre un peu la relève dans la discussion.

– Où en êtes-vous aujourd'hui, dans votre carrière ? lui demandé-je.
– J'ai intégré l'équipe nationale l'année dernière.

Je regarde cet homme et suis admirative de son parcours. Alistair aussi semble très touché par ses mots.

– Mais alors, l'article… demande Alistair.
– Le journaliste m'a piégé. Je pensais qu'il voulait m'interviewer sur ma carrière sportive, mais il m'a posé des questions sur ma vie personnelle, sur l'accident, et a déformé mes propos. Je suis désolé pour tout ça.
– Non, ne vous excusez pas, vous n'y êtes pour rien, Brian. Je vous en prie, c'est à moi de m'excuser. Pour avoir bouleversé votre vie.

Alistair a les yeux qui brillent. Je le sens troublé comme jamais.

– Vous l'avez bouleversée, mais vous ne l'avez pas gâchée, Alistair, dit Brian, tout aussi ému. J'ai su que votre frère Arthur avait disparu de la circulation. C'est bien ça ?

– Oui, dit Alistair. J'aimerais qu'il soit là avec moi ce soir, pour avoir cette discussion avec vous. Mais à sa sortie de prison, un an plus tard, il a en effet disparu de la circulation. Cela fait des années que je le cherche. J'ai une bonne piste, je crois qu'il est devenu artiste de street art, sous le pseudo de Geronimo. Je continue mes recherches… Mais assez parlé de moi et d'Arthur. Si je voulais vous rencontrer ce soir, c'était aussi pour savoir s'il y avait un moyen, aujourd'hui, pour vous aider, en quoi que ce soit.

– J'ai reconstruit ma vie, vous savez. J'apprécie votre intention, mais je me débrouille pas mal, malgré les apparences !

Pour la première fois depuis le début du dîner Brian sourit. Je veux laisser les deux hommes parler, mais je repense à sa carrière de sportif.

– Excusez-moi Brian, mais je me pose une question : est-ce difficile, pour un jeune, aujourd'hui, de s'inscrire à un club de handisport ?

– Oui, c'est très compliqué. Il y en a peu, et on manque de subventions, de financement. J'espère un jour monter une fondation, pour pouvoir multiplier les structures accueillant ces jeunes.

Je croise le regard d'Alistair. Il voit où je veux en venir.

– Eh bien c'est peut-être ainsi que je peux vous aider, dit Alistair. Comme vous le savez, l'entreprise Monroe gagne beaucoup d'argent. Je pourrais peut-être financer cette fondation.

– Ce serait formidable, dit Brian, enthousiaste.

– Ne croyez pas qu'ainsi j'espère « rattraper » ce qui s'est passé, rajoute Alistair. Rien ne pourra le racheter. Mais j'ai les moyens de vous aider dans votre projet, donc autant le faire, non ? Je ne communiquerai pas sur mon financement, ce sera votre projet, bien entendu.

Les deux hommes se serrent la main, émus l'un comme l'autre. Je sens moi aussi l'émotion envahir mon être. Je suis fière d'Alistair, fière qu'il ait eu le courage d'affronter ce passé. À la fin du repas, nous quittons le restaurant tous les trois. Brian monte dans sa voiture, spécialement équipée pour son handicap. Alistair le regarde partir, se tourne vers moi et me prend soudainement dans ses bras.

– Merci Chloé, merci !

– Merci de quoi ? dis-je, surprise par son geste.

– D'avoir été là avec moi, pour moi. D'avoir facilité par ta présence la discussion. Et de m'avoir fait penser à cette idée de fondation. Tu es quelqu'un d'exceptionnel, Chloé…

Je suis bouleversée par ses mots. C'est lui que je trouve exceptionnel ! J'ai envie de le lui dire, de lui crier, même, au beau milieu des rues new-yorkaises. Mais je me retiens.

*Toujours cette fichue pudeur, Chloé !*

– De rien, Alistair. Tu ferais la même chose pour moi, je pense.
– Évidemment. Viens, montons dans un taxi, j'ai hâte d'être chez moi, de te sentir tout contre moi.

***

Le lendemain matin à la galerie, Daniel vient me voir.

– Chloé, il faut que je te parle.

*Zut, j'ai fait une connerie, ou alors il n'est pas content de moi, ou alors…*

Je commence à faire les pires scénarios dans ma tête.

– Normalement tu es censée travailler ici encore cette semaine, puis repartir à la galerie parisienne pour trois semaines, n'est-ce pas ?
– Oui, c'est ce qui est prévu. Il y a du changement ? lui demandé-je, l'air inquiet.
– J'aimerais, si c'est possible pour toi, pour ton école aussi, que tu finisses tout ton stage ici à New York. Tu nous es vraiment utile ici pour monter l'exposition, et je pense que tu peux avancer sur le site Web parisien à distance, non ? Qu'en penses-tu ?

Je sens mon cœur battre à dix mille à l'heure. Encore un

mois entier à New York ? Évidemment que j'en rêve !

– Oui, bien sûr, avec plaisir, Daniel. Pour mon école, cela ne posera pas de problème, j'en suis sûre. Je dois juste passer un petit coup de fil à Alistair pour être sûre que c'est ok pour lui.

– Très bien. Je préviens Paris. Et je pense qu'Alistair ne va pas s'opposer au projet, dit Daniel avec un petit sourire en coin.

Je rougis. Je suis tellement gênée quand on mélange vie professionnelle et vie privée ! Mais Daniel étant un ami d'Alistair, sa remarque n'est pas déplacée, et elle est même plutôt mignonne. J'appelle Alistair, encore tout excitée, et lui annonce la nouvelle.

– Mais c'est super ça, Chloé !

– Tu es sûr que ça ne te dérange pas si je squatte chez toi encore un mois ?

– Premièrement, tu ne squattes pas. *« My home is your home »*, comme disent les Américains. Et deuxièmement, si tu pouvais « squatter » chez moi toute une vie je serais le plus heureux des hommes.

*C'est moi ou ça ressemble à une déclaration d'amour éternelle ?*

– Ok, super, bisous. Je confirme le truc à Daniel. À tout à l'heure, réponds-je avec une voix un peu trop aiguë pour avoir l'air naturel.

*Chloé, un homme fou amoureux de toi te dit qu'il veut passer sa vie avec toi, et tu réponds « ok, super, bisous » ? Il y a encore du progrès à faire…*

Quelques heures plus tard, encore à la galerie, je reçois un mail de Cécile, ma collègue, stagiaire à Paris.

---

De : Cécile Palombe
À : Chloé Haughton
Objet : félicitations

Salut Chloé.
Nous venons de recevoir un mail de Daniel comme quoi tu allais finir ton stage à New York, et pas à Paris. Eh bien félicitations. Moi aussi j'aurais aimé faire mon stage à New York, mais apparemment nous n'avons pas le même « réseau ».
Amuse-toi bien à New York avec ton millionnaire.
Cécile

---

Incroyable ! J'avais des doutes sur le fait que cette fille était bizarre et jalouse, mais là, je n'en ai plus. Je la trouve même un peu tarée. Son mail me blesse pendant quelques minutes, puis je prends le parti de ne pas m'en inquiéter. Tant pis pour elle, qu'elle reste dans son mal-être, ce n'est pas mon problème. Je sais que si Daniel me fait confiance, c'est pour mes compétences, et rien d'autre. Ce soir je vais acheter une bouteille de champagne et fêter cela avec Alistair. Au diable les jalouses !

## 18
## LA DÉCLARATION

Un vendredi soir comme un autre à Brooklyn ? Comme un autre ? Pas vraiment non ! Alistair et moi sommes sur sa grande terrasse, côte à côte, un verre de vin à la main. Chacun a son ordinateur sur ses genoux. Il travaille, tandis que j'envoie un mail à mes amies, Camille, Noémie, Émilie et Lucy, pour leur raconter ma vie new-yorkaise. En leur décrivant mon quotidien, je réalise à quel point je suis chanceuse.

Alors que je finis mon mail, je sens Alistair un peu nerveux à mes côtés. Comme s'il voulait me parler, mais qu'il n'osait pas.

– Toi, tu as quelque chose à me dire, je lui lance dans un sourire.

– Je suis en train de faire mes recherches sur Arthur, avoue-t-il.

– Oh ! Et cela donne quoi ?

Je suis contente qu'il me fasse partager ses recherches.

– Je suis tombé sur de nouvelles photos de graffs de Geronimo. Mais impossible de savoir où elles ont été prises, dit-il en me montrant les images postées sur un Tumblr sur la culture street art. Elles ne sont pas signées, donc impossible de savoir qui les a postées. J'ai beau être quelqu'un de persévérant, je commence à croire que je n'arriverai jamais à retrouver la piste d'Arthur, me confie-t-il.

– Il y a une solution pour connaître les sources des images. Si elles sont là, elles ont probablement été postées ailleurs aussi. Je peux essayer quelque chose ?

– Bien sûr, Chloé, je t'en prie.

Je récupère l'ordinateur, exporte les photos, puis les ré-importe sur un site Web.

– Tu vois, en les important, le site analyse reconnaît et identifie la source des images.

Alistair observe avec attention mes manipulations.

– Tu es vraiment une pro du Web, dis-moi !

– Non, mais c'est une astuce que j'ai apprise à l'école de webmaster. C'est pratique quand on veut créditer une photo, mais qu'on n'a pas le copyright.

– Je ne suis pas sûr de tout suivre, mais je te fais confiance, avoue Alistair.

– Et voilà ! Jared ! C'est le photographe qui a pris ces images il y a trois jours. Et il est sur Facebook. On le contacte ?

– Oui, bien sûr.
– Mais tu es sur Facebook ?
– Eh bien, non… Je n'ai jamais pris le temps de m'y inscrire !
– Oui, j'imagine qu'avec ton travail tu as autre chose à faire que de liker des photos de chats marrants. On va passer par le mien, ok ?

Nous rédigeons ensemble un message à l'attention de Jared, lui indiquant que nous cherchons à contacter l'artiste Geronimo. J'indique le numéro de téléphone d'Alistair. Il semble de nouveau plein d'espoir.

– Merci beaucoup Chloé ! Tu es la *geekette* la plus jolie du monde !
– Mais je ne suis pas une *geekette*, je réponds, faussement fâchée.

Alistair repart dans la cuisine chercher la bouteille de vin. Il revient avec une enveloppe dans la main.

– Si ce sont des sous pour me payer pour ma recherche, dis-je en plaisantant, sache que je ne facture rien aux amis.
– Non, c'est un cadeau, Chloé, dit Alistair, solennel.

J'ouvre l'enveloppe, à la fois curieuse et nerveuse. Je me méfie un peu des cadeaux d'Alistair Monroe ! C'est rarement des petits trucs. J'ouvre l'enveloppe : c'est un joli papier avec écrit dessus :

*Bon pour une galerie d'art.*

Je le regarde, interrogative.

– Je ne comprends pas…
– J'aimerais t'offrir, si tu l'acceptes, à la fin de ton stage, une galerie d'art. Je sais que c'est ta passion, et je te veux heureuse.

Je me sens soudain stressée. Mais de quoi parle-t-il ? Quel est le sens de ce cadeau ?

– Alistair, tu es en train de dire que tu veux m'offrir une vraie galerie d'art ?
– Oui. Tu veux en ouvrir une, n'est-ce pas ?
– Eh bien d'une part je veux ouvrir une galerie d'art virtuelle, et d'autre part je ne veux pas que tu m'offres un tel cadeau.

Mon ton est ferme, limite cassant. Je ne veux pas le blesser, mais je veux lui faire comprendre que son cadeau est complètement disproportionné.

– Si c'est pour une question de moyens…
– Non ! je l'interromps, c'est une question de principe !
– Je suis désolé si j'ai été maladroit. Je souhaitais juste te dire que je voulais te soutenir dans ta passion. Alors peut-être pas ainsi, mais en tout cas je veux être là dans ton avenir.
– Mon avenir ? dis-je toujours un peu angoissée.

– Oui, Chloé. Même si je comprends que tu ne veuilles pas de ce cadeau, et je n'en serai pas vexé, reconnais au moins que notre relation devient sérieuse. Nous ne sommes pas, nous ne sommes plus de simples sex friends.

Je reste silencieuse.

*Tu sais, au fond de toi, Chloé, qu'il a raison.*

Depuis le début de cette rencontre, cet homme me rend dingue. Mais ce n'est pas qu'un coup de cœur d'adolescente. Il me touche, me bouleverse, me rend tout simplement… heureuse.

– Oui, tu as raison, Alistair, cette relation est autre chose qu'un truc de sex friends. C'est beaucoup plus fort… Mais la question, là, n'est pas l'engagement. Je crois que je soigne petit à petit avec toi ma phobie de l'engagement, dis-je avec un petit sourire.

– Explique-moi, alors, Chloé.

– Le problème, c'est que je ne veux pas être la petite amie entretenue d'un milliardaire. Si tu m'achètes une galerie, c'est ce qui risque de se passer. Je veux que chacune de mes réussites professionnelles, je les doive à mes efforts, à ma persévérance, à mes erreurs aussi. Car je dois faire des erreurs pour avancer. Si tu me fais brûler les étapes, je risque plus tard de tomber de haut. Tu me comprends ?

– Oui, bien sûr, je te comprends. Je fais plus que te comprendre. Ce que tu viens de me dire est essentiel. Je t'admire pour cela. Tu es une jeune femme intelligente, ambitieuse, et travailleuse. Et en plus de cela tu es belle, naturelle, drôle, passionnée, généreuse… Tu es tout ce que je cherche chez une femme, sans jamais l'avoir trouvé avant. Je ne sais pas si tu te rends compte à quel point je suis dingue de toi. Avant de te rencontrer, je n'étais pas malheureux, non. Ma boîte marchait très bien, j'étais bien entouré. Mais je n'étais pas heureux non plus. Tu as bouleversé ma vie. Et je n'imagine plus ma vie sans toi, désormais. Je te regarde souvent, le matin, quand tu dors, et je réalise la chance que j'ai eue de prendre un jour ce train Paris-Londres. Je t'aime, Chloé.

Je tremble d'émotion. Il prend ma main et la serre fort. Il vient de dire qu'il m'aimait… Je plonge mon regard dans ses beaux yeux noirs.

– Moi aussi, Alistair, je t'aime…

*Chloé, tu viens pour la première fois de ta vie de dire à un homme que tu l'aimes !*

– Chloé, Chloé, Chloé, soupire-t-il en m'embrassant au creux du cou.

Submergée par la force et la beauté de cet instant, je sens les larmes me monter aux yeux.

*Ne pleure pas, Chloé !*

Trop tard, de petites larmes coulent sur mes joues tandis que je souris. Ce sont des larmes de joie. Alistair prend mon visage entre ses mains.

– Tu es super sexy, même avec ces larmes, c'est dingue ! dit-il en embrassant mes joues.
– Mais dans cinq minutes, je ressemble à un bébé panda, dis-je en riant.

Oui je l'aime. Il est beau, il est brillant, il est sensible, drôle et généreux, et il m'aime comme jamais personne ne m'a jamais aimée… Je me lève pour aller me rafraîchir dans la salle de bains. Après cette déclaration, j'ai besoin de souffler, de respirer un peu, et d'eau froide sur mon visage.

– Je reviens, lui glissé-je, en me levant.
– J'espère bien. Si j'entends la porte d'entrée claquer, je te préviens je te cours après ! dit-il en souriant.

L'idée ne m'a même pas traversé l'esprit, mais il est vrai qu'il y a quelques semaines j'aurais été capable de faire ce genre de truc ! Face au miroir de sa salle de bains, j'observe mon visage. Il est détendu. Je crois que j'ai l'air apaisé, heureux. Alistair me fait sursauter : il entre dans la salle de bains et vient derrière moi.

– Tout va bien, Chloé ? me demande-t-il, un peu inquiet.
– Tout va merveilleusement bien. Tu sais que tu viens à l'instant de te donner à toi-même un super-méga-gage, dis-je en souriant.
– Comment ça ?
– Eh bien celui de tomber amoureux d'une fille compliquée,

qui a peur de s'engager, et une fille plutôt normale, qui porte des jeans sept jours sur sept, alors que tu pourrais facilement être avec un top model d'un mètre quatre-vingt, avec des longs cheveux toujours lisses et des escarpins Louboutin !

*Toujours ce besoin d'aller sur le terrain de l'humour, Chloé ! Une façon de garder une contenance, tu le sais.*

Alistair rit.

– C'est faux ce que tu dis, tes cheveux sont très bien, et aujourd'hui tu portes une jupe. Très jolie jupe d'ailleurs ! Mais c'est sûrement le meilleur gage que j'ai eu jusqu'ici ! dit Alistair avec un grand sourire charmeur. Je les aime bien nos gages… Même si je crois qu'il est évident que nous ne sommes plus des sex friends, j'ai envie que l'on continue à s'en donner. J'ai plein d'idées de cadeaux. Et ce ne seront pas des Louboutin ! Tu n'es pas comme les autres filles, il te faudra quelque chose de spécial.

Il m'enlace et pose sa bouche pulpeuse contre ma nuque, me faisant frissonner.

– Regarde, dit-il. Regarde comme tu es une femme magnifique….

Ses mains déboutonnent délicatement mon chemisier. Après ces mots d'amour échangés, je sens que je suis à fleur de peau, et emplie de désir. Alistair, mon amour, fais-moi l'amour, ai-je envie de lui crier. Mais je me tais, et le regarde, dans le miroir, retirer mon chemisier. Miroir, mon beau miroir, dis-moi qui est l'homme le plus sexy de la terre ?

Le chemisier tombe sur le sol de la salle de bains. Je me retrouve en soutien-gorge et en jupe. Il soulève délicatement ma jupe, puis la fait redescendre. Aurait-il changé d'avis ? Non, il fait glisser la fermeture Éclair et la fait tomber à mes pieds. Je suis troublée de me voir ainsi dans le miroir, déshabillée avec sensualité. Son regard, plein d'amour et de désir, sur mon corps presque nu, me donne une autre image de moi-même. J'ai l'impression d'être, à travers ses yeux, la femme la plus sexy de l'univers. Qu'elle est loin, la Chloé un peu gênée par sa nudité ! Lentement et toujours sans quitter son regard dans le miroir, je prends appui sur le bord du lavabo et creuse mes reins. Ce n'est pas la première fois que je vis un instant érotique avec Alistair, et pourtant à chaque fois c'est comme si je redécouvrais le sens du mot « désir ». Toujours derrière moi, ses lèvres au creux de mon cou, il enlève sa chemise, laissant apparaître son torse musclé et tatoué. Le miroir crée une légère distance. Je suis à la fois spectatrice et actrice de notre danse sensuelle. D'habitude nous faisons l'amour en nous embrassant. Cette fois le contact se fait par le regard, et par la parole aussi.

Il me dit des mots : « ton cou, tes seins, tes fesses, tes hanches », pendant que sa main caresse mes fesses, qui ondulent comme le ferait un petit animal ronronnant sous les caresses. J'écarte légèrement les jambes. Ses doigts s'insinuent dans la faille qui s'est entrouverte, et s'attardent à la naissance d'une cuisse. De l'autre. J'observe ses mouvements à travers le prisme du miroir, et me sens à la fois terriblement excitée et intimidée. Il me murmure : « Tu as la peau veloutée d'une pêche, Chloé. » Quelques centimètres carrés de satin moulent étroitement mon sexe dont il suit le relief de son index. Je me sens totalement à sa merci. J'ai envie de me retourner, de l'embrasser, de sentir nos corps connectés par nos baisers, mais alors que je commence à pivoter, il maintient mes hanches avec ses mains. Cette contrainte amoureuse m'excite encore plus. Comme si c'était un jeu, et qu'il décidait, ce soir-là, des règles.

Il presse un peu plus sa main contre mon sexe, et le caresse à travers l'étoffe qui devient légèrement humide. Il approche ses doigts de sa bouche et goûte avec plaisir le fruit de ma jouissance naissante. Mais je reprends sa main pour qu'elle continue ce qu'elle a commencé.

*Tu décides peut-être des règles du jeu, Alistair, mais je ne veux pas être une joueuse passive…*

Il s'attarde sur mon bouton, gorgé et dur. Je soupire… Gestes plus amples, il parcourt ma fente de haut en bas et de bas en haut, sans la pénétrer. J'accompagne ses explorations de mouvements plus marqués. Il fait glisser ma petite culotte à mes pieds et avance ses doigts. Oh ! À peine un centimètre au plus… Mon souffle se fait de plus en plus court, alors que je sens le sien, chaud, contre ma nuque. Il s'introduit doucement en moi et je sens mon sexe qui se contracte. Sa main libre se pose à la base de mon cou et l'enserre. Je lève les yeux vers le miroir et découvre mon visage et les rougeurs de plaisir qui apparaissent sur mon décolleté. Je me sens légèrement impudique et en même temps totalement libre. Tout son corps est plaqué contre moi, je sens ainsi son sexe, emprisonné dans son jean, gonfler de désir. Ses doigts caressant toujours mon entrejambe, il se met à genoux pour embrasser le creux de mes reins, la naissance de mes fesses. Sa langue s'aventure au plus près de mon sexe, tandis que je me cambre de plus en plus, et que mes soupirs deviennent des petits cris.

*Alistair, tu es le seul homme à savoir me donner autant de plaisir !*

Je sens que je pourrais jouir ainsi, mais j'ai envie que cela dure, et j'ai envie, après que nous ayons partagé des mots d'amour, que nous partagions notre jouissance. D'un mouvement, je dessine un arc de cercle de danseuse, lançant haut ma jambe et pivotant pour qu'on se retrouve face à face. Sa bouche est à présent contre mon sexe. Il le goûte, le lèche, le savoure… J'ai comme l'impression qu'il veut me faire jouir, mais je ne me laisserai pas faire ! Je prends son visage entre mes mains, et lui dis :

– Embrasse-moi, je veux sentir tes baisers.

Il se relève et nous nous embrassons, langoureusement, sensuellement, avec un sentiment d'urgence. Comme si tout devait s'arrêter quelques minutes plus tard, comme si ces baisers étaient les derniers que nous partagions. Mais ce n'est pas le cas, la nuit – la vie – nous appartient.

Je dégrafe sa ceinture, tout doucement. Le cliquetis de la boucle, ce petit bruit de métal, allume mon regard. Je ne sais pourquoi, mais le bruit de cet objet, viril, me fait frissonner de désir. Il signifie qu'Alistair se déshabille, et porte donc en lui la promesse de plaisirs intenses. Alistair s'en rend compte. Il fait glisser son jean et son caleçon noir à ses pieds, m'attrape par les hanches, me fait asseoir sur le rebord du lavabo, puis attrape sa ceinture et enserre ma taille avec.

– Ne bouge pas. Je peux voir ton beau visage, mais aussi tes jolies fesses ainsi, Chloé, me murmure-t-il à l'oreille.

Il a de nouveau les cartes du jeu en main, je me sens à sa merci, mais cette posture de soumission légère ne me choque pas. Au contraire je me sens comme « libre d'être à lui ». Alistair, tu me fais vivre des émotions inconnues jusqu'ici…

Il libère enfin, d'une main, mes petits seins prisonniers de mon soutien-gorge, puis embrasse et mordille mes tétons, qui durcissent sous les assauts de sa langue. Sa main tient toujours fermement la ceinture, je sens avec plaisir le cuir serré autour de ma taille, et la pression de son geste, viril et tendre à la fois. Je regarde son corps nu et désirable, son sexe dur. J'ai envie qu'il me prenne, là, maintenant, tout de suite. Je jette un œil autour de moi : il y a une trousse de toilette. Je plonge ma main dedans à la recherche de préservatifs. À mon tour de prendre les choses en main ! J'en trouve un, et déchire délicatement l'emballage. Je veux qu'il continue à m'enserrer la taille avec sa ceinture de cuir, et habille donc moi-même son sexe de latex. J'ai les cuisses entrouvertes, d'un geste il les écarte un peu plus, pour s'introduire au plus profond de mon être. Je pousse un cri de plaisir.

– Chloé, c'est tellement bon d'être en toi, me souffle-t-il, son visage au creux de mon cou.
– Oui, je suis à toi, Alistair, réponds-je dans un soupir.

Je l'enserre de mes bras, alors qu'il me pénètre doucement, d'un mouvement régulier. Je sais qu'il observe la danse de nos deux corps dans le miroir, et je vois dans ses yeux le désir que cela provoque en lui.

– Je veux que tu te voies, Chloé, pendant que je te prends, me dit-il.

Toujours harnachée de sa ceinture, je repose mes pieds sur le sol. Il me fait pivoter, me cambre légèrement, puis me pénètre de nouveau, une main tenant mon corset improvisé, l'autre caressant un de mes seins. Je me vois, nue, debout, dans le miroir, Alistair, bougeant derrière moi, en moi. J'ai l'impression d'être dans un film érotique, mais un film parfait, un film qui m'exciterait vraiment ! Tout mon corps tremble de plaisir, et je sens mes jambes qui commencent à flageoler. Le souffle d'Alistair contre ma nuque, son sexe en moi, c'est trop fort, trop bon…

Sa main se glisse sur le devant de mon sexe gonflé de plaisir, et tout en me pénétrant, il me caresse de plus en plus vite, de plus en plus fort. Je contracte mon sexe contre le sien, nous ne formons plus qu'un seul et même corps. Mais je veux l'attendre. Sa jouissance fera la mienne, je le sais.

– Jouis, mon amour, lui dis-je, dans un cri.

Alors que je sens son corps parcouru de tremblements et que je l'entends jouir au creux de mon oreille, je me cambre et libère un cri de jouissance, comme un pleur, profond et magnifique, mes yeux plongés dans ceux d'Alistair, dans ce miroir. Nos deux corps, en sueur, s'allongent dans un même mouvement contre le sol en marbre. Enlacés, amoureux, émus. Alistair caresse délicatement mes cheveux et embrasse mon front brûlant.

– Ta jouissance est le plus beau cadeau que j'aie eu dans ma vie, Chloé, me confie-t-il dans un souffle.

Comme lorsqu'il m'a dit « je t'aime » et que je lui ai répondu que je l'aimais aussi, je sens des larmes d'émotion, des larmes de joie me monter aux yeux. Chloé, qu'est-ce que tu es émotive aujourd'hui !

– C'était tellement… beau. Et tu m'as tellement excitée, lui réponds-je.

J'ai comme le besoin de parler de ce qui vient de se passer.

– Oui c'était incroyable. Et je viens de découvrir un tout nouvel usage à ma ceinture. Lorsque je la mettrai désormais, je penserai à bien des choses !

Je rougis. C'est idiot de rougir, après ce qui vient de se passer, et pourtant la pudique Chloé réapparaît à cet instant.

– Tu vas prendre froid, nue sur le sol, ma belle, dit Alistair en se levant. Tiens, prends mon peignoir.

Je me lève, encore un peu chancelante, et enfile son peignoir en soie, mais il est beaucoup trop grand pour moi.

– J'ai l'air d'un clown, non ? lui dis-je en riant.

– Je dirais plus une jolie geisha. Une geisha anglaise avec de petites taches de rousseur !

– Eh bien monsieur Monroe, inversons les rôles, offririez-vous un thé à votre geisha ?

– Avec grand plaisir mademoiselle Haughton, je suis votre serviteur…

## 19
## DÎNER DE COUPLES

Ce soir où nous nous sommes dit « je t'aime », cette nuit où nous avons fait l'amour de façon si sensuelle, face au miroir… Des événements tellement forts, tellement romantiques. J'avais peur que cela bouleverse notre relation. Mais lorsque les jours suivants, je vais travailler à la galerie, qu'Alistair va à son bureau, et que nous nous retrouvons le soir, rien n'a changé. Ou plutôt si : c'est encore mieux. En plus des rires, de la complicité, et du sexe, il y a entre nous cette déclaration. Nous nous sommes dit « je t'aime ». Nous nous sommes dit que nous n'étions pas juste des sex friends. Habituellement, je me connais, cela m'aurait fait flipper. Pas cette fois, pas avec Alistair. Car je savais bien, au fond de moi, depuis un moment déjà, que cette rencontre n'était pas comme les autres.

*Donc voilà, Chloé, tu as dit « je t'aime » à un homme, mais tu restes toi-même, une jeune femme de 23 ans, ambitieuse et libre.*

– Tu es libre ce soir ? me demande Alistair, au réveil.

– Oui, pourquoi ?

– John et Olivia, sa femme, veulent nous inviter à dîner.

– Oh mon Dieu, premier « dîner de couples » ! m'exclamé-je.

– Et alors ? répond-il, avec un air interrogatif.

– Ok, on s'est dit « je t'aime », mais ce n'est pas un peu précipité, là ?

Alistair observe la panique qui commence à envahir mon visage.

– Rien de formel, Chloé. Juste un dîner avec mon associé et meilleur ami, et sa femme. John se sent encore mal, par rapport à la dernière fois, quand il t'avait dit que j'étais un don Juan. Il fait super bien la cuisine, et voulait, un peu pour s'excuser, et aussi pour mieux te connaître, nous inviter.

– Chez eux ?

– Oui, c'est un peu le principe des gens qui invitent à dîner, dit Alistair avec un ton un peu moqueur.

– Ok, ça marche, dis-je avec un sourire légèrement forcé.

– Tu paniques encore, Chloé Haughton, me dit-il en souriant. Je crois que ça mérite un gage !

– Oh non ! dis-je en faisant semblant de protester.

– Oh que si, dit-il en m'embrassant avec tendresse.

***

Je passe la journée à la galerie, essayant de ne pas trop penser à ce dîner et au gage. Une partie de moi est ravie de mieux faire connaissance avec John et de rencontrer sa femme. Une autre a envie d'échapper au dîner et d'aller boire des verres avec mes copines. C'est un peu trop « adulte » comme concept, le dîner de couples, je trouve. Enfin ce serait une grande première pour moi. Pendant la pause déjeuner, je « skype » avec Lucy, ma meilleure amie londonienne.

– Hello la New-Yorkaise, comment vas-tu ?

– Super bien et toi ?

– Oui, le train-train londonien. Tout va bien. C'est bientôt la fashion week ici, donc pas mal de boulot. Et toi, la galerie ? Et Alistair ?

– Ça se passe super bien à la galerie. Ils me font vraiment confiance. Et avec Alistair aussi c'est cool.

– Oh… c'est un petit « cool », ça. Qu'est-ce qui te turlupine ?

Lucy et ses fameuses expressions de grand-mère ! Elle me manque tellement !

– Non, non, vraiment, tout va bien. Mais ce soir on va dîner chez son associé. Y aura sa femme, et son enfant.

– Et alors ? demande Lucy, le visage impassible.

– Tu m'as entendue ? Je vais dîner avec lui chez un couple avec enfant.

– Ben personne ne te demande de l'adopter, cet enfant. C'est quoi le problème ?

– C'est un peu « adulte » comme truc, non ?

– Oui sûrement, mais Chloé, tu es avec un homme qui a trente ans, forcément il est entouré de gens plus « casés » que tes amis à toi. Mais de toute façon tu t'ennuierais avec un mec de 23 ans qui a exactement la même vie que toi, non ?

– Oui, bien sûr.

– Alors arrête de stresser, tout va bien se passer. Un conseil : redemande avant à Alistair le prénom de l'enfant. Comme ça quand tu les rencontres, tu l'appelles par son prénom, ça va faire plaisir aux parents. Crois-en ma longue expérience de baby-sitter.

– Et s'il ne m'aime pas ?

– Qui ça, les parents ?

– Non, l'enfant…

– Chloé Haughton ! lance Lucy en riant. Tout va bien se passer, j'en suis sûre. Envoie-moi un mail demain pour me raconter, ok ?

– Ok, bisous, merci Lucy.

Je raccroche, un peu rassurée. Le soir, Alistair vient me chercher devant la galerie avec son chauffeur, William. Galant, il ouvre ma portière, puis, alors que nous sommes installés à l'arrière de la voiture, m'embrasse avec tendresse.

– Il s'appelle comment déjà, le fils de John et d'Olivia ?

– Sammy, me répond Alistair.

– Et il a quel âge ?

– Cinq ans.

– Et il aime quoi dans la vie ?

Alistair se tourne vers moi, l'air amusé.

– Chloé, c'est un enfant de cinq ans… Donc je pense qu'il aime bien jouer, regarder des dessins animés, dessiner et manger des bonbons. Un peu comme tous les enfants. Pourquoi ces questions ?

– Non, comme ça, pour savoir…

C'est vrai que c'est un peu absurde, mais je ne peux pas lui dire que j'ai parlé à Lucy et qu'elle m'a conseillé d'en savoir un peu plus sur l'enfant, histoire de plaire aux parents.

Nous arrivons près de Central Park, devant une belle maison du début du siècle. Olivia nous ouvre la porte. Belle blonde athlétique aux cheveux courts et au sourire éclatant, elle fait très américaine. Je suis sûre qu'elle a été pom pom girl dans sa jeunesse…

– Excusez mon mari, il est aux fourneaux. Il s'est mis dans la tête de faire un repas français, et donc ça fait une heure qu'il est en cuisine, et que je n'ai pas droit d'y entrer ! Chloé, je suis ravie de te rencontrer. Je connais Alistair depuis des années, c'est la première fois qu'il me présente une femme, autant te dire que j'ai vraiment hâte de faire ta connaissance.

Elle est avenante, souriante et chaleureuse. Je déstresse un peu, ça ne va pas être un dîner « tout-coincé ». Alors que nous nous installons dans le salon, Sammy, cinq ans, débarque en pyjama et s'assied à côté de sa mère, dans le canapé, avec un livre sous le bras.

– Sammy, tu connais Alistair, voici Chloé, son amoureuse.
– Bonsoir Chloé, dit Sammy, concentré sur son livre.

J'en étais sûre, cet enfant ne m'aime pas. Je suis un peu nulle avec les enfants, je ne sais jamais comment leur parler. J'aurais été la pire institutrice de maternelle au monde. Sammy demande à sa mère qu'elle vienne lui lire son histoire.

– Non Sammy, tu vois bien, on a des invités, je dois m'occuper d'eux. On lira ton histoire un autre soir.
– Alors Chloé peut me lire mon histoire ?

Je sursaute.

*Il parle de moi, là ?*

Je regarde Alistair, il a l'air très amusé par la situation.

– Euh, oui, d'accord, je vais te la lire.

*Qu'est-ce que je pouvais répondre d'autre ? « Non, Chloé n'est pas douée avec les enfants, tu vas lire ton histoire tout seul, même si tu ne sais pas lire ? »*

Il est super mignon, en plus, cet enfant. Je le suis donc dans sa chambre, à l'étage, pour lui lire une histoire de lapins. Il a l'air ravi, et me fait un bisou, avant de me dire bonne nuit et de se faufiler sous la couette. Finalement, je ne suis pas SI nulle que ça, avec les gosses…

Lorsque je descends, John a rejoint Olivia et Alistair dans le salon.

– Désolé que tu aies dû faire baby-sitter quelques minutes, dit John en me saluant.

– Non, ne t'inquiète pas, il est adorable, c'était cool.

Alistair me regarde d'un air curieusement attendri. Oui, bon ça va, je n'ai pas sauvé tous les enfants d'Afrique, non plus, j'ai juste lu une histoire de lapins ! Nous passons à table, dans leur jolie salle à manger contemporaine. C'est vraiment une maison typique d'une classe fortunée, le genre de maison que l'on peut voir dans les séries. Mais le couple étant aussi passionné de design qu'Alistair, ils ont décoré l'ensemble avec beaucoup de modernité. Le repas préparé par John, un canard à l'orange, est délicieux, le vin est exquis, et la conversation vivante. Je réalise que même s'ils sont mariés et ont un enfant, ils n'ont que trente ans et ils sont très drôles, donc c'est finalement un bon moment. Proches d'Alistair, ils sont évidemment au courant des recherches qu'il fait sur Arthur. John lui demande où il en est.

– Grâce à Chloé j'ai pu retrouver le contact du photographe qui aurait photographié les dernières œuvres de Geronimo. Il s'appelle Jared. On lui a envoyé un message, on attend sa réponse.

– Et tu penses que ce photographe connaîtrait Geronimo ? demande Olivia.

– En tout cas c'est une piste. Et ça fait bien longtemps que je n'en avais pas eu. Heureusement j'ai désormais une *geekette* à la maison, lance Alistair en me faisant un clin d'œil.

Je lui donne un petit coup de pied sous la table. Il me lance un de ses sourires charmeurs. Il sait comme je déteste quand il m'appelle comme cela ! Mais je ne suis pas énervée, et me sens heureuse d'avoir pu – un peu – l'aider.

– Mais rien n'est simple, poursuit Alistair. Si jamais ce Jared répond, rien ne me dit qu'il connaît personnellement Geronimo, ou qu'il donnera ses coordonnées.

– Et tu es vraiment sûr à 100 % que Geronimo, c'est Arthur ? demande John.

– Oui, ça j'en suis certain. Il y a sa signature, mais il y a aussi des éléments dans ses dessins qui sont liés à notre enfance. Regarde, cette image, dit Alistair en montrant une photo sur son téléphone. En arrière-plan, il y a le nom d'un hôtel, à Deauville, où nous allions en vacances avec nos parents quand nous étions petits. Sur cette autre image, il y a un chien, un bouledogue, avec un collier où c'est écrit « Bounty » dessus. C'était le nom de notre chien. Dans chaque graff, c'est comme s'il laissait des indices.

– J'espère sincèrement que tu vas le retrouver, dit John, en posant sa main sur l'épaule d'Alistair.

L'amitié entre les deux hommes est évidente, et je sens Alistair ému par cette conversation. Je décide de les laisser un peu tous les deux, et accompagne Olivia dans la cuisine, pour l'aider à préparer le dessert.

– Je suis tellement contente de te rencontrer, Chloé, me

dit-elle avec un sourire sincère. Et de voir Alistair amoureux ! Une grande première !

– Vraiment ? dis-je, circonspecte.

– Je l'ai déjà vu avec des femmes à son bras, bien sûr, mais je ne l'ai jamais vu aussi épanoui. Il bosse tellement dur, je commençais à me dire qu'il allait finir vieux garçon, éternel célibataire !

– Un mec aussi beau et cool, célibataire, ce serait étonnant ! fais-je remarquer.

– Il n'ouvre pas facilement son cœur, Chloé, tu sais. Toi, apparemment, tu as réussi à trouver la clé !

Je suis touchée par les mots d'Olivia. De retour dans le salon, nous continuons à discuter de sujets légers comme de thèmes sérieux.

– Chloé, si tu veux samedi on peut aller se balader, ou faire du shopping ensemble, me propose Olivia.

– Comme les filles dans *Sex and the City* ? lui réponds-je, en souriant.

– Exactement. Je confierai Sammy à John, tu es d'accord, John ?

– Oui, bien sûr, on ira au parc avec Alistair, ok, Alistair ? dit John en riant.

– Alors là quand tu veux, répond Alistair. J'adore ça.

*Il est sérieux, là, ou il plaisante ?*

Après cette belle soirée, nous saluons nos hôtes et rentrons chez Alistair. Dans la cuisine américaine, je nous sers un thé sans théine. J'ai converti Alistair au thé, depuis quelques semaines, et j'en suis assez fière. C'est tout de même mieux que son jus de chaussette. Attablés à son comptoir, nous parlons de la soirée que nous venons de vivre.

– J'étais un peu stressée au départ, mais j'ai passé une super soirée, tu sais, dis-je à Alistair.

– Oui, je t'avais prévenue, ils sont adorables. Et ils t'ont adorée, tu sais ?

– Je suis contente qu'Olivia me propose un après-midi avec elle. Ça fait longtemps que je n'ai pas passé une journée « girly » !

– J'imagine que tes amies doivent te manquer, me dit Alistair en prenant ma main dans la sienne.

– Forcément, oui. Il y a Skype, mais les vraies relations c'est pas mal non plus !

– Je les trouve géniaux, tous les trois, tu sais. Ils sont très amoureux et ils s'occupent super bien de Sammy. Avant de te rencontrer, je passais pas mal de soirées, de week-ends, ou de vacances avec eux. Parce que John est mon meilleur ami, mais aussi parce que les voir, aussi épanouis, avec leur fils, c'est vraiment rassurant. Un jour, on est partis en vacances à Miami, je me suis occupé de Sammy. Il était encore un bébé, et ce n'était pas évident pour eux, ils étaient fatigués. Et j'ai adoré ça. Aujourd'hui, ils ont réussi à créer un véritable équilibre. Leur fils est adorable, et il leur apporte un tel bonheur ! Même s'ils se sont mariés très jeunes, c'est un peu un modèle de couple pour moi. Quand je les vois, tous les trois, main dans la main, se balader à Central Park, je les envie, vraiment !

Alistair s'arrête de parler soudainement et me regarde avec des yeux pétillants. Que se passe-t-il ? Je n'ai rien dit, je l'écoute, tout simplement.

– Tout va bien Chloé ? demande-t-il en souriant.
– Oui, pourquoi ?
– Parce que, en cinq minutes, tu viens de manger la moitié du pot de beurre de cacahuète qui était sur le comptoir.
– Ah zut…

Je ne m'étais pas rendu compte du tout que dans un geste compulsif, je m'étais bâfrée de beurre de cacahuète. C'est malin… Je n'aime pas vraiment cela, en plus, qu'est-ce qui m'a pris ? Je crois que c'est son discours sur le couple idéal avec enfants, ça a dû déclencher une petite crise de panique.

– Je devais avoir faim, dis-je à Alistair, pas vraiment convaincue.
– Alors que l'on sort de table ? Bien sûr ! Tu ne veux pas un peu de chocolat, en accompagnement ? ajoute-t-il d'un ton gentiment moqueur.

Je crois qu'il m'a grillée. Je ferme le pot et le remets à sa place.

– Ça me rappelle que tu me dois un gage, Chloé ! lance-t-il, excité.
– Parce que je viens de manger du beurre de cacahuète ? demandé-je, incrédule. Je ne vois pas le rapport, là ! Il n'est pas question de beurre de cacahuète dans notre contrat !

– Non, parce que tu viens de réagir de façon complètement irrationnelle, par peur de l'engagement, et que ce matin tu as paniqué quand je t'ai parlé du dîner chez John et Olivia. Et donc, selon les termes de notre contrat, tu me dois un gage. Je peux te demander quelque chose que tu ne peux pas refuser. Mais je vais être sympa, je ne vais te demander qu'une chose et pas deux.

– Je peux te racheter un pot de beurre de cacahuète, dis-je, essayant de trouver une échappatoire.

– Oui, tu peux, mais ce ne sera pas ton gage.

– Ce n'est pas juste ! C'est de ta faute, je proteste, un peu boudeuse.

– Comment cela de ma faute ?

– Tu as parlé de ce couple avec enfant, le couple idéal…

– Oui, et je ne t'ai pas dit « Chloé, faisons un enfant », je t'ai simplement expliqué pourquoi je les admirais.

Il a raison. Et moi j'ai tout de suite flippé, et réagi de façon irrationnelle. La Chloé-flippée-de-l'engagement n'a apparemment pas tout à fait disparu. La preuve ce soir.

– Ok, je l'admets, j'ai réagi de façon irrationnelle…

– Oui, et tu m'as fait rire, dit Alistair en déposant un baiser au coin de mes lèvres. Tu as les lèvres très sucrées, dis-moi !

– Oh ça va ! protesté-je. C'est nul, c'est dix minutes dans la bouche, dix ans sur les hanches, en plus, ce genre de truc ! On peut passer à autre chose ? Dis-moi quel est mon gage.

– Eh bien c'est une chose à laquelle je pense depuis quelque temps.

En gage j'ai eu droit à des trucs plutôt cool déjà, notamment un week-end dans un manoir anglais, mais là Alistair a l'air assez sérieux. Je doute qu'il me propose un week-end dans un manoir américain…

– Je t'écoute, dis-je un peu inquiète.
– J'aimerais que l'on fasse l'amour sans préservatif. Depuis le début on se protège, et c'est normal, mais vu que notre histoire devient sérieuse, ce serait encore mieux si on pouvait se passer de capotes, non ?

*Alors ça ! Je ne m'attendais pas du tout à ce type de gage ! Mais d'ailleurs, est-ce vraiment un gage ?*

– Ok, je suis d'accord, ce serait super. Vu que je prends la pilule, c'est possible. Mais il est où, mon gage, là ?
– Eh bien pour cela il faudrait que tu fasses un test.
– Tu veux dire que NOUS fassions un test ?
– Oui, c'est ce que je voulais dire.
– Je n'ai eu que très peu de partenaires dans ma vie. Je pense que tu as été avec plus de personnes que moi. Et donc nous devons faire un test. C'est un gage partagé !
– Bien sûr, je vais aussi faire le test ! Il y a un centre de dépistage, pas loin de mon bureau. Si tu veux on ira le faire ensemble ?
– Oui ! Main dans la main. Le romantisme du XXIe siècle !
– J'ai tellement hâte de te faire l'amour sans plastique entre nous…

Il se rapproche de moi, et pose ses lèvres sur les miennes.

Son souffle chaud, son parfum musqué, ses mains qui entourent ma taille… tout réveille mon désir pour lui.

– Mais on peut quand même continuer à faire l'amour, avec préservatif, en attendant le test ? demandé-je, d'un air un peu coquin.

– Bien sûr, répond Alistair dans un baiser.

– Je crois que j'en ai vu dans ta chambre, on y va ? dis-je en lui prenant la main et en l'amenant dans la chambre.

– Je te suis, Chloé. Mais est-ce que tu veux que j'amène le beurre de cacahuète dans la chambre ? Tu en veux encore ?

– Espèce d'idiot, lancé-je dans un grand éclat de rire. Je te préviens, ma vengeance sera terrible.

– J'attends cela avec impatience, mademoiselle Haughton…

## 20
## LE PIÈGE

Trois semaines de bonheur. Je viens de vivre trois semaines de bonheur simple à New York. Mon stage à la galerie, avec l'organisation d'un super vernissage, mes cours de yoga avec une prof américaine formidable, des balades avec Olivia, la femme de John, qui m'a fait découvrir le New York branché. Et Alistair, bien sûr. Quelques jours après notre discussion, nous avons fait ensemble un test de dépistage HIV. Ce moment, qui peut paraître très basique et pragmatique, était en réalité assez émouvant. Comme une preuve d'engagement l'un envers l'autre. Aujourd'hui, c'est mon dernier jour de stage à la galerie Art-work. Je sais que je ne peux pas être stagiaire toute ma vie, mais je suis tout de même attristée que ce stage prenne fin. Je me sentais tellement à ma place dans cette équipe et dans ce projet ! Quand je repense à mon terrible stage dans l'agence Web parisienne, je me dis que j'ai bien fait de démissionner. Je serais passée à côté d'une expérience merveilleuse et déterminante pour mon avenir professionnel.

Cet avenir, d'ailleurs, il faut que je me penche. Je dois écrire un mémoire et le présenter à mon école pour valider mon diplôme, et ensuite… finie la vie d'étudiante ! Est-ce que je vais monter tout de suite ma galerie virtuelle ? Est-ce que je vais d'abord chercher un poste de salariée dans une autre galerie ? Que de questionnements… Mais en attendant, ce soir, je fête avec Alistair la fin de mon stage. Il m'a dit qu'il m'invitait au restaurant. Je connais ses bons goûts en termes de restaurants, donc je me réjouis de cette soirée ! Et après ces trois semaines de travail intensif, pendant lesquelles nous nous sommes souvent croisés, j'ai hâte de passer un vrai moment intime avec lui.

Samedi dernier, j'ai demandé à Olivia de m'aider à trouver de nouvelles chaussures à talons, des chaussures d'été. Il était temps que je change mes éternelles ballerines d'étudiante ! Nous sommes allées dans plein de jolies boutiques dans le quartier de Nolita, mais il n'y avait que des escarpins de 14 cm. J'ai essayé d'expliquer à Olivia que je ne pouvais pas passer de 0 à 14 cm en une fois. Que j'allais avoir une démarche de bébé girafe, voire que j'allais me faire une entorse. Finalement, elle m'a emmenée dans une super boutique où j'ai trouvé de jolies compensées en cuir, hautes mais confortables, un peu rock, parfaites. C'est la première fois que je les porte ce soir, pour aller dîner avec Alistair. J'espère qu'il va les aimer, lui qui est toujours tellement élégant, avec ses costumes et ses chaussures sur mesure !

Je m'attendais à un joli restaurant, mais là, je n'en reviens pas. Alistair m'a donné rendez-vous devant Morimoto, à

Manhattan, et en l'attendant je lis les critiques affichées à l'entrée du restaurant. C'est un des meilleurs restaurants japonais gastronomiques au monde ! Le chef, Masaharu Morimoto, est connu dans le monde entier pour ses créations… Alistair connaît ma passion pour la nourriture asiatique, il ne pouvait pas me faire plus plaisir.

– Vous attendez quelqu'un, jolie demoiselle ?

Alistair me fait sursauter. Je me retourne, lui souris et l'embrasse avec passion.

– On va dîner ici ? dis-je tout excitée.
– Oui, cela te dit ? demande Alistair.
– Évidemment ! Je suis folle de joie, ça a l'air dingue ce restaurant.

Alors qu'il me fait passer devant lui, il me souffle à l'oreille « magnifiques chaussures, Chloé, cela te va à ravir ». À l'intérieur, la décoration est ultra luxueuse et contemporaine. C'est splendide. Le chef vient saluer Alistair.

– Mais tu le connais ? demandé-je, impressionnée.
– Oui, quand mes partenaires japonais viennent à New York, nous déjeunons ici. Cela fait un moment que je voulais t'y inviter, mais je cherchais la bonne occasion. On va trinquer à la fin de ton stage au saké. Tu aimes le saké ?
– Je n'en sais rien, je n'en ai jamais bu.
– C'est comme le vin, il y en a du bas de gamme, et du très haut de gamme. Ici le chef en sert un qui est une pure

merveille. Il faut lui faire confiance. Comme pour les plats. Il va nous faire une sélection.

– Tant mieux, dis-je, en jetant un coup d'œil au menu, car je n'y comprends pas grand-chose.

Parfois, à côté d'Alistair je me sens un peu perdue. Mais je me rassure en me disant qu'il a sept ans de plus que moi, et aussi une fortune colossale. C'est logique que nous n'ayons pas les mêmes expériences.

– À la fin de ton stage, Chloé, dit Alistair en trinquant. Je suis fier de toi, tu sais, ma belle !

– Fier ? Comment cela ?

– Ce n'est pas évident de travailler dans un pays étranger, et de monter ainsi une exposition. Tu as eu le cran de le faire. Et j'ai adoré te voir ainsi, courageuse et passionnée. Comme le premier jour où je t'ai rencontrée, dans ce train. Je t'aime pour ton ambition et ta passion, Chloé, tu sais…

– Merci de m'avoir soutenue, Alistair.

Je suis tout d'un coup prise d'un élan de tristesse. Ce stage est fini, ma vie new-yorkaise est finie. *Back to Paris, soon…* Alistair remarque mon expression. Mon visage, je le sais, est un livre ouvert, il m'est impossible de masquer mes émotions !

– À quoi tu penses, Chloé ?

– À Paris. Au fait que je vais devoir y retourner pour valider mon diplôme.

– J'y pensais aussi l'autre jour. Je sais, c'est important pour ton diplôme, mais… j'adore notre vie actuelle et je ne peux pas concevoir que tu partes.

– Moi aussi j'adore être ici avec toi, mais il faut pourtant que je rentre.

– Mais rassure-moi, tu ne pars pas longtemps ? C'est juste pour valider ton diplôme et tu reviens ? Je te préviens Chloé, si tu repars en mode sex friends, tu vas avoir le gage de ta vie…

Son ton est mi-amusé mi-sérieux.

*Ouille… c'est vrai que moi non plus je n'ai pas envie de le quitter en fait…*

– Mais non, j'ai juste besoin de rester quelque temps là-bas pour valider mon diplôme. Et puis je voudrais en profiter pour voir ma famille et mes amis. Ça va me faire bizarre de retourner dans mon petit deux-pièces ! Je le sous-loue à une copine de copine depuis que je suis ici. J'espère que je vais le retrouver en bon état.

– Tu ne penses pas que tu devrais quitter cet appartement ? me demande Alistair, sérieusement.

Son regard se fait plus intense.

– Que veux-tu dire par le quitter ?

– Eh bien, tu le sais, j'ai un appartement ici et un autre à Paris. C'est idiot que tu payes un loyer alors que tu peux emménager chez moi à Paris.

– Tu… tu veux dire qu'on vive ensemble ? balbutié-je, surprise.

– Chloé, que fait-on depuis un mois, tu crois ? me dit-il avec tendresse.

– Oui bien sûr, mais on savait que c'était temporaire.

– Mais ça s'est bien passé, non ?

– Oh oui, très bien.

– Et je ne suis pas si souvent que cela à Paris. Donc on ne se verra pas tous les jours, quand tu seras là-bas. Mais ça te permettra d'avancer sur ton projet de site en toute liberté, sans souci de loyer. Et cela me ferait aussi très plaisir, pour être honnête.

Emménager chez Alistair, dans son grand appartement haussmannien ? Je n'y avais jamais pensé… C'est vrai que jusqu'ici j'ai été obligée de contracter un emprunt étudiant, et de faire des jobs d'été pour payer mon loyer parisien. Mais c'est une décision trop importante de m'installer chez Alistair, tout aussi amoureuse que je suis !

– Là, tu es en train de te dire que c'est un engagement trop fort dans notre histoire, dit Alistair, avec un petit sourire.

*Chloé, tu es certes un livre ouvert, mais aurais-tu pensé à voix haute, là ? Ou alors cet homme te connaît vraiment par cœur !*

– Oui, tu n'as pas tort. Mais c'est aussi que c'est très symbolique, cet appart, pour moi, tu sais. Ce n'est pas JUSTE un appart. C'est mon cocon. Il y a tous mes livres, tous mes objets, et il est à mon image. C'est aussi mon indépendance…

– Pour ce qui est des objets et des livres, tu pourras les

prendre avec toi ! Et pour ton indépendance, je pense que depuis le début de notre histoire, je t'ai fait comprendre que je la chérissais autant que toi, non ?

– Laisse-moi y réfléchir, d'accord ? lui demandé-je en caressant son beau visage.

– Bien sûr, Chloé. Prends ton temps.

Nous parlons d'autre chose, du travail d'Alistair notamment, et savourons les petits plats surprenants que nous sert le chef Masaharu Morimoto. Je découvre un plat au luxe incroyable, des huîtres au foie gras. Qui m'aurait dit un jour que je mangerai cela, accompagnée d'un des hommes les plus riches du monde, qui se trouve aussi être mon amoureux ? Je ne me fais toujours pas à cette situation !

Je repense à cette histoire d'appartement. C'est vrai que c'est absurde de garder ce pied-à-terre. Si Alistair est à Paris, nous allons aller chez lui, c'est évident. Mon 30 $m^2$ est parfait pour quelqu'un de seul, à deux c'est plus compliqué. Mais en même temps, j'essaie de me projeter dans le grand et bel appartement d'Alistair et ce n'est pas facile. Serais-je capricieuse ? Ou simplement prudente ?

– Imaginons que j'emménage chez toi, Alistair, lui dis-je à la fin du repas.

– Ah ! je vois que tu as progressé dans ta réflexion, lance Alistair, ravi.

– J'ai bien dit « imaginons » ! Si cela se passe bien, c'est super, pas de problème. Mais imaginons que tu me quittes, pour une raison ou pour une autre…

– Mais non, je…, commence Alistair.

– Laisse-moi finir, s'il te plaît. Imaginons donc que tu me quittes. Je vais me retrouver sans rien. Avec mes cartons sur le trottoir. Et tu sais comme il est difficile de trouver un appart à Paris, quand on a peu de revenus. Ce serait une situation terrible. Tu comprends le risque que je prendrais ?

Alistair reste silencieux et regarde dans le vide. Je n'ai rien dit de farfelu, pourtant. J'ai simplement été pragmatique. Mon côté anglais qui ressurgit !

– Je te comprends Chloé, dit-il enfin, en plongeant son regard dans le mien. Je comprends tes peurs, tes interrogations, et il est normal que tu poses ces questions. Si je te quitte, tu perds un logement. Mais ce que tu ne réalises pas, c'est que si toi tu me quittes, je perds tout…

– Comment ça ? À ce que je sache, nous ne sommes pas mariés, et donc je ne vais pas tout te prendre en divorçant, comme dans les films, dis-je en riant.

– Non bien sûr, matériellement cela ne changera rien. Mais tu es ma vie, Chloé, tu es tout pour moi aujourd'hui. Je suis fou amoureux de toi, et c'est bien parti pour durer. Si tu me quittes, je suis perdu, tu comprends ?

Il a les mâchoires crispées, les sourcils froncés. Il a l'air super ému. Alistair Monroe, le grand businessman du luxe mondial, est, ce soir, un homme amoureux qui ouvre son cœur.

– Je suis désolé de m'épancher ainsi, Chloé, dit-il.

Je suis bouleversée. Les hommes sensibles m'ont toujours bouleversée, mais ce soir-là, c'est mon homme, et c'est de ma faute. C'est moi qui lui parle de séparation !

– Ne t'excuse pas…

– Je suis un battant, tu sais. Je me suis battu pour faire de Monroe une entreprise mondiale, je me bats aujourd'hui pour retrouver mon frère. Je sais que si ça se terminait entre nous, je serais toujours, en apparence, cet homme solide, ce businessman qui réussit. Je ferais semblant d'aller bien, je sais faire cela. Mais au fond de moi je serais blessé, à vie. Ce n'est pas tous les jours que l'on rencontre une Chloé Haughton !

Il a retrouvé son beau sourire charmeur. Je le préfère ainsi. Même si mes doutes sont légitimes, je ne dois pas le faire souffrir ainsi !

– Alors ne parlons plus de séparation, dis-je, en serrant sa main dans la mienne. Je n'ai aucune envie de te quitter, Alistair. Je suis amoureuse pour la première fois de ma vie, je serais la dernière des idiotes si je te quittais. Mais tu sais, parfois je me dis que toi, tu vas réaliser que tu as peut-être envie d'être avec une femme de ton niveau social, une businesswoman, comme toi, tu vois ?

– Non, j'ai envie d'être avec toi, Chloé. Et j'espère bien que tu vas devenir une galeriste connue, avec plein de succès !

– Et plein de sous ! Je pourrai même t'inviter dans ce restaurant ! Deal ? dis-je en souriant et en lui tendant la main.

– Deal, répond-il, en me faisant un baise-main. On trinquera au saké, à toi, à ton succès. Et à notre amour.

***

Le lendemain matin, je me réveille avec un léger mal de tête. Le saké, c'est un peu traître… Alistair est parti tôt pour travailler, et moi, officiellement en vacances, je traîne au lit, avec mon ordinateur à mes côtés. J'ai beau être travailleuse, c'est quand même très chouette de ne rien faire ! Je ne sais pas encore quand je repars à Paris. Je dois contacter mon école pour connaître la date de validation de mon diplôme.

Mes amies me manquent. J'aimerais fêter aussi avec elles la fin de mon stage, et aussi tout savoir de leur vie actuelle. Je leur envoie un message, mais comme il est 10 heures, je dois attendre 14 heures pour les joindre par Skype. J'en profite donc pour avancer sur mon mémoire de stage… Comme quoi, je ne sais pas rester inactive !

À 14 heures, je me prépare un thé, et appelle les filles. Je suis tellement contente de les joindre toutes les trois en même temps ! Mais Noémie ne répond pas à l'appel. Elle doit être sous la douche. Camille et Émilie décrochent en même temps.

– Hello girls ! Comment ça va ? lancé-je d'une voix joyeuse.

– Hello Chloé, répond Camille. Je regarde son visage sur l'écran, elle ne sourit pas.

– Salut Chloé, me dit Émilie.

Idem, elle ne me lance pas son « hello » tonitruant comme elle le fait d'habitude.

– Ben les filles, cachez votre joie ! Je vous appelle pour fêter la fin de mon stage, et vous faites la gueule. Vous n'êtes pas réveillées ou quoi ? Et Noémie, elle dort aussi ?

– Ben justement Chloé, on voulait te parler de Noé, dit Camille, avec un air soucieux.

– Qu'est-ce qu'il se passe ?

Je sens mon cœur s'arrêter. Mes amies sont comme des sœurs, si l'une d'entre elles va mal, je le vis au plus profond de mon âme.

– On n'a plus de news depuis avant-hier, explique Émilie.

– On ne sait pas où elle est. Elle ne répond pas au téléphone, ne répond pas aux textos. On commence à s'inquiéter.

– Mais elle est peut-être tout simplement avec Julien ? dis-je, tout aussi inquiète qu'elle. Vous l'avez appelé ?

– C'est bien cela le problème, répond Camille. Quand je l'ai appelé, il m'a dit qu'ils étaient en pleine rupture, et que donc il n'avait pas de news non plus.

– Quoi ? je ne peux réprimer un cri. Ils se séparent ? Oh non ! C'est lié à Julien, c'est ça ?

– Oui, confirme Camille. Tu sais, elle nous avait dit qu'elle doutait de sa fidélité. Eh bien, elle avait raison. Il a rencontré quelqu'un d'autre. Il me l'a dit. Il était gêné de m'en parler, tu t'en doutes.

– Quel con, celui-là ! commente Émilie.

Émilie, même si elle papillonne de mec en mec, déteste les hommes qui trompent leurs copines. D'autant plus si la copine en question est son amie.

– Et lui, il n'est pas inquiet ? demandé-je, essayant de ne pas paniquer, de mon côté.

– Si, bien sûr, répond Camille. Il m'a demandé de l'appeler dès que j'ai de ses nouvelles.

– Putain… je lâche, dans un soupir. Qu'est-ce que je peux faire, les filles ?

– Envoie-lui un message ou un mail. Peut-être qu'à toi elle répondra, me suggère Émilie.

– Bon, les filles, pas de panique. Noémie doit être effondrée, mais elle n'est pas du genre dépressif. C'est une warrior. Peut-être qu'elle est juste partie dans sa famille, dans le Sud ?

– J'espère, répond Camille, les larmes aux yeux. Camille est une grande sensible, en amour, mais en amitié aussi. Pour l'instant on n'a pas voulu appeler ses parents, pour ne pas les stresser.

– En tout cas je garde mon téléphone allumé 24 sur 24, tenez-moi au courant les filles, ok ?

– Bien sûr ma poulette, répond Émilie. Et bravo pour la fin de ton stage, au fait.

– Oui, on fêtera ça une autre fois. Avec Noé. Quand on l'aura retrouvée… Je vous embrasse fort les filles.

– Bisous Chloé, disent-elles en cœur avant de raccrocher.

*Mince, Noémie, où es-tu ? Pourquoi ne donnes-tu pas de nouvelles ? On est tes amies, on est là pour t'aider, pour te consoler…*

Je suis sonnée par cette nouvelle. De nature optimiste, je me dis qu'elle a dû aller prendre l'air dans sa famille. Mais ce qui m'inquiète, c'est que Noémie est une fille qui planifie tout, qui organise tout. Comment va-t-elle vivre ce bouleversement ? Étrange hasard, hier, avec Alistair on parlait justement de séparation et aujourd'hui une de mes meilleures amies se sépare de l'homme qu'elle aime depuis plus de deux ans. Je dois rester positive. « La vie, ce sont des montagnes russes, me disait ma grand-mère anglaise. Soit tu paniques à chaque descente, soit tu décides de lever les bras en l'air et d'apprécier le manège. »

Je commence à écrire un mail à Noémie, quand tout d'un coup Alistair débarque dans le loft, tout essoufflé.

– Chloé ! J'ai une super nouvelle, me dit-il avec un immense sourire sur son visage. Le photographe, Jared, m'a appelé. Il connaît Geronimo ! Il m'a donné rendez-vous à Brooklyn, je le retrouve dans un quart d'heure, pour que l'on en discute.

– Oh mais c'est génial, dis-je, partageant son enthousiasme.

Je suis tellement contente pour lui. Enfin il va peut-être retrouver la piste d'Arthur.

– Tu veux que je t'accompagne ? lui demandé-je.

– C'est gentil Chloé, mais pour cette première rencontre je préfère y aller seul. Je suis heureux, et nerveux aussi. On se retrouve juste après, ici, pour que je te raconte tout ça ?

– Oui, bien sûr. Je reste là à travailler.

– Tu vas bien toi, mon amour ?

Je lui parlerai de Noémie plus tard, je ne veux pas gâcher sa joie.

– Oui, tout va très bien. Bon rendez-vous ! Je pense à toi !
– À tout à l'heure, me dit-il avant de m'embrasser et de quitter à toute allure l'appartement.

Je l'ai rarement vu aussi pressé ! Il a l'air tellement heureux, et je partage son bonheur. « La vie, ce sont des montagnes russes… » Je suis sur le point de me préparer un autre thé quand j'entends un téléphone sonner sur le bar de la cuisine américaine. Ce n'est pas mon téléphone… mais celui d'Alistair. Dans sa précipitation, il l'a oublié. Mince, j'espère que ce n'est pas le fameux Jared qui annule le rendez-vous. Je regarde le téléphone, c'est un message de John.

[C'est un piège, n'y va pas.]

Mon Dieu ! De quoi parle-t-il ? J'appelle immédiatement John.

– Alistair, tu as eu mon message ? demande John, avec un ton paniqué.
– Non, c'est Chloé. Alistair a oublié son portable à l'appart. Que se passe-t-il John ?
– Chloé… Quand toi et Alistair m'avez parlé de Jared, l'autre soir, au dîner, j'ai voulu mener ma petite enquête de mon côté. Je suis un peu de nature méfiante, tu sais. Bref. Le détective que j'ai engagé vient de m'appeler à l'instant, et ce Jared est un escroc. Il a été condamné pour extorsions de fonds avec violence. Il s'agissait à chaque fois de personnes très riches.

Les mots résonnent dans ma tête. Mes jambes ne me portent plus, je m'assieds sur le sol de la cuisine.

– Chloé, tu es là ?

– Oui. John, c'est terrible, il vient de partir au rendez-vous. Et on ne peut pas le joindre, dis-je, un sanglot dans la voix.

– Ne bouge pas, j'arrive, Chloé, on va trouver une solution.

Je raccroche et éclate en sanglots. Alistair, mon amour, sois prudent, je t'en prie. Je t'aime tellement…

# V

# CHOISIR SA VIE

# 21
# SE BATTRE

*Alistair, j'ai tellement peur pour toi…*

Je suis assise sur le sol de la cuisine du loft d'Alistair, encore sonnée après le coup de fil de John. L'homme que j'aime est en danger… Il est parti rejoindre Jared, un photographe qui devait lui donner des infos sur son frère jumeau disparu, Arthur. Mais John vient de m'apprendre que cet homme est un escroc, qu'il a été condamné pour extorsion de fonds et violence et qu'il s'en prend aux personnes très riches. Et riche, Alistair l'est ! Il est même milliardaire… Il était tellement enthousiaste de rencontrer Jared, la meilleure piste qu'il ait trouvé jusqu'ici pour retrouver son frère. Rencontrer qui a pris les photos des graffitis d'Arthur, alias Geronimo, cela semblait être au départ une super idée. Et dire que je l'ai aidé à contacter ce Jared… Je ne me suis méfiée de rien, et Alistair non plus. Mon Dieu, je me sens tellement mal !

*Chloé, respire. Calme-toi. John va arriver. Il a dû appeler la police. Il faut que tu te calmes. On va trouver une solution.*

Les larmes me montent aux yeux. S'il arrive quoi que ce soit à Alistair, si on lui fait du mal, ou pire… Des pensées terribles me traversent l'esprit. Ce n'est évidemment plus un sex friend, comme je le pensais au début. C'est l'homme que j'aime, et qui m'aime. Nous nous le sommes dit, d'ailleurs, que nous nous aimions.

Je me relève, chancelante, et vois le téléphone qu'a oublié Alistair dans la précipitation. Et s'il y avait des infos sur le lieu de rendez-vous ? J'ai une lueur d'espoir. Les mains tremblantes, je fais défiler les textos reçus. Mon cœur bat à mille à l'heure quand je tombe sur un message datant de ce midi : « Rendez-vous à l'ancien entrepôt « Starways & sons », au croisement de Harway avenue et de la 27e avenue. » C'est le lieu de rendez-vous ! Je le note sur un bout de papier. Il faut que j'y aille, je dois prévenir Alistair que c'est un piège, avant qu'il soit trop tard. Mais je dois prévenir John, il est censé me rejoindre ici, chez Alistair.

– John, je sais où Alistair et Jared ont rendez-vous, dis-je, le souffle court, alors que j'enfile une veste et mets mes chaussures à toute allure.

– Où sont-ils ? répond John d'une voix toute aussi stressée que la mienne.

– Dans un entrepôt, au croisement de Harway avenue et de la 27e avenue.

– Ok, je suis en route, Chloé, attends-moi.
– Non je dois y aller, je dois le prévenir.
– Chloé ça peut être très dangereux !
– Chaque minute compte, dis-je, en raccrochant.

Je cours vers la sortie du loft, et en bas de l'immeuble, je hèle un taxi. Enfin, plus précisément je me mets au milieu de la route, en faisant de grands gestes, pour qu'un taxi s'arrête. Je donne l'adresse au chauffeur, en lui disant de foncer. Il me regarde dans son rétroviseur. Mon maquillage a coulé, et j'ai l'air en panique.

– Tout va bien, mademoiselle ?
– Non, mais s'il vous plaît, je vous en supplie, faites vite !

Il fonce à travers Brooklyn. J'ai l'impression que chaque feu rouge dure des heures. Je voudrais tant être dans une série américaine, dans laquelle le héros va à toute allure à travers la ville en grillant les feux. Mais je sais que si je demande ça au chauffeur, il va me prendre pour une folle, voire me faire sortir de son véhicule. Je me refais le film de la dernière heure. Peut-être qu'Alistair a mis du temps pour arriver à l'entrepôt. Peut-être que Jared n'était pas à l'heure… J'essaie de me rassurer tant bien que mal. Nous arrivons dans un quartier d'usines désaffectées, je regarde par la vitre chaque bâtiment, de plus en plus nerveuse. « Starways & sons »…

– C'est ici ! Arrêtez-vous ! dis-je en criant au chauffeur.

Il s'arrête précipitamment, me lançant un regard inquiet. Je règle la course et bondis hors du taxi. L'entrepôt en brique est immense. Comment vais-je les retrouver ? La grande porte coulissante, en métal, est ouverte. Je rentre dans le grand hall, vide et poussiéreux. Tout d'un coup je prends peur. Et si John avait raison ? Et si c'était dangereux ? Mais à présent que je suis là, je ne vais pas faire demi-tour.

*Chloé, un peu de courage ! Alistair est peut-être en danger !*

J'entends des bruits dans une pièce voisine. Je m'approche à pas feutrés, rentre dans la pièce, et m'arrête brusquement sur le pas de la porte en poussant un cri. Trois personnes sont au sol, en train de se battre violemment. Parmi elles, je reconnais Alistair ! Il tente d'immobiliser au sol un homme, rasé et baraqué, tandis que celui-ci essaie de le frapper. C'est forcément Jared. Je ne peux pas intervenir, je me sens tellement démunie. Mais qui est le troisième individu ? Alors qu'il tient fermement le bras de Jared, il se tourne vers moi, et je pense avoir une hallucination : c'est un « deuxième Alistair ». Même visage, même cheveux noirs, même corpulence. Il est en jean, t-shirt et baskets, mais à part ça, c'est son clone. Il aide Alistair et réussit enfin à immobiliser Jared, en le retournant face contre terre et en attrapant ses bras. Essoufflé, Alistair regarde son double, me regarde. Il est sous le choc. Je m'approche d'eux et tente de reprendre mes esprits. L'inconnu venu à la rescousse, c'est forcément Arthur, son frère jumeau.

– Alistair, tu vas bien ? lui demandé-je, encore paniquée.
– Oui je crois… répond-il, essoufflé.

À cet instant, nous entendons des sirènes de voitures de police qui s'approchent. Puis tout va très vite. Quatre policiers, accompagnés de John, arrivent en courant. Les policiers menottent Jared, permettant à Alistair et Arthur de se relever. Ils l'embarquent et le sortent de l'entrepôt. John s'approche de moi et pose sa main sur mon épaule.

– Tout va bien, Chloé ?
– Oui, j'ai eu tellement peur, dis-je, tout en observant Alistair et Arthur qui se regardent avec intensité.

Ce moment est tellement chargé d'émotions… Cela fait des années que les deux frères ne se sont pas vus, des années qu'Alistair est à la recherche d'Arthur. Ils ne disent rien, se regardent, se scrutent, comme s'ils étaient en face d'un miroir, puis tombent dans les bras l'un de l'autre. J'ai les larmes aux yeux. John aussi est ému. Ils restent ainsi, silencieux, plusieurs secondes. Alistair croise mon regard, et me fait un signe pour que je les rejoigne.

– Chloé, voici Arthur, mon frère… Arthur, voici Chloé, ma… petite amie, dit-il d'une voix un peu étranglée.
– Bonjour Chloé, dit Arthur timidement en me serrant la main.
– Arthur, ravie de vous rencontrer. Même si c'est un peu particulier comme rencontre, dis-je en riant un peu jaune.

Après toute cette frayeur, j'arrive enfin à, un peu, décompresser.

– Mais pourquoi es-tu là, Chloé ? Comment as-tu su… Et John ? demande Alistair, perdu.

– Il a fait des recherches sur Jared, et il a découvert que c'était un escroc. Il a essayé de te joindre, mais ton téléphone était à l'appart. Puis j'ai trouvé l'adresse du lieu de rendez-vous dedans, et je suis venue…

– John, merci… Mais tu as pris beaucoup de risques pour moi, Chloé, dit Alistair, avec un air un peu sévère.

– Pas autant qu'Arthur…

Arthur, encore sous le choc, à nos côtés, ne dit rien. Je pense qu'il est temps de quitter ce hangar glauque.

– Sortons d'ici, ok ? dis-je calmement.

Tandis que nous sortons tous les quatre dans la rue, un inspecteur de police vient parler à Alistair. Il lui demande de passer plus tard au poste de police pour la plainte. Alistair se tourne vers Arthur.

– Tu veux bien venir prendre un café, que nous discutions un peu ? demande-t-il, visiblement ému.

– Oui bien sûr, répond Arthur avec une voix timide.

– John, dit Alistair en se tournant vers son ami, merci. D'avoir cherché des infos sur Jared, d'avoir prévenu la police. Je t'appelle tout à l'heure.

– Tu peux aussi remercier Chloé, qui a eu la bonne idée

de chercher l'adresse dans ton téléphone, répond John.

Alistair se tourne vers moi et plonge son regard, sombre et magnifique, dans le mien.

– Je sais que je suis avec une jeune femme très intelligente.
– Promis, c'est la première et dernière fois que je fouille dans ton téléphone, dis-je en souriant.

*L'humour comme arme de protection massive, une spécialité de Chloé Haughton !*

Nous nous dirigeons vers la voiture d'Alistair. Comme il est encore fébrile, après cette bagarre, je propose de prendre le volant. C'est tellement étrange, j'ai l'impression qu'il y a deux Alistair dans cette voiture : un à mes côtés, et un que j'observe dans le rétroviseur. Alistair demande alors à Arthur comment il a su que Jared et lui se trouvaient dans ce hangar.

– Jared est un photographe qui suit mon travail depuis un moment. Je le connais peu, mais je sais qu'il a déjà eu des problèmes avec la justice, pour une histoire d'extorsion de fonds. Je l'ai croisé ce midi, dans un squat où je travaillais sur un graff. Et il était très bizarre, il n'arrêtait pas de me poser des questions sur ma famille. Je ne lui ai rien répondu, mais j'ai eu comme un mauvais pressentiment, et donc je l'ai suivi jusqu'à ce hangar. Quand je suis arrivé, je t'ai vu te battre avec lui. Je ne savais pas du tout qu'il avait rendez-vous avec toi…

J'écoute Arthur. Il a pratiquement la même voix qu'Alistair, mais ses intonations sont différentes. Il semble plus réservé. Mais peut-être que cela vient aussi de la situation, qui est tout sauf commune !

– Je suis désolé pour tout ça, Alistair, dit Arthur.
– Ne t'excuse pas, tu n'y es absolument pour rien. Et puis ce qui compte, c'est qu'on l'a arrêté à temps, et surtout que je t'ai retrouvé…

Nous nous arrêtons devant un café de Brooklyn. Je me demande si je dois les laisser tous les deux, si ma place est vraiment ici. Alistair semble lire dans mes pensées, et alors que nous rentrons dans le café, il prend ma main dans la sienne.

– Je suis content que tu sois là, Chloé, avec moi, me murmure-t-il au creux de l'oreille.

Un grand frisson parcourt tout mon corps. Je me sens fondre de joie et de soulagement. Les deux hommes s'installent l'un en face de l'autre, je m'assieds à côté d'Alistair. Je les observe : cette image est belle et émouvante.

– Ça fait combien de temps ? demande Arthur. Tu n'as pas changé.
– Toi non plus tu n'as pas changé. Et on se ressemble toujours autant ! Ça fait si longtemps.

Le silence s'installe entre les deux hommes. Est-ce

qu'Alistair en veut à Arthur d'avoir ainsi disparu de la circulation ? Je ne lui ai jamais posé la question.

– Mais au fait pourquoi avais-tu contacté Jared ? demande Arthur.
– Parce qu'il avait photographié tes œuvres murales signées Geronimo. Cela fait des années que je suis à ta recherche, tu sais.
– Non, je ne le savais pas.

Alistair dégrafe doucement sa chemise, et révèle le tatouage sur son cœur : le visage d'un Indien, celui de Geronimo. Arthur, les yeux grands ouverts, réalise la quête de son frère.

– Tu t'es tatoué le personnage de notre enfance, et c'est aussi mon pseudo d'artiste…
– Oui, pour ne jamais oublier que je devais toute ma vie te rechercher, dit Alistair, la voix vibrante d'émotions retenues.
– Je suis tellement désolé d'avoir fui ainsi, mais c'était presque une question de survie.
– Explique-moi, Arthur. Je suis ton frère, je pense pouvoir comprendre.
– Après l'accident, et après mon année en centre de détention pour jeunes, je ne me voyais pas revenir à la maison, comme si de rien n'était. C'était sûrement lâche, mais je voulais tout casser, et tout reconstruire. J'ai gâché la vie d'un homme, je ne voulais pas gâcher celle de nos parents, ou la tienne. Je suis donc parti sur la route, en

faisant des petits boulots à droite et à gauche. J'ai été serveur, pompiste, j'ai aussi travaillé dans une usine. Et puis à San Francisco j'ai rencontré un collectif d'artistes de rue. Ils m'ont en quelque sorte « adopté ». J'ai appris avec eux l'art du graff. Au départ, je copiais ce que je voyais, et puis j'ai développé mon propre style : ces portraits d'inconnus, peints sur des murs. C'est une vie particulière, je vis dans des squats, je n'ai aucune sécurité, mais je suis heureux ainsi, et je suis libre. Mais tu dois me considérer comme un lâche, d'avoir ainsi fui tout le monde…

– Non, je comprends, Arthur. C'est ton choix, cette liberté. Mais je ne savais pas si tu étais vivant, si tu étais heureux.

– Je le suis, Alistair. Et toi, tu es heureux ? Tu es devenu un vrai businessman, n'est-ce pas ?

– Oui, répond Alistair, avec humilité. J'ai repris la marque Monroe, et j'en ai fait une marque de luxe. Ça marche très bien, grâce aussi à mon associé et à tous les salariés. J'ai un rythme de dingue, mais je suis heureux. Et puis j'ai rencontré Chloé…

*Il parle de moi !*

Arthur m'observe. Je souris, et reste silencieuse, ne voulant pas gâcher leurs retrouvailles.

– J'ai hâte de faire ta connaissance, Chloé, dit-il, avec un sourire plein de gentillesse. Et papa et maman, comment vont-ils ?

– Ils vont très bien. Ils vivent dans les Hamptons. Papa a pris sa retraite, même si, tu le connais, il ne s'arrête jamais vraiment de bosser. Il passe de temps en temps au bureau, et avec maman ils vont voir plein d'expos d'art à New York. Tu leur manques terriblement, tu sais.

– Oui, je sais. Je vis avec la culpabilité de m'être enfui mais je n'avais pas le choix à l'époque. Et puis le temps passant, c'était de plus en plus dur de réapparaître tout d'un coup. « Salut, c'est Arthur, votre fils, vous vous souvenez de moi ? »

– Ils vont être si heureux de te revoir ! dit Alistair, enthousiaste.

Arthur reste silencieux et se renferme un peu. Tout ceci est tellement soudain : son passé qui ressurgit, son frère jumeau qu'il retrouve. J'essaie d'imaginer ce qu'il ressent. J'ai l'impression qu'il a à la fois peur et très envie de renouer avec sa famille.

*Alistair, vas-y doucement. Ton frère doit être bouleversé…*

Je pose discrètement ma main sur sa cuisse, comme pour lui faire comprendre ma pensée. La télépathie entre nous semble fonctionner, puisqu'il sourit à son frère et, avec douceur, le rassure.

– Rien ne presse, tu sais… Prenons le temps.

– Je ne sais pas si je suis encore prêt. Bien sûr, je veux les revoir. Après toutes ces années, il est peut-être temps que je me réconcilie avec mon passé. Mais en même temps ma vie a changé, je ne suis plus le même Arthur qu'il y a toutes ces années.

– Il faudra simplement leur expliquer tout ça, comme tu viens de le faire. Nous deux aussi, il faut que l'on réapprenne à se connaître. Enfin, si tu es d'accord…

Je vois le doute dans le regard d'Alistair. Et si son frère jumeau qu'il recherche depuis des années le rejetait ? Ce serait terrible…

– Ce qu'il s'est passé dans le hangar n'est peut-être pas le fruit du hasard, explique Arthur. C'est qu'il était temps que nous nous retrouvions. Tu m'as manqué, pendant toutes ces années, tu sais ? Je repensais à notre enfance, notre adolescence. Mais en même temps j'avais tellement honte d'avoir eu cet accident et d'avoir causé ce drame.

– Mais tu te souviens que c'est moi qui aie eu l'idée ! s'exclame Alistair.

Je découvre ce détail de l'histoire. Je ne savais pas qu'Alistair avait incité Arthur à prendre le volant ce soir-là.

– Tu as toujours été plus aventureux, plus rebelle que moi, poursuit Alistair. Et je voulais faire le malin devant toi, en te proposant de prendre la voiture. J'ai autant ma part de responsabilité que toi ! Tu ne crois pas que je me suis senti coupable, quand il y a eu le procès et que tu as été en centre de détention pour jeunes ? On aurait dû y aller ensemble !

Arthur est ému par cette confession. Il se penche vers son frère et le serre dans ses bras par-dessus la table. J'ai les larmes aux yeux, et essaie de cacher mon émotion en plongeant mon visage dans mon mug de thé.

– Promis, je ne vais plus disparaître dans la nature, reprend Arthur. Je veux que l'on soit de nouveau des frères l'un pour l'autre. Je te demande juste du temps. Je suis un peu un animal sauvage, tu sais !

– J'imagine que tu ne veux pas venir manger chez moi ce soir ? demande Alistair. Mais si tu le souhaites, tu es bien sûr le bienvenu. Tu y seras comme chez toi, tu sais.

– Je vais rentrer, je crois. Tu ne m'en veux pas ?

– Bien sûr que non. Je suis tellement heureux de t'avoir retrouvé ! Je sais bien que nos vies sont différentes, j'aimerais juste que l'on soit là, l'un pour l'autre, dans ces nouvelles vies.

Les jumeaux se sourient. Arthur se lève, prend son frère dans ses bras, puis s'approche pour me faire la bise.

– Chloé, j'ai été ravi de te rencontrer, même si c'était dans des conditions bizarres, et même si on n'a pas eu le temps de discuter. Mais d'après ce que me dit Alistair, on sera amenés à se revoir.

– Oui, ce sera avec grand plaisir.

Je me sens un peu timide face à ce double d'Alistair, mais je sais que la prochaine fois que je le verrai, ce sera plus simple et aussi plus joyeux. Nous nous retrouvons, avec Alistair, côte à côte dans ce café. Il a l'air épuisé après toutes ces émotions.

– Rentrons, tu veux bien, mon amour ? dis-je avec douceur, en caressant délicatement son visage.
– J'aime quand tu m'appelles comme ça, murmure Alistair.

J'ai eu peur de le perdre, comme jamais auparavant je n'ai eu peur pour quelqu'un. Cet incident n'a fait que renforcer tous les sentiments que j'avais déjà pour lui.

– Oui, rentrons chez nous, dit Alistair en se levant. Il faudra ensuite que j'aille au poste de police.

*Il vient de dire « chez nous » !*

Je suis surprise, mais aussi touchée. Est-ce que ce loft, ce serait aussi chez moi ? J'ai hâte d'être chez nous – enfin… chez lui – pour que l'on se repose un peu, et que je le prenne dans mes bras.

# 22
# SURPRISE VENUE DE PARIS

Je me sens épuisée et je n'ose même pas imaginer l'état d'Alistair. Je rêve d'un bain et d'une nouvelle tasse de thé. Alistair ouvre la porte de son loft, et là, dans le salon, nous tombons sur Noémie, assise en tailleur sur le canapé. Je pense halluciner une nouvelle fois.

*C'est quoi cette journée de fou ?*

Je reste bouche bée à la regarder, elle me sourit avec un petit air gêné. J'essaie de recoller les informations dans ma tête. Noémie, qui est censée être à Paris et qui a disparu de la circulation depuis deux jours, est là, dans le loft d'Alistair. Que fait-elle là ? Comment est-elle rentrée ? Je regarde Alistair, il a l'air tout aussi surpris que moi. Je comprends que ce n'est pas une « surprise » ou un gage de sa part, cette fois-ci. Noémie se lève et vient à ma rencontre. Même si je n'y comprends rien, je suis tellement soulagée de la revoir, d'autant plus qu'elle a l'air bien.

– Salut Chloé, salut Alistair, dit-elle en nous embrassant. Je suis désolée de m'incruster ainsi chez vous, il faut que je vous explique.

– Salut Noémie, dis-je en la serrant fort dans mes bras. Oui, je ne comprends plus rien là…

– Comment es-tu rentrée ? demande Alistair.

– C'est Daniel qui m'a ouvert la porte.

– Daniel ? Daniel de la galerie ? Chez qui j'ai fait mon stage ? m'exclamé-je, surprise.

– Oui. Mais laisse-moi te raconter depuis le début, c'est une longue histoire…

– Bon je vais nous faire un thé, ok ? dit Alistair, en se dirigeant vers la cuisine et en nous laissant toutes les deux.

– Ça va ? Vous avez l'air sonné, tous les deux, remarque Noémie.

– Oui, enfin non… Disons qu'il est arrivé quelque chose de très « fort » dans la vie d'Alistair aujourd'hui. Il s'est fait agresser par un escroc, qui devait lui donner des informations sur son frère, mais qui en fait voulait lui soutirer de l'argent.

– C'est horrible ! s'exclame Noémie.

– Mais ça s'est bien fini. Le frère d'Alistair a débarqué, ils ont pu maîtriser le mec, puis les policiers sont arrivés…

– Quelle histoire de dingue ! Et donc Alistair a revu son frère jumeau ?

– Oui, Arthur. On a bu un café, c'était un moment tellement fort !

– J'imagine… Mince, je suis désolée de débarquer à l'improviste, comme ça. Vous voulez sûrement être tranquilles tous les deux.

– On a eu des émotions fortes, oui ! Mais je suis tellement soulagée de te voir ! Où étais-tu passée ? On s'inquiétait, avec les filles. Elles m'ont annoncé tout à l'heure qu'elles n'avaient plus de nouvelles de toi depuis deux jours, que Julien n'en avait pas non plus. Et comme Julien leur a dit que vous vous étiez… disons… disputés, elles se sont fait du souci. Et moi aussi !

Alistair revient vers nous avec des tasses de thé.

– Tenez. Je vais vous laisser tranquilles et aller me doucher, dit-il, plein de délicatesse, comme à son habitude.

Je suis touchée par le fait qu'il nous laisse toutes les deux. Alors que nous sommes chez lui et qu'il a sûrement envie de souffler après cette journée. Je lui lance un regard plein de reconnaissance et l'embrasse tendrement sur ses lèvres, pulpeuses et douces. Je rêve secrètement de le rejoindre sous la douche, de l'embrasser partout, d'être nue près de son corps nu…

*Chloé, il y a un temps pour tout dans la vie. En l'occurrence, le moment de « mon mec s'est battu avec un escroc + ma meilleure amie est dans mon salon » n'est pas le moment le plus approprié pour penser au sexe…*

Je m'installe confortablement dans le canapé, avec ma tasse de thé, face à Noémie. Cela me fait tellement bizarre de la voir, ici, dans mon « quotidien new-yorkais » ! C'est comme si ma vie parisienne et ma vie new-yorkaise ne faisaient plus qu'une.

– Il y a trois jours, j'ai découvert que Julien me trompait.

– Comment l'as-tu su ?

– Eh bien tu sais, j'avais des doutes, depuis quelque temps. Je vous en avais parlé, à toi et aux filles.

– Oui, il n'arrêtait pas de s'absenter pour le boulot, et puis tu avais trouvé une capote dans son jean.

– Tu imagines bien qu'après j'ai été plus méfiante que d'habitude. Et un jour je l'ai suivi.

– Comment ça, tu l'as suivi ? Tu veux dire… comme dans les films ?

– Oui, c'était à peu près ça. On était à l'appart, on allait dîner, il a reçu un message, et là il m'a dit qu'il devait partir pour un sujet, un truc urgent, politique. Je ne sais pas pourquoi mais j'ai eu comme un pressentiment. J'ai senti qu'il me mentait. Il a appelé un taxi. Et moi je suis descendue en bas de l'immeuble, discrètement juste après lui. Et j'ai fait un truc que jamais je n'aurais imaginé faire. J'ai pris mon scooter et j'ai suivi le taxi.

– Non ? Tu as fait ça ?

– Oui, pourtant, tu me connais, je suis plutôt rationnelle comme fille… Mais j'avais vraiment besoin de savoir si c'était moi qui devenais complètement folle ou pas.

– Et donc ?

– Il s'est arrêté devant une terrasse, vers Montorgueil. J'étais encore sur mon scooter, et là j'ai assisté à une scène horrible : il a embrassé une fille qui était là, qui l'attendait. Un vrai baiser, tu vois ?

Noémie a les larmes aux yeux alors qu'elle me raconte cela. Je lui prends la main, l'encourageant à terminer son récit, aussi dur que ce soit pour elle.

– Et comment as-tu réagi, alors ?

– Je suis restée sur mon scooter, et je suis rentrée chez nous. Je ne me voyais pas faire une scène dans la rue. Ç'aurait été super humiliant pour moi, tu comprends ?

– Oui je comprends bien. Je pense que j'aurais réagi comme toi.

– Arrivée à l'appart, j'ai fondu en sanglots. Et j'ai attendu qu'il revienne.

– Pourquoi tu ne m'as pas appelée, Noémie ?

– J'ai hésité. Mais j'étais tellement effondrée, je suis restée prostrée sur mon lit… Tu imagines, après deux ans d'histoire ?

– Il est rentré tard ?

– Non, deux heures plus tard. Et bien sûr quand il a vu ma tête et mes larmes, il a compris que je connaissais la vérité. Je lui ai posé mille questions : depuis quand il me trompait, qui était cette fille. J'ai essayé de rester digne, mais je n'ai pas pu me retenir de pleurer et de crier.

– Et c'est normal ! Qui resterait calme après un truc comme ça ?

– Il m'a répondu qu'il la connaissait depuis deux mois. Et qu'il me trompait depuis un mois.

Noémie commence à sangloter. Je déteste voir mon amie souffrir ainsi.

*Et un connard de plus ! Si Julien était en face de moi, je lui dirais ses quatre vérités !*

– On a passé la nuit à discuter, poursuit Noémie. Il s'est excusé mille fois, m'a dit qu'il ne l'aimait pas, etc. Et puis il a commencé à se justifier, en disant que mon histoire de mariage lui avait mis la pression.

– Que lui as-tu répondu ?

– J'ai admis que j'étais un peu *control freak*, bien sûr. Mais qu'au lieu de me tromper, il aurait pu en discuter avec moi… Je le trouve lâche, en fait.

– Je suis d'accord avec toi. Ça sent un peu l'excuse…

– Oui, et autant s'il avait voulu, pour se rassurer, aller draguer ailleurs, j'aurais compris. Mais il a franchi une limite, une ligne rouge, en couchant avec cette fille.

– Merde, Noémie, c'est super dur ce que tu vis… Je suis là tu sais, je suis là pour toi…

Je culpabilise de ne pas avoir été à Paris à ce moment-là. Je me dis que si ça avait été le cas, elle m'aurait contactée plus facilement.

– Merci Chloé… Bref, à la fin de la discussion, je lui ai dit que je ne pensais pas pouvoir rester avec lui, qu'il avait trahi ma confiance. Il était effondré, mais j'ai été honnête. Il a dormi sur le canapé, et moi j'ai dormi dans la chambre, mais seulement trois heures. Puis en me réveillant je me suis dit que je ne pouvais pas passer les prochains jours dans cet appartement, avec lui. Que je devais partir, souffler, réfléchir à tout ça. Et donc j'ai décidé de venir à New York. J'ai fait un truc fou : j'ai fait mon sac et quitté l'appartement, sur un coup de tête. Julien dormait encore quand je suis partie. J'ai voulu t'appeler pour te prévenir, mais ton téléphone était sur répondeur. C'est normal, il était 4 heures du mat' pour toi ! Donc je suis passée à ta galerie parisienne, pour qu'ils te passent le message.

– Pourquoi tu n'as pas appelé Camille et Émilie ? demandé-je, surprise.

– Je sais, j'aurais dû le faire. Mais je ne sais pas pourquoi, je n'avais qu'une idée en tête : quitter Paris, aller à New York. Si j'avais appelé les filles, elles m'auraient sûrement raisonnée. Et j'avais envie de faire un truc fou, tu comprends ?

– Oui, je vois bien. Dans ces cas-là on n'a pas envie d'être « raisonnée ». Mais… je n'ai eu aucun message de la galerie !

– J'ai pourtant laissé un message à Cécile. Mais elle ne te l'a pas transmis visiblement. Tu sais pourquoi ?

*Cécile, quelle garce !*

– Cette fille est super jalouse depuis que j'ai continué mon stage à New York au lieu de rester à Paris, comme c'était prévu au départ. Elle est persuadée que c'est parce que je suis avec Alistair. Elle m'a envoyé un mail plein de haine, l'autre jour. Je n'y ai pas trop prêté attention. Si j'avais su…

– Tu ne pouvais pas imaginer que j'allais venir te rejoindre sur un coup de tête, et que j'allais lui demander un service.

– C'est sûr… En tout cas cette fille est vraiment une garce… Elle ne perd rien pour attendre… Et donc tu as pris l'avion juste après ?

– Oui, à l'aéroport, j'ai acheté un billet, et comme j'avais fait une demande de visa l'an dernier, ça n'a pas posé de problème. Quand j'ai débarqué à New York, je n'avais pas de message de toi, et avec mon téléphone français je n'arrivais pas à t'appeler. Je me suis dit que tu étais peut-être encore à la galerie. J'y suis allée, j'avais noté l'adresse en France.

– Pas de chance, je viens juste de finir mon stage.

– Je ne le savais pas !

– Oh, Noémie, si j'avais su ! Je serais venue t'accueillir à l'aéroport, tu t'en doutes.

– Bien sûr. Ne t'en fais pas, Chloé, tu n'y es pour rien !

J'observe mon amie, qui me raconte toutes ses mésaventures. La Noémie si cartésienne, si organisée, qui fait un truc sur un coup de tête, je n'en reviens pas !

– Et c'est à la galerie que tu as vu Daniel ?

– Quand je suis arrivée là-bas et que j'ai compris que tu n'étais pas là, j'ai fondu en larmes. Je me suis trouvée super bête d'avoir ainsi traversé l'Atlantique pour te retrouver. Et puis je me suis dit que j'étais aussi idiote d'avoir laissé ainsi Julien. Bref, un gros moment de lose ! Daniel m'a vue, on a discuté. Je lui ai raconté mes mésaventures. On est allés boire un café à côté de la galerie. Il a été super, tu sais !

– Oui, c'est un mec génial, Daniel.

– Il a vraiment été adorable. Et c'est un bel homme, en plus.

C'est moi ou elle vient de prononcer cette phrase avec les yeux brillants ? Se serait-il passé quelque chose entre eux ? Cela m'étonne, Daniel n'est pas du style dragueur.

– Mais il ne t'a pas fait un plan drague, quand même ?
– Oh non, il a été parfait. On a beaucoup parlé. Il m'a consolée.

Elle sourit à l'évocation de Daniel. Même s'il ne l'a pas draguée, j'ai comme l'impression qu'il s'est passé quelque chose entre eux... Après tout, pourquoi pas ! Daniel est un galeriste charmant, talentueux et d'une gentillesse hors norme, Noémie est jolie et sensible. Même si elle sort d'une histoire dure, cela ne m'étonne pas qu'ils se soient plu.

– Il a essayé de joindre Alistair, poursuit Noémie, mais ça ne répondait pas. Je pense que c'était pendant votre « mésaventure »... Mais comme il avait les clés de l'appartement, il m'a proposé de me déposer ici.
– Il a eu une très bonne idée, Noémie.
– Il m'a donné son numéro, il veut que l'on se revoie, dit-elle en rougissant légèrement.
– Et toi, tu en penses quoi ?
– Je ne sais pas, je suis un peu bouleversée par tout ce qui m'arrive. Mais en même temps, tu sais, le fait d'avoir eu le courage de venir jusqu'ici, d'écouter mon instinct, ça m'a fait un bien fou. Comme une nouvelle Noémie, tu vois ?
– Je vois bien. Ça m'a fait la même chose quand j'ai rencontré Alistair. Je me mettais plein de barrières, et puis petit à petit je réalise que suivre son instinct, c'est bien !
– On parle de moi ? dit Alistair en rentrant dans la pièce.

*Mince, j'espère qu'il n'a pas entendu ma dernière phrase, mais juste son prénom !*

Il entre dans le salon, les cheveux encore humides, et habillé d'un costard gris, magnifiquement coupé. Mon Dieu… cet homme est tellement sexy. Je le regarde, émerveillée, comme le premier jour où je l'ai rencontré, dans le train. Le récit de Noémie m'a troublée. Aujourd'hui avec Alistair, tout est parfait, mais que se passerait-il si un jour il prenait peur, comme Julien, et qu'il partait dans les bras d'une autre fille ? Rien que le fait d'y penser, je commence à paniquer.

*Ce n'est pas le moment de flipper, Chloé ! Pense à ton amie !*

– Je dois aller au poste de police. Je vous laisse, je vous retrouve ici après ? dit Alistair avec son sourire charmeur.

Il a l'air plus apaisé que tout à l'heure.

– Oui, je pense qu'on va dîner ici.
– Fais comme chez toi, Noémie. Il y a une chambre d'amis, mets-toi à l'aise.
– Merci Alistair.

Je me lève, m'approche de lui, et lui caresse délicatement le bras.

– Ça va aller ?
– Oui, ne t'inquiète pas, répond-il en m'embrassant

sensuellement et tendrement, sous le regard attendri de Noémie.

***

– Dis-moi, c'est le big love, là, entre vous deux, dit Noémie une fois qu'Alistair a quitté le loft.

– Oui. On s'est dit qu'on s'aimait, dis-je, en rougissant.

– C'est la première fois que je te vois amoureuse. Je suis tellement contente pour toi, Chloé !

– Mais c'est le début. Tu sais, au début c'est simple…

– Avec toi, rien n'est simple, et surtout pas le fait de tomber amoureuse, lance Noémie dans un grand éclat de rire.

Elle n'a pas tort ! Il y a quelques mois j'étais persuadée que j'allais encore passer des années à fréquenter de temps en temps des sex friends, que l'amour n'était pas fait pour moi. Ma mère, et ses propos négatifs sur les hommes, m'influençait beaucoup. Aujourd'hui je me sens plus libre, et surtout tellement plus heureuse…

– Finalement cette histoire de gages, c'était une bonne idée, je rajoute, le sourire aux lèvres.

– Vous faites encore ce… truc ?

– Oui, c'est assez drôle. Quand je flippe, et que j'agis de façon irrationnelle, j'ai un gage, quand lui me propose un truc fou, il a un gage.

– C'était quoi le dernier ?

– Eh bien il me parlait de son couple d'amis, de leur enfant, comme quoi ils étaient merveilleux, et j'ai englouti sans faire gaffe un pot entier de beurre de cacahuète…

Noémie se met à rire.

– C'est sûr que ça méritait un gage !
– Le gage était plutôt chouette : on a fait un test HIV…
– Tout le monde est gagnant, du coup ! dit Noémie.
– Il faut qu'on appelle les filles, tu sais, dis-je à Noémie, plus sérieusement. Elles étaient super inquiètes.
– Oui bien sûr. J'aurais dû les prévenir…
– Tu as fait ce que tu as pu. Ce sont tes amies, elles vont comprendre.

Je sors mon ordinateur et ouvre Skype. Cool, elles sont connectées ! Je les appelle.

– Hello les filles, dis-je d'une voix enjouée.
– Hello Chloé, répondent-elles en chœur.
– J'ai une bonne nouvelle. Il y a quelqu'un ici qui veut vous dire bonjour.

Je fais un signe à Noémie pour qu'elle vienne s'asseoir à côté de moi. Émilie et Camille restent sans voix plusieurs secondes.

– Salut les filles, dit Noémie pour briser le silence.
– Noé, qu'est-ce que tu fous à New York ? dit Émilie en criant.
– Noémie, tu vas bien ? On s'est tellement inquiétées pour toi, dit Camille, visiblement émue.

– Je vous raconterai en détail. Mais j'ai découvert que Julien me trompait, et je suis partie à New York.

– Mais pourquoi tu ne nous as pas prévenues ? Pourquoi tu ne répondais pas ? demande Camille.

– Je suis désolée les filles, je sais que j'aurais dû vous prévenir. Mais je n'avais qu'une idée en tête : quitter Paris. J'ai réagi sur un coup de tête.

– Toi, tu as fait un truc sur un coup de tête ? remarque Émilie, surprise.

– Oui, je sais, c'est fou, n'est-ce pas ? Et puis j'ai eu du mal à contacter Chloé. Elle était avec Alistair, qui s'est fait agresser.

– Quoi ? crie Émilie.

– Non, ne vous inquiétez pas, tout va bien, dis-je pour les rassurer. Et la bonne nouvelle c'est qu'Alistair a retrouvé son frère jumeau.

– C'est génial ça, dit Camille, toujours friande de belles histoires.

– Non mais c'est un film américain, votre vie, les filles, là, dit Émilie avec un air gentiment moqueur.

– C'est mouvementé, c'est vrai, réponds-je en souriant.

– Et comment tu vas, Noé ? demande Camille, soucieuse.

– Ça va. Un ami d'Alistair et de Chloé, Daniel, m'a accueillie à la galerie. Et là je suis avec Chloé, donc tout va bien ! C'est très dur ce qui s'est passé avec Julien. Mais ça va aller…

– On a eu tellement peur, dit Émilie.

– Désolée de vous avoir fait cette frayeur.

– Plus jamais tu nous fais ça !

– Non, promis. En même temps je n'espère pas revivre ça tous les jours.

– Et tu vas rester longtemps à New York ? demande Camille.

– Je ne sais pas trop. Je ne veux pas abuser de l'hospitalité d'Alistair. Mais je pense rester quelques jours. Et je dois revoir Daniel. Il a été super gentil avec moi.

– Daniel… ça fait deux fois que tu en parles. Il y a anguille sous roche ? remarque Émilie.

Noémie rougit un peu, mais je suis la seule à le remarquer. Il faut que je change de sujet !

– Les filles, je vais revenir bientôt à Paris, il faut absolument qu'on se revoie. Vous me manquez.

– Tu nous manques aussi, dit Camille, les yeux embués. Tu prends soin de Noémie, hein ?

– Bien sûr.

– Vous avez intérêt à revenir bientôt, sinon c'est nous qui débarquons à New York, lance Émilie dans un éclat de rire. Il a plein de chambres d'amis, Alistair ?

Émilie est comme moi, quand elle est émue, elle ne peut s'empêcher de blaguer. Par pudeur. Je me sens tout d'un coup très fatiguée, après cette journée tellement chargée d'émotions, mais en même temps je n'ai pas envie de raccrocher. Ces trois amies, c'est comme ma famille. Sans elles, je suis perdue. Ces retrouvailles, même virtuelles, me bouleversent. Émilie et Camille racontent leur vie, les dernières nouvelles. Nous les écoutons avec plaisir.

– Noémie, je peux te demander quelque chose ? demande Camille avec un air soudainement sérieux.

– Évidemment, répond Noémie.

– On a promis à Julien de le prévenir, dès qu'on avait de tes nouvelles. Ça ne te dérange pas si on le fait ?

– Non, répond Noémie, d'une voix étranglée par l'émotion. Vous pouvez lui dire que je vais bien et que je suis ici. Je suis encore très en colère, après ce qu'il s'est passé. Mais je n'ai pas envie de le faire souffrir. Ce serait idiot de ma part.

– On peut aussi lui dire que c'est un connard ? demande Émilie, en riant.

– Oui, ça tu peux aussi, répond Noémie en souriant.

Après nous être promis de nous rappeler ces prochains jours, et après s'être envoyé plein de bisous via nos écrans interposés, nous raccrochons. Je fais visiter le loft à Noémie et lui montre la chambre d'amis. Alistair n'est pas encore de retour, mais toutes les deux allons nous coucher, épuisées l'une comme l'autre. Alors que je me suis endormie, je sens Alistair qui se glisse sous les draps en soie, à mes côtés.

– Ça s'est bien passé ? demandé-je, dans un demi-sommeil.

– Oui. Tout va bien. Dors, jolie Chloé.

Je me blottis contre son torse nu. Le contact de sa peau douce et chaude, ses mains qui caressent doucement mon dos, me font fondre de bonheur.

– Bonne nuit Alistair, dis-je dans un souffle.

– Bonne nuit Chloé, répond-il en me serrant avec tendresse. Merci d'être là, dans ma vie.

## 23
## ESCAPADE TROPICALE

Le lendemain matin, Alistair se réveille tôt. Il dépose un baiser sur mes lèvres. Encore un peu somnolente, je l'embrasse dans le cou et me serre contre lui. J'ai envie qu'il me fasse l'amour, j'ai envie d'un réveil tendre et sensuel. Je sens qu'il en a aussi envie, je sens son sexe durcir contre moi.

– Je dois aller travailler. Je n'étais pas au bureau hier après-midi, à cause de cette histoire, là je dois rattraper mon retard. Je suis désolé…

Je comprends. Il dirige une multinationale, il ne va pas prendre une matinée de congés juste pour me faire l'amour. Mais peut-être juste quelques minutes ? Je me glisse sur lui, et soulève lentement son t-shirt.

– Chloé… soupire-t-il avec amusement.

– Pas longtemps, juste quelques instants, lui dis-je dans un souffle.

Il ne peut pas retenir son désir et nous faisons tendrement l'amour. C'est bon, comme toujours, mais cela ne dure pas assez longtemps à mon goût…

– C'est frustrant, me dit-il en m'embrassant alors que je suis encore nue dans le lit.
– Oui, j'ai hâte que l'on puisse prendre le temps de se retrouver… Allez, filez, monsieur Monroe, vous ne perdez rien pour attendre, dis-je en souriant.

C'est avec regret qu'il s'habille et m'envoie un dernier baiser avant de partir. Quelques minutes plus tard, je vais réveiller Noémie avec le petit-déjeuner servi sur un plateau. Je suis tellement contente qu'elle soit ici à New York avec moi ! J'adore ma vie new-yorkaise, mais sans mes amies, c'est parfois dur. Nous discutons, nous nous préparons puis partons nous balader dans Brooklyn avant de traverser le pont et de marcher dans Manhattan. C'est sa première fois à New York, et je fais donc office de « guide » officiel. C'est amusant, et je sens que cela lui fait du bien, après toutes ces mésaventures avec Julien. Nous parlons beaucoup de sa relation, de sa vie avec lui. Il a été « le premier », elle n'a connu qu'un seul homme, et se dit, à présent que leur histoire semble finie, qu'elle aussi veut vivre autre chose. Elle a « programmé » sa vie depuis qu'elle a 17 ans, pour se rassurer, mais après tout la vie est surtout faite d'imprévus. Si elle semble encore affectée par la tromperie de Julien, je sens que Noémie voit qu'une autre vie, une nouvelle vie, s'ouvre à elle. Après un passage obligatoire dans une pâtisserie spécialisée en cupcakes, nous revenons au loft. En début de soirée, Alistair nous rejoint alors que nous dégustons un verre de vin sur la terrasse.

– La vie est belle, mesdemoiselles ? demande-t-il en saluant Noémie et en m'embrassant.

– Elle est pas mal du tout, répond Noémie, en souriant.

– Cela vous dit qu'on dîne tous les trois au 230 fifth ? C'est un restaurant avec une vue incroyable sur la 5e avenue, nous explique Alistair.

– Alistair a un truc avec les vues panoramiques, dis-je en souriant.

L'hôtel à Londres où nous avons bu notre premier cocktail, le bar à Manhattan, son appartement à Paris, son loft ici… Le jour où il m'invite dans un bar au rez-de-chaussée, je m'inquiète !

– C'est très gentil, Alistair, mais… j'ai un truc de prévu.

Alistair et moi nous regardons, très surpris l'un comme l'autre.

– En fait… Daniel m'a envoyé un message, et il me propose de passer le week-end avec lui à Long Island. On partirait ce soir, dit Noémie avec un air gêné.

– Quel romantique, ce Daniel ! dis-je en riant, pour détendre l'atmosphère. Je crois que c'est magnifique comme plage. Tu as envie d'y aller ?

– Oui. Cela ne vous dérange pas ?

– Bien sûr que non. Cela va te changer les idées, lui dis-je, en toute sincérité.

– Et on va se faire un dîner en tête à tête, avec Chloé, ajoute Alistair avec un petit sourire en coin.

*Toi, Alistair, tu es en train de préparer quelque chose. Je commence à connaître ton regard, quand tu imagines une surprise…*

Nous amenons Noémie à la galerie de Daniel, avec la voiture d'Alistair. Avant de nous quitter, elle vient me parler en aparté.

– Tu crois que je fais n'importe quoi ? me demande-t-elle.

– La seule question que tu dois te poser, c'est « est-ce qu'il me plaît ? ». Et je connais un peu Daniel, c'est un gentleman. Il ne va pas te sauter dessus ! Après ce que tu as vécu, tu as bien le droit à un peu de légèreté.

– Tu as raison. Merci Chloé, merci d'être là.

– Ça rattrape un peu le coup de la copine un peu nulle qui ne va pas te chercher à l'aéroport, dis-je en riant.

Alistair m'emmène ensuite au 230 fifth. Il n'a pas menti : de la terrasse sur le toit arborée, magnifique, nous avons une vue splendide sur l'Empire State Building. Alors que nous dégustons un merveilleux cocktail, Alistair me lance son regard de « je conspire quelque chose ». J'adore quand il fait cela.

– Toi, je sens que tu as quelque chose à me dire…

– L'invitation de Daniel m'a donné des envies, répond Alistair.

– Comment ça, tu veux aussi qu'on aille à Long Island ? dis-je en sirotant mon cocktail.

– Non, je pensais à une autre plage. On peut partir avec mon jet privé, ce soir, aux Bahamas, qu'en dis-tu ?

Je manque de m'étouffer avec ma boisson.

*Aux Bahamas ? Ce soir ? Il se moque de moi ou pas ?*

– Tu es en train de me mener en bateau, là ?

– Non, pas du tout, on ira en jet privé, pas en bateau, dit-il, pince-sans-rire, c'est à 2 h 30 de vol. En partant dans deux heures, on peut y être pour minuit… Je crois qu'après toutes ces émotions, on a besoin de se détendre et de se retrouver un peu tous les deux, non ?

– Si, bien sûr ! Mais… ton boulot ?

– Je bosse toute l'année comme un dingue, je peux prendre quatre jours avec mon amoureuse.

La plage, les cocotiers, le soleil, avec Alistair. Quel rêve ! Sa proposition me ravit. Mais je réalise que cela rentre tout à fait dans notre contrat de gages.

– Tu sais que me proposer ainsi, au dernier moment, des vacances à deux, sur une île, c'est plutôt engageant, dis-je en lui prenant la main.

– Tu veux dire que ça vaut un gage ? Tu ne crois pas que

tu pousses un peu loin le concept ? répond Alistair en riant.

– Si bien sûr. C'est tout l'intérêt de ce concept.

– Ok, alors dis-moi, demande-moi ce que tu veux.

– Nous avons fait notre test HIV, tu te souviens ?

– Oui c'était ton dernier gage. Il y a quelques jours, je suis même allé chercher les résultats au laboratoire.

– Eh bien ton nouveau gage, c'est de m'offrir les résultats de ton test ! Moi j'ai le mien avec moi. Comme ça on se les offre mutuellement. C'est pas le truc le plus romantique qu'on t'ait proposé dans ta vie ? dis-je, en me moquant de ma propre idée.

– Très bien. Attends-moi ici, le papier est dans la voiture. Je vais le chercher.

Je le regarde, quelques minutes plus tard, me rejoindre sur la terrasse. Avec son jean, son t-shirt blanc et ses cheveux en bataille, il a l'air d'avoir mon âge. Mais sa démarche, son assurance, son regard, fier, sont pleins de virilité et d'assurance. Ce mélange des genres me trouble et me séduit. Je l'imagine en maillot de bain sur une plage et souris déjà. Zut, un maillot de bain… Je n'en ai pas avec moi à New York ! En même temps j'imagine qu'ils en vendent, aux Bahamas. Je remarque qu'Alistair a dans sa main un grand paquet cadeau. Ce ne doit pas être un maillot. Ni un résultat de test HIV. Je ne comprends pas.

– Voilà mon gage, voici le test, Chloé, me dit Alistair avec un grand sourire.

Je le regarde, surprise… Je ne m'attendais pas à cela. Qui

est pris qui croyait prendre, comme disait ma grand-mère. J'ouvre le paquet : c'est un grand sac en cuir souple, bleu, magnifique, avec sur les côtés de petits clous. Rock et très chic, il est magnifique…

– Oh Alistair, merci ! C'est un sac Monroe ! Il est splendide.

– Ce n'est pas n'importe quel sac, répond Alistair, en prenant mes mains dans les siennes.

– Comment ça ?

– On vient de le sortir. C'est un sac qui s'appelle « Chloé ». Je l'ai imaginé le lendemain de notre rencontre.

*Alistair a créé un sac à mon nom !*

Je me sens tout d'un coup très émue. J'ouvre le sac, et trouve dedans le résultat du test HIV. Est-ce qu'il avait tout prévu depuis le départ ? Quoi qu'il en soit, je me sens bouleversée par tant d'attentions, et ce cadeau, unique, magnifique. Les larmes me montent aux yeux. Mais j'essaie de ne pas perdre la face, comme d'habitude, et sors de mon sac mon résultat de test.

– Voici le mien, Alistair. Mais je n'ai pas de cadeau avec !

– Ton amour et ta confiance, c'est ça mon cadeau, Chloé, dit-il en approchant ses lèvres des miennes.

S'il n'y avait pas de gens autour de nous sur cette terrasse, je lui sauterais dessus ! J'ai hâte d'être aux Bahamas, dans ses bras…

***

Quelques heures plus tard, après être repassés au loft et avoir pris le jet privé d'Alistair, nous voici dans un magnifique bungalow de luxe, aux Bahamas. J'ai tellement l'impression de vivre dans un rêve ! Je ne suis pas habituée à ce luxe, et donc je suis excitée comme une adolescente à la découverte de ce décor irréel.

– Oh regarde, sur la terrasse, y'a une grande piscine à débordement, lancé-je à Alistair, à moitié hystérique. Viens, on va prendre un bain de minuit !

Alistair m'observe, amusé. Lui est évidemment plus habitué à ce luxe.

– Bain de minuit, cela veut dire nu ?
– Évidemment !

Je me déshabille en une demi-seconde et plonge dans la piscine. Où est passée la Chloé pudique ? Ce soir elle a bel et bien disparu. Je nage nue, dans cette eau tiède, et je me sens tellement libre !

– Viens ! crié-je à Alistair. C'est tellement bien ! Et regarde, on voit les étoiles.

*Chloé, calme-toi, tu n'as pas quatorze ans, non plus…*

Alistair se déshabille lentement et me rejoint sur le rebord de la piscine, après un plongeon, athlétique. Nos corps nus se rapprochent. Nos lèvres humides se rejoignent dans un baiser profond et sensuel. Je sens que la nuit, tropicale, va être torride…

Une brise chaude caresse nos visages, alors que nous sommes enlacés, dans l'eau. Mes jambes entourent ses hanches, mes mains caressent ses cheveux humides, tandis que ses baisers, intenses, me rendent dingue. Je ne sais pas si c'est parce que ces dernières 48 heures, nous n'avons pas eu beaucoup de temps pour nous, ou si c'est cette piscine qui fait que je me sens comme une star d'Hollywood, super sexy, mais je suis très excitée. Alistair m'embrasse langoureusement, tandis que nos corps, légers dans l'eau, glissent l'un contre l'autre.

– C'est une merveilleuse idée, cette escapade, dis-je en soupirant à Alistair.
– Et tu es une très jolie sirène, me répond Alistair.

Il plonge soudainement sa tête dans l'eau, et, en apnée, embrasse mes seins, et mon ventre. La sensation de l'eau tiède et de son visage contre mon corps me fait fondre de plaisir. Je penche ma tête en arrière et admire le ciel étoilé, la lune brillante. Quelle sensation magique ! Quand il sort la tête de l'eau pour embrasser ma bouche de nouveau, je sens dans ses baisers qu'il est aussi excité que je le suis. Je remarque un bouton sur le rebord de la piscine, à quelques centimètres de ma main.

– Tu sais ce que ça fait, si j'appuie sur ce bouton ? demandé-je à Alistair.

– Non, mais essaie. Je sens que tu en meurs d'envie, me dit-il avec un sourire un peu moqueur.

J'appuie dessus, et l'eau commence à s'agiter, comme dans un jacuzzi. Les remous, sur nos corps glissant l'un contre l'autre, créent de nouvelles sensations. C'est la première fois de ma vie que je me retrouve ainsi, nue dans une piscine, avec un homme que j'aime. Mais j'ai déjà fantasmé cette scène. La réalité est encore plus belle. Alistair plonge son visage au creux de mon cou, il me lèche, me mordille, m'embrasse avec fougue. Je sens son sexe durcir contre mon ventre tandis que mes petits seins pointent de désir.

– Est-ce que ma jolie sirène est d'accord pour sortir de l'eau ? me demande Alistair, en prenant ma main.

– Oui, réponds-je dans un souffle, admirant la lumière de la Lune se refléter dans ses beaux yeux sombres.

Je m'avance vers la petite échelle et sors doucement de la piscine. Alistair est juste derrière moi, et je sens son regard sur mon dos et mes fesses. Je m'approche d'une grande chaise longue en bambou, située au bord de la piscine, juste sous un cocotier. Il fait tellement bon que je ne ressens pas le besoin de m'envelopper d'une serviette de bain. Je m'assieds tandis qu'Alistair s'approche de moi. Alors qu'il s'apprête à s'asseoir à mes côtés, je l'arrête d'un geste.

– Non, reste ainsi, debout.

Je veux voir son corps nu, trempé, et son sexe, bandant. J'attrape délicatement ses fesses. Ses fesses d'homme, ses fesses musclées, parfaites. J'approche ma bouche de sa verge, tout en le regardant, droit dans les yeux. Je me sens, ce soir, comme une déesse du sexe, je me sens libre, désirante et désirée. Ma langue caresse avec douceur son sexe, mes lèvres viennent l'embrasser, l'envelopper, tandis que mes mains agrippent ses fesses. Je le sens de plus en plus excité, je l'entends soupirer, et cela me fait frissonner. Assise, ainsi, nue au bord de cette piscine, son sexe entre mes lèvres, je me sens maîtresse de son plaisir. Il caresse délicatement mes cheveux et me regarde le prendre avec ma bouche, ma langue, mes lèvres.

– Chloé, c'est tellement bon… soupire-t-il. Je veux aussi te sentir, te goûter.

Il s'éloigne de mon visage et me fait allonger sur la chaise longue, couverte d'un grand tissu blanc. Il se met à genoux et plonge son visage entre mes cuisses. Il embrasse la peau, si délicate à cet endroit, puis remonte doucement vers mon bas-ventre. Je sens tout mon corps et mon âme lâcher prise. Sa bouche frôle mon sexe, s'aventure au creux de mes cuisses, puis revient sur mon sexe. Son souffle chaud, contre ma peau, m'électrise. Je me relève un peu, et observe son corps, nu entre mes jambes. Il est tellement beau, et il sait tellement bien m'embrasser… Je caresse ses cheveux alors que sa langue lèche avec douceur mon clitoris gonflé de désir. Ses doigts s'aventurent près de mon sexe, et, alors qu'il me pénètre, je pousse un cri de plaisir. Je pose alors ma main sur ma bouche, pour étouffer ce cri. Alistair lève son regard vers moi.

– Ne t'empêche pas de crier, Chloé. Jamais. Personne ne nous entend, ici.

*Alistair, à chaque fois que nous faisons l'amour, je découvre de nouvelles sensations. C'est incroyable.*

J'ai la sensation qu'il connaît mon sexe et mon plaisir par cœur. Sa langue embrasse mon intimité tandis que ses doigts me pénètrent avec douceur. Ses caresses me rendent dingue, et plus il soupire de plaisir, plus je me sens lâcher prise. Il remonte sa main, pour toucher un de mes seins. Il attrape délicatement mon téton, et le presse entre ses doigts. Je ne suis plus qu'un corps empli de plaisir. Mes soupirs se font de plus en plus forts, j'ai envie de crier. Mes jambes commencent à trembler, et j'ai le souffle court. Ses mouvements deviennent plus rapides, plus intenses. Je serre mes jambes autour de lui, le regard tourné vers le ciel étoilé.

– Alistair… dis-je dans un soupir.
– Chut, laisse-toi aller, Chloé…

Je me cambre, pour encore mieux sentir sa bouche léchant mon sexe. Tout mon corps se met à trembler. Je sens un orgasme, lent, fort, monter doucement en moi. Il vient de la bouche d'Alistair, de mon sexe, et traverse tout mon corps, jusqu'à mon âme… Je crie de plaisir, en agrippant le dos d'Alistair. Je croise son regard, et son sourire. Il se glisse sur le côté, et vient déposer un baiser dans mon cou, alors que je reprends mon souffle.

– Je ne me lasserai jamais de te regarder, Chloé. Tu es tellement belle quand tu jouis.

Je ne dis rien, mon corps tremblant encore après cette jouissance magnifique. Je pose mon visage sur son torse. Nous restons ainsi, plusieurs minutes, nus, allongés, avec le vent chaud qui caresse nos corps. Je me sens comme la plus heureuse des femmes sur terre. Nos ébats ne ressemblent à rien de ce que j'ai vécu avant. Tout semble si… naturel. C'est comme si jusqu'ici dans ma vie, le sexe avait été comme des échauffements de danse. Pas désagréable bien sûr, mais avec des gestes maîtrisés. Avec Alistair, c'est une chorégraphie, libre, sensuelle, improvisée, et tellement émouvante. Je caresse son torse, et descends ma main… Son sexe bande toujours. Je me sens comme dans du coton, mais son désir rallume le mien. Je me glisse sur le côté, tendant mes fesses à son sexe dur, et ondulant légèrement mon bassin.

– Tu dois être épuisée ma belle, me dit Alistair.
– Pas tant que cela.

Son sexe est proche du mien. Cette fois, pour la première fois, pas besoin de préservatif. Je le réalise et cela m'excite d'autant plus.

– Viens en moi, mon amour, lui murmuré-je. Je veux te sentir.

Il attrape ma taille et, d'un mouvement doux mais viril, pénètre mon sexe déjà humide. Je pousse de nouveau un cri de plaisir. Je le sens tellement bien. Nos deux corps, l'un contre l'autre, ne forment plus qu'un. Je veux voir son regard ! Je veux le voir alors qu'il est ainsi en moi, sans plastique entre nous. Je me sépare quelques secondes de lui et, d'un mouvement de jambes, me déplace pour le chevaucher. J'ai les cheveux trempés, le corps encore un peu humide, je me sens sauvage, je me sens bien. Son sexe glisse en moi alors que je plonge mon regard dans le sien. Je bouge mon corps, il cambre légèrement son bassin, pour encore mieux me sentir. Mes mains agrippent son torse tandis que les siennes entourent ma taille. Notre danse amoureuse est tellement belle et tellement sexy !

– Chloé, je te sens, je sens ton corps, ton sexe, dit Alistair, ému.

Cette première fois, sans préservatif, a beaucoup de sens. Nous ne sommes plus des sex friends, nous sommes… un couple, amoureux, et empli de désir. Je me penche vers lui, l'embrasse, sur la bouche, dans le cou, puis me redresse, pour le chevaucher de plus belle. Il me pénètre, loin, fort. Nos corps humides glissent l'un sur l'autre. Il renverse son visage en arrière, j'attrape ses bras et l'immobilise. Il me regarde, surpris.

*Oui Alistair, tu m'as fait jouir, c'est à mon tour de te faire jouir.*

Je danse sur lui pendant de longues minutes, d'un mouvement lent, puis de façon plus saccadée. Je sens son sexe gonfler en moi de plus en plus.

– Chloé, tu me rends dingue, je vais…
– Oui, viens. Viens mon amour.

Il pousse un cri de plaisir, et je le sens jouir au fond de moi. Son visage se crispe, puis un sourire apparaît. Il me serre dans ses bras, contre lui.

– Chloé, Chloé…
– Je suis là…
– C'était tellement bon, tellement puissant.
– Oui. Notre première fois sans préservatif.
– Ça a toujours été dingue, sexuellement, entre nous, mais là…
– Chut, lui murmuré-je.

Enlacés et nus, à l'unisson, nous reprenons notre souffle et nos esprits. Je n'ai aucune idée de l'heure qu'il est. Je regarde autour de nous et réalise que nous sommes entourés de cocotiers, et que la mer s'agite, devant nous. Un décor de rêve pour une soirée de rêve.

– On pourrait dormir à la belle étoile, lui dis-je, en souriant.
– Demain matin il risque de faire un peu frais.
– Oui tu as raison. Et j'ai cru voir qu'il y avait une grande moustiquaire au-dessus d'un grand lit à baldaquin. Je n'ai

jamais dormi dans un lit comme ça, ça a l'air super.

Alistair rit de mon enthousiasme.

– Très bien princesse, alors allons nous coucher. Demain la plage nous attend.
– Je n'ai pas de maillot, il faut que je m'en achète un.
– Et pourquoi tu ne te baignerais pas toute nue ?
– Dans tes rêves, cher Prince charmant !

Alors que je me lève, il m'arrête et regarde mes fesses.

– Je crois qu'il y a des griffures sur tes fesses, je suis désolé, Chloé, dit-il, sincèrement embêté.
– Oh, ce n'est pas grave. Il y a aussi des petites griffures sur ton torse, tu sais. Un partout ! lancé-je en riant.

Nous allons nous coucher et nous nous retrouvons de nouveau enlacés. Je m'endors en écoutant son souffle. Je n'ai jamais cru aux contes de fées, mais ce que je vis, là, y ressemble vraiment…

## 24
## LA FAMILLE RÉUNIE

Quatre jours de bonheur intense… Les baignades dans l'eau translucide des Bahamas, les nuits chaudes au bord de la piscine, le poisson grillé, le soleil, la peau salée d'Alistair. Dans le jet privé en direction de New York, je repense en souriant à ces quatre jours de vacances. J'ai l'habitude de voyager avec mes amies en mode « routard », avec sac à dos, hébergée dans des auberges de jeunesse plus ou moins confortables. Le bungalow de luxe, avec un bel homme, aux Bahamas, ça change ! Alistair est bien sûr plus habitué que moi à ce luxe, mais il m'a avoué, pendant le séjour, que c'était aussi pour lui la première fois qu'il partait « en couple ». Sur la terrasse de notre bungalow, pendant qu'il lisait un journal économique, je dévorais un essai sur la naissance du graffiti aux États-Unis. Habillée d'un simple paréo, je le regardais, torse nu et vêtu d'un pantalon de lin. Quand nos regards se croisaient, cela allumait comme un feu en nous. On avait tout le temps envie de faire l'amour ! Sans capote, sans apparat, juste nos deux corps, nus et bronzés… Nous avons aussi pris le temps de discuter de l'avenir proche : Alistair et son frère qui est réapparu dans sa vie, moi et mon retour prochain à Paris. Des Bahamas, Alistair a pris du temps pour appeler ses parents, et leur raconter ses retrouvailles avec Arthur. Ils étaient apparemment bouleversés tous les deux. Il a prévu un dîner avec ses parents, lui, Arthur et moi. C'est ce soir. Je suis un peu nerveuse, et surtout je me demande si Arthur va venir. Alistair n'en est pas sûr. Quand il l'a appelé, celui-ci semblait douter.

À peine le temps de repasser nous changer à l'appartement que nous repartons en voiture dans les Hamptons. J'espère que sa mère va être moins distante avec moi que la dernière fois. Alistair m'a expliqué qu'elle craignait qu'il tombe sur une « croqueuse de diamants ». Je suis tout sauf ça ! Quand j'ai rencontré Alistair, je ne savais pas du tout qu'il était milliardaire, et je connaissais à peine la marque Monroe. Aujourd'hui, bien sûr, je connais son travail et je ne quitte plus mon sac « Chloé », celui qu'a créé Alistair pour moi. Le plus beau cadeau que j'ai reçu dans ma vie.

À l'appartement je tombe sur un mot de Noémie qui me donne le sourire.

*Hello les amoureux. Je suis passée chercher mes affaires. Je reste encore quelques jours chez Daniel. Notre week-end était merveilleux. Je vous raconterai (enfin… pas tout !). J'espère que le vôtre vous a fait du bien. Chloé, on s'appelle avant que tu repartes à Paris ? Bises à tous les deux, Noémie.*

Sur la route, Alistair reste silencieux. Il a l'air angoissé. J'essaie de le détendre en lui racontant un week-end que j'avais passé avec Noémie, à Barcelone, il y a deux ans. Quand j'étais célibataire et qu'elle, alors en couple avec Julien, voulait à tout prix me caser avec quelqu'un. Dans les bars, elle me présentait à des mecs, tous aussi bêtes les uns que les autres. Une autre époque ! Mais je sens, alors que je ris de cette anecdote, qu'Alistair est ailleurs, qu'il pense à Arthur, à ses parents.

*Chloé, tes anecdotes rigolotes ne sont pas efficaces à tous les coups !*

– Tu as peur qu'Arthur ne vienne pas ? lui demandé-je.

– Oui. Il a été flou dans sa réponse, au téléphone, répond Alistair, la voix sombre.

– Que t'a-t-il dit exactement ?

– Qu'il allait réfléchir. Je lui ai donné l'adresse de nos parents. Et je lui ai laissé un nouveau message sur son répondeur, ce matin, pour lui rappeler le rendez-vous, et lui dire que cela me ferait vraiment plaisir qu'il vienne. Il ne reste plus qu'à croiser les doigts. Mes parents seraient déçus, s'il ne venait pas…

***

Lorsque nous arrivons chez ses parents, son père nous accueille chaleureusement, comme la dernière fois. Sa mère, elle, n'est pas la reine de la rigolade, mais semble plus souriante et moins distante avec moi.

– Ravie de vous revoir, Chloé, me dit-elle en m'embrassant.
– Moi aussi, madame Monroe.
– Appelez-moi Nathalie.

Son père me tutoie, et m'avait demandé, la dernière fois, de le tutoyer aussi. Mais sa mère, elle, me vouvoie. Je fais comment, moi, du coup ? Le casse-tête des beaux-parents : encore quelque chose que je découvre ! Nous nous installons sur la belle terrasse de leur maison. Alistair raconte en détail l'histoire de Jared.

– Je suis ensuite allé au poste de police pour porter plainte. L'affaire suit son cours, et il y a mon avocat sur le coup, conclut Alistair.
– Et Arthur, comment va-t-il ? demande sa mère, inquiète.
– Je crois qu'il va bien, maman. Il a un mode de vie alternatif, mais il a l'air équilibré et heureux.
– Qu'en as-tu pensé, toi, Chloé ? me demande son père.

Je suis surprise, et touchée, qu'il me demande mon avis.

– Je ne le connais pas, William, et je ne l'ai vu que très peu de temps. Mais Alistair a raison. Il a l'air bien dans sa peau, et heureux dans sa vie d'artiste.
– Mais on lui a manqué tout de même ? demande Nathalie à Alistair, les larmes aux yeux.
– Bien sûr, maman.

J'ai beau ne pas croire en Dieu, je prie très fort pour qu'Arthur vienne à ce dîner. Cela serait tellement dur pour

Alistair, et ses parents, s'il ne venait pas… Mais alors que Nathalie s'apprête à servir le dîner, on sonne à la porte. C'est lui !

– Je vais ouvrir, dit Alistair, en bondissant de sa chaise.

Je reste quelques secondes en tête à tête avec les parents d'Alistair. Ils ont l'air tendus et stressés. Qui ne le serait pas ? Cela fait des années qu'ils n'ont pas vu leur fils… Alistair revient avec Arthur. La ressemblance entre les deux frères est troublante : ce soir-là, Alistair porte un jean et un polo, Arthur un jean et un t-shirt. Si je ne connaissais pas aussi bien Alistair, j'aurais du mal à dire qui est qui. Nathalie et William se lèvent et s'approchent d'Arthur. C'est comme un fantôme qui réapparaît. Il les regarde, tout aussi ému, puis les prend dans ses bras.

– Bonjour papa, bonjour maman… Vous m'avez manqué…

Nathalie pleure, William a les larmes aux yeux, et Alistair me serre la main, fort. Cette scène me touche profondément. Je suis fille unique, mais je peux très bien imaginer ce que ressent Alistair à ce moment-là. Toutes ces années à rechercher son frère, et aujourd'hui il est là, avec ses parents.

– Assieds-toi, Arthur, dit enfin son père en souriant. Nous allons boire un verre tous ensemble, d'accord ? C'est ce que l'on fait, dans ces cas-là, non ?

Bon vivant et de nature joyeuse, William essaie de cacher

son émotion. Je le trouve d'autant plus touchant. Arthur ne dit rien. Que dit-on après autant d'années d'absence, par où commencer ?

– Je suis désolé, pour ma fuite, et mon silence, dit-il enfin.
– Nous n'avons pas compris… Pourquoi as-tu disparu ainsi ? demande Nathalie, avec douceur.

Arthur reste silencieux. Alistair vient à la rescousse.

– Peut-être qu'Arthur n'a pas envie d'en parler ce soir, maman…
– Non, Alistair, je vous dois des explications. J'ai hésité à venir ce soir, car je sais que je vous ai fait du mal, à partir ainsi, et je m'en veux. Mais il faut que vous compreniez que je n'avais pas le choix, à l'époque. Je me suis senti tellement honteux, à ma sortie de prison. Le procès avait fait du bruit à l'époque. Et je me suis dit que si je revenais à la maison, les médias, et les gens autour de nous, reparleraient de cette affaire. Ça pouvait vraiment mettre en péril l'image de l'entreprise Monroe…
– Mais on se serait défendus, avec toi, s'insurge son père.
– Peut-être. Mais vous avez mis tellement d'énergie, tellement de travail, dans cette entreprise. Je ne voulais pas prendre le risque de tout gâcher. Et donc j'ai préféré disparaître. Quitte à vous causer de la peine, je le savais. Mais je n'aurais pas supporté d'être un poids dans votre vie…
– On s'est tellement inquiétés pour toi, Arthur, confie Nathalie.
– Oui maman, j'imagine. Je ne m'excuserai jamais assez

pour la douleur que je vous ai causée. Mais finalement ma décision a peut-être été la bonne. Alistair a fait de votre entreprise une multinationale, et moi j'ai découvert ma propre voie…

– Tu en vis, de ton art ? demande William.

– Plus ou moins, oui. Au début je devais continuer à faire des petits boulots. Mais des galeries se sont intéressées à mon travail autour des portraits d'anonymes, et donc j'ai pu vendre quelques œuvres. Et je vis de peu.

– Tu sais, Chloé veut ouvrir une galerie d'art en ligne, dit Alistair.

Même dans ce moment familial, de retrouvailles, Alistair m'inclut dans la conversation, et dans sa vie. Je le regarde, touchée. J'ai envie de lui crier un « je t'aime ! » mais je sais que cela ne se fait pas, surtout dans un moment comme celui-là…

– C'est une très bonne idée, ça. Le marché de l'art est assez classique, donc plus il y a de jeunes galeristes connectés à l'art actuel, mieux c'est !

– C'est encore un projet, mais ça avance. J'aime beaucoup ton travail, tu sais.

– Merci… dit Arthur, gêné.

Il est aussi modeste que son frère jumeau… William et Nathalie posent ensuite plein de questions à Arthur sur sa vie. La conversation se détend, et on sent la grande complicité qu'il y a entre les deux frères et leurs parents. Parfois j'ai l'impression qu'ils se retrouvent après seulement un mois d'absence. Je me sens à l'aise, au sein de cette famille. Mais je ne peux m'empêcher, au bout d'un moment, de penser à la mienne. Il faut que, quand je retourne en Europe, j'aille voir ma mère, mais aussi Lucy, qui est comme une sœur pour moi. J'ai tellement de choses à leur raconter ! Après ce dîner, nous quittons les parents d'Alistair. Arthur a décidé, lui, de passer la nuit chez eux. Sur le chemin du retour, dans la voiture, Alistair a l'air heureux et serein.

– C'était super, ce dîner, dis-je. Enfin… « Super » n'est pas le mot. C'était beau.

– Oui, cela faisait tellement longtemps que j'attendais ce moment. Merci d'avoir été à mes côtés, Chloé.

– Tu plaisantes ! C'est normal. C'est ce que l'on fait quand on est… amoureux, non ? réponds-je en hésitant sur le dernier mot.

– Tu as encore du mal à prononcer le mot « amoureux », Chloé, lance Alistair en riant. Ce n'est pas un gros mot tu sais.

– Oui, bon, ça va, fais-je en mimant la bouderie.

– Quand pars-tu à Paris ? demande-t-il, avec un air plus triste.

– Après-demain. J'ai rendez-vous avec mon maître de stage, pour valider mon diplôme, dans trois jours.

– Tu vas me manquer, Chloé.

– Tu vas me manquer aussi. Mais on ne se sépare pas pour des mois ! On va essayer de se revoir vite, non ?

– Oui bien sûr. Je vais tout faire pour organiser des rendez-vous à Paris. Je ne peux pas rester trop longtemps éloigné de toi, de toute façon, dit-il avec une voix sombre.

Je regarde la route défiler, ce paysage américain qui me semble désormais familier. Je n'ai absolument pas envie de me séparer d'Alistair, mais je n'ai pas le choix. Il y a, bien sûr, le téléphone, les mails, Skype. Je serai connectée virtuellement à lui. Comment faisaient les amoureux avant ces nouvelles technologies ? Les séparations devaient être encore plus terribles !

***

Paris, *I'm back* ! Je retrouve enfin mon appartement, que j'avais sous-loué. Il m'apparaît minuscule à côté du loft d'Alistair, mais je suis contente d'y retrouver mes livres, mes vêtements, mes objets, et mon absurde collection de boules à neige. La séparation avec Alistair, à l'aéroport, a été très dure, très triste. On n'arrivait pas à se quitter, et je me suis forcée à ne pas pleurer. Lorsque je défais ma valise, je tombe, au milieu de mon joyeux bordel, sur un petit mot qu'il m'a laissé :

*Bon retour chez toi, ma belle Chloé. N'oublie pas ton « lover » américain.*

Je souris.

*Évidemment que je ne vais pas t'oublier, Alistair ! Comment pourrais-je, après tout ce que l'on a vécu ?*

Je lui envoie un petit mail.

De : Chloé Haughton
À : Alistair Monroe
Objet : Paris !

Coucou,
je suis bien arrivée chez moi, et ce soir je vois mes amies Camille et Émilie.
Tu me manques déjà…
Oui, je sais, ce message est cucul, mais je l'assume totalement !
Je t'embrasse, passionnément,
Chloé.

Après une courte sieste, je file à l'école, pour un rendez-vous avec mon maître de stage. Il semble très content quand je lui raconte mon expérience professionnelle à New York. Je n'ai plus qu'à rédiger mon mémoire, et je suis diplômée. J'ai tellement hâte ! J'écris sur la communication Web des galeries d'art new-yorkaises : comment elles contactent leur réseau, comment elles mettent en valeur leurs artistes. J'ai déjà beaucoup de matière grâce à mon stage. J'ai fait lire mon introduction à Alistair, et il a trouvé ça super. Ça m'a rassurée. Même s'il n'est évidemment pas très objectif, je sais qu'il a essayé d'avoir un regard lucide sur mon travail.

Je retrouve ensuite Camille et Émilie à la terrasse de La Perle. Émilie pousse des petits cris de joie quand elle m'aperçoit. Pour la discrétion, on repassera, mais cela me fait rire. Elle est égale à elle-même !

– L'Américaine ! Comment vas-tu ? demande-t-elle en m'enlaçant. Mince, tu m'as tellement manqué !

– Vous aussi vous m'avez manqué, les filles. C'est super chouette de vous retrouver sur cette terrasse, sur notre terrasse ! Il manque juste Noémie.

– Comment va-t-elle, demande Camille, avec un air inquiet.

– Elle va très bien.

– Comment ça « elle va très bien » ? demande Émilie. On parle de Noé, là, qui vient de larguer son mec après qu'elle a découvert qu'il la trompait…

– Je sais. Mais il se trouve qu'elle a rencontré Daniel, le galeriste chez qui je faisais mon stage. Elle en a parlé, l'autre jour, sur Skype.

– Et donc ? insiste Émilie.

– Eh bien il semble qu'elle soit tombée sous le charme, et que ce soit réciproque. Comme quoi, on ne choisit pas les moments pour tomber amoureuse, dans la vie. Ils sont partis en week-end ensemble au bord de la mer, et elle va rester plus longtemps que prévu à New York.

– C'est tellement beau, dit Camille, l'éternelle romantique.

– Oui, en tout cas, elle va très bien et elle vous embrasse.

– Bon, ça va pas du tout, si toutes nos copines tombent amoureuses de New-Yorkais ! Il n'a pas deux autres potes célibataires, Alistair ? dit Émilie en souriant.

– Et on se baladera à New York toutes les quatre, comme dans *Sex in the City*, dis-je en riant.

– Comment ça se passe, toi, avec Alistair ? demande Émilie.

– Très très bien. Il m'a offert ce sac, une nouvelle création qu'il a appelée… Chloé.

– C'est super mignon ! commente Camille.

– Non mais il est canon ce sac ! Je peux en avoir un, en tant que meilleure copine ? dit Émilie en riant.

– Et on s'est dit qu'on s'aimait surtout…

– Ah mais c'est ça la grande nouvelle. Tu lui as dit « je t'aime », toi, Chloé Haughton ! s'exclame Émilie.

– J'en étais sûre, j'en étais sûre, vous êtes faits l'un pour l'autre, ajoute Camille.

– Oui. Comme quoi, même les plus réfractaires à l'amour peuvent tomber amoureuses, réponds-je, amusée par la situation.

– C'est la nouvelle du siècle ! Je suis tellement heureuse pour toi ! Serveur ! Trois coupes de champagne, s'il vous plaît. Il faut fêter ça, crie Émilie.

Je les adore, l'une comme l'autre. Je leur raconte l'histoire de Jared et d'Arthur, et les vacances aux Bahamas. Elles m'écoutent, attentives. Il n'y a jamais, et il n'y aura jamais de jalousie entre nous, ce sont de vraies amies. Je leur pose ensuite mille questions sur leur vie, leurs rencontres, leur boulot. La vie parisienne ne s'est pas arrêtée quand je suis partie, et elles sont ravies de partager avec moi ce qu'il s'est passé dans leur vie ces dernières semaines. Je rentre chez moi un peu pompette, et me précipite sur mon ordinateur, pour voir si j'ai un mail d'Alistair. Je sais que si je n'en ai pas, je vais être déçue.

*Chloé, tu deviens exigeante, comme amoureuse !*

Heureusement, il m'a répondu.

---

De : Alistair Monroe
À : Chloé Haughton
Objet : Re : Paris

Bonsoir jolie Chloé,

Merci pour ton message. Ce n'est absolument pas « cucul », et puis, même si ça l'est, on s'en fiche, n'est-ce pas ? On se dit les choses telles qu'on les ressent.
Mais je me demande quand même si cela ne vaudrait pas un gage… Après tout, moi je ne le trouvais pas « cucul », mais maintenant que tu le dis…
Je vais y réfléchir…
Moi aussi, il faut que je te le dise : tu me manques. Ta voix, ta bouche, ton corps splendide, ton rire, tout cela me manque déjà terriblement. Je crois être complètement drogué, drogué à toi, Chloé ! À part ça je vais bien !
Je travaille comme un dingue. Aujourd'hui j'ai commencé à mettre en place la fondation de Brian. Je l'ai reçu en rendez-vous, avec deux chefs de projets chargés du dossier. Si tout va bien on va pouvoir créer la fondation pour l'aide au handisport d'ici deux mois. C'est un projet passionnant. Il y a tellement de choses à faire ! Cette fondation, c'est un peu, aussi, ton idée. J'ai hâte de pouvoir partager tout ça avec toi.
Et voilà, tu as vu ? Je repense de nouveau à toi !
Il faut qu'on s'appelle, pour voir ensemble quand on va se revoir.
Ma douce, passe une belle nuit.

Je t'embrasse avec tendresse, force, passion.
Alistair.

---

Je m'attendais à un petit « coucou », et non à un si long mail. Je souris, un peu bêtement, devant mon ordinateur. Moi aussi je pense être droguée, mais c'est une drogue douce, qui fait du bien, et qui n'apporte que du bonheur. Est-ce que ses effets durent toute une vie ? Je vais me coucher en pensant à tout cela, à Alistair, à mes amies, mais aussi à Lucy et ma mère, que je vois demain à Londres. J'espère que ma mère va bien. La dernière fois, au téléphone, ça avait l'air d'aller, et bizarrement elle n'était pas angoissée. Était-ce seulement un passage, ou va-t-elle vraiment mieux ? Je ne l'ai pas prévenue que je venais, je veux lui faire une surprise.

# 25
# TOUT ARRIVE DANS LA VIE

Ça, pour une surprise, c'est une surprise… Après un trajet en train, pendant lequel j'ai travaillé sur mon mémoire, j'arrive chez ma mère, heureuse mais aussi un peu inquiète. Elle qui est tellement fragile… Mais lorsque je rentre dans son salon, j'entends dans sa chambre des rires et une voix masculine.

– Maman ? Maman, tu es là ? C'est Chloé !

Elle arrive tout essoufflée et les cheveux décoiffés.

– Ma chérie ! Mais qu'est-ce que tu fais là ?

*Eh bien ça fait plaisir ! Merci pour l'accueil.*

– Je suis revenue à Paris pour valider mon diplôme, et je voulais te faire une surprise, dis-je en jetant un œil vers sa chambre. Mais je te dérange ? Tu n'es pas seule ?

Depuis que mon père l'a quittée, ma mère est restée célibataire. Et une célibataire avec un discours très dur sur les hommes. Mais je n'ai pas rêvé, j'ai bien entendu une voix d'homme dans sa chambre !

– Eh bien, comment te dire… Non je ne suis pas toute seule. C'est Gareth, mon prof de yoga. Tu sais, je t'en ai parlé.

*Son prof de yoga ? Mais que fait-il dans sa chambre ? Et pourquoi a-t-elle ce sourire de midinette quand elle prononce son nom ?*

– Gareth, tu peux venir, lance-t-elle, c'est ma fille, Chloé, je vais te la présenter.

Un homme d'une soixantaine d'années, en tenue décontractée et pieds nus, sort de la chambre et vient me serrer la main, timide. Musclé, les cheveux poivre et sel, il a un très beau sourire.

– Ravi de te rencontrer, Chloé. Je suis Gareth. Votre mère m'a beaucoup parlé de vous.

*Ah oui ? Pendant les exercices de respiration, ma mère raconte sa vie ?*

Je commence à comprendre ce qui se passe, et cela m'amuse.

– Enchantée, Gareth. Je suis une grande pratiquante de yoga, je suis ravie que ma mère s'y soit mise. Ça a l'air de lui faire beaucoup de bien, dis-je un peu gênée.

– Je… je vais vous laisser toutes les deux. À plus tard, Maggie, dit Gareth en lançant un clin d'œil à ma mère.

– À très vite. Je t'appelle.

Elle lui fait un grand sourire et un geste de la main façon Reine d'Angleterre. C'est tellement drôle ! Une fois qu'il a quitté l'appartement, j'interroge ma mère du regard.

– Quoi, qu'est-ce qu'il y a, ma chérie ? demande-t-elle naïvement.

– Tu ne crois pas que tu as quelque chose à me dire ? dis-je d'un air toujours amusé.

Elle sourit, comme une adolescente prise en flagrant délit. Je n'ai jamais vu ma mère avec cette expression.

– Eh bien, en fait, Gareth n'est pas juste mon prof de yoga… confesse-t-elle.

– Ah bon ? Sans rire ? Je n'avais pas deviné…

– Enfin au départ si, on faisait juste du yoga. Ça m'a fait beaucoup de bien d'ailleurs, physiquement et mentalement. Et puis un jour on est allés boire un café. Un autre jour un verre. On s'est vus de plus en plus, en dehors des cours. Il est tellement charmant, si tu savais ! Et doux, et intelligent. Il part en Inde chaque année travailler deux mois dans un orphelinat. Il veut m'y emmener d'ailleurs.

– Et donc ?

– Eh bien il m'a dit qu'il était très amoureux de moi, et je suis aussi amoureuse.

Ma mère amoureuse ? Alors, ce n'est pas un simple flirt, c'est carrément le grand amour ? Je n'en reviens pas. Je reste bouche bée.

– Oui, je sais, c'est surprenant de ma part, poursuit ma mère. Cela fait des années que je te dis qu'il ne faut pas tomber amoureuse, mais voilà, ça m'est tombé dessus. Il a pris le temps de m'apprivoiser, et moi j'ai pris le temps de le connaître. Tu sais bien comme je ne fais pas confiance aux hommes. Mais Gareth est… différent. Il a mon âge, a vécu plein de choses dans sa vie et a envie de « quiétude amoureuse », tu vois ? Ce n'est pas comme ton père, qui était très jeune quand je l'ai rencontré, et qui avait besoin de se prouver des choses à 40 ans. Gareth est équilibré. Et puis ma chérie, le « yoga », c'est fabuleux, dit-elle en souriant.

– Ça, je ne veux pas le savoir, maman, dis-je en me bouchant les oreilles.

J'ai beau être ouverte d'esprit, et ravie que ma mère soit tombée amoureuse, je n'ai pas envie qu'elle aille plus loin dans ses confidences.

– Oui pardon. Mais je suis tellement amoureuse, si tu savais ! Et tout ça c'est grâce à toi.

– Comment ça ? lui demandé-je.

– C'est toi qui m'as suggéré de faire du yoga. Sans toi, je n'aurais jamais rencontré Gareth, donc merci !

Je comprends mieux pourquoi elle semblait si détendue,

l'autre jour, quand je lui parlais d'Alistair. C'est parce qu'elle, de son côté, commençait une histoire d'amour !

– Les effets bénéfiques du yoga ! Je savais que cela rendait souple, pas forcément amoureuse. C'est donc du sérieux, entre vous ?

– Oui. Enfin tu sais, on vit les choses avec légèreté, on avance au jour le jour. Et puis je tiens à mon indépendance, tu me connais. Hors de question, pour l'instant, que je vive au quotidien avec un homme. Mais cela me fait tellement de bien. J'ai l'impression, tu sais, d'être enfin apaisée, et de me réconcilier avec mon passé. J'ai passé tellement d'années à ruminer cette période, à me demander ce que j'avais raté dans ma vie, à m'interroger sur pourquoi ton père m'avait trompée, tout ça. Aujourd'hui, Gareth m'aide à me sentir sereine. Oh, ce n'est pas simple, tu imagines ! J'ai parfois des petites crises d'angoisse. On ne change pas du jour au lendemain. Mais il est patient.

– En plus maintenant tu as des cours de yoga gratuits, dis-je en riant.

– Oui ! Et je me suis remise à la peinture. Gareth m'y encourage. Et il m'a proposé, quand on ira en Inde, que je donne des cours de peinture aux enfants de l'orphelinat. Ce serait merveilleux, non ?

– Je suis tellement contente pour toi, maman, dis-je en la serrant dans mes bras. Et j'ai hâte de faire plus ample connaissance avec ce Gareth.

– Je suis sûre que vous allez bien vous entendre. Je lui ai beaucoup parlé de toi, et aussi d'Alistair.

*Double surprise. Ma mère a parlé d'Alistair à son mec ? Je suis sur une autre planète, là !*

– Qu'est-ce que tu lui as dit ? je lui demande, un peu inquiète.

– Eh bien que tu avais rencontré quelqu'un, et qu'il avait l'air d'être un homme honnête, qu'il t'encourageait à mener ta carrière. C'est le cas, non ?

– Oui, c'est vrai qu'il m'aime ainsi, indépendante.

*Oups, Chloé, tu viens de dire le mot « aimer ». Avec un peu de chance elle ne t'a pas entendue.*

– Il t'a dit qu'il t'aimait ? demande ma mère.

*Raté, elle t'a très bien entendue…*

– Oui, en fait ON s'est dit qu'on s'aimait…

Ma mère reste silencieuse, le regard au loin. J'attends avec angoisse sa réaction. Il y a quelques semaines, elle serait devenue limite hystérique et m'aurait fait la leçon. Est-ce que sa relation avec Gareth l'a transformée à ce point ? Elle me regarde enfin, droit dans les yeux.

– Je suis heureuse pour toi ma chérie. Il semble que tu as trouvé un homme respectueux, intelligent, qui te rend heureuse.

– Maman… lui dis-je, troublée. Oui, c'est le cas. Je suis vraiment amoureuse. Au début, ce n'était pas simple, je me protégeais en me disant que c'était juste une histoire sans lendemain.

– Et mon discours sur les hommes que tu entends depuis que tu es petite n'a pas dû te faciliter la tâche.

– C'est vrai. Je me mettais plein de barrières. Mine de rien, tes paroles négatives sur les hommes m'ont marquée et…

– J'en suis désolée, ma chérie, m'interrompt ma mère, visiblement émue.

– Mais quelque part, c'est sûrement bien ainsi. Je ne me suis pas casée avec le premier bellâtre qui passait ! Et Alistair a dû faire preuve de persévérance ! Finalement ton éducation a eu du bon. Ce qui compte aussi, aujourd'hui, c'est que toi tu ailles mieux. J'aurais du mal à être bien avec Alistair si toi de ton côté tu te fais trop de soucis pour moi, tu comprends ?

– Bien sûr. Je ne sais pas ce que va donner l'avenir avec Gareth, mais je te promets de faire en sorte d'aller bien, et de ne plus faire peser mes angoisses sur toi. Souvent, c'était inconscient, tu sais…

– Je sais bien, maman, et encore une fois je me répète, mais je ne t'en veux pas. Tu te souviens de ce que disait mamie à propos de l'éducation : « On ne livre pas les enfants avec un mode d'emploi, on fait comme on peut ». Eh bien tu as fait comme tu pouvais, et aujourd'hui j'ai 23 ans, et je m'en sors pas si mal, n'est-ce pas ?

– Tu t'en sors même très bien, ma chérie. Je suis fière de toi, dit-elle en me serrant dans ses bras.

C'est la première fois que j'ai ce genre de discussion, sans drame, avec ma mère. Cela me touche, et me fait un bien fou. Comme une nouvelle étape dans ma vie. Il faudra que j'en parle à mon père. J'ai échangé quelques mails avec lui depuis New York, à propos de mon stage, mais, sans lui raconter toute l'histoire du prof de yoga, je pense qu'il sera heureux de savoir que ma mère est apaisée. Ça faisait si longtemps qu'elle était dans la rancune ! J'ai aussi hâte de raconter cela à Alistair.

– Tu voudras bien dîner avec Gareth et moi ce soir ? me demande ma mère avec un air timide.

– Bien sûr ! Avec grand plaisir. Je vais prendre un café avec Lucy, et ensuite on dîne ensemble, ok ?

– Super ! Embrasse Lucy de ma part.

Avant de quitter l'appartement, je vais dans ma chambre checker mes mails. Pas de message d'Alistair… En même temps, c'est à mon tour de lui écrire ! Il me manque tant. Ce qui est terrible, c'est que je ne sais pas exactement quand on va se revoir. Avant que je quitte New York, à l'aéroport, on a parlé de la suite des événements, et il m'a fait comprendre, avec beaucoup de douceur comme à son habitude, qu'il avait énormément de travail ces prochains jours. Les quatre jours aux Bahamas étaient merveilleux, mais à présent il doit bosser comme un dingue pour faire tourner cette multinationale. Je sais que c'est un bosseur, et je l'admire pour cela. Sa richesse, son succès, il ne les doit qu'à sa persévérance. Mais je ne peux m'empêcher d'être frustrée à l'idée qu'il ne puisse me rejoindre, à Londres ou à Paris, sur un coup de tête… Je lui envoie un mail pour qu'il sache que je pense à lui, et que je ne le fuis pas en courant après avoir vu ma mère, comme je l'ai déjà fait par le passé !

De : Chloé Haughton
À : Alistair Monroe
Objet : *Greetings from London*

Alistair,
Merci mille fois pour ton mail qui m'a donné le sourire pendant tout le trajet Paris-Londres. Ça te rappelle quelque chose, l'Eurostar ? Je suis super contente que tu aies pu avancer sur le projet de fondation. J'ai hâte que tu m'en dises plus ! Moi tout va très bien. Figure-toi qu'en débarquant chez ma mère je l'ai surprise avec un homme ! Pas toute nue, hein, je te rassure. Mais il y avait un homme dans sa chambre. C'est son prof de yoga, et ils sont super amoureux. Ce n'est pas LA nouvelle de l'année ? En tout cas, c'est super pour elle. Mais aussi pour moi, car du coup elle est beaucoup plus détendue à l'idée que sa fille soit tombée amoureuse. Ah oui, je ne te l'ai pas dit ? Moi aussi je suis amoureuse. Un bel homme, franco-américain, qui vit à New York. Je t'en reparlerai… Je t'embrasse depuis l'autre côté de l'Atlantique.
Tu me manques.
Baisers, Chloé.

Je relis plusieurs fois mon mail. C'est drôle, même si j'ai beaucoup plus confiance en notre histoire qu'au début, je ne peux m'empêcher d'être nerveuse quand je lui écris. C'est un sentiment plutôt agréable, d'ailleurs. Comme si notre couple était une évidence, mais une évidence jamais acquise… Après avoir envoyé mon message, je pars retrouver Lucy sur une terrasse de café, au cœur de Shoreditch, le nouveau quartier branché de Londres. Fashionista invétérée, elle arrive perchée sur douze centimètres de talons. Mais comment fait-elle ? Moi j'ai une démarche de bébé girafe avec des talons aussi hauts. Il faudrait qu'elle m'apprenne, un jour, à marcher élégamment ainsi chaussée !

– Chloé Haughton, *back to London* ! dit-elle en m'embrassant. Enfin !

– Je suis juste de passage, Lucy, je repars à Paris demain en fin d'après-midi. Je voulais vous faire une petite surprise, à toi et à ma mère.

– Et je suis ravie que tu sois là ! Comment va Maggie ? Ma mère m'a dit qu'elle allait mieux depuis quelque temps.

– Oui, et tu sais pourquoi ?

– Non, dis-moi.

– Elle est amoureuse !

– Ta mère ? Amoureuse ?

– Oui je sais, c'est dingue. De son prof de yoga. C'est tellement chouette ! Elle va vraiment mieux, et du coup elle est aussi plus cool par rapport à Alistair et moi.

– Il était temps ! Elle va peut-être arrêter de te faire flipper sur les relations amoureuses. J'adore Maggie, mais tu sais ce que j'en pense. Il est à Londres avec toi, Alistair ?

– Non, dis-je avec tristesse. Il a beaucoup de travail, il est resté à New York.

– Oh… et il te manque ?

– Terriblement. C'est con, je sais…

– Non, c'est ce que l'on appelle être amoureuse, Chloé, c'est plutôt bon signe, c'est que tu tiens à lui. La dernière fois que je t'ai vue faire cette tête, tu avais 6 ans et Bibi, ton cochon d'Inde, était mort.

– Je suis sûre qu'Alistair serait ravi de la comparaison !

Nous éclatons de rire toutes les deux. Que c'est bon de la retrouver, ma Lucy. Même si Alistair me manque, je suis heureuse de revoir mes amies parisiennes, ma mère, et mon amie londonienne. Ces femmes font partie de ma vie, de mon équilibre ! Lucy me raconte son travail dans son agence de mode. Elle travaille beaucoup, comme tous les Londoniens, et gravit petit à petit les échelons.

– Et tu es toujours célibataire ? je lui demande, curieuse.

– Je n'ai pas trop le temps pour des « dates », vu que je bosse comme une malade, donc bon, c'est compliqué. Et au boulot il n'y a pratiquement que des filles. En même temps, même si je rencontrais quelqu'un, je n'aurais pas le temps de le voir.

– Fais attention au burn-out, quand même, lui dis-je, un peu inquiète.

– Non mais ne t'en fais pas, je me détends, quand même. J'ai un *rabbit* à la maison.

– Un quoi ?

– Un *rabbit*. C'est un sex-toy, tu sais. Toutes les filles à Londres en ont un.

– Je ne suis pas assez tendance, alors, dis-je en riant.

Mon téléphone sonne. C'est Alistair ! Je m'excuse auprès de Lucy et décroche.

– Bonjour Alistair.
– Comment vas-tu ?
– Super bien. Je suis avec Lucy, en terrasse, dis-je, heureuse de l'entendre.

Lucy me fait de grands gestes.

– Elle te dit bonjour d'ailleurs.
– Embrasse-la aussi de ma part. Dis-moi, je peux te parler en privé quelques minutes ?

Je me sens tout d'un coup paniquer et sens mon cœur battre à mille à l'heure. Il ne va pas me faire le coup de « il faut qu'on parle », pour me dire ensuite qu'il a des doutes, quand même !

– Euh, oui bien sûr, réponds-je avec une petite voix.

Je me lève de ma chaise et m'éloigne de quelques mètres.

– J'ai quelque chose à te proposer.

*Ouf, il n'est pas en train de te quitter, Chloé !*

– Je t'écoute.
– Le truc, c'est que c'est vraiment sérieux. J'ai peur que si je t'en parle au téléphone, tu paniques, et que tu fasses quelque chose d'irrationnel, comme ça peut t'arriver de temps en temps.

Je sens à l'intonation de sa voix qu'il sourit en prononçant ces derniers mots.

– Mais qu'est-ce que c'est ? Dis-le-moi. Promis je ne panique pas et ne raccroche pas.

– Je préfère vraiment t'en parler de vive voix, vraiment. Qu'as-tu prévu ces prochains jours ?

– Je dois retourner à Paris et rédiger mon mémoire. J'ai déjà avancé mais je dois le finaliser.

– Et tu peux le faire de n'importe où, ce travail ?

– A priori oui.

– Alors reviens à New York ! Juste quelques jours ! Je t'envoie le jet privé. Tu ferais ça ?

Je commence à m'inquiéter… qu'est-ce qu'il a d'aussi important à me dire pour vouloir le faire de vive voix ?

– Oui, mais rassure-moi, tu n'as rien de grave à m'annoncer ?

– Oh non, au contraire. Mais ce que j'ai à te proposer, je ne peux pas le dire au téléphone. Et je ne veux pas attendre des jours ou des semaines pour le faire.

– Bon, alors oui, je viens ! lancé-je avec enthousiasme.

Il me manque déjà tellement… Cette proposition tombe bien !

– Génial. L'avion sera à Londres demain, je t'envoie toutes les infos pratiques. Je suis tellement heureux Chloé. On se voit vite ! Je t'embrasse ma belle.

– Je t'embrasse Alistair.

Je raccroche, et, un peu sonnée, rejoins Lucy à notre table.

– Tout va bien ? Tu as l'air bizarre, me dit-elle.

– Oui, tout va bien, mais Alistair vient de me demander de le rejoindre à New York car il veut me proposer quelque chose, mais il ne veut pas le faire par téléphone.

– Tu penses à ce que je pense ? me demande Lucy, les yeux brillants.

– Je crois, oui.

– Tu penses à quoi ?

– Eh bien… à une demande en mariage, dis-je timidement.

– Mais oui ! Je suis sûre moi aussi que c'est ça ! Qu'est-ce que ça pourrait être d'autre ? Chloé, c'est génial !

Je réfléchis. Le mariage, je n'y ai jamais vraiment pensé. Le côté grande robe de princesse, la pièce montée, tout ça, ce n'est pas mon truc. Et puis j'ai beau être amoureuse d'Alistair, c'est un engagement pour la vie, est-ce que je suis prête à cela ? Lucy m'observe.

– Toi, tu es en train de te prendre la tête.

– Non, enfin si, enfin, c'est tellement soudain. Je ne sais pas si c'est mon truc.

– Tu l'aimes ?

– Oui.

– Il t'aime ?

– Oui.

– Alors où est le problème ?

Lucy a raison. Depuis le début de notre rencontre, cette

histoire est un peu folle, et romantique. Alors pourquoi pas se marier ? J'imagine Alistair dans un beau costume, j'imagine tous nos proches réunis, et me dis que finalement, ça pourrait être un moment magique… Chloé Monroe, ça sonne pas mal du tout en plus…

Je quitte Lucy pour rejoindre ma mère, et lui promets de la tenir au courant de la demande en mariage. Sur le chemin, dans le métro, j'ai un grand sourire aux lèvres. J'imagine tous les gages que je vais pouvoir lui donner pour avoir osé proposer cela, et c'est follement amusant. Une rencontre avec mon père ? Non, c'est trop simple, et puis de toute façon si on se marie il le rencontrera. Un voyage de noces en Thaïlande ? Trop classique. Un road trip jusqu'à Las Vegas, pour qu'on se marie aussi là-bas avec une cérémonie prononcée par un prêtre déguisé en Elvis Presley ? C'est pas mal, ça… Mais je peux encore trouver mieux.

*Alistair Monroe, tu ne perds rien pour attendre…*

# VI

# ET AU-DELÀ

## 26
## LA DÉCONVENUE

Je viens d'apprendre quelque chose : dans la vie, il est possible de passer sept heures dans un jet privé, pour faire Londres-New York, confortablement allongée, avec une grande couverture, un coussin moelleux, un personnel aux petits soins… et de ne pas fermer l'œil de tout le voyage. Alistair m'a appelée pour me dire : « Viens à New York quelques jours, j'ai quelque chose d'important à te dire, je ne peux pas le faire au téléphone. » Et j'ai suivi mon instinct, j'ai sauté dans le premier avion. Enfin… plus exactement j'ai sauté dans son jet privé. Après avoir rapidement débriefé avec ma meilleure amie londonienne, Lucy, il semble évident qu'il va me demander en mariage… D'où le fait que je n'ai pas dormi une demi-seconde. Je suis folle amoureuse de cet homme, et il m'a prouvé à maintes reprises qu'il était tout aussi amoureux de moi. Mais est-ce que le mariage est essentiel ? N'est-ce pas trop précipité ? Ne devrait-on pas d'abord essayer de vivre vraiment ensemble, de faire des voyages, de passer plusieurs années ensemble ? Et est-ce que je veux devenir Madame Chloé « Monroe » ou pourrais-je garder mon nom ? Comment ses parents et les miens vont-ils réagir ? Et qui vais-je prendre comme témoins ? Quelle robe je vais porter ? Courte ou longue ? Bref, douze mille questions, de la plus essentielle à la plus futile, trottent dans ma tête pendant tout le vol. Je me sens à la fois nerveuse et très excitée. L'hôtesse de l'air vient me voir de temps en temps, et me demande si tout va bien. Je rêve de lui confier toutes mes interrogations, mais je me retiens.

*Être ta meilleure amie provisoire ne fait pas partie des missions de son job, Chloé !*

J'arrive à l'aéroport. Est-ce qu'il m'attend sur le tarmac, un genou à terre, avec une bague de fiançailles ? Ce serait comme dans les comédies romantiques que j'adore, mais ce serait peut-être un peu *too much*… Quand je descends de l'avion, pas de bel homme un genou à terre mais William, son chauffeur. Je préfère cela. Je n'ai pas de mascara waterproof, et donc si je pleure je vais avoir une tête de bébé panda. Mieux vaut qu'il y ait une salle de bains à proximité.

*Mon Dieu, Chloé, l'homme de ta vie va te demander en mariage et tu penses à ton mascara ? Bonjour le romantisme !*

En arrivant en bas de l'immeuble d'Alistair, je respire profondément, comme mon prof de yoga me l'a enseigné. Je me sens nerveuse, mon cœur bat à dix mille à l'heure. Je sonne à la porte, Alistair m'ouvre, un grand sourire aux lèvres. Comme il fait chaud, il porte un costume en lin beige et une chemise blanche qui font ressortir ses beaux yeux noirs. De mon côté, j'ai troqué mon uniforme slim + tee-shirt pour une petite robe rouge vintage.

– Hello Chloé. Tu es magnifique avec cette robe, me dit-il, en m'enlaçant et m'embrassant dans le cou.

– Merci ! C'est bien parce qu'il fait chaud ! réponds-je, avec un petit sourire gêné.

– New York est une fournaise l'été. Viens, je vais te servir un thé glacé.

Je pose mes affaires dans le salon et m'assieds dans le canapé. Le dos droit, les mains posées sur les genoux, je me sens aussi à l'aise qu'avant un entretien d'embauche.

*Chloé, tu as vécu des semaines ici. C'est un peu comme chez toi ! Pourquoi tu es tout d'un coup toute gênée ?*

Alistair revient vers moi avec un plateau et des verres pleins de glaçons. Il s'assied à mes côtés, s'approche tout doucement de moi et pose ses lèvres sur les miennes. Le simple contact de sa bouche réveille en un instant tout mon désir. Je fonds, et pas uniquement à cause de la chaleur new-yorkaise. Nous nous embrassons langoureusement, comme si nous ne nous étions pas vus depuis des mois. Sa main caresse ma cuisse nue et remonte délicatement vers ma petite culotte. Il plonge son regard, noir, dans le mien.

– Si je m'écoutais je te ferais l'amour, là, maintenant, tout de suite, sur ce canapé, me susurre-t-il.
– Et qu'est-ce qui t'en empêche ? dis-je avec un air coquin.

Il me renverse sur le canapé et soulève ma robe. Ses mains se baladent sur mon corps chaud et tremblant de désir. Il se déshabille lentement, révélant son torse et ses fesses musclées… Mon Dieu, ces fesses, jamais je ne m'en lasserai ! Nous nous embrassons avec ferveur et empressement. Son souffle sur ma peau me rend folle. Il me fait l'amour avec force et tendresse à la fois. Nos corps, nos esprits se reconnectent immédiatement. Quelques instants plus tard, nous sommes nus, en sueur, l'un contre l'autre, à reprendre notre souffle, heureux, repus l'un de l'autre.

– J'ai quelque chose à te dire, Chloé, me glisse Alistair.

Je ne veux pas être toute nue, les cheveux en bataille, pour une demande en mariage !

– Cela ne te dérange pas si je prends une petite douche, lui demandé-je, en souriant.
– Non bien sûr, si je peux venir avec toi, me répond-il avec douceur.

En sortant de la salle de bains, je vais sur la terrasse ombragée et admire le panorama. En face de moi : Manhattan. Jamais je ne pourrai me lasser de cette vue ! Alistair me rejoint quelques minutes plus tard, les cheveux encore humides et en bataille. Je ne sais pas pourquoi, mais j'adore quand il a cette coiffure qui n'en est pas vraiment une. Il s'approche de moi et m'enlace.

– Quelles retrouvailles !

– Oui ! Tu avais mis un aphrodisiaque dans le thé glacé ?

Je ne peux m'empêcher de faire des blagues quand je suis nerveuse. Je crois que c'est dans ma nature. Alistair rit de bon cœur.

– Je crois qu'on n'en a pas besoin, tous les deux. Dis-moi, je voulais que tu viennes ici car j'ai quelque chose à te proposer, dit-il d'un air plus solennel.

*Oh mon Dieu, oh mon Dieu, oh mon Dieu, ça y est, c'est le moment.*

– Je t'écoute, dis-je, avec un sourire un peu timide.

– Tu vas bientôt être diplômée, n'est-ce pas ? Et après ton diplôme, tu veux créer ta galerie en ligne ?

– Oui, réponds-je.

*Mais je ne vois pas trop le rapport avec le mariage…*

– Eh bien, hier, je suis passé à Brooklyn devant un espace à vendre, un endroit fabuleux, une ancienne usine réaménagée. C'est haut de plafond, c'est lumineux, c'est très bien placé. Cela ferait une galerie magnifique. Et je l'ai acheté. Pour que tu puisses ouvrir ta galerie.

Il m'annonce cela avec un grand sourire et un regard plein d'enthousiasme. Douche froide. Douche glacée, même. Il ne m'a pas fait venir de Londres pour me demander en mariage, mais pour me dire qu'il m'avait acheté une galerie !

*Ok, Chloé, tu as vraiment l'air bête, là, maintenant, tout de suite.*

Il me regarde avec inquiétude. Mon visage est un livre ouvert, et je pense qu'il y lit la déception, intense.

– Tu n'as pas vraiment l'air contente, dit-il.

Je reste silencieuse. Tout va trop vite dans mon esprit. Je viens de passer de « Mon Dieu, l'homme de ma vie va me demander de l'épouser » à « Non, pas du tout, il vient d'acheter une ancienne usine à Brooklyn ». Je me sens tellement idiote ! Et je ne peux pas lui dire ce que j'imaginais depuis plus de douze heures. Je ne me sens pas seulement bête, je suis aussi en colère. On a déjà parlé de cette histoire de galerie, il m'a déjà proposé d'en acheter une, et j'avais été très claire dans ma réponse : je ne veux pas devoir ma carrière professionnelle à sa fortune, et je ne veux pas ouvrir une « vraie » galerie, mais créer une galerie d'art en ligne. Soit il a une mémoire de poisson rouge, soit il ne tient pas compte de mes paroles, de mes convictions. Quoi qu'il en soit, il m'a fait traverser l'Atlantique pour m'annoncer qu'il m'avait fait un cadeau dont je ne veux pas. Je ressens soudain une grande lassitude.

– Tu ne dis rien, Chloé. Parle-moi, ne reste pas ainsi silencieuse, me dit Alistair avec un air inquiet et en prenant ma main dans la sienne.

*Que veux-tu que je te dise, Alistair ? Que je suis déçue, triste et en colère ?*

– Tu sais très bien que je veux ouvrir une galerie d'art virtuelle. Et que je ne veux pas que tu me fasses un tel cadeau. Alors pourquoi tu m'as fait venir pour ça ? demandé-je, les yeux embués de larmes.

– Je sais, on en a parlé, mais cette fois le projet est différent…

– Différent en quoi ? je l'interromps, d'un ton plus énervé. Parce que tu as trouvé un super bâtiment ? Mais la vie, c'est pas un jeu de Monopoly, tu ne peux pas acheter comme ça un truc pour me faire plaisir sans m'en parler avant. Ce n'est pas parce que tu es milliardaire que tu peux ainsi décider à la place des gens.

– De quoi tu parles, ce n'est pas ça, voyons, je voulais…

– Oui, tu voulais me faire une surprise, eh bien figure-toi que c'est raté cette fois. Je suis désolée, je sais bien que ça partait d'une bonne intention. Mais merde Alistair, tu m'as fait venir exprès pour ça ! Je n'ai pas pris le métro, j'ai traversé l'Atlantique ! Tu ne pouvais pas me le dire au téléphone ?

*Chloé, calme-toi, tu es en train de crier ! Ça ne te ressemble pas !*

– Écoute-moi, Chloé… dit Alistair, avec bienveillance.

– Non, toi, écoute-moi, monsieur le milliardaire et ses caprices. Je ne suis pas ta petite chose à ta disposition qui débarque quand tu claques des doigts ! En tout cas pas pour me proposer ça. Je pensais que tu allais me proposer…

Je me tais avant de dire le mot fatal. Le mot « mariage »…

– Quoi ? Tu pensais que j'allais te proposer quoi ? demande Alistair, surpris.
– Rien. En tout cas pas ce cadeau dont je ne veux pas.

Je sens que mon visage s'empourpre. Je crois bien que je suis en train de faire une crise de nerfs ! La fatigue, les montagnes russes d'émotion, c'est trop pour moi ! Il faut que je respire, que j'aille prendre l'air. Je me lève tout d'un coup du canapé.

– Où vas-tu comme ça ?
– Je vais me balader. J'ai besoin de marcher.
– Je viens avec toi, dit Alistair.

Ce n'est pas une question, il a un ton affirmatif.

– Non, j'ai besoin d'être seule. À plus tard, dis-je froidement, en me dirigeant vers la porte d'entrée d'un pas déterminé.

Dans l'ascenseur, j'éclate en sanglots. C'est ma première vraie dispute avec Alistair. Il y a deux heures, je m'imaginais fiancée, et à présent je viens de claquer la porte de son loft sans un regard pour lui. Je déambule dans les rues de

Williamsburg au hasard et complètement sonnée. Des passants m'observent. Je dois avoir une sale tête ! Je me pose quelques minutes sur un banc et tente de respirer calmement. Mais mes pensées se bousculent. Un mélange de déception, de tristesse et de colère. Colère contre Alistair, mais aussi contre moi-même : je me sens tellement bête d'avoir imaginé qu'il voulait me demander en mariage. Je me suis crue dans un conte de fées ou quoi ? Je ne peux pas rester seule ainsi, j'ai besoin d'en parler, j'ai besoin d'une amie. J'envoie un texto à Noémie :

[Hello, je suis à Williamsburg. Libre pour un café ? Besoin/envie de te voir. Bisous.]

Quelques secondes plus tard, Noémie me répond :

[Avec plaisir ! Dans trente minutes au Blue Bottle Coffee, au 160 Berry St. Bises.]

Je me sens vraiment mieux après ce message. Je ne vais pas passer deux heures assise sur un banc avec mes pensées tristes, c'est trop glauque ! Je m'installe en terrasse et attends Noémie. Mon téléphone vibre. C'est un message d'Alistair :

[Chloé, il faut que je t'explique mon geste. Appelle-moi, ou rejoins-moi, quand tu le souhaites. Je t'aime.]

Je suis touchée par ce message. Et aussi rassurée qu'il ne soit pas fâché après ma crise de nerfs. Mais je ne sais que répondre. J'ai besoin d'en parler avec mon amie. Celle-ci arrive, toute souriante. J'ai mis mes lunettes de soleil pour qu'elle ne voie pas que j'ai pleuré. Je ne veux pas l'inquiéter !

– Ça va Chloé ? Tu as une petite mine, me dit-elle en m'embrassant.

*C'est une de mes meilleures amies = je ne peux rien lui cacher !*

– Oui, ça va. Enfin, bof bof. Je te raconterai. Toi par contre tu as l'air radieuse !
– Oui, ça va super bien. J'ai une super nouvelle. Je suis contente que l'on se voie, je voulais te l'annoncer face à face, pas au téléphone.

*Mais c'est quoi cette manie de ne pas vouloir dire les choses au téléphone ! Mince alors, on est au XXI^e^ siècle ! Bon, Chloé, ne mélange pas tout. Ce n'est pas Alistair en face de toi, mais ta meilleure copine !*

– Dis-moi ! Que se passe-t-il ? lui demandé-je.
– J'ai trouvé un travail ici, à New York ! lance-t-elle, enthousiaste.
– Oh, c'est génial ! C'est quoi ? Et tu vas t'installer ici ? Attends, mais c'est fou, comme nouvelle !

Je ne m'attendais pas à ça. C'est la journée des surprises, mais celle-ci me fait très plaisir.

– Je vais être correspondante pour Artpress ! Tu sais, j'avais fait un stage là-bas, à Paris. Ça s'était très bien passé. Je les ai contactés, je leur ai dit que j'étais à New York, que je pouvais faire des piges, d'ici. Et ça tombe super bien : leur correspondante actuelle est enceinte, elle va prendre un congé maternité, du coup ils ont besoin de quelqu'un. C'est pas trop cool ?

– Si, c'est canon ! Mais donc ça veut dire que… tu t'installes à New York ?

– Oui, c'est le but. Chloé, je suis super amoureuse de Daniel…

Je suis tellement heureuse pour elle ! Quand elle a découvert que Julien, l'homme avec lequel elle était depuis des années, la trompait, elle était dévastée. Sur un coup de tête elle est venue à New York et a rencontré Daniel, le galeriste chez lequel j'ai fait un stage. Et apparemment ça a été le coup de foudre.

– Et Daniel, qu'est-ce qu'il en pense ? J'imagine que vous en avez discuté !

– Bien sûr. Il est aussi fou amoureux de moi, et il ne veut pas que je reparte vivre à Paris. Tout ça est super rapide, on en est conscient. Mais il y a comme… une évidence, entre nous. Tu vois ce que je veux dire ?

– Oui je vois très bien…

Je ne peux m'empêcher de penser à Alistair. Même si j'ai mis du temps à m'avouer mes sentiments, il y avait, depuis le début, cette évidence…

– Et j'ai réfléchi, je ne me lance pas tête baissée dans une histoire pour me venger de la trahison de Julien. C'est simplement qu'avec Daniel c'est différent. Je suis différente.

– Comment ça ? lui demandé-je.

– J'apprends à vivre au jour le jour. Je ne veux plus tout planifier, comme je l'ai fait avec Julien. Je me rends compte que je faisais ça pour me rassurer, mais qu'en fait ça me rendait malheureuse.

– Rassure-moi, tu as toujours un tableau Excel dans la tête ? lui dis-je en me moquant gentiment.

– Ah oui ne t'inquiète pas ! Je ne suis pas devenue complètement désorganisée ! Mais sur le terrain de l'amour je me laisse plus de liberté…

– Je suis vraiment heureuse pour toi, ma belle, dis-je, un sanglot dans la voix.

*Chloé, tu devrais être VRAIMENT heureuse, et pas triste ! Est-ce parce que cela fait écho à ton histoire avec Alistair et que celle-ci est en danger ?*

– Qu'est-ce qui se passe, Chloé ? Tu n'es pas dans ton état normal.

J'enlève mes lunettes de soleil, révèle mes yeux gonflés après mes larmes et raconte à Noémie l'histoire de la « non-demande en mariage » et de la galerie.

– Tu m'annonces une super bonne nouvelle et moi je fais ma rabat-joie en te racontant mes crises de nerfs, dis-je en conclusion.

– Ah non, je t'interdis de dire ça ! s'énerve Noémie. Je suis ton amie, je suis là pour ça ! On ne partage pas que des bonnes nouvelles, ou que des moments marrants, voyons.

– Oui, tu as raison, pardon. Et je me sens déjà un peu mieux de t'en parler.

– Moi je trouve ça positif ce qui vient de se passer, commente Noémie.

*Alors là, je ne vois pas du tout ce qu'elle veut dire ! Il faut toujours voir le verre à moitié plein mais là, le verre est un peu fêlé !*

– Comment ça ? En quoi c'est positif que je me sois engueulée avec Alistair et que j'aie claqué la porte de son loft ? demandé-je, dubitative.

– Je ne parle pas de ça. Mais du fait que tu sois venue rejoindre Alistair à toute vitesse car tu pensais qu'il allait te demander en mariage. Tu te rends compte à quel point tu as évolué ? Il y a quelques mois tu pensais que l'amour c'était pas ton truc, et là tu traverses l'Océan pour une demande en mariage ! C'est super positif !

– Oui, enfin en l'occurrence il n'y en a pas eu ! lui fais-je remarquer.

– C'est vrai, mais tu ne peux pas en vouloir à Alistair pour ça, dit Noémie, avec assurance.

– C'est-à-dire ?

Je suis heureuse d'avoir cette conversation avec Noémie. Elle ne se contente pas de m'écouter et de sécher mes larmes. Elle me fait avancer dans ma réflexion. Une amie en or !

– À chaque fois qu'il t'a parlé d'engagement tu t'es braquée, tu as pris peur. Alors vous avez trouvé ce système de gages, qui est drôle, et qui t'a permis de te « détendre » sur la question de l'engagement, de l'amour. Il a peut-être envie de te demander en mariage. Mais je pense qu'il est prudent et qu'il ne veut pas te brusquer. Il te connaît un peu, tout de même !

– Oui, tu as raison… dis-je, pensive.

Et pourtant, même si j'étais nerveuse, je n'ai pas flippé quand j'ai pensé qu'il allait me demander en mariage. Noémie a raison, j'ai changé. Et je ne peux pas lui en vouloir… Enfin, si, sur un point !

– Il me connaît, poursuis-je, il n'empêche qu'il m'a proposé de gérer une galerie qu'il a achetée, alors qu'on en avait déjà parlé, et il sait que ce n'est pas mon projet !

– Il en a parlé à Daniel, de ce projet, et Daniel m'en a parlé, avoue Noémie.

– Et tu ne m'as rien dit !

– Bien sûr que non ! C'était une surprise.

– Super surprise, dis-je d'un air blasé.

– Écoute ma poulette, tu t'es énervée sans l'écouter, sans qu'il t'explique ce projet. Peut-être que tu pourrais lui faire confiance, en discuter avec lui, et voir pourquoi il a fait ça.

– Parce qu'il a les moyens de le faire !

– Je ne pense pas que ce soit la raison principale. Il a les moyens d'acheter la moitié de Brooklyn, il ne le fait pas. C'est un homme intelligent, ce n'est pas un flambeur.

– Je sais. C'est aussi pour ça que je l'aime, soupiré-je.

Je sens les larmes revenir. Noémie me prend dans ses bras.

– Vous êtes super amoureux, tous les deux, dit Noémie. Ne laisse pas ton orgueil gâcher ça.

– Tu as raison Noémie, dis-je en séchant mes larmes. Je vais retourner à l'appartement et on va discuter.

– Oui, mais avant, va dans les toilettes du bar te rafraîchir le visage, me conseille Noémie avec un sourire. Tu as une tête de…

– Bébé panda ?

– Exactement !

Nous rions ensemble de bon cœur. Quelle bonne idée, ce café avec elle ! Si j'étais restée seule sur mon banc, je n'aurais pas réfléchi à tout cela. À présent, il me tarde de retrouver Alistair. Je lui envoie un message :

[Je suis à l'appart dans 15 minutes. Love, Chloé.]

# 27
# UNE NOUVELLE VIE ?

En ouvrant la porte du loft, je réalise que cela fait trois heures que je suis partie. J'espère qu'Alistair ne s'est pas trop inquiété.

– Hello, lancé-je timidement, en rentrant dans l'appartement.
– Bonsoir, répondent trois voix d'hommes.

Alistair a des invités ? Zut, ça tombe mal, je ne suis pas trop d'humeur mondaine. Je franchis le seuil du salon : Alistair est avec Arthur, son frère jumeau, et Brian, le champion de basket-ball handisport. Je suis très surprise de les voir réunis tous les trois ! Alistair se lève et me rejoint.

– Je suis si content que tu sois revenue. J'ai eu peur que

tu sois repartie à Paris, me dit-il discrètement.

*Il est sérieux, là ?*

– Non, j'étais en colère mais pas à ce point-là ! Et je me suis calmée, j'ai réfléchi, il faut qu'on parle. Mais ce n'est sûrement pas le moment…
– Oui, on en reparlera, répond-il avec douceur. Et même si je comprends ta réaction, tu as réagi de façon un peu irrationnelle.

Je m'apprête à lui répondre qu'il exagère, que sa surprise était tout de même particulière, mais il s'approche de moi avec sensualité et pose ses lèvres pulpeuses au creux de mon cou, provoquant un frisson de désir dans tout mon être. Impossible de résister, ce mec me fait fondre…

*Ce n'est pas du jeu, Alistair, tu sais que chacun de tes baisers me rend dingue !*

– Tu ne perds rien pour attendre, me susurre-t-il. Tu vas avoir le gage de ta vie !
– Quoi ? lancé-je un peu trop fort.

Arthur et Brian se tournent vers nous.

– Chut, dit Alistair, avec un petit sourire en coin. Le gage de ta vie, je te dis !

Mais si j'ai réagi ainsi, c'est qu'il a fait quelque chose de fou et de trop engageant ! C'est lui, et pas moi, qui mériterait un gage ! Je ne peux pas prendre le temps de lui expliquer tout ça, je risque de passer pour une impolie auprès de Brian et d'Arthur. J'interroge du regard Alistair à propos de la présence des deux hommes dans le salon.

– Viens, Chloé, rejoins-nous, cela te concerne aussi.

*Ok, je suis fatiguée, mais je ne comprends décidément rien à cette journée !*

Je fais la bise à Arthur, serre la main de Brian, et m'installe en face d'eux. Alistair se met à côté de moi et passe son bras autour de ma taille.

*Dites donc, monsieur Monroe, ce n'est pas parce que je suis revenue que tout est effacé, façon ardoise magique !*

Arthur est en train d'expliquer à Brian son parcours d'artiste et de graffeur, et l'évolution de son art. Brian l'écoute avec beaucoup d'attention. Les deux hommes semblent assez proches, ou tout du moins très respectueux. Je suis heureuse de les voir ainsi réunis, et apparemment il n'y a aucune tension entre eux. Si Arthur a disparu pendant des années, c'est qu'il culpabilisait d'avoir, à 16 ans, renversé Brian en voiture, et a ainsi causé son handicap. Et Brian nous confiait, à Alistair et moi, que pendant longtemps il en avait voulu aux frères Monroe. Des années après, la réconciliation semble possible. Je les observe, touchée par cette image. Alistair sourit et a les yeux qui pétillent. Lui aussi doit être ému et soulagé par la tournure que prennent les événements. Mais je ne vois toujours pas en quoi je suis directement concernée par ce rendez-vous ! J'ai épaulé Alistair dans la recherche de son frère, j'ai rencontré Brian en sa compagnie, mais mon rôle a simplement été celui d'une amoureuse.

– Chloé, nous en avons déjà parlé tous les trois, mais notre projet te concerne également. Enfin, si tu es d'accord… dit Alistair.

*Enfin je vais comprendre de quoi il parle !*

– Je vous écoute, réponds-je sérieusement.

J'ai bien compris qu'il ne s'agissait pas d'un projet du style « on part tous en week-end, youpi ! », mais de quelque chose de plus important.

– Alors voilà, comme tu le sais, avec Brian, nous avons créé la « fondation handisport », qui a pour but de promouvoir l'accès des jeunes handicapés au sport.
– Oui, j'ai suivi cela, dis-je.
– Nous avons créé la structure. Mais à présent il s'agit de la faire connaître et de récolter des fonds. Et pour cela, quoi de mieux que l'art, n'est-ce pas ? J'ai parlé de la fondation à Arthur, et il serait partant pour créer des œuvres et les vendre au profit de la fondation. Son œuvre, en tant que Geronimo, est liée à la culture jeune, à la culture de la rue, comme l'est aussi le sport. Et donc c'est cohérent qu'il participe au projet.

– Et j'en suis ravi, commente Arthur. Si cela peut permettre de financer l'initiative de Brian, je suis prêt à entrer dans une galerie.

– C'est là que tu interviens, Chloé.

*C'était donc ça son projet de galerie ? Et moi qui ne lui ai même pas laissé le temps, tout à l'heure, d'expliquer tout cela ! Chloé, il faut que tu apprennes à écouter avant de t'énerver !*

– J'interviens comment, exactement ? demandé-je, désireuse d'en savoir plus.

– Tu gérerais cette galerie, Chloé, annonce Brian. Tu connais le street art, tu sais comment communiquer là-dessus, tu connais aussi le business de l'art. Aucun de nous trois n'a cette compétence. Les trois premiers mois, ce seront les œuvres de Geronimo, mais après il faudra mettre en valeur d'autres artistes.

– Toujours dans le street art ? demandé-je.

– Ça peut être aussi la photo, la peinture, l'art vidéo, ça, c'est à toi de le déterminer, précise Alistair. Le but est de créer un pont entre la fondation et les artistes d'aujourd'hui.

– Mais c'est super ! lancé-je, pleine d'enthousiasme.

Alistair sourit. Brian et Arthur ont également l'air ravi. Je suis très flattée, et touchée, qu'ils aient pensé à moi. Et si je ne voulais pas au départ gérer une « vraie » galerie, là, le projet a un tout autre sens. Il s'agit de promouvoir une cause. Cela tourne à dix mille à l'heure dans ma tête. Je pourrais créer un site Web et faire un appel à projets auprès de jeunes artistes. J'imagine déjà la communication que je pourrais faire sur les réseaux sociaux.

– Donc tu es partante ? demande Alistair.

– Bien sûr ! Je trouve ça génial. Mais c'est un gros projet, j'espère que j'aurai les épaules pour le gérer !

– On est là, dit Arthur. C'est un travail d'équipe.

J'ai les larmes aux yeux. Mon amoureux, son frère, Brian et moi, qui allons travailler ensemble pour une belle cause, mais aussi pour la promotion du street art : que rêver de plus ? C'est un magnifique cadeau. Et dire que j'ai claqué la porte quand Alistair m'a offert la galerie… Mais bon, j'ai une double excuse : la fatigue et mon délire sur le mariage. Nous continuons à discuter tous les quatre des délais, des échéances et de l'organisation afin d'ouvrir cette galerie au plus vite et dans les meilleures conditions. Je me sens bien, dans ce travail d'équipe. Et c'est la première fois que je vois Alistair en train de parler « boulot ». Il fronce légèrement les sourcils quand il parle ainsi. Il est ultra sexy ! Brian et Arthur s'éclipsent une heure plus tard, me laissant dans le loft avec Alistair. Lorsque nous nous retrouvons seuls, alors que je me sers un verre d'eau dans la cuisine, il s'approche et, se postant derrière moi, enserre ma taille.

– Alors, la fugitive, comment vas-tu ?

– Je suis désolée, mais tu comprends, tu m'as annoncé ça tout d'un coup, réponds-je avec douceur.

– Je sais, j'ai été maladroit, avoue-t-il.

– Tu mérites un gage, dis-je en me retournant vers lui et

en lui déposant un baiser au coin des lèvres.

– Ah non, c'est toi qui en mérites un. Et je te l'ai dit, ça va être le gage de ta vie !

– Mais tu sais déjà ce que ça va être ? demandé-je, très curieuse.

– Oui, bien sûr.

– Un indice ?

– Hors de question. Mais crois-moi, tu t'en souviendras.

– J'ai les moyens de vous faire parler, Mr Monroe, lui glissé-je, en caressant doucement son entrejambe.

– Je n'en doute pas, mademoiselle Haughton, mais je ne parlerai pas, même sous la plus délicieuse des tortures.

Nous rions et nous embrassons langoureusement. Enfin, nous sommes de nouveau connectés. Les larmes sont séchées, les angoisses évacuées. La vie c'est les montagnes russes, disait ma grand-mère. Aujourd'hui, c'était le grand 8 !

– Mais au fait… si je dois ouvrir et gérer la galerie, cela veut dire que je vais m'installer à New York, dis-je, réalisant enfin le changement de vie que cela implique.

– Mais oui, Sherlock Holmes, répond Alistair en souriant.

– Ok…, dis-je, l'air soucieux.

– Quel est le problème, Chloé ?

– Eh bien, c'est une chose de vivre chez toi quelques semaines, le temps d'un stage. C'est autre chose de m'installer ici.

– Ce n'est pas si terrible de vivre avec moi, tu sais ! Enfin, je crois… dit Alistair avec un sourire.

– Non, ce n'est pas toi le problème, réponds-je sérieusement. Mais ça m'embête de squatter ici, dans ce loft luxueux, alors que je suis encore étudiante, et que même si la galerie fonctionne, je ne gagnerai pas beaucoup d'argent au début.

– Tu ne « squattes » pas, Chloé. Je te l'ai déjà dit, tu es ici chez toi.

– Mais tu comprends que cela me gêne ?

– Bien sûr. Mais on pourra trouver des solutions. Dès que tu gagneras de l'argent, tu pourras participer aux frais. On en reparlera à ce moment-là. Moi non plus je ne veux pas que tu sois une « femme entretenue », tu sais. J'ai rencontré une Chloé libre et indépendante, et je veux la garder !

– Ok... Ça me rassure un peu.

– « Chloé et ses doutes ». Cela ferait un bon titre de roman...

– Moque-toi ! Mais c'est un véritable changement de vie ! Et je vais devoir déménager... en tout cas libérer mon appartement à Paris. Je ne vais pas continuer à payer mon loyer parisien, ce serait absurde.

– Je peux t'aider ?

– C'est gentil, mais je vais demander à mon père. Il a une grande cave à Paris, il pourra y stocker mes affaires. Et m'envoyer quelques cartons aussi. Il m'a toujours aidée, pour mes déménagements. C'est bête, mais il aime bien ça. C'est comme une façon de me dire « je t'aime ».

– Tu devrais peut-être l'appeler et lui demander si c'est possible. S'il ne peut pas on trouvera une autre solution.

– Oui, tu as raison. Je vais l'appeler tout de suite. Cela fera un souci financier en moins.

– Je vais dans la chambre, je te laisse. Je t'attends. Je serai tout nu avec une rose entre les dents, glisse-t-il avec un clin d'œil.

Il me fait tellement rire ! Je l'imagine ainsi aussi, en playboy. Il serait assez crédible, en fait !

***

– Hello Papa !

– Tu as l'air bien enjouée, Chloé, répond mon père. Tu es où ?

– À New York, chez Alistair.

– Ah, super. Tout se passe bien ?

– Oui, très bien. Et j'ai une grande nouvelle : je vais gérer une galerie, ici, à Brooklyn !

– Mais tu ne voulais pas ouvrir une galerie en ligne ?

– Si bien sûr, mais là je vais faire les deux. C'est un projet que je réalise avec Alistair, son frère, et une troisième personne. C'est un peu long à expliquer, mais il faudra que je te raconte tout ça.

– Si tu es heureuse ainsi, alors je suis heureux, répond mon père.

Je sais qu'il le pense vraiment. On n'a jamais été très proches, mais il m'a toujours fait confiance et a toujours cru en mes projets.

– J'ai besoin de ton aide, papa.

– Dis-moi !

– Je vais devoir quitter mon appartement, le libérer. Je ne

vais pas payer un loyer pour rien.

– Et tu veux que je fasse ton déménagement, c'est ça ? dit-il, avec un sourire dans la voix.

– C'est exactement ça. Mais c'est beaucoup de boulot, il faut faire les cartons, tout ça, et mettre les affaires dans ta cave.

– Tu sais que je suis un peu le pro du déménagement, Chloé.

– Oui je sais !

– Et si je peux t'aider, dans ta nouvelle vie, ça me fait plaisir.

– Merci papa…

Je me sens profondément touchée par ses mots. J'ai envie de le serrer fort dans mes bras.

– Tout va bien pour toi ?

– Très bien, Chloé. J'ai rencontré quelqu'un, tu sais.

– Mais papa, tu rencontres SOUVENT quelqu'un, fais-je remarquer avec une voix un peu moqueuse.

– Tu n'as pas tort. Mais là, je suis très amoureux. Elle s'appelle Nathalie, elle a 45 ans.

Ouf, je suis soulagée qu'elle ait cet âge-là ! Depuis le divorce, mon père a toujours été avec des femmes vraiment plus jeunes, et j'ai souvent eu peur de devoir appeler « belle-maman » une fille qui aurait l'âge d'être une copine à moi !

– Elle est sculptrice, poursuit-il. On s'adore.

– C'est super, papa ! J'ai hâte de la rencontrer. Je vais devoir te laisser, mais je t'envoie un mail très vite pour te dire quoi m'envoyer à New York. Les clés, tu les as. Encore merci papa, ça m'aide beaucoup. Je t'aime fort. Et embrasse Nathalie de ma part.

– Bisous, crapaud.

Moi, Noémie, ma mère, mon père… tout le monde tombe amoureux en ce moment ! Cupidon a fait du bon boulot cette année, me dis-je, en riant toute seule de ma blague. Je rejoins Alistair dans sa chambre, ou plutôt « notre » chambre. Il est bien nu, comme prévu, mais il s'est endormi sur le lit. Il est magnifique. Je le regarde avec amour et tendresse. Et dire que je vais me réveiller à côté de lui pendant des jours, des semaines, des mois ! Mon play-boy…

***

Deux semaines de folie viennent de s'écouler. J'ai dû écrire mon mémoire pour valider mon diplôme. Deux semaines en mode « geek », à travailler douze heures par jour sur mon ordinateur. Mais le jeu en valait la chandelle : une fois diplômée, je peux enfin m'atteler à l'ouverture virtuelle et réelle de la galerie. Enfin, aujourd'hui j'ai fini mon mémoire et l'ai envoyé à mon école. Je me sens soulagée, heureuse, libre ! Il est 18 heures, et Alistair arrive à l'appartement, une bouteille de champagne à la main.

– Il faut célébrer les bons moments, mademoiselle Haughton, me dit-il en sabrant le champagne.

– Vous êtes tellement chic, tellement « français », monsieur

Monroe, lui dis-je, d'un air précieux.

– Et j'ai une surprise pour vous ce soir, ma chère future diplômée.

– Oh, c'est le fameux gage de ma vie, demandé-je, tout excitée.

– Non, celui-là attendra un peu…

Il observe ma moue boudeuse avec malice. Il m'énerve avec ce « gage de ma vie ». Lui aussi en mérite un, rien que de me faire ainsi attendre. Mais bon, cela devient très complexe, du coup, ce système de gages…

– Alors, c'est quoi cette surprise ? Tu peux me le dire ?

– Oui, on va dîner chez John et Olivia. Et il y aura aussi Daniel et Noémie.

– Génial ! lancé-je, tout excitée.

– Tu n'as plus peur des « dîners de couples » ? me demande Alistair en s'approchant de moi pour m'embrasser.

– Non, il y a Noémie, ce n'est pas pareil, réponds-je, avec mauvaise foi.

C'est vrai qu'il y a quelques semaines, cette idée de « dîners de couples » me faisait super flipper. J'ai changé. Et dans le bon sens, j'en suis sûre. L'idée que mon amie Noémie rencontre les amis d'Alistair me plaît. Comme deux mondes, et deux mondes que j'aime, qui se rencontreraient.

– Ce n'est pas drôle si tu n'as plus peur, me glisse-t-il en me prenant dans ses bras.

*J'espère qu'il est ironique quand il dit ça !*

– Comment ça ? demandé-je en m'écartant un peu.

– Ça veut dire plus de gages. Or, j'adore, moi, t'en donner. Surtout le « super gage » auquel je pense.

– Ah non, ne me reparle pas de ça ! John est au courant ? Parce que je peux le faire boire et le faire parler, ce soir, tu sais…

– C'est mon meilleur ami, Chloé, il ne dira rien.

– Olivia alors ?

– Non plus.

– Daniel alors. Il le dira à Noémie, et Noémie me le dira. C'est ma meilleure amie, elle est obligée de me le dire. Tu es piégé !

– Je ne crois pas, non… répond-il d'un air mystérieux. Allons dîner. John m'a dit qu'il préparait un plat « typiquement français » pour toi et Noémie.

– Si c'est des tripes, je peux refuser ?

– On est à New York, Chloé. Personne ne mange de tripes…

– Tant mieux. Allons-y !

***

John, Alistair et Daniel sont en cuisine, alors qu'Olivia, Noémie et moi discutons un verre de vin à la main, dans le salon. Vive le XXI^e siècle ! John s'est mis en tête de nous préparer un bœuf bourguignon, et ses amis lui sont venus en aide. Noémie est toujours aussi rayonnante de bonheur, et Olivia toujours aussi accueillante. Je raconte mes deux dernières semaines de rédaction de mémoire tandis que

Noémie explique son travail de correspondante. Olivia nous écoute avec attention.

– Je vous admire, toutes les deux. Vous êtes courageuses et volontaires. Moi je vais reprendre bientôt mon travail d'avocate. Sammy est assez grand, à présent. J'espère que j'aurai toujours autant d'énergie.

– Il n'y a pas de raison, dis-je à Olivia. Quand on est passionnée, on trouve des ressources insoupçonnées.

– Quand on est amoureuse aussi, dit Noémie, un petit sourire aux lèvres.

– Ça se passe bien avec Daniel, alors ? je lui demande, même si j'ai déjà la réponse.

– Très bien, se confie Noémie. J'ai mon travail, il a le sien, on est indépendants tous les deux, mais le soir et le week-end on se retrouve, et c'est merveilleux. Il m'apaise, tu sais. Moi qui suis toujours angoissée sur l'avenir. Lui qui vit au jour le jour. Ça me fait un bien fou. Julien me suivait dans mon délire de « tout planifier », jusqu'à ce qu'il n'en puisse plus. Daniel, lui, est plus mature. Il sait ce qu'il veut, et du coup ne s'impose rien, ne m'impose rien non plus.

– Vive les hommes matures ! lance Olivia en riant.

C'est vrai que toutes les trois, nous sommes avec des hommes qui ont plus de trente ans !

– Qu'est-ce que tu vas faire à présent ? me demande Olivia.

– Je vais créer une galerie d'art sur le Web, mais aussi une vraie galerie. Alistair a acheté de superbes locaux à Brooklyn. On va y exposer les œuvres de Geronimo au profit de la fondation de Brian.

Noémie et Olivia ont suivi depuis le début cette histoire d'Arthur et de Brian. Elles m'écoutent avec attention.

– Je ferai un article sur l'ouverture de ta galerie, lance Noémie, enthousiaste.
– Tu n'as pas peur d'être débordée ? me demande Olivia, inquiète.
– Un peu, dis-je. Surtout pour la partie « galerie physique ». Je connais bien le Web, moins la gestion d'un lieu, d'autant plus à New York !
– Et si je venais te filer un coup de main pour l'ouverture ? propose Olivia. Une façon pour moi de me remettre dans le bain après ma « carrière » de mère au foyer. Je peux t'aider pour tout ce qui est administratif, je connais bien les lois américaines.
– Mais c'est une super idée, dis-je, heureuse et soulagée.
– Alors on trinque, dit Noémie. À ta galerie !
– À notre travail d'équipe, dis-je en trinquant.

Nos amoureux sortent de la cuisine à ce moment-là.

– On a loupé quelque chose ? demande Alistair.
– Un moment de « girl power », dis-je en lui adressant un grand sourire.

# 28
# SOIRÉE MONDAINE

Sur une terrasse, à Manhattan, je travaille avec Olivia à l'ouverture de la galerie. Elle connaît par cœur l'administration américaine, elle est donc d'une grande aide quand il s'agit de savoir comment l'argent récolté par les ventes d'œuvres d'art peut être reversé à une fondation, et répondre à d'autres questions de ce genre. Alistair m'a aussi proposé l'aide d'employés de son entreprise, mais je trouve cela super de le faire avec Olivia. J'apprends le métier et j'apprends aussi à mieux la connaître. Le feeling est passé dès notre première rencontre, mais je découvre jour après jour une personnalité forte, une femme drôle et brillante. Je reçois dans la matinée un texto d'Alistair :

[Es-tu libre ce soir ? Il y a un gala de charité, on est invités tous les deux et j'adorerais que tu m'accompagnes. Baisers, Alistair.]

Un gala de charité ? Du genre de ceux que l'on voit dans les séries, avec les hommes en costume de pingouin et les femmes en robes longues ?

– Tu es déjà allée à un gala de charité ? demandé-je à Olivia.

– Oui, bien sûr. Ça fait partie des mondanités new-yorkaises.

– Et on s'habille comment ?

– Robe de soirée, talons, etc. Pourquoi cette question ?

– Pour rien, réponds-je en sentant que mon visage devient blême tout d'un coup.

De retour en fin de journée au loft, j'ai la surprise de voir qu'Alistair est déjà en tenue de soirée. Il porte un costume noir taillé sur mesure, une chemise blanche et un beau nœud papillon impeccablement positionné. Il n'a pas vraiment l'air d'un pingouin, mais du plus bel homme que j'ai jamais vu de ma vie, élégant et sûr de lui. Dans l'ascenseur, je me suis regardée : jean, tee-shirt et petites sandales. C'est mignon, mais je ne peux pas aller comme ça à un gala de charité ! Et j'ai bien une ou deux robes dans mes affaires, mais cela fait plus « je vais boire un café à Brooklyn » que « je suis la copine d'un grand entrepreneur et je vais à une soirée caritative à Manhattan ». J'ai vraiment peur de faire tache. Je pourrais dire que je suis française et que ce look est très « tendance » à Paris… J'embrasse Alistair furtivement et suis sur le point de me faufiler dans la chambre pour me changer, quand il m'arrête.

– Où vas-tu comme ça ? me demande-t-il.

– Me changer ! Je ne peux pas y aller en jean, je crois !
– Alors reste ici. J'ai quelque chose pour toi.

Il me prend par la main et m'emmène de l'autre côté du salon, où trône sur un fauteuil un grand paquet cadeau. Je rougis.

– C'est un deuxième tapis de yoga ? demandé-je en plaisantant.
– Pas vraiment. Ouvre, dit Alistair en souriant, visiblement ravi de sa surprise.

Je déballe le cadeau, et découvre deux autres paquets.

– Tu ne vas pas me faire la blague du « il n'y a que des paquets cadeaux dans le paquet cadeau », quand même ? Parce que ça ne me ferait pas rire, dis-je, en riant.

Alistair sourit, ne répond pas, et attend, impatient, que j'ouvre les cadeaux. Je déchire le premier emballage en papier de soie. C'est une magnifique robe longue, rouge foncé, en soie, brodée de sequins sur le décolleté. Je reste bouche bée. Je découvre sur l'étiquette que c'est un modèle d'Elie Saab. Je ne connais pas grand-chose à la mode, mais je comprends que c'est une robe de haute couture. Jamais je n'ai porté cela de ma vie !

– Ça te plaît ? demande Alistair d'un air inquiet.
– Mais oui. Mais… c'est trop ! Tu n'aurais pas dû, dis-je, encore émue à la vue de cette pièce de couture magnifique.

– Je me suis dit que le rouge irait avec ton teint d'Anglaise, me glisse-t-il en déposant un baiser au creux de mon cou.

– C'est splendide, Alistair. J'espère que cela va m'aller…

– J'ai apporté plusieurs vêtements à toi au couturier, il a pris tes mesures, avoue Alistair.

– Il a dû faire une drôle de tête quand il a vu mes jeans, dis-je en riant.

– Il y a un autre paquet, remarque-t-il.

Je le déballe : ce sont des escarpins noirs. De splendides Louboutin à talons aiguilles. Ils sont beaux mais… ça non plus je n'en ai jamais porté de ma vie ! Ça va être une véritable épreuve. Alistair observe mon visage inquiet.

– Ne t'inquiète pas, ils ont l'air haut, mais il y a un plateau, sur le devant, qui fait que la cambrure n'est pas si importante, m'explique-t-il, visiblement plus calé que moi en Louboutin.

– C'est très beau, tout cela, Alistair, mais tu sais que je ne m'habille jamais ainsi.

– Je le sais bien. Est-ce que tu le ferais pour moi, ce soir ? demande-t-il, les yeux brillants.

– Oui, je réponds, timidement.

Tout d'un coup je réalise : c'est ça, le gage de ma vie ! M'habiller comme une actrice défilant sur un tapis rouge ! je comprends mieux. En effet, c'est une grande première.

– Super gage, dis-je à Alistair, en prenant son visage entre mes mains.

– Tu croyais que c'était le gage ? me demande-t-il avec un air taquin.

– Mais oui ! Ce n'est pas le cas ?

– Non, ce sera bien pire que ça !

Je pars, à moitié énervée, à moitié intriguée, me changer dans la chambre. Quand je reviens au salon, Alistair reste bouche bée, à me regarder.

– C'est ridicule, n'est-ce pas ? dis-je, en rougissant.

– Non, Chloé. Tu es superbe. Ça te va à merveille.

– Je ne vais pas m'habiller tous les jours ainsi, je te préviens ! dis-je, amusée.

– Mais ce soir, je vais être très très fier de t'avoir à mon bras…

***

La soirée se passe dans un manoir, à côté de Manhattan. Je ne savais même pas qu'il y avait des manoirs près de New York ! L'endroit est plein de charme et donne sur un parc privé arboré. Attablés parmi d'autres convives, nous écoutons un discours sur la sauvegarde de la forêt amazonienne. Je m'attendais à ce que la soirée soit snob, voire ennuyeuse, mais elle rassemble des entrepreneurs et entrepreneuses de la génération d'Alistair. Je n'ai pas l'air d'une ado coincée dans un dîner d'adultes ! Après le discours et le dîner, Alistair me prend la main.

– Viens, allons prendre l'air.

Nous marchons dans le parc, main dans la main, et parlons de la soirée. Arrivés au fond, nous nous asseyons sur un banc, à l'abri des regards.

– J'enlève mes chaussures, dis-je. J'ai peur de les abîmer dans la pelouse !
– Oui. Tu peux enlever ta robe aussi, si tu le souhaites, répond Alistair.

J'éclate de rire. Puis, me tournant vers lui, je comprends qu'il ne rigole qu'à moitié.

– Tu n'es pas sérieux, là ?
– Cela fait deux heures que je te regarde, et je ne rêve que d'une chose : déboutonner cette magnifique robe pour admirer ton corps nu.
– Mais… on est dans un lieu public !
– Avec ces arbres, personne ne nous voit, dit-il en m'enlaçant et en faisant glisser ses mains sur mes reins.
– Tu es sûr ? dis-je en regardant autour de moi.
– Certain. Enfin… je crois.

Il a ce regard amoureux que je connais. Mais il y a autre chose dans ses yeux, ce soir : une excitation particulière. Finalement, je crois que j'aime bien ces soirées mondaines…

Il continue à caresser mes hanches tout en posant délicatement ses lèvres sur les miennes. Il fait chaud ce soir dans ce parc, mais c'est son baiser, intense, qui me fait fondre. Nos lèvres, nos langues s'entremêlent dans une danse sensuelle. Alistair passe son bras autour de ma taille tout en continuant à m'embrasser langoureusement. Je sens sa main se faufiler sur ma cuisse et attraper délicatement le tissu de ma robe en soie, la relevant, centimètre par centimètre.

– Tu ne vas pas… dis-je en protestant.

– Chut, ne dis rien, on va nous entendre, glisse Alistair, avec malice.

Il découvre mes jambes petit à petit, la blancheur de mes cuisses se révélant dans la nuit sombre. Il les caresse, ses doigts s'approchant de plus en plus de ma petite culotte. Je plonge mon visage au creux de son cou et soupire de plaisir. Je me sens tout à la fois gênée, troublée, excitée. Jusqu'où va aller ce petit jeu ? Ne risque-t-on pas de nous voir ? Il remet soudain le tissu à sa place, créant chez moi un intense sentiment de frustration.

– Que se passe-t-il ? Tu as entendu quelque chose ?

– Non, mais on ne va pas abîmer cette jolie robe, répond-il.

Il dégrafe ma robe dans le dos, bouton par bouton, puis la fait glisser sur mes hanches. Je me laisse faire. Je me sens comme une marionnette, victime de mon propre désir. Je bouge légèrement mon bassin jusqu'à ce qu'elle tombe à mes pieds.

*Qu'est-ce que tu fais, Chloé ? Tu vas être quasi nue dans un parc !*

Alistair m'enlace à nouveau, une main touchant mon entrejambe, l'autre mon sein droit. Je me sens pleine d'amour et de désir. Il souffle doucement au creux de mon oreille, tandis que ses mains baladeuses se promènent. J'écarte un peu les jambes pour que sa main se faufile un peu plus loin.

– Alistair, on va nous surprendre ! dis-je, reprenant tout d'un coup mes esprits.

– Peut-être, mais peut-être pas, répond-il, n'arrêtant pas ses mouvements sensuels.

Est-ce qu'il veut qu'on nous surprenne ? Je suis troublée. Il ne m'a jamais parlé de ce fantasme… Et est-ce un fantasme pour moi ? Je n'en sais rien, mais je sais que s'il continue à me caresser ainsi, je ne réponds plus de rien ! À travers le tissu de ma culotte, je sens ses doigts masser délicatement mon clitoris qui gonfle de plaisir. Je soupire de plus en plus fort.

*Alistair, tu as une façon de me toucher qui me rend folle !*

De l'autre main, il dégrafe mon soutien-gorge. C'est un magicien de l'amour ! Me voilà à présent quasiment dénudée, telle une statue antique dans un parc. Il se penche vers ma poitrine et m'embrasse entre les seins. Sa bouche se balade à droite, puis à gauche, léchant et mordillant mes tétons, qui pointent sous l'assaut de ses baisers. Je l'observe m'embrasser ainsi avec délectation. Jamais quelqu'un ne m'a embrassé et caressé les seins avec autant de sensualité. C'est comme si mon corps était connecté à son esprit, comme s'il savait exactement quel mouvement faire pour me donner du plaisir. Sa main, baladeuse, caresse mon sexe à travers le tissu de ma culotte. J'ai à la fois envie qu'il continue ainsi pendant des heures, et qu'il arrête pour me déshabiller complètement et me prendre. Je sens le plaisir monter au creux de mon ventre. Il est capable de me faire jouir ainsi, en quelques minutes. Est-ce le côté « interdit » de la situation qui m'excite, ou le savoir-faire de ses mains sur mon corps ? Quoi qu'il en soit, je me sens partir, tout doucement, quand tout d'un coup, j'entends un bruit dans les buissons.

– Alistair, arrête ! dis-je en murmurant.

– Pourquoi je m'arrêterais ? répond-il, le visage toujours enfoui entre mes seins.

– Je suis sérieuse, dis-je en m'écartant de lui. J'ai entendu un bruit ! Là, à gauche !

– C'est ton imagination, mon amour. On est tout au fond du parc, on entendrait les gens venir.

– Mais je t'assure.

Un nouveau bruit de feuilles dans les buissons.

– Ah, tu vois ! Ce n'est pas mon imagination !

Alistair se redresse. Et nous assistons tous les deux à une scène surprenante : un petit écureuil roux sort des bosquets et nous observe. Nous éclatons de rire de concert.

– Bienvenue à New York, Chloé, dit Alistair.

– J'ai eu tellement peur, réponds-je.

– Je pense que cet écureuil ne répétera à personne ce qu'il vient de voir.

Je souris. Je suis presque nue, et Alistair, lui, est tout habillé. Ce n'est pas juste ! Je grimpe sur lui, l'embrasse, enlève le nœud papillon et déboutonne un peu sa chemise pour toucher des lèvres ce torse musclé et tatoué. Sa peau est douce. J'inspire profondément pour sentir son parfum qui m'enivre.

– Tu n'as plus peur ? demande Alistair, surpris de mon initiative.

– Non, mais si on nous surprend, hors de question que je sois la seule dénudée ! réponds-je en ouvrant plus largement sa chemise.

Je m'amuse à l'embrasser dans le cou, puis plus bas, au niveau de ses tétons, puis je remonte vers sa bouche. À chaque fois que ma langue touche un de ses tétons il soupire. Je ne suis apparemment pas la seule à être sensible de cette partie du corps. Je m'attarde un peu plus sur la partie de son torse tatouée et alterne petits coups de langue et mordillements légers. Je sens son souffle devenir de plus en plus court. Ainsi juchée sur lui, tout en remontant ma bouche vers ses lèvres j'ondule délicatement du bassin pour sentir son excitation à travers son pantalon de smoking.

– Chloé, si tu m'excites ainsi, je vais devoir te faire l'amour…, dit Alistair dans un souffle.

– Ah bon ? réponds-je d'un air faussement naïf.

Je soulève légèrement mes fesses pour mieux dégrafer sa ceinture et faire glisser la fermeture éclair de son pantalon. Son sexe, turgescent, apparaît sous son boxer blanc. Je prends quelques secondes pour observer le spectacle de son désir. Il est tellement beau, ainsi débraillé et bandant… Je recommence à me frotter contre lui, créant chez lui un état de frustration et d'excitation.

*Chloé, je ne te savais pas aussi joueuse !*

– J'ai envie de toi, mon amour, me souffle Alistair.
– Moi aussi…

Attrapant mes hanches avec ses bras forts, il me soulève, et se met debout.

– Où m'emmènes-tu ? demandé-je en riant.

Il me plaque tout d'un coup contre un arbre. Je sens l'écorce griffer mon dos, mais je n'ai pas mal : c'est comme si ses mains, ses ongles me lacéraient. Devenant soudainement cet homme sauvage, il écarte d'une main ma culotte, sort son sexe, et pénètre, tout d'un coup, mon sexe déjà humide. Je réprime un cri. C'est un peu bestial, mais c'est tellement bon ! Mes jambes autour de sa taille, mes bras autour de son torse, je m'agrippe à lui tandis qu'il bouge son bassin, vite, puis très lentement, puis de nouveau très vite. Je le sens au plus profond de mon être. Il respire fort, je sens qu'il prend autant de plaisir que moi. Je n'ai tout d'un coup plus peur que l'on nous surprenne, je veux qu'il reste ainsi, en moi, pendant des heures. Il tient fermement mes fesses et je l'accompagne dans son mouvement. Son sexe durcit en moi, de plus en plus. Nos souffles se mêlent, nous faisons l'amour comme si c'était la première fois, comme si c'était la dernière fois. Nos corps, en sueur, glissent l'un sur l'autre. Je tends mon visage vers le ciel étoilé : j'ai l'impression de ne jamais avoir autant pris de plaisir de ma vie ! La jouissance monte en moi, doucement, mais je ne peux la refréner.

– Regarde-moi, regarde-moi comme je jouis, dis-je à Alistair dans un cri.

Il pose sa main sur ma bouche pour atténuer mon cri, et son geste m'excite d'autant plus. Ma jouissance est longue et incroyablement forte. Tout mon corps tremble de plaisir et d'émotion. Toujours enlacés, je pose mon visage contre son épaule et reprends doucement mon souffle. Alistair m'attrape délicatement sous les épaules et m'allonge sur le sol tapissé d'herbes. Comme une poupée de chiffon. Il vient s'allonger à mes côtés.

– Je suis désolée, je ne t'ai pas attendu, dis-je, troublée.
– Ne t'excuse jamais pour ça, Chloé. Ta jouissance est la mienne…

Je me blottis contre lui. Nous sommes comme deux animaux, égarés dans la forêt. Je suis nue, dans un parc, sur le sol, et pourtant je me sens tellement bien.

*Alistair, tu me fais vivre des choses incroyables et inédites !*

– Tu as toujours ton pantalon aux genoux, dis-je en riant.
– Oui, désolé, ce n'est pas très glamour, avoue Alistair.
– J'aime bien, moi, dis-je en l'embrassant sur son torse trempé de sueur.

Contre mon ventre, son sexe, bandant. Cela réveille mon désir. Pourtant je viens de jouir ! Je ne comprends pas… C'est comme si le fait de faire l'amour ainsi, dans la nature, avait réveillé en moi un instinct animal. Je glisse tout doucement mon visage vers son entrejambe.

– Chloé, que fais-tu ? me demande-t-il.
– Tu as peur que l'on nous surprenne ? dis-je avec un sourire.

Ma bouche s'approche de son sexe, gonflé et dur. Je dépose de simples baisers, puis le lèche et l'embrasse, comme si c'était la chose la plus précieuse au monde. Son corps tendu, il renverse son visage en arrière. À mon tour, Alistair, de te faire chavirer. Ma bouche embrasse toute sa verge, et lentement puis plus rapidement je le suce, le tète, et joue avec ma langue. Il se redresse un peu et d'un mouvement souple glisse sur le sol pour approcher son visage de mon bas-ventre.

– Je veux aussi te goûter, me souffle-t-il.

Mon sexe, encore gonflé de plaisir, réagit avec délice à ses baisers. Sa langue sur ma petite chatte, ma langue sur son sexe, nous jouons ainsi pendant de longues minutes, attentifs au plaisir de l'autre, et parfois distraits par notre propre plaisir. Mes jambes tremblent légèrement, mon souffle se fait plus court tandis que sa queue tressaille sous les assauts de ma langue.

– Mon amour, c'est tellement bon, dit-il.
– Chut, glissé-je, on va nous entendre !

Que penseraient les gens s'ils nous surprenaient ainsi, dénudés, offrant nos corps l'un à l'autre. Je me sens soudain inquiète. Mais le souffle d'Alistair, entre mes cuisses, me ramène à nos ébats, merveilleux. Alors que je trempe de salive son membre durci, je l'entends soupirer de plus en plus fort.

– Chloé, je vais venir, je vais jouir.
– Viens ! lui lancé-je, avec la folle envie de goûter son nectar.

Il jouit, alors que je bois sa semence et caresse avec douceur son torse. Nous restons ensuite immobiles. Le monde s'est arrêté de tourner autour de nous. Seuls les bruits lointains de la soirée et le vent chaud soufflant dans les arbres nous ramènent à la réalité. Je m'assieds et le regarde, étendu au milieu des herbes folles. Il est tellement beau, mon homme sauvage ! Il se relève également et nos regards se croisent.

– Les gens vont s'inquiéter de notre absence, non ? dis-je, un peu inquiète.

– C'est ce que je me disais aussi. Rhabillons-nous et rejoignons la soirée.

– Mais j'ai les cheveux en bataille, je dois avoir les joues rouges, et sûrement des herbes collées aux fesses !

– C'est très charmant ce look bucolique, dit-il en se moquant gentiment.

– Très drôle, fais-je avec une moue boudeuse.

– Les gens ne se rendront compte de rien, j'en suis sûr. Et puis s'ils ont des doutes, laissons-les imaginer ce qu'ils veulent !

Nous nous rhabillons, sourire aux lèvres. C'est notre secret…

– Un dernier cocktail, mademoiselle Haughton ? me demande-t-il avec son sourire de tombeur.

– Avec plaisir, monsieur Monroe. Et merci pour la visite de ce parc…

## 29
## LE JOUR J

Le lendemain matin, après cette folle soirée, je suis réveillée par Alistair qui m'apporte un thé au lit.

– J'ai de la chance, lui dis-je, émue.
– C'est juste un thé, me répond Alistair.
– Je ne parle pas de ça…
– NOUS avons de la chance. Celle de nous être rencontrés, répond-il en déposant un baiser sur ma joue.

Je bois mon thé tandis qu'Alistair s'habille. J'ai tout d'un coup un flash.

– Oh, mais ça y est, je viens de comprendre ! lancé-je, avec joie.
– Quoi donc, mon amour ? demande Alistair, alors qu'il

noue sa cravate.

– Ce qu'on a fait hier soir : faire l'amour dans un parc, un lieu public, c'était ça le gage de ma vie ! Il était super chouette celui-là ! J'en veux d'autres, des comme ça.

– Ah non, ce n'était pas ça, répond Alistair, amusé.

– Comment ça ?

– Ce n'était pas cela, le gage de ta vie. J'avais simplement envie de toi…

– Tu te moques de moi, dis-je, l'air renfrogné.

– Pas du tout.

Ce n'était pas la robe de soirée, ni le coup du parc… Et s'il n'existait pas, ce gage, et qu'il me menait en bateau ? Je commence à le connaître, et il est souvent taquin. Il faut vraiment que je soutire des informations à Noémie. Et cela tombe bien, elle doit venir prendre un café au loft cet après-midi…

***

– C'était bien le gala de charité, hier ? demande Noémie en arrivant. Daniel m'a dit qu'Alistair et toi deviez y aller.

Je sens mon visage s'empourprer.

– Oui oui, c'était super. À propos de Daniel… Il ne t'a pas dit un truc que lui aurait dit Alistair à mon propos ? Une histoire de gage ? Une surprise ?

– Ah non, répond Noémie, évasive. Ça ne me dit rien. Ils sont très proches mais ne se disent pas tout, tu sais.

– Oui je sais. C'était au cas où.

– Vous faites encore ce jeu de gages, avec Alistair ? demande Noémie, curieuse. Ce n'était pas un truc de « sex friends » ?

– Si, mais on a continué. Ça nous amuse. Enfin, sauf que là, Alistair n'arrête pas de me parler du « gage de ma vie », et ça commence à m'agacer, je n'arrive pas à deviner ce que c'est.

– Vous êtes adorables, tous les deux, commente Noémie, un sourire aux lèvres.

– En tout cas si tu entends parler de quelque chose, tu me le dis ?

– Promis, affirme Noémie. Dis-moi, je change de sujet mais il est l'heure d'appeler Camille et Émilie sur Skype, non ?

– Mais oui ! Je les ai prévenues de notre appel.

Nous nous installons confortablement sur la terrasse du loft et appelons nos amies parisiennes. Elles me manquent tellement ! Je suis ravie que Noémie soit à New York, mais nos « débriefs » de filles, on les a toujours faits à quatre.

– Camille ? Émilie ? Vous nous entendez ? On vous voit, vous nous voyez ?

– Hello ! répondent en cœur nos amies.

On se fait de grands signes chacune derrière nos écrans. Je me sens émue de les voir ainsi alors qu'elles sont à l'autre bout de la planète. Émilie, avec son look de pin-up, a une grande fleur accrochée à ses cheveux. Camille, plus classique, a ses longs cheveux blonds qui tombent sur ses épaules.

– Comment vont les New-Yorkaises ? demande Émilie.

– Super, répond Noémie. Comme je vous le disais par mail, j'ai trouvé un job de correspondante. Et je me suis installée chez Daniel. Ça se passe super bien.

– C'est le grand amour alors, dit Camille.

– Je crois, oui. En tout cas, ça y ressemble.

– On dit que Paris est la capitale du romantisme, mais ce n'est pas vrai, c'est New York en fait ! lance Émilie en riant.

– Et toi Chloé, tout va bien ? demande Camille, prévenante comme à son habitude.

– Oui, très bien. J'ouvre la galerie dans dix jours, donc beaucoup de travail, mais c'est super. Quand est-ce que vous venez nous rendre visite, les filles ?

– On y pense ! répond Émilie. On économise un peu. D'ici deux mois, j'espère. Vous nous manquez.

– Vous aussi, dit Noémie. Ce serait tellement génial que l'on se retrouve toutes les quatre à New York. On fait un repérage de lieux cool pour vous, ok ?

– Vous avez intérêt. Et de lieux avec des mecs célibataires, aussi. À propos d'hommes, comment va ton Alistair ? demande Émilie.

– Très bien. Hier on est allés à un dîner de charité, et avant d'y aller il m'a offert une robe de soirée et des escarpins. Vous m'auriez vue !

– Toi, en tenue de soirée ? Mais je veux une photo ! dit Camille, un sourire aux lèvres.

– Mince, je n'en ai pas…

– La prochaine fois on veut la photo ! insiste Émilie.

– Je pense que je la porterai pour l'ouverture de la galerie, donc promis je demanderai à Noémie de faire une photo.

– T'as intérêt ! Je ne t'ai vue qu'en jean toute ma vie, tu dois être splendide en robe de soirée.

Elles nous racontent leurs vies parisiennes, le nouveau resto qui a ouvert dans le 3e, leurs *dates*, leurs stages, et j'ai l'impression que nous sommes juste à côté d'elles. Nous raccrochons à regret, car elles doivent sortir ce soir, et poursuivons, Noémie et moi, la conversation. Mon Dieu, il est 17 heures, et je n'ai pratiquement pas avancé dans mon travail ! L'ouverture de la galerie, c'est dans dix jours ! Pour l'occasion, ma mère, son amoureux et Lucy doivent venir de Londres. J'ai tellement hâte…

***

Jour J ! C'est l'inauguration de la galerie et de l'exposition d'Arthur. Hier nous avons travaillé tard. Nous, c'est Alistair, Arthur, Olivia et moi. C'était intense, mais c'était un moment joyeux et drôle. Je crois que je suis faite pour travailler en équipe. Et même si je tiens au volet « virtuel » de la galerie, je réalise qu'Alistair a eu raison de m'encourager à ouvrir une « vraie » galerie. J'ouvre les yeux à 7 heures, déjà tout excitée par la journée qui m'attend. Je vais chercher les Londoniens à l'aéroport dans quelques heures. Je suis touchée que ma mère vienne avec son copain et avec Lucy. Mon père ne peut pas être de la fête, je suis forcément un peu déçue, mais je comprends qu'il est en train de refaire sa vie. Avec sa nouvelle amoureuse, ils retapent une vieille maison de campagne. Et je sais que, d'une façon générale, il est très pudique, et donc que ce genre de rassemblement le met mal à l'aise. Ce matin, toujours dans le lit, en ouvrant ma boîte mail, je tombe sur un message de sa part :

---

De : Philippe Haughton
À : Chloé Haughton
Objet : Bravo !

Bonne inauguration, mon crapaud. Je suis de tout cœur avec toi. Je suis sûr que ça va être un grand succès. Hâte de te voir quand tu reviens en France.
Je t'embrasse fort,
Papa.

---

J'ai les yeux embués à la lecture de ce mail. Alistair se réveille à mes côtés.

– Tout va bien, mon amour ? me demande-t-il encore un peu endormi.

– Oui, tout va bien. J'ai reçu un chouette mail de mon père.

– Tu es toujours déçue qu'il ne vienne pas ce soir ? C'était important pour toi ?

– Oui et non. Je sais qu'il est content de me savoir heureuse. On a toujours été sur ce mode de relation. Donc ne t'inquiète pas, je vais bien.

– C'est un grand jour pour toi, et pour nous, me dit-il en m'embrassant tendrement.

– Oui, je suis un peu stressée, pas toi ?

– Non, ça va, je sais que ça va bien se passer. On a tout fait pour, et tu as travaillé comme une dingue. Mais je connais une super méthode antistress, tu sais, murmure-t-il en soulevant les draps et en se glissant dessous.

– Alistair, tu es incorrigible ! lancé-je en riant.

Il embrasse mes seins, mon ventre, mon bas-ventre et descend un peu plus bas... Je frissonne de plaisir. J'ai l'impression qu'il connaît mon corps, mon sexe par cœur. Il me fait jouir en quelques minutes ! Alors que nous sommes enlacés, ensuite, peau contre peau, je regarde au loin, vers la baie vitrée et sa vue sur Manhattan. J'ai souvent un petit moment de tristesse après l'amour, mais cette fois je ressens aussi une petite inquiétude. Alistair me connaît et sent, rien qu'à mon regard, que je suis soucieuse.

– À quoi tu penses, Chloé ? me demande-t-il. Tu as l'air loin, tout d'un coup.

– Non, ça va, réponds-je avec douceur. Je pensais à nous.

– Et ? dit-il avec un peu d'inquiétude.

– Et je me disais que c'était fou, ce qui nous arrive. Il y a quelques mois, on ne se connaissait pas, et voilà que je vis à New York, chez toi, et qu'on ouvre une galerie ensemble...

– Ça te fait peur ?

– Non, mais c'est un tel changement dans ma vie, et dans ma tête surtout. Tu sais que je ne voulais vraiment pas m'engager !

– Oui, je sais. C'est pour ça que je t'ai proposé, au départ, ce contrat de « sex friends ».

– C'était malin de ta part ! dis-je en riant.

– Quand je t'ai vue dans ce train Paris-Londres, j'ai su que c'était toi, la femme de ma vie. Mais j'ai vite compris que ça n'allait pas être simple de te conquérir !

– Il y a quelques mois, mon principe c'était « un soir, pas deux » avec un homme. Et là, on dort toutes les nuits ensemble. C'est fou…

– Oui, et je suis heureux d'être celui qui t'a fait changer ce principe !

– Il est très drôle notre système de gages, mais on va peut-être l'arrêter un jour, non ? demandé-je.

– Pas avant le gage de ta vie, fait remarquer Alistair.

– Ah, mais c'est l'Arlésienne, ce gage ! Ça fait des semaines que tu en parles et je n'ai rien vu venir. Si ça se trouve tu ne sais pas du tout quoi faire et tu gagnes juste du temps, dis-je pour le taquiner.

– Non, ne t'inquiète pas, je sais très bien ce que ça va être, ce gage…

– Bon, et après ce gage-fantôme, alors, on arrête ?

Je lui pose la question, mais moi-même je ne sais qu'en penser. C'est évident, nous ne sommes plus des sex friends, et j'ai de moins en moins peur de l'engagement. Mais en même temps, j'ai peur de stopper un mouvement en arrêtant ce petit jeu…

– Oui, je pense qu'on peut arrêter les gages, mais pas ce qu'il y a derrière, précise Alistair.

– C'est-à-dire ?

– Notre histoire, elle est forte, mais elle est aussi légère, drôle, amusante. On s'engage l'un envers l'autre, mais on est toujours dans le jeu et dans la surprise. Ça, je ne veux pas y renoncer…

– Oh, moi non plus, dis-je, en plongeant mon regard dans le sien. Je suis tout à fait d'accord avec toi. Je veux que l'on continue à se surprendre et à redécouvrir l'autre, sans arrêt. C'est possible, tu crois ? Il y a tellement de couples qui se séparent au bout de deux, trois ans…

– Il y en a aussi qui s'aiment toute leur vie. Peut-être d'ailleurs parce qu'ils n'oublient jamais pourquoi et comment ils se sont rencontrés. N'oublions jamais notre contrat, dit-il avec émotion.

– N'oublions jamais notre contrat, dis-je en l'embrassant, comme pour sceller ce nouveau pacte.

***

Quelques heures plus tard, je pars avec William, le chauffeur d'Alistair, à l'aéroport. J'ai hésité à y aller en taxi, j'avais peur que cela fasse trop snob d'arriver avec un chauffeur, puis je me suis dit qu'il fallait que j'assume ma vie avec un milliardaire ! J'attends, impatiente, dans le hall d'arrivée Lucy, ma mère et Gareth. J'ai hâte qu'ils fassent plus ample connaissance avec Alistair. Et je n'arrive pas à croire que ma mère a un homme dans sa vie… Depuis que j'ai 10 ans, depuis le divorce avec mon père, je ne l'ai jamais vue amoureuse. Un prof de yoga, en plus ! C'est bien, vu que je suis passionnée de yoga, je sais que j'ai au moins un sujet de conversation avec lui. Elle a l'air heureuse, épanouie, et enfin elle ne me fait plus de remarques sur les dangers de l'amour et sur les hommes-qui-m'empêcheraient-d'être-libre. Même si je n'écoutais souvent que d'une oreille ses discours, je sais bien que cela m'a influencée. Mais Alistair a su briser cette glace que j'avais mise autour de moi, autour de mon cœur. Je suis en train de penser à tout cela en attendant l'arrivée du vol, quand je sens deux mains se poser, par-derrière, sur mes yeux.

– Devine qui c'est ! me dit une voix.

Ce n'est pas Lucy. Cette voix m'est pourtant très familière… mais… ce n'est pas possible ! Je me retourne : c'est Émilie et à côté d'elle Camille !

– Surprise ! lancent-elles en criant.
– Mais… Qu'est-ce que vous faites là ?

Je n'en crois pas mes yeux. Elles sont à New York !

– Alistair nous a appelées, explique Camille. Et il nous a dit que tu étais triste que l'on ne soit pas là pour l'inauguration. Il nous a proposé qu'on fasse le voyage dans son jet privé. Et on a dit « banco ! »
– Et c'est canon ce jet, dit Émilie. Y'a genre des vrais lits, c'est fou ! Et on avait une hôtesse de l'air rien que pour nous ! Et y'avait des super films à la télé !

Émilie est aussi enthousiaste qu'une ado à un concert de Justin Bieber. Elle me fait rire.

– Mince, les filles, je suis tellement contente, dis-je en les enlaçant toutes les deux.
– Nous aussi, dit Camille. Il est super ton mec, tu sais.

– Oui, je sais, réponds-je, tellement émue par cette visite inattendue.

Noémie, Camille, Émilie et bientôt Lucy, toutes mes amies sont là aujourd'hui, à New York.

*Alistair Monroe, je viens de comprendre enfin quel était le gage de ma vie ! Mais ce n'est pas un gage, c'est une merveilleuse surprise ! J'ai hâte de te voir, et de te dire merci, de te dire je t'aime, surtout !*

Tout excitées, nous parlons vite et fort. Des voyageurs autour de nous se retournent. Ils doivent se demander qui sont ces trois Françaises un peu hystériques ! Le vol de Londres arrive, je fais de grands signes à ma mère qui arrive suivie de Gareth et Lucy. Ma mère et Lucy m'enlacent. J'ai l'impression d'être dans une scène de retrouvailles d'un film américain !

– Je suis tellement contente de vous voir !
– Moi aussi, ma chérie, répond ma mère, un sourire radieux aux lèvres.

Gareth vient pour me serrer la main. Quand je l'ai rencontré à Londres, quand je les ai surpris avec ma mère, il portait un pantalon de yoga. Aujourd'hui, il a un costume en lin beige très élégant.

– On peut peut-être se faire la bise ? lui demandé-je. Ravie de vous revoir, dis-je, sincère.

– Oui, bien sûr. Je suis content d'être là et de faire plus ample connaissance avec vous. On va pouvoir passer plus de temps ensemble.

Lucy remarque la présence d'Émilie et de Camille.

– Oh, mais vous êtes là aussi les filles ! C'est super, je ne savais pas que vous veniez !
– Nous non plus, dit Émilie. C'est une surprise d'Alistair.
– Où est-il d'ailleurs, ton amoureux ? me demande ma mère.

Ce mot, « amoureux », dans la bouche de ma mère, me fait toujours bizarre. Je pense mettre quelques années avant de m'y habituer !

– Il est à la galerie, il aide Arthur à régler les derniers détails. Mais après l'inauguration, on dîne tous ensemble ! J'ai réservé une table dans un chouette resto à Brooklyn.
– Super, ma chérie, répond ma mère.
– Par contre, je ne vais pas avoir assez de place dans la voiture, ni dans l'appartement d'Alistair, dis-je, réalisant que j'ai des invitées surprises.
– T'inquiète, répond Camille. Tout est prévu ! Noémie était au courant.

Et elle a gardé le secret ? Elle est super forte, je n'ai rien vu venir !

– Et avec Alistair ils nous ont réservé une chambre dans

un superbe hôtel à Brooklyn ! On va prendre un taxi, je rêve depuis toujours de monter dans un taxi new-yorkais, dit Émilie, toujours aussi excitée par ce voyage.

*Alistair, tu ne fais jamais les choses à moitié !*

– Oh, mais c'est super. Retrouvons-nous à 18 heures à la galerie, alors. C'est tellement chouette que vous soyez tous là ! dis-je, les larmes aux yeux.

*Ah non, Chloé, ne commence pas à pleurer, il n'est que 14 heures, et la journée est encore longue !*

Nous montons dans la voiture d'Alistair ma mère, Gareth, Lucy et moi. Je pose des questions à Gareth. Il ne connaît personne, à part ma mère, et je veux qu'il se sente à l'aise pendant son séjour. Cet homme a vraiment l'air passionnant : il voyage souvent en Inde, pour le yoga mais aussi pour travailler bénévolement dans une école. Cela ne m'étonne pas qu'ils se soient plu, avec ma mère, ils sont tous les deux un peu bohèmes et ouverts sur le monde. Nous déposons ce joli couple à l'hôtel, à Manhattan, puis j'emmène Lucy au loft. Il est prévu qu'elle dorme dans la chambre d'amis. Lucy découvre l'appartement avec les mêmes yeux écarquillés que j'avais quand je l'ai vu pour la première fois.

– C'est magnifique ici, Chloé !

– Oui, l'appart est très beau, et la vue… je ne m'en lasse pas.

– Tu as de la chance. Et tu as de la chance de m'avoir

comme amie, dit-elle avec un clin d'œil.

– Que veux-tu dire ?

– Souviens-toi que c'est moi qui t'ai encouragée à le retrouver dans ce bar chic, à Londres ! Si vous vous mariez, je veux être témoin, lance-t-elle, avant de réaliser qu'elle a fait une bourde.

Lucy était là quand Alistair m'avait demandé de le rejoindre précipitamment à New York. On avait cru toutes les deux que c'était pour me demander en mariage. Mais ce n'était pas le cas ! J'avais envoyé un mail à Lucy, pour lui raconter tout ça, et elle m'avait répondu à peu près la même chose que Noémie : avec ma légendaire peur de l'engagement, c'était normal qu'Alistair prenne son temps.

– Pas de mariage programmé pour l'instant, mais une super soirée d'inauguration des œuvres de Geronimo ! lancé-je avec joie, pour lui signifier que sa bourde n'en est pas vraiment une.

Quand on parle du loup… On sonne à la porte, c'est Arthur qui passe chercher du matériel laissé dans le loft.

– Lucy, je te présente Arthur, le frère d'Alistair, mais aussi le grand artiste Geronimo qui expose ce soir.

– Enchantée, répond Lucy, avec une voix timide que je ne lui connais pas.

Elle serre la main d'Arthur, et tous les deux restent plantés l'un devant l'autre plusieurs secondes, à se regarder. Lucy, perchée sur ses talons de fashionista, tellement pleine d'assurance d'habitude, semble tout impressionnée par Arthur, tandis que lui ne quitte plus du regard la jolie Anglaise… Je n'ose pas interrompre cet instant, et en même temps je me sens un peu gênée !

– Hum, je vous laisse discuter, je dois aller me doucher et me changer pour la soirée.

– Ok, répond Lucy, le regard toujours plongé dans celui d'Arthur.

– Je suis à côté si besoin. Ta chambre est à côté de la salle de bains, dis-je à Lucy.

Personne ne me répond.

– Bon, ben je vais me laver…

*C'est moi ou il se passe vraiment quelque chose entre eux, là ?*

J'ai hâte de tout raconter à Alistair. Cela va le faire sourire, comme moi, j'en suis sûre. Émilie a raison, New York semble être la ville de l'amour. Et ce soir, c'est aussi celle qui accueille une toute nouvelle galerie, une fondation, mes amis et ma famille. Sur le lit, je découvre, surprise, une petite robe noire. Un deuxième cadeau d'Alistair ? Il a pensé à tout ! Tout aussi élégante, mais moins « gala », elle va être parfaite pour cette soirée. Ce n'est pas aujourd'hui que je me prendrai en photo avec la robe rouge à sequins pour l'envoyer à mes amies… mais comme elles sont à New York, je pourrai la leur montrer !

Alors que je revêts cette nouvelle tenue offerte par Alistair, je pense à lui.

*Ton gage est superbe, mon amour. Je vais être à la hauteur de cette surprise !*

## 30
## L'INFINI

Lorsque je sors de la chambre, Arthur et Lucy sont dans le salon en train de discuter. Lucy se retourne vers moi et me regarde, bouche bée.

– Tu es magnifique avec cette robe noire, Chloé, me dit-elle.
– Ce n'est pas *too much* ? je lui demande, un peu gênée.
– Non, c'est le vernissage de ta galerie, il faut que tu sois au top ! Tu veux que je te maquille ?
– Ok, mais pas façon défilé de mode, hein ? Je veux rester « normale », quand même.
– T'inquiète, je maîtrise le *nude*.

Je ne sais pas trop ce que ça veut dire, mais je lui fais confiance. C'est elle la spécialiste de la mode !

– Je vais vous laisser, je dois retourner à la galerie, nous dit Arthur.

– On arrive dans moins d'une heure, lui réponds-je.

– Super. À tout à l'heure. J'étais ravi de faire ta connaissance, Lucy.

– Plaisir partagé, répond-elle en rougissant.

Lucy qui rougit, une grande première ! Une fois Arthur parti, je l'interroge du regard.

– Qu'est-ce qu'il y a ? me demande-t-elle.

– Il s'est passé un truc, là, entre toi et Arthur, ou c'est moi qui hallucine ?

– Il est très sympa, répond Lucy en regardant ailleurs, un léger sourire aux lèvres.

– Oui oui, très sympa, dis-je d'un air amusé. Bon, dépêchons-nous, il faut que je sois à la galerie avant l'arrivée des invités.

– Yes, opération Chloé-bombe-atomique lancée !

Quand on arrive à la galerie, Arthur, Alistair et Brian sont déjà là. Ils discutent et rient ensemble. Qui aurait pu imaginer que près de 15 ans après l'accident, ces trois hommes se retrouvent autour d'un tel projet ? Je suis fière et heureuse de faire partie de cette aventure humaine. Alistair se tourne vers moi et m'adresse un de ses sourires qui me fait craquer. Je le rejoins et l'embrasse furtivement. D'habitude, on s'embrasse beaucoup plus langoureusement que ça, mais là, il y a du monde !

– Tu es très belle, Chloé, me glisse-t-il à l'oreille. Ce

maquillage te va à ravir. Et cette robe, j'ai très envie de l'enlever.

– Il n'y a pas de parc ici, désolée, réponds-je, taquine.

Je fais le tour de la galerie pour vérifier que tout est bien en place. Les œuvres de Geronimo, créées spécialement pour la fondation, sont splendides et bien mises en valeur. Nous avons invité des personnalités du monde de l'art, mais aussi des mécènes et des journalistes. L'objectif : vendre le maximum d'œuvres pour que la fondation de Brian récolte des fonds et puisse se développer. Ma mère arrive, accompagnée de Gareth. Puis Noémie, Daniel, Camille, Émilie... John et Olivia sont aussi là, avec leur fils Sammy. Je présente mes amies françaises et Lucy à Olivia. Ça trinque, ça discute, ce début de soirée est merveilleux ! De temps en temps, Alistair vient me présenter tel ou tel entrepreneur. L'accueil de l'exposition est très positif, et des œuvres se vendent déjà.

– Tu vas devoir faire un petit discours, tu sais, Chloé, me dit Alistair, en aparté.

– Oh non ! Je suis nulle pour ça, protesté-je.

– Je suis sûr que non. Et je serai à tes côtés. Je ne veux pas te mettre la pression, mais mes parents viennent d'arriver.

– Oh ! Je vais aller les saluer. Mais là, Arthur va commencer sa performance.

Au milieu de l'exposition, une grande toile blanche, et devant, Arthur, avec son matériel, concentré. La foule se rassemble autour de lui. Il observe la toile, silencieux. Puis, sur un titre des Daft Punk, il commence à la peindre avec un grand pinceau et de la peinture noire. Il est à la fois très précis et très rapide. Tout le monde observe avec attention cette œuvre qui se crée sous leurs yeux. Quant à Lucy, elle a des étoiles dans les yeux ! Une forme apparaît petit à petit, mais avec tout le monde regroupé autour de l'artiste, je ne vois pas bien ce qu'il fait. Quelques minutes plus tard, Arthur s'éloigne de la toile et révèle… le visage de Geronimo. L'exacte reproduction du tatouage qu'a Alistair sur son torse. Celui-ci, à mes côtés, serre fort ma main. Il semble bouleversé. Je crois que c'est à mon tour de dire un mot. Je suis plus forte pour écrire que pour prendre la parole en public, mais c'est important, je dois prendre sur moi. Je me mets à côté d'Alistair, d'Arthur et de Brian, et prends une grande bouffée d'air.

– Bonsoir, dis-je d'une voix au départ un peu tremblante. Pour ceux qui ne me connaissent pas, je suis Chloé Haughton, je suis la gérante de cette galerie. Merci à tous d'être ici ce soir, avec nous, pour l'inauguration de cette galerie et de l'exposition de Geronimo.

Ma voix gagne en assurance.

– Comme vous le savez, poursuis-je, les profits de la vente iront à la Fondation Handisport créée par Brian Ferreri. Une fondation qui va permettre d'informer les jeunes atteints de handicap sur les sports qu'ils peuvent pratiquer. La fondation aidera ces jeunes dans leurs démarches et pour s'équiper. Je souhaitais tout d'abord remercier Brian pour sa confiance. Merci également à Geronimo qui, pour ce projet, a accepté d'exposer ses magnifiques œuvres non pas sur des murs mais à l'intérieur d'une galerie. Et bien sûr merci à Alistair Monroe qui a permis à ce projet de voir le jour en acquérant les murs de cet endroit. Ce projet est philanthropique, artistique, mais c'est aussi une incroyable aventure humaine. Familiale, amicale, amoureuse… Merci à nos amis et à nos familles d'être présents ce soir. Je vous souhaite une très bonne soirée à toutes et à tous.

*Ouf ! Ton premier discours en public, Chloé ! Ça, c'est fait !*

– Bravo mon amour, me dit Alistair en me prenant par la taille. Tu t'en es très bien sortie.

– Merci. Je vais avoir besoin d'une coupe de champagne, là ! dis-je, encore un peu tremblante.

– Allons saluer mes parents, ok ?

Je suis ravie de revoir son père. Sa mère… c'est plus compliqué. Depuis notre première rencontre, elle est plutôt distante avec moi, mais je souhaite que les choses s'arrangent entre elle et moi et qu'elle apprenne à me faire confiance.

– Bravo pour votre discours, Chloé, et bravo surtout pour cette inauguration, me dit Nathalie.

Elle m'embrasse et me sourit. Ça alors ! Grande nouvelle !

Quelqu'un a mis quelque chose dans le champagne, ce soir ?

– Bravo Chloé, dit William, en m'embrassant également. C'est un très beau projet que tu as réalisé. Tu es jeune et pourtant tu as mené ça de main de maître !

– C'est un travail d'équipe, dis-je, gênée par ces compliments. Avec Alistair, Brian, et Arthur.

– Chloé, me dit Nathalie, avec un air sérieux, je dois vous dire quelque chose.

*Pourvu qu'elle ne fasse pas un scandale ! Si jamais elle me parle d'argent, je me sens capable de lui dire, une bonne fois pour toutes : « Non, je n'en veux pas à la fortune de votre fils ! »*

– Je vous écoute, dis-je, un peu inquiète.

– Je voulais vous remercier. Du plus profond de mon cœur. Je suis désolée si j'ai été un peu froide quand nous nous sommes rencontrées. C'est un peu dans ma nature, vous savez. Mon éducation un peu classique sûrement. Mais vous avez l'air d'être une jeune femme formidable. Je n'ai jamais vu Alistair aussi heureux. Et s'il a retrouvé Arthur, si notre famille est enfin réunie aujourd'hui, c'est grâce à vous. Vous avez eu un rôle important dans ces retrouvailles. Je ne saurai jamais comment vous remercier pour ça.

Incroyable ! C'est une autre femme qui me parle, ce soir. Avenante, chaleureuse. Elle a le même regard pétillant que son fils.

– Ne me remerciez pas, Nathalie. Je n'ai rien fait d'exceptionnel. Juste ce que peut faire une femme… amoureuse, dis-je, en prenant la main d'Alistair dans la mienne.

*Chloé, c'est toi qui viens de dire à la mère de ton copain que tu étais amoureuse de lui ? Où est passée la Chloé tellement pudique sur ses sentiments ?*

– Maman, je t'avais bien dit que Chloé était une femme incroyable !

– Arrêtez, je vais rougir, dis-je en riant. Et la star de la soirée, ce n'est pas moi, c'est Arthur !

L'inauguration bat son plein. La galerie est bondée et il y a même des gens sur le trottoir. Je ne m'attendais pas à un tel succès ! John discute avec Camille, Brian parle à Gareth. Tous les gens que j'aime et qu'Alistair aime se mélangent joyeusement. Et ma mère parle à… oh, mon Dieu, elle parle à la mère d'Alistair. Après *Le Choc des Titans*, le choc des belles-mères ! J'espère qu'elles vont bien s'entendre. Alors que je finis d'expliquer le projet à un journaliste, ma mère me rejoint.

– Elle est très sympathique Nathalie. Je lui ai dit que la prochaine fois qu'ils venaient à Londres, ils devaient venir nous voir, avec Gareth. Et ils nous ont invités dans les Hamptons.

– Eh bien ! Une nouvelle amitié ? dis-je, surprise.

– Je ne sais pas. Mais on a déjà quelque chose en commun.

– Quoi donc ?
– Nos enfants sont amoureux l'un de l'autre, me dit ma mère.

Si on m'avait dit il y a quelques mois que ma mère pouvait tenir ce genre de propos, je n'en aurais pas cru un mot, et aurais envoyé la personne voir un psy !

– Que penses-tu des œuvres de Geronimo, Maman ? lui demandé-je, pour parler d'un sujet plus habituel entre nous.
– C'est superbe. Ses portraits mélangent classicisme et art urbain. C'est très intelligent et c'est plein d'émotion.
– Tu sais, ça me fait penser à ta série de peintures sur les mots d'enfants que tu avais détournés, façon « slogans sur des murs ».
– Ah oui, tu n'as pas tort. Il y a un lien.
– Que dirais-tu de créer de nouvelles œuvres de cette série, et que je les expose ici ?
– Mais ma chérie… tu es censée exposer de jeunes artistes !
– Tu n'es pas vieille ! Et l'idée est d'exposer des artistes travaillant sur l'art urbain. Le critère ce n'est pas l'âge mais l'état d'esprit. Ce serait super, non ?
– Je ne sais pas si je saurais le faire, me dit ma mère, troublée.
– C'est un défi que je te lance ! Tu verras bien si tu es à l'aise pour le faire. Mais cette galerie, elle est aussi là pour rassembler des gens que l'on aime !
– Merci Chloé, ça me touche que tu me proposes ça. Je vais en parler à Gareth, je suis sûre qu'il va m'encourager à le faire.

– J’en suis sûre aussi. Vous avez l’air bien, tous les deux, ensemble.

Il est 22 heures, et les invités, à part nos proches, sont partis les uns après les autres. Je me sens fatiguée par toutes ces mondanités, mais tellement heureuse. Je suis un peu pompette aussi, après quatre coupes de champagne ! Nous partons tous dîner dans un restaurant à proximité. Nous nous retrouvons sur une grande table. On y parle anglais, français. Chacun apprend à se connaître. Les conversations vont bon train, les rires aussi.

– On dirait un banquet de mariage, me glisse Lucy alors qu’elle passe à côté de moi pour aller aux toilettes.

– Chut, tais-toi, lui dis-je, Alistair va t’entendre !

– Je vous entends, les filles, dit Alistair à mes côtés, avec un petit sourire un coin.

*Mince ! Qu’est-ce qu’il a entendu exactement ?*

À 1 heure du matin, tout le monde se quitte en s’embrassant. On s’échange des mails, des numéros. C’est comme la fin d’une colonie de vacances ! J’ai rendez-vous avec les filles le lendemain pour un brunch, puis avec ma mère pour dîner. Je sens que cette semaine va être riche en émotions. Je vais voir Lucy, elle est en pleine conversation avec Arthur. Je la prends à part, essayant d’être discrète.

– On va y aller, lui dis-je. Tu rentres avec nous ?

– Je vais boire un dernier verre avec Arthur, ça ne te dérange pas ? me répond-elle timidement.

– Bien sûr que non ! Tu es une grande fille, et ton cavalier est quelqu'un de très bien, crois-moi ! Je te donne mes clés. Au cas où tu rentres, dis-je en lui lançant un clin d'œil.

Nous rentrons à pied, Alistair et moi, jusqu'à son loft. Mes escarpins commencent à me faire souffrir, je n'ai pas l'habitude. Comme les New-Yorkaises, j'ai prévu une paire de ballerines dans mon sac et m'assieds donc sur un banc pour troquer mes superbes escarpins noirs contre de banales chaussures plates.

– Tu vas mieux, Cendrillon ? me demande Alistair avec un petit air moqueur.

– J'aimerais bien t'y voir, toi, perché sur des talons toute une soirée ! Et puis je ne suis pas Cendrillon, j'ai passé l'âge de croire aux contes de fées, dis-je avec une moue boudeuse.

– Pour moi tu seras toujours la Belle au bois dormant dans l'Eurostar, répond Alistair, alors que nous marchons, main dans la main.

– Ça veut dire que tu es le Prince Charmant ? dis-je, pour rentrer dans son jeu.

– Évidemment ! C'est un conte de fées moderne ce que nous vivons, Chloé !

– Oui, enfin, je ne t'ai pas encore vu combattre de dragons pour me délivrer d'un donjon, dis-je en plaisantant.

– J'ai combattu tes propres dragons, je crois.

Alistair : 1 point – Chloé : 0. Il m'a eue ! Nous arrivons à l'appartement, fatigués mais heureux.

– Cela te dit, un dernier verre sur la terrasse pour fêter ton succès juste tous les deux ?
– Notre succès, tu veux dire ?
– Oui, notre succès.
– Avec plaisir.

Je m'accoude à la rambarde de la terrasse et regarde Manhattan scintiller. La nuit est belle et chaude. Un souffle léger fait bouger mes cheveux et ma robe. Finalement, c'est peut-être bien un conte de fées que je vis. Alistair revient avec une bouteille de champagne et deux coupes.

– Tu sors le grand jeu, lui dis-je, heureuse de partager une coupe avec lui.
– On a vendu toutes les œuvres d'Arthur, ça se fête ! À propos d'œuvres, il y en a une qui sera pour toi…
– Comment ça ? Si on les a toutes vendues, il n'y en aura plus à la galerie, lui fais-je remarquer.
– J'ai acheté le tableau qu'il a réalisé en direct. Celui avec le visage de Geronimo. Pour te l'offrir.
– Alistair, je suis touchée ! Donc je vais avoir le tableau, avec le visage qui est tatoué sur ton torse ?
– Oui, comme ça si un jour je ne suis pas là, tu pourras quand même voir le dessin, dit-il en riant.

Je ris avec lui et me sens en même temps extrêmement touchée par ce geste. Il remplit deux coupes de champagne et nous trinquons. Le doux tintement du verre, celui du succès, et de l'amour.

– C'était fou cette soirée. En fait ça y est, j'ai fait mon boulot. Plus besoin d'être à la galerie. Je peux retourner à Paris, annoncé-je sur un ton sérieux.

– Tu plaisantes, là, Chloé, répond Alistair en fronçant les sourcils.

– Évidemment ! lancé-je en lui sautant au cou.

– Tu m'as fait peur. Ce n'est pas drôle comme blague !

– C'est bien fait, c'est une petite vengeance pour ton gage.

– Comment ça ?

– L'invitation d'Émilie et de Camille. Merci mon amour ! Je suis tellement heureuse qu'elles aient pu être là ce soir, et qu'elles passent quelques jours à New York. Par contre, je ne veux pas chipoter, mais ça ne ressemble pas trop à un gage, c'est plus une surprise, remarqué-je.

– Ça ne ressemble pas à un gage car ce n'en est pas un.

Je ne comprends pas. Cette surprise, ce n'était pas ça, le gage de ma vie ? Entre le coup de la robe, celui du parc, et maintenant l'invitation de mes amies, cela fait trois fois que je crois que c'est un gage, alors que ce n'en est pas un.

*Chloé, tu vois des gages partout !*

– Ok, bon, avoue-le, tu n'as pas de gage, mais tu n'oses pas me l'avouer. Ce n'est pas grave, tu sais, on a dit qu'on arrêtait ce jeu.

– Oh non, j'en ai un. Et je veux te le donner ce soir. Mais celui-là, tu ne peux pas le refuser.

Je reste silencieuse. De quoi me parle-t-il ? Ça a l'air sérieux tout d'un coup.

– Que se passe-t-il si je le refuse ?
– Je serai alors le plus malheureux des hommes, dit Alistair en entourant ma taille de ses bras forts.

Il prend mon verre, le pose sur la rambarde et pose le sien à côté.

*Alistair Monroe, je sens que tu prépares quelque chose. Je le vois à ce regard qui brille !*

Il sort de sa poche un petit paquet cadeau et me le tend.

– Voici ton gage, Chloé.
– C'est un string pour aller avec la robe de soirée ? dis-je en riant.

*Chloé ! tu ne peux pas t'empêcher de faire des blagues quand tu es nerveuse !*

Alistair rit.

– Non, pas vraiment. Ouvre !

Je déballe le cadeau. C'est un écrin... Qui dit écrin dit bague... Qui dit bague, dit... Non ! Serait-ce ce que j'imagine ? Je reste prostrée, à regarder cet écrin.

– Le cadeau est en fait à l'intérieur, dit Alistair en souriant.
– Oui oui, je vais l'ouvrir.

J'ouvre délicatement l'écrin et découvre, émerveillée, une bague en diamants qui forment un 8 horizontal, le symbole de l'infini.

– Alistair… dis-je, le souffle coupé.
– Chloé Haughton, veux-tu m'épouser ?

Mon Dieu, c'est une bague de fiançailles… C'était donc ça, le gage de ma vie ! Non seulement je ne peux pas le refuser, mais je n'ai aucune envie de le faire.

– Oui, Alistair, oui, je veux t'épouser ! lancé-je en sautant à son cou.

Nous nous embrassons. Des larmes de joie coulent sur mes joues.

– Alors tu fais de moi le plus heureux des hommes… dit Alistair, aussi ému que moi.

Il fait glisser la bague sur l'annulaire de ma main gauche. Elle scintille dans la nuit new-yorkaise.

– C'est le symbole de l'infini, dis-je, en l'admirant.
– Oui, car ce contrat-là, je veux qu'il soit éternel, répond Alistair. Je t'aime, Chloé.

*Mon ex-sex friend, mon futur mari, Alistair Monroe, je t'aime. Pour l'éternité…*

**FIN**

Retrouvez les personnages
de *Sex Friends*
dans le prochain volume
à paraître en juillet 2015 !

*Extrait*

# MON MILLIARDAIRE, MON MARIAGE ET MOI

## de Mina Shepard

### 1

### QUAND LE HASARD FRAPPE À LA PORTE

Je reviens d'un dîner chez mon amie Rachel, au cours duquel j'ai fait fi de toutes mes résolutions concernant mon hygiène alimentaire, et où je me suis allègrement jetée sur les cheeseburgers (mon père, qui avant la retraite était chef dans un restaurant trois étoiles, pourrait me renier pour ça) ainsi que sur le fondant au chocolat. Mais je n'y peux rien : Rachel est beaucoup trop bonne cuisinière, et j'entretiens un rapport quasi passionnel avec la nourriture.

Mais je m'égare, ce n'est pas le sujet. J'arrive enfin chez moi, sur Red Rose Avenue, une rue tranquille d'un quartier résidentiel de Los Angeles où je vis depuis deux ans.

Devant chez moi, je bataille pour déverrouiller ma serrure, jusqu'à ce que le « clic » d'ouverture se fasse enfin entendre.

*Ouf ! Maintenant démaquillage, une tisane et au lit !*

Mais soudain…

– Ah !

Surgi de nulle part, un inconnu me plaque contre la porte, presse ma main sur la poignée pour que je l'ouvre, et me pousse à l'intérieur afin de s'introduire dans ma maison. D'un geste rapide, il referme la porte derrière nous.

*Est-ce un cambrioleur ? un assassin ? un violeur ? Oh ! mon Dieu, je vais mourir ce soir ! Mais pourquoi moi ? Pourquoi comme ça ? Je n'ai même pas eu le temps de rentrer les poubelles, mes voisins vont encore faire une crise pas possible. Mais je délire ! Un type est en train de m'étrangler, qu'est-ce que j'en ai à fiche des voisins ?! Et puis vu la posture dans laquelle je me trouve, je ne risque pas de les recroiser un jour ! Oh ! mon Dieu !!!*

Je crois ma dernière heure arrivée et cède instantanément à la panique… Hurlant de tous mes poumons, je tente de me débattre et parviens, je ne sais comment, à gifler mon assaillant qui lâche un cri de surprise. Celui-ci me saisit alors par les épaules, m'attire contre lui et couvre ma bouche de sa main. Étrangement, la pression de ses doigts est délicate, j'ai soudain le sentiment que je ne suis pas vraiment en danger.

–Je suis désolé, pardonnez-moi. Mademoiselle, je vous en prie, cessez de crier. Je vous jure que je ne vous veux aucun mal. Je voulais juste échapper à…

Sa phrase reste en suspens, et, dans le silence soudain, je perçois des cris sourds et des bruits étouffés de cavalcade venant de la rue.

–Je vais vous relâcher maintenant, mais s'il vous plaît, promettez-moi que vous n'allez plus crier.

Des pensées incohérentes se bousculent dans ma tête, telles des bulles tourbillonnant dans une bouteille de champagne qu'on aurait secouée. Mais étonnamment, en dépit du sentiment de terreur qui s'empare de moi, je remarque que le torse contre lequel je suis plaquée paraît musclé. Et que le parfum de l'homme est plutôt agréable… Je me sens troublée malgré moi, et j'aurais presque envie de le croire, alors que, vraiment, les apparences ne s'y prêtent pas, mais alors pas du tout !

–Je crois qu'ils sont partis, dit-il tout bas, comme s'il se parlait à lui-même.

Sa voix douce me rassure. D'une façon complètement inexplicable, intuitive, j'ai l'impression que je peux lui faire confiance. Sa main me délivre et je me dégage pour faire face à un grand jeune homme à l'allure svelte, mais plutôt carré d'épaules, portant des lunettes de soleil (alors que la nuit est déjà presque tombée), une veste beige au col relevé et une casquette noire vissée sur la tête, de laquelle dépassent de courts cheveux bruns. Sur sa joue, je remarque une légère égratignure, résultant probablement du moment où je me suis débattue.

*Elle lui donne un côté mauvais garçon qui ne le rend que plus sexy…*

Il ôte ses lunettes et dévoile de magnifiques yeux noirs qui m'intimident encore plus. Il se dégage de lui quelque chose d'animal, de félin… Le séduisant inconnu me fixe dans les yeux, et je détourne instantanément les miens, ne sachant plus où regarder. Ses lèvres pulpeuses, sa mâchoire carrée, son nez fin… Son visage me rappelle quelqu'un, comme si je l'avais déjà rencontré…

*Mais bien sûr !*

La mémoire me revient en un éclair, je l'ai vu au cinéma : c'est Benjamin Baker-Rae ! Benjamin Baker-Rae, acteur de son état, que dis-je, superstar internationale, fils du comédien oscarisé Mark Baker-Rae, courtisé par les plus belles femmes du monde, adoré par des milliers de fans, à l'affiche des plus gros blockbusters du moment, en couverture de tous les magazines, se trouve debout dans l'entrée de ma maison ! Terriblement attirant, incroyablement plus magnétique que sur papier glacé…

Moi qui ai la réputation d'être la plus grande bavarde que la terre ait jamais portée, pour la première fois de ma vie je ne sais pas quoi dire et me retrouve plus muette qu'une carpe.

– Il semblerait que mon jogging nocturne ait mal tourné, dit-il en plaisantant. Je me promenais quand j'ai été pris en chasse par des paparazzis, et l'adrénaline m'a fait perdre tout sens de la courtoisie. Je suis terriblement désolé de cette intrusion, je ne voulais vraiment pas vous faire peur, et encore moins vous faire mal. Je vous en prie, pardonnez-moi.

– Ça alors, ce n'est pas commun comme technique pour aborder une femme.

– Je vous demande pardon ? répond-il d'un air surpris.

*Mais pourquoi j'ai dit ça moi ?! Ça ne va pas la tête de faire des blagues aussi nulles à Benjamin Baker-Rae ?!*

– Désolée… C'était une mauvaise plaisanterie, bégayé-je, ne sachant plus quoi dire pour me racheter une crédibilité.

– S'il vous plaît, l'adresse exacte c'est bien 99, Red Rose Avenue, n'est-ce pas ?

– Oui, c'est ça.

– Je vous remercie.

Benjamin Baker-Rae s'éloigne un peu et compose un numéro sur son téléphone high-tech. Je fais semblant de ne pas écouter, mais ma curiosité est trop forte. En tendant l'oreille, je comprends qu'il parle à son chauffeur et qu'il lui donne mon adresse afin qu'il vienne le chercher.

*Oh ! la la, Benjamin Baker-Rae est chez moi ! Les filles ne vont jamais me croire !*

Lorsqu'il raccroche, un silence gêné s'installe. Quelques secondes qui me paraissent une éternité s'écoulent, sans que l'un ou l'autre ne prononce un mot. Je n'ose toujours pas le regarder et ne sais plus où poser mes yeux, qui sont sans cesse attirés par son beau visage. Lui en revanche ne se prive pas de me dévorer du regard : je peux presque le sentir sur moi, qui remonte de mes pieds pour parcourir mes jambes, mes hanches, mon buste, ma poitrine, mon cou… Jusqu'à ce que finalement nos yeux se croisent. Affreusement intimidée, je sens cependant que quelque chose d'à la fois indicible et mystérieux est en train de se passer. Un instant comme suspendu hors du temps. Et j'aimerais qu'il dure éternellement. Une pulsion soudaine me prend de lui demander de rester, mais le bruit d'une voiture s'arrêtant devant ma maison brise le charme du moment, et je renonce à mon envie aussi spontanée que surprenante. Me prenant délicatement la main, Benjamin se penche pour y déposer un baiser. Ses lèvres sur ma peau me font frissonner de la tête aux pieds.

– Merci de votre aide, mademoiselle… ?

– Lo… Lola. Lola Bellami, balbutié-je, si troublée que j'en oublie presque mon nom.

– C'est charmant. Merci pour votre aide, Lola. Si je peux me permettre, vous sentez divinement bon, murmure-t-il en me contemplant avec intensité, d'un regard indiscutablement plein de désir.

Il n'a toujours pas relâché ma main… Ce n'est qu'au bout de quelques longues et délicieuses secondes qu'il s'en rend compte et qu'il la libère précipitamment, gêné, visiblement aussi troublé que moi.

– Au revoir, mademoiselle.

Sur ces paroles il s'en va, me laissant aussi chavirée et bouleversée qu'après un rêve trop réel, le cœur battant la chamade… J'ai l'impression tout à fait étrange d'avoir vécu un rêve. Le genre de rêve que l'on fait, plus jeune, lorsque l'on s'imagine en princesse… Et là j'ai l'impression d'avoir rencontré mon prince charmant.

*Cela est-il bien arrivé ? Aurais-je eu une hallucination ? Je suis vraiment, vraiment trop fleur bleue ! Mais pourquoi pas, après tout ?*

Après son départ, il m'est très difficile de reprendre le cours normal de ma petite vie : je suis surexcitée et meurs d'envie d'appeler Rachel ou Grace, mais elles doivent déjà dormir à cette heure-ci. Pour me calmer, je me lance dans la confection de muffins pour le lendemain matin, puis je me résigne à aller me coucher, encore toute retournée par les événements de la soirée.

***

Dring, driiing !

Le bruit strident de la sonnette me tire violemment du sommeil. Il me faut faire des efforts surhumains pour quitter la douceur de mes draps et me diriger vers la porte d'entrée. Quelle n'est pas ma surprise quand un livreur me tend le plus incroyable bouquet de fleurs que j'aie jamais vu. Des dizaines de roses de toutes les couleurs le composent, embaumant l'air de leur divin parfum.

– Pouvez signer ici, siouplaît ? marmonne le livreur. 'Ci, dit-il, avant de tourner les talons sans faire plus de commentaires.

*« Lola, encore désolé pour hier soir. Mais je dois vous informer que je ne suis pas sorti indemne de notre rencontre, puisque je garde des séquelles de la gifle administrée par vos soins. Quoique méritée, je déplore la petite griffure qu'elle m'a laissée sur la joue. Je vous demanderai donc, en guise de dédommagement, de bien vouloir m'accorder un dîner ce soir, dix-neuf heures, au 47, Grove Avenue. Serez-vous au rendez-vous ? »*

La carte est signée « le Mystérieux Inconnu ».

Tout me revient instantanément à l'esprit : le dîner chez Rachel, l'agression devant ma porte… Benjamin Baker-Rae !

« Mystérieux Inconnu » ? Comme si je ne l'avais pas reconnu ! Mais attends une minute, Lola… Est-ce que je rêve ou est-ce que Benjamin Baker-Rae vient de t'inviter à dîner ? Oh ! mon Dieu, il faut absolument que j'appelle Rachel pour tout lui raconter ! Mais… et si c'était une blague, ou un canular peut-être ? Non, je l'appellerai après plutôt, c'est mieux… Oh ! la la, pincez-moi, je suis en train de rêver ! Mais comment est-ce qu'on s'habille pour dîner avec un acteur ?

***

C'est le cœur battant la chamade que j'arrive au rendez-vous fixé par Benjamin. Pomponnée de la tête aux pieds, mes grands yeux marron légèrement maquillés, les lèvres parées d'un discret rouge à lèvres, mes longs cheveux châtains lissés (mais négligemment ramenés sur le côté), parfumée (mais d'une senteur discrète), vêtue de ma robe fétiche, toute en mousseline couleur pêche (près du corps, mais pas trop décolletée, élégante sans être trop habillée), je me sens jolie... mais surtout très intimidée.

*Qu'est-ce que je vais bien pouvoir lui raconter ?*

Je ne vois pas l'ombre de la star à l'horizon... Je me sens soudain stupide, habillée comme pour aller à un mariage, dans un quartier chic de Los Angeles que je ne connais pas du tout... Quelle nouille je fais d'avoir gobé un truc pareil ! Surtout que je ne vois pas le moindre restaurant dans les parages, ou quoi que ce soit qui ait l'air d'un endroit où l'on puisse se donner rendez-vous. Le 47 est un grand immeuble guindé tout ce qu'il y a de plus banal à L.A., au milieu d'autres grands immeubles guindés tout aussi banals.

*Qu'est-ce que je suis venue faire ici ?*

C'est alors qu'une élégante jeune femme vêtue d'un tailleur chic, les cheveux blonds tirés en un chignon strict, sort de l'immeuble.

– Vous êtes mademoiselle Bellami ?
– Oui, c'est moi...
– Parfait. Veuillez me suivre s'il vous plaît, monsieur Wright vous attend.
– Monsieur Wright ? Attendez, je... Oh... Je vois !

*Il doit avoir pris un pseudonyme ! Comme c'est excitant !*

Nous franchissons ensemble le seuil de l'immeuble et entrons dans un immense hall entièrement laqué de noir, haut de plafond, aux lumières tamisées. À la réception se tient une jeune femme vêtue du même tailleur que celle qui me précède, également coiffée d'un chignon, qui me salue poliment.

– Je vais vous conduire à l'étage, au restaurant *lounge*. Vous avez de la chance, il faut normalement des mois avant de pouvoir obtenir une table ici. Mais pour monsieur Wright c'est différent, évidemment.

La belle blonde me fait prendre l'ascenseur, qui monte jusqu'au neuvième étage. Lorsque ses portes s'ouvrent, je découvre une vaste salle de restaurant à l'ambiance feutrée, aux fenêtres panoramiques offrant une vue imprenable sur Los Angeles, la « cité des anges », scintillant de mille lumières. Des couples, pour la plupart, dînent à des tables largement espacées, séparées par de légers voilages de couleur beige, dans de larges fauteuils de velours pourpre qui paraissent divinement confortables.

– Par ici, je vous prie.

Mes chaussures s'enfoncent dans la moquette noire moelleuse qui étouffe le bruit de mes talons. La blonde me conduit jusqu'à la table où Benjamin est bel et bien là à m'attendre, élégant dans sa chemise blanche immaculée et son pantalon écru. Si beau… Sans compter la petite griffure que je lui ai faite, qui le rend encore plus sexy. Galamment, il se lève pour tirer ma chaise et m'inviter à m'asseoir, tandis que la belle blonde se retire discrètement.

– Bonsoir, Lola. J'espère que vous n'avez pas eu trop de mal à trouver. J'aurais dû vous faire envoyer une voiture, s'excuse-t-il poliment.

*Oh ! cette voix grave… Et ces yeux…*

– Pas de problème, j'ai trouvé tout de suite. Je vous remercie pour l'invitation, réponds-je en rougissant jusqu'aux oreilles.
– C'est moi qui vous remercie de l'avoir acceptée. À propos, je ne me suis même pas présenté : Samuel Wright.

Un peu déroutée, il me faut quelques secondes pour enregistrer l'information.

*Est-ce qu'il pense vraiment que je ne sais pas qui il est ?*

– Excusez-moi, je ne voudrais pas vous paraître impolie mais je vous ai reconnu, vous savez. Ce n'est pas comme si votre visage n'était pas affiché un peu partout en ville, ou à la une de tous les magazines… monsieur Baker-Rae !
–J'insiste : Samuel Wright. Je sais qu'on se ressemble beaucoup, cet acteur et moi, et c'est vrai qu'on me prend souvent pour lui, mais je vous assure que mon nom est bien Samuel Wright et que je ne suis pas comédien. D'ailleurs, ça ferait beaucoup de mal au cinéma américain, dit-il en éclatant de rire. Je peux vous montrer mon permis de conduire si vous voulez, propose-t-il, plus par jeu qu'en pensant réellement que je vais le lui demander.

– J'hésite à vous dire oui, réponds-je d'un ton de défi.

– Voyez par vous-même, surenchérit-il avec un sourire amusé.

Sans hésiter, il tire son permis de conduire de son portefeuille et me le met juste sous le nez. Effectivement, il dit la vérité : son nom est bien Samuel Wright. J'en profite, curieuse comme je suis, pour grappiller quelques informations supplémentaires sur mon énigmatique rendez-vous.

*Il est né à Los Angeles, en 1985. Il a donc 29 ans.*

– J'espère que vous n'êtes pas trop déçue ? s'enquiert-il d'un ton peu séducteur.

Je devine à son sourire en coin et à la façon dont il me regarde qu'il ne pense pas une seconde que je puisse l'être. C'est vrai qu'après tout, même complètement anonyme, il reste un sacré beau garçon. Très bien, entre nous je l'avoue, je suis quand même un peu déçue de ne pas avoir vraiment rendez-vous avec un « people » (surtout que ça aurait été une sacrée histoire à raconter aux copines). Ça aurait ajouté un peu de piquant… Mais il est tellement séduisant, charismatique, mystérieux… Comment pourrais-je être déçue ? Je fonds littéralement lorsqu'il sourit et que je vois cette fossette qu'il a sur la joue, cette petite marque de fabrique qui m'a ensorcelée dès la première seconde où je l'ai aperçu. Je suis sûre que Benjamin Baker-Rae ne l'a pas, celle-ci !

D'ailleurs, je ne me suis jamais vraiment intéressée à cet

acteur, je l'ai toujours trouvé bien trop lisse. Samuel, lui, dégage bien plus de sensualité, et un tel magnétisme… Même si leur ressemblance est plus que frappante, Samuel est à mes yeux bien plus fascinant et désirable.

*Alors c'est ça, ce qu'on appelle le « coup de foudre » ?*

– Pas une seconde, dis-je en soutenant son regard avec une audace qui me surprend moi-même, moi qui suis timide et réservée de nature.

Je sens encore une fois mes joues s'enflammer.

– Pour être honnête, je préfère encore avoir le monopole de la groupie et ne pas devoir partager mon rendez-vous avec d'autres fans surexcitées. Donc, dîner avec Samuel Wright me va très bien en fait, osé-je encore, d'un ton intimidé.

– Tant mieux, de toute façon je ne comptais pas vous partager avec qui que ce soit, dit-il de sa voix grave, en me fixant droit dans les yeux.

Un regard qui me bouleverse au point de me faire, encore une fois, baisser le mien (on ne se refait pas !).

*Est-il possible qu'il soit aussi troublé que moi ? Je sens bien qu'il se passe quelque chose, qu'il n'est pas indifférent. J'en suis certaine ! Je ne peux pas être en train de me faire des films ?*

Samuel avance doucement sa main vers la mienne et effleure d'une caresse le bout de mes doigts, remontant sur le dos de ma main, légèrement, caressant mon poignet, comme au ralenti… Je le regarde faire, hypnotisée par ses gestes, frissonnant jusque dans le bas de mon dos à mesure que ses longs doigts courent sur ma peau.

Une bouffée d'émotion me traverse, je prends peur : cette soudaine décharge d'adrénaline me chamboule, je ne sais plus quoi faire et dans la panique je retire hâtivement ma main, pour m'emparer du menu.

*Pourquoi est-ce que je fais toujours le contraire de ce dont j'ai envie ?! C'était si doux… Mais je perds totalement les pédales tant il me fait de l'effet !*

– Vous… Vous savez ce que vous avez envie de commander ? balbutié-je en attrapant maladroitement la carte pour dissimuler ma gêne.

Samuel, gentleman, a l'élégance de ne pas relever ma maladresse et fait comme si de rien n'était. Il se contente de m'adresser un sourire très doux, comme s'il était touché par ma timidité, et saisit très calmement l'autre carte.

– Je n'ai pas encore regardé, mais je vais sans doute opter pour un poisson. Et vous, vous avez une envie particulière ?
– Euh, du poisson aussi, peut-être, c'est…

*Il faut vraiment que j'arrête de bégayer comme ça, il doit me trouver ridicule !*

Impossible de me concentrer sur le menu : je tente de le lire mais les lignes se brouillent, tant je suis déstabilisée par Samuel.

– Je vais prendre les linguine aux Saint-Jacques. Si vous aimez le saumon, je vous suggère leur pavé en croûte de noisettes, c'est simplement sublime, me conseille-t-il, me facilitant grandement la tâche.

Quand je perds mes moyens, même une chose aussi simple que choisir un plat au restaurant devient une épreuve…

– Excusez-moi de vous déranger, est-ce que je peux vous demander un autographe ?

Une femme que nous n'avions pas entendue arriver se tient debout à côté de notre table et tend timidement un carnet et un stylo à Samuel.

– Je suis désolé, madame, je pense que vous devez me confondre avec quelqu'un d'autre.

– Je… Je comprends que vous ayez envie de dîner tranquille, monsieur Baker-Rae. Mais vous voyez, c'est pour ma fille Tracy, qui est une très grande fan. Elle serait tellement heureuse si vous vouliez lui signer ce petit carnet. Je vous promets, une signature et je ne vous embête plus !

La femme fixe Samuel d'un air implorant, visiblement persuadée, comme je l'étais il y a quelques minutes encore, qu'elle est face au célèbre acteur. Je me retiens de pouffer de rire. Samuel me regarde avec un air entendu, esquisse un sourire complice à mon intention, avant de se retourner vers la femme et de lui adresser un sourire poli. C'est incroyable la façon dont il change d'expression, d'une seconde à l'autre, et cette connexion qui s'est immédiatement et naturellement installée entre nous.

– Eh bien, si ça vous fait tellement plaisir et si c'est pour votre fille, alors soit. Mais je compte sur votre discrétion !

– Oh ! oui, bien sûr, motus et bouche cousue !

La femme a l'air tellement joyeuse que j'ai l'impression qu'elle va se mettre à sauter partout ou à marcher sur la tête. Je dois me retenir de rire quand je vois Samuel tendre la main, se saisir du papier et du carnet et écrire d'un air convaincu :

*« Pour Tracy, affectueusement, Benjamin Baker-Rae. »*

– Oh ! merci, merci infiniment ! s'extasie l'inconnue.

C'est alors que celle-ci se penche pour enlacer Samuel et lui coller une énorme bise sur la joue. Il a un petit rire gêné, mais je dois dire que moi ça ne me fait plus rire du tout. Je n'aimerais pas que des étrangers se permettent de m'embrasser comme ça, les gens sont fous ! La femme s'en va, et se retourne pour faire un petit signe à « Benjamin ».

– Vous voyez, vous n'êtes pas la seule à y avoir cru ! dit-il en souriant (avec cette fossette !). Je me suis permis de commander du champagne, j'espère que ça vous va ?

– Oui, très bien, merci. Oh ! c'est drôle, c'est du domaine S.W. Sonoma !

– Pourquoi est-ce que vous trouvez ça drôle ?

– Non, en fait c'est la coïncidence qui est drôle. Je dois travailler pour lui, enfin pour la marque. Je suis depuis deux ans co-op au sein de la maison Lawrence, vous savez, la pâtisserie fine ? Je fais une sorte d'alternance, pour apprendre à la fois à consolider mes bases en cuisine, mais aussi en management. C'est pour cela que je suis revenue aux États-Unis d'ailleurs, je vivais à Paris avant. Nous venons d'être engagés pour réaliser le banquet d'une énorme soirée qu'ils organisent, et c'est moi qui vais être envoyée sur place pour officier en cuisines. Je vais devoir préparer des centaines de mignardises et réaliser une pièce montée. Mais ce n'est pas cela qui m'inquiète le plus. La semaine prochaine je dois rencontrer leur P.-D.G., et pour être honnête ça me stresse un peu !

– Ah bon, et pourquoi ? me demande Samuel avec un sourire amusé.

– Disons qu'il est assez mystérieux, il n'a pas très bonne réputation. On ne sait pas grand-chose de lui, il se montre très peu, il paraît qu'il a un fort caractère. Et puis, on ne sait jamais à quoi s'attendre avec ces Américains qui font du champagne ! Enfin, sans vouloir vous offenser.

– Non, pas d'offense, je ne le prends pas pour moi ! Trinquons à la santé du tyran, je suis sûr que vous saurez l'amadouer sans problème. Et à notre rencontre ! dit-il joyeusement en me tendant son verre pour que je trinque. Comment dit-on en France ? Car vous êtes française si j'ai bien compris ?

– Oui, d'origine, par mon père. J'ai été élevée aux États-Unis, mais mes parents ont eu une autre fille et ma mère a, disons… préféré ne plus s'occuper que d'elle… Après leur séparation, mon père a décidé de rentrer à Paris, il m'a emmenée avec lui et j'ai grandi là-bas.

– Oh ! je vois… Je suis désolé d'avoir été indiscret.

– Mais non, pas du tout, c'est moi, je parle trop. D'ailleurs mes amies me disent sans arrêt que je suis trop bavarde.
– Je ne trouve pas. Vous êtes spontanée, sincère, entière. J'adore ça. C'est très rafraîchissant.

Disant cela, il pose sa main sur la mienne. Au simple contact de sa peau, mon corps est parcouru de frissons, et les battements de mon cœur s'accélèrent d'un coup. Jamais aucun homme ne m'avait fait cet effet-là !

– Si nous n'étions pas dans un lieu public et si je n'étais pas si bien élevé, je vous embrasserais sur-le-champ...

*Waouh !*

Comme dans les films romantiques, j'ai l'impression que des milliers de fusées de feu d'artifice sont en train d'exploser autour de moi, et je brûle de désir qu'il mette son envie en pratique... Mais Samuel n'entreprend rien, à ma grande déception. Peut-être se réserve-t-il pour plus tard ?

Après cette déclaration, difficile de garder bonne contenance. Je dois faire un effort immense pour me concentrer sur le (succulent) dîner, au cours duquel je peux goûter à d'incroyables plats (des huîtres couvertes de petites perles en gelée de citron, le fameux saumon en croûte de noisettes, du canard laqué à la mangue, un cœur coulant au chocolat et fruit de la passion... Mais je m'arrête ici, je sens que vous êtes déjà en train de saliver).

Samuel me dépose chez moi, dans sa berline noire qu'un chauffeur, séparé de nous par une vitre opaque, conduit. Galant (presque trop, à mon goût, maintenant qu'il a fait naître en moi des images plus charnelles) jusqu'à la dernière minute, il me raccompagne jusqu'à la porte. Vient alors le moment fatidique et magique où l'on prie intérieurement que l'autre nous embrasse, où l'on hésite soi-même à faire le premier pas et où l'on se ravise, estimant que c'est à l'autre de prendre l'initiative. Personnellement je meurs d'envie que Samuel le fasse.

– Eh bien, Samuel, merci pour cette soirée, c'était vraiment…

Sans me laisser le temps de terminer ma phrase, Samuel m'enlace et se penche sur moi pour déposer un baiser impatient sur mes lèvres. Sa bouche pulpeuse est étonnamment douce et veloutée. Je sens son parfum m'envahir tout entière tandis qu'il me serre plus fort contre lui, et je me laisse enivrer par son étreinte, nos baisers se faisant de plus en plus fougueux. Je passe à mon tour mes bras autour de son cou pour le sentir un peu plus contre moi.

–Vous sentez tellement bon, Lola… J'adore votre odeur de bonbon, murmure-t-il avant de me relâcher.

J'aimerais qu'il m'embrasse encore. Je suis ensorcelée. Mais déjà Samuel s'éloigne, se retournant pour me lancer un dernier sourire ravageur.

–Je veux vous revoir. Très vite, dit-il avant de monter en voiture.

*Est-ce que tout cela est bien réel ?*

Mon cœur bat la chamade comme celui d'une adolescente après son tout premier french kiss. Perchée sur un petit nuage, je rentre me coucher, mais il m'est évidemment impossible de trouver le sommeil : je reste de longues heures étendue sur mon lit, revivant encore et encore chaque minute de cette soirée magique, si parfaite, si romantique. Le dîner raffiné, l'humour de Samuel, et surtout ce baiser passionné qu'il vient de me donner !

**Déjà parus dans la même collection**

*À lui*, corps et âme – volumes 1 et 2, Olivia Dean
*Cent facettes de Mr Diamonds* – volumes 1 et 2,
Emma Green
*Toi + moi* – volume 1 : *L'un contre l'autre*, Emma Green
*Toi + moi* – volume 2 : *Envers et contre tout*, Emma Green
*Toi + moi* – volume 3 : *Seuls contre tous*, Emma Green
*Tout pour lui* – volumes 1 et 2, Megan Harold
*Mr Fire et moi* – volumes 1 et 2, Lucy K. Jones
*Mords-moi !* Sienna Lloyd
*Possédée*, Lisa Swann
*Ordonne-moi !* – volumes 1 à 3, Chloe Wilkox
*Aime-moi. Corps et âme*, Kate B. Jacobson
*Je te veux* – volumes 1 et 2, Heather L. Powell
*Soumets-moi !* – volumes 1 à 3, Nina Marx
*Désire-moi !* – volumes 1 et 2, Hannah Taylor
*Tes ordres sont mes désirs* – volumes 1 et 2,
Phoebe P. Campbell
*Déshabillez-moi !* – volumes 1 et 2, June Moore
*Étreinte* – volumes 1 et 2, June Moore
*Envoûte-moi !*, Lucy K. Jones
*Toute à toi*, Anna Chastel
*Call me Baby* – volume 1, Emma M. Green
*Mon milliardaire, mon mariage et moi*, Mina Shepard
Coffret *Toi + Moi*, Emma M. Green

**À paraître**

*Étreinte* – volume 3, June Moore (juin 2015)
*Love me if you can* – volume 1, Felicity Stuart (juin 2015)
*Tes ordres sont mes désirs* – volume 3,
Phoebe P. Campbell (juin 2015)
*Adore-moi !* – volume 1, Lisa Swann (juillet 2015)
*Sex Friends*, *Lucy et Arthur*, Eva M. Bennett (juillet 2015)

Auteure : Eva M. Bennett

Edisource

100, rue Petit 75019 Paris

Imprimé par FINIDR – Lipova cp. 1965 – 73701 Cesky Tesin,

République tchèque

Dépôt légal : mai 2015 – Achevé d'imprimer : avril 2015

ISBN : 978-2-37126-024-5

N° Sofédis : S556607